中国专业作家典藏文库◎水菱 卷

# 浪潮

水菱·著

中国文史出版社

**图书在版编目（CIP）数据**

浪潮／水菱著. —北京：中国文史出版社，2023.3
ISBN 978-7-5205-4015-5

Ⅰ. ①浪… Ⅱ. ①水… Ⅲ. ①长篇小说-中国-当代
Ⅳ. ①I247.5

中国国家版本馆 CIP 数据核字（2023）第 018958 号

责任编辑：方云虎
封面设计：新成博创

出版发行：中国文史出版社
社　　址：北京市海淀区西八里庄路 69 号　　邮编：100142
电　　话：010-81136630
印　　装：廊坊市海涛印刷有限公司
经　　销：全国新华书店
开　　本：710 毫米×1000 毫米　　1/16
印　　张：21.25
字　　数：275 千字
版　　次：2023 年 8 月北京第 1 版
印　　次：2023 年 8 月第 1 次印刷
定　　价：79.00 元

# "有一种留恋叫雄安"

## ——水菱长篇小说《浪潮》序

### 厚 夫

在河北雄安新区工作的陕籍女作家水菱，邀我给她的长篇新作《浪潮》作序，我欣然允诺。

水菱本是水生草本植物，结有营养丰富的菱角。而以"水菱"为名的陕西女子水菱，其文化性格中既有水的缠绵，更有"菱"的尖锐与丰厚，是一位有着鲜明个性的三秦女子。

水菱也是位由陕西西安走进河北雄安的奇女子。她虽然个子娇小，但文化气量却很大，曾经发表过大量散文与诗歌等，是位文学创作的多面手。她与燕赵大地的结缘，早于雄安新区的设立与建设。早在2016年前后，已在陕西文坛崭露头角的水菱，开始创作明代因弹劾奸臣严嵩"五奸十大罪"而遭诬陷致死的著名谏臣、"容城三贤"之一杨继盛的长篇历史小说。杨继盛是我国历史上一位响当当的谏臣，古有"南海瑞，北椒山（杨继盛，号椒山）"之称。水菱先后多次奔赴杨继盛的故里——河北省容城县，采访杨继盛后人，整理相关资料，先后六易其稿，撰写出30万字的长篇历史小说《长河悲歌》。这部小说纳入"关学大儒"系列小说，在西安出版社出版发行。"关学"是宋明理学思潮中由张载创立的一个独立的思想学派，也是儒学的重要学派，因张载是陕西关中人，故称"关学"。明朝以理学开国，儒家书籍遍及天下，"关学"在明朝也有了空前的传播与发展。明代谏臣杨继盛本人虽未到过陕西，他的思想与"关学"精神一脉相承，他也成为陕西作家所书写的对象。水菱的这部长篇

浪潮

历史小说，一经出版后就引起很大反响，并荣获河北省第十三届文艺振兴奖。这样，水菱便与河北结下了奇缘。

雄安新区的设立是个重大的历史事件，它是我国继深圳特区、上海浦东新区等设立后的又一重大战略举措，自然影响到千千万万中国普通人的命运。2017年雄安新区设立之初，水菱来到雄安新区，在凤凰网"凤翼雄安"工作，后来自己成立文化公司，创建了三大TP——发起了雄安"水菱读书会""留住乡愁"专题系列、"白又白"精品游，并出版散文集《聆听的瞬间》。她以陕西人的执着与果敢，诠释着"关学"精神，践行着使命理想。她还把雄安的文学爱好者们团结在一起，和雄安的文友们一起踏上文化寻根之路，通过书籍、网络等多种渠道宣传雄安文化。诚如陕西著名作家王海先生所言：水菱是"陕军女作家走进雄安的前哨人物"。

我是2016年12月3日认识水菱的，那是路遥诞辰纪念日，她随西安一群文友来延安大学路遥墓祭奠，但我对她的印象并不深刻。2019年夏天，她与朋友在雄安新区策划了一场"传承红色文化研讨会"，邀请多位陕西与河北作家参加，我也在受邀之列。我发现她个子不高，但是精明能干，处事用心得体。尤其是听到她因文学创作而与雄安结缘的故事后，对她更是刮目相看。

雄安新区的发展与国家的发展同步。水菱同全国各地在雄安建设浪潮中来寻求发展的逐浪者们一样，不经意间成为这个伟大时代的亲历者与建设者，共同见证着雄安的发展和变化，她的内心再次听到雄安这块热土的召唤、听到时代的召唤，也激起了创作反映雄安建设大潮下全国各地逐梦人来雄安创业的长篇小说的强烈冲动。水菱言："如果说雄安是宽广的大海，这些创业者和建设者，就是大海的波涛，总以无限的热情和摧之不败的意志，发出震耳欲聋的声音，这声音让我们深思，也给人以信心和动力。"这不，这部名叫《浪潮》的长篇小说，就是给雄安所有创业者的致敬与礼赞。按照水菱的说法："《浪潮》是所有来雄安创业人的缩影，悲与喜，哀与乐，离别的无奈，相聚的欢乐，创业的艰难，成功的喜悦，他们最深有体会。他们也是雄安新区的建设者，见证者，是时代的弄潮儿，他们因种种原因离开家乡，来到雄安，想开启自己新的人生。"

文学创作的魅力，在于其情感的个体性、审美的个体性与想象的个体性。水菱的这部《浪潮》，自然是水菱版"雄安故事"的想象与书写。这部长篇小说以西安城里几位男女的日常琐碎生活切入，当国家设立雄安新区的新闻播出后，经营苗圃的文艺女青年婉婷毅然决然地走进仍是规划概念之中的雄安谋求发展。她认为"投资生活方式，也是一种创业方式"，先后创办了经营惨淡的"梧桐小院"民宿与"悦园"茶餐厅。她的行动，带动了西安朋友江舟毅然辞职，到雄安创办"雄安之声"媒体公司。从此，这个"梧桐小院"与"悦园"，就成为全国各地一拨又一拨涌入雄安创业者、逐梦者、淘金者们的公共话语空间。围绕这个公共话语空间的创业者们，有陕西的婉婷、江舟与若茗、湖北的魏云鹏、湖南的陆海平、黑龙江的安娜、四川的关心与关怀堂姐弟、北京的桑榆红、雄安本地的文小美、张子建等十多位身世不同、职业不同、性格不同的逐梦者。他们这些"小人物"的故事，在雄安城市建设之初的 2017 年到 2022 年这五年之间展开。这批创业者既有对雄安新区美好蓝图的畅想，也有对"三年大疫"期间生存与发展的迷惘，更有对日常生活的守望。

婉婷显然是作者精心塑造的核心人物，她是因带着大学时代爱情的创伤来到雄安的，她在投资生活方式的过程中创业，最终与雄安本地人张子建步入婚姻殿堂，也与大学时代的恋人陆海平消除误会。雄心勃勃的媒体人江舟也因事业的发展，与同行桑榆红牵手相爱；那个躲避家庭矛盾来到雄安的媒体人若茗，在撰写牺牲在江城的雄安籍抗疫志愿者王玲珑的报告文学《生命绽放的绚美》时，获得了心灵的救赎；而魏云鹏、安娜、关心、关怀、文小美们仍在守望中坚持、在坚持中守望未来……水菱以精准的文笔，写出了人与人之间的纠缠，奋斗的艰辛历程，人生的悲欢离合，人物命运的跌宕起伏，生动展示了在这个波澜壮阔的大时代下，雄安创业者的奋斗历程与命运起伏。

文学是语言的艺术，水菱拥有良好的语言驾驭能力。这部长篇小说的取胜之处，还在于它唯美的抒情性叙述方式。这部小说不是典型的现实主义小说，更像是一部唯美的浪漫主义作品。从整体叙述格调到局部安排，从每一节的处理到整体把握，均别有匠心，婉约而精致的叙述语言里弥漫着音乐与诗的情调。此外，作者也特别善于以心设景、以心造境，通过对环境与景物的描写，进而达到渲染氛围、刻画人物心理的重要作用。

我的理解，雄安新区大开发是一曲气势宏大的交响乐，也是一部伟大的历史正剧。水菱的这部《浪潮》是"雄安故事"想象与书写中的一种方式，它不是"黄钟大吕"般豪放的"雄安故事"，而属于精致婉约的"雄安故事"。我深信，随着雄安新区大开发的坚定推进，水菱女士也会不断变换笔法，把更多的"雄安故事"奉献给读者。

写到这里，我想到小说主人公婉婷在朋友雅聚时朗诵的《有一种留恋叫雄安》的诗歌。诗歌这样写道："我喜欢雄安的每一个晨昏/它们，总是猝不及防地成就着我的梦想/我依然记得，曾经/在你高高飘扬的姿势里，仰望着容和塔/你是我前世的叹息，是我永远无法迷失的原点/我丢失了所有，却永远不会丢失你……"是的，"有一种留恋叫雄安"，这既是水菱的情怀，更是所有雄安创业者的共同情怀。

是为序。

2023 年新春时节 于一步斋

【作者简介：厚夫，本名梁向阳，陕西省作家协会副主席、延安大学二级教授。著有《路遥传》《当代散文流变研究》《重回历史现场看文学现象》《走过陕北》等。】

# 引　子

　　卤阳湖如何从一泓碧水变成荒芜的卤泊滩，是很古老的事情了，古老得已经和传说连在了一起。关于湖水消失的传说有很多很多，杨爵拜水只不过是其中的一个版本。而流传最广的，则是一个浪漫而悲情的故事。

　　传说这里曾是一个烟波浩淼的大湖，两岸稻香，一湖碧荷，胜似江南风光。不知什么时候，湖里来了一条黑龙。这条黑龙看中了湖畔一个美丽的姑娘，就死皮赖脸地纠缠起来。姑娘哪肯答应，她早有了心上人。黑龙见姑娘不允，便屡屡兴风作浪，祸害乡邻。勇敢的小伙子为了拯救乡亲，也为了拯救自己的爱情，义无反顾地跳入湖中与黑龙搏斗，最后同归于尽。姑娘知道后悲痛欲绝，也跳入湖中殉情。从此，卤阳湖便干涸了，只有黑龙的胡须变成了满滩的盐蓬草，也叫龙须草。

　　如今的卤阳湖，板桥古渡、宣帝困卤、笑纹石等遗址逸事彰显着深厚的历史文化底蕴；水天一色、波光荡漾、芦苇摇曳的湖泊湿地，为丹顶鹤、白天鹅、白鹭、青脚鹬等珍禽的栖息、繁衍提供了得天独厚的生态环境，是八百里秦川一处难得的水乡泽国。

　　而远在千里之外的渤海，也有一个古老的传说。传说渤海龙王敖玉，生了九个龙子，分别名叫孝义、潏龙、白沟、唐、瀑、金线、萍、府、漕，先后都到了成亲的年龄。

　　这天，观音菩萨途经渤海时，从袖内取出一颗莲子托于手心，从瓶中蘸出几滴水，将莲子润开。转眼，这颗莲子变成一个白衣姑娘，菩萨赐名明珠，并告知四句真言："九龙任先婿，九九难归一，以死求永生，西寻安心地。"

明珠投身渤海，龙王许诺说："你选中哪个龙子，就立为太子，将来继承王位。"九个龙子，无不为明珠的美丽而倾倒，都深深爱上她，并各自立下誓言："龙太子可让，非明珠不娶!"其中，潜龙、瀑、漕的脾气粗暴，曾扬言："谁敢娶明珠，就刀枪相见!"不论她嫁给哪一位龙子，都会兄弟相杀，拼个你死我活。明珠感到焦虑不安，想找个安心地避一避。忽想起"以死求永生"的真言，于是决定以死来报答九龙子对她的痴爱。

明珠离开龙宫，驾云西去。行了约一个时辰，低头看见一座城池，名叫安新。安新，安心!明珠心里一亮，对菩萨的四句真言顿有所悟，但仍不知怎样去造福这一方百姓。这时，九龙子一齐追来，明珠顾不得多想，一头扎进安新地界。当时，这里连年大旱，地皮硬如石。明珠落地，化作一片清水。众龙子赶到，知道这清水是明珠化身，大哭一场，泪飞顿作倾盆雨，这里变成了一片汪洋，岸边长出了铺天盖地的芦苇，秋风一吹，苇絮飘飘，如同白雪，人们就给这片汪洋起名白洋淀。明珠落地处，长出满淀荷花，成了荷花淀。九个龙子，为使白洋淀永不干涸，让明珠永生，各变成了浇灌白洋淀的九条河流。

不管传说怎样凄美，位于中国地理版图中心、"丝绸之路经济带新起点经济圈"的卤阳湖和被誉为"华北明珠"的白洋淀，都在 21 世纪的今天，发生着翻天覆地的变化。

我们的故事，就从卤阳湖开始……

# 第 一 章

## 一

若茗坐在红茶坊邻窗的位置，等一个叫萧山的人。

萧山是某局的科技拔尖人物，屡屡攻克技术上的难关。这次，若茗就是受命来采访他。她对这样的采访早已习以为常，甚至有些厌烦。什么拔尖人物，无非是本单位捧起来的书呆子而已。

一定是戴着眼镜，老气横秋的。以前采访过的科研型人才都是这个形象，她想。抿了一口咖啡，她把目光投向窗外。今天是三八妇女节，天气格外好，灿烂的阳光，熙熙攘攘的人群，人的心情也变得明媚起来。

赶紧采访完，和菲尔骑着单车去爬山。若茗想。

这时，一个男人走到她的面前，挡住了她的视线。她抬起头，看到一个英俊的男人站在面前。

"对不起，来晚了，让你久等了！"男人满脸歉意，坐在对面椅子上。

若茗这才知道此人就是萧山。她有点惊讶地问："你怎么认识我的呢？"

他不好意思地笑了："大名鼎鼎的若茗记者，谁不认识啊！"

她也笑了。

"其实，我没有什么好采访的，也就是专业知识懂得多点，平时又喜欢看书，实在没什么。"萧山说。

她说："我以为你是个戴着眼镜的老气横秋的男人呢！"

"那么，你感觉我很帅了？"他爽朗地笑了。

她为他要了杯咖啡。俩人就聊了起来。

"能给我讲讲吗？你工作中的一些事情。"她急于结束采访，于是直奔主题。

他看着她，笑着说："怎么？难得遇到这么帅的采访对象，这么急着想走吗？"

她的脸有点微红，连忙说："怎么会呢？我只是想开始工作。"

他看着她微红的脸，眼睛亮晶晶的，一丝笑意在眉梢扬起。

"你猜我在想什么？"他看着她说。

她扬起眉毛，一眨不眨地看着他。

"我一直在想，拥有这个名字的，到底是怎样一个女人。"他说。

她端起咖啡，抿了一口，微笑着说："怎样的呢？"

"气质，端庄，优雅。"他直爽地说。

她打量了他一眼。他穿着一件紧身黑色的 T 恤，下身一条牛仔裤，肌肉在紧绷的 T 恤下显得健壮而富有弹性。

"你很会说话。不过我很好奇，你是不是在每个女人面前都如此。"她毫不客气地说。

他说："我只在你面前说，而且很早以前就有这样的疑问。"

俩人都笑了。

若有若无的音乐飘了过来，咖啡屋淡淡的香气在室内萦绕，此时的氛围是温馨而浪漫的。

萧山端着咖啡，目光从杯子的上方望了过去，直接看到若茗的脸上。这个女人，他很早就知道。他喜欢有文化修养的女人，他喜欢和这样的女人聊天，但是如果牵扯其他方面……若茗并不是他喜欢的类型。喜欢？呵呵！他不由得笑了，为什么要喜欢？那是一个结了婚的女人，喜不喜欢，都和他无关。

若茗说："能谈谈你吗？我的采访需要从你的生活入手，比如……你的婚姻。"

萧山突然震动了一下，迅速抬起眼睛看她，刚才浮在嘴角的笑容马上消失了。若茗敏锐地感觉到，这是一个有故事的男人。这种发现使她很兴奋，她伏在桌上，笑盈盈地看着他说："怎么样？一定很精彩吧？"

他的笑容慢慢凝滞在了脸上，手从杯壁上缓缓移到杯口，手掌又慢慢掩压住杯子，似乎要把杯子透过桌面压下去。

她吃了一惊，不明白他忽然的变化是为了什么，惊愕使她一时说不出话来，只是瞪着一双大眼睛看着他。

他冷冷地说："你是故意来看我笑话的吧？什么采访！你们记者都是以借采访之名刺探人的隐私为乐，来达到你们娱乐的目的吗？对不起，你找错人了！"说完站起身，头也不回地走了。

若茗目瞪口呆。她盯着他的背影看了半天，慢慢地，心里也涌起一股气。这是个什么怪男人！发的哪门子脾气啊，真是神经病！这个话题有这么让他生气吗？

她一个人坐在那里，想了半天也没想明白自己哪句话得罪了他，于是懊恼地拿出手机，给菲尔打了个电话，爬山去了。

"你傻呀！"菲尔站在山顶的一块石头上，朝着若茗夸张地喊，"有你这么采访的吗？事先不了解人家情况就乱找话题，你不知道记者的大忌就是让采访对象产生敌对情绪吗？这样一来，你的采访怎么进行？采访无法进行，任务怎么完成？任务完不成，奖金怎么办？奖金……"

"好啦！"若茗不耐烦地说，"有那么严重吗？明天我就跟领导说，这任务我完不成，让他另请高明，我才不想再看那个男人的脸色呢！"

菲尔从石头上跳下来，用手将将被山风吹乱的短发，看着若茗直笑："哎呀，我还真没见过鼎鼎大名的若茗同志服输过！其实这种男人挺有挑战性，如果深挖……说不定有精彩的故事，你可以独家报道啊！"

若茗看着菲尔朝她眨眼的调皮样，点点头，若有所思地看着她说："你说，他是不是有着旷古绝恋？或者是其他难言之隐？老婆跟人跑了？离婚了？还是……"

菲尔一拍脑袋，顾不得和她说话，就朝前面喊："张鹏飞！江舟！你俩过来！"

远远地，有两个男人朝这边走了过来；一个身材高挑，白白净净，戴个眼镜。一个魁梧黝黑，健壮挺拔。

菲尔拉着白白净净的男人说："张鹏飞，你认识一个叫萧山的男人吗？"

张鹏飞推推眼镜，想了一会儿，说："这个人我好像听说过，但不认识。"

皮肤黝黑的江舟说："我认识。他是我姐姐的同学，怎么啦？有什么问题吗？"

"好了！"菲尔拍拍手兴奋地说，"这不就结了！赶紧给你姐姐打电话问问，这个萧山到底什么情况？"

张鹏飞不解地说："菲尔，你又在搞什么名堂？"

"什么叫我搞什么名堂？我在给若茗帮忙呢。"她说。

若茗说："有这个必要吗？搞得神神秘秘的，好像我在求他！"

这时江舟走了过来，原来他的电话已经打完了。他说："萧山，男，42岁，丧偶，有一子，正读大一，兄弟姐妹四人，父母健在，家住……"

"喂！你在报户口啊！"张鹏飞说。

若茗和菲尔笑了。

若茗看到夕阳正往山的那边落下，就朝前面跑去，边跑边喊："快来呀！在这边的山上看夕阳，美不胜收！"

于是，大家把了萧山丢在脑后，也朝着她跑了过去。

## 二

若茗下班了，女儿小约还没放学，丈夫看来也不在。她把包放在桌上，开始收拾凌乱的客厅。

若茗，这个名字听起来很年轻，其实她已经三十五岁了，但看起来比实际年龄小，白皙的皮肤，乌黑的长发，身材匀称、丰满。一双大眼睛看着你的时候，很少有人能够抗拒这种被吸引的力量。

用二十分钟收拾完客厅，她开始做饭。不知道丈夫吃饭回不回来。近来丈夫有点不对劲儿，常常很晚才回家，问他忙什么，他总是说单位事情多需要处理。看到丈夫整天忙碌的身影，若茗也就打消了心底的疑问。

忙碌了一个多小时，饭做好了。看看表，已经六点了，女儿应该在上楼。于是她把饭菜端上桌，想了一下，就拿起手机给丈夫打电话，得到的回答是不回家吃饭了。

这时，小约开门进来了。她十岁，读五年级，这是一个很漂亮的女孩，进门就把书包扔在沙发上，朝若茗喊："妈妈！饭做好了吗？我快饿死了！"

若茗坐在餐桌前边盛饭边笑着说："每次都这样，有那么饿吗？"

小约洗完手，坐在桌前，端起母亲盛好的饭边吃边说："那是当然，想念妈妈做的饭嘛。妈妈做的饭最好吃了！爸爸不是也说您的饭是琼浆玉液嘛！"

"你爸呀，他好久都没吃我做的饭了，也不知道在忙什么。"若茗说。

"我们班同学她爸爸在外面找小三的事被她妈妈知道了，她妈妈今天找人揍了那小三一顿，估计俩人要离婚了。"小约边吃饭边说。

若茗说："小孩子家，懂什么小三小四的！别听人乱说，好好学习。"

小约摇晃着扎辫子的脑袋，一本正经地说："别把我当小孩好不好，现在的小三呀，多如牛毛，一不小心爸爸就会被人抢走。我们班女生都在防着呢。"

若茗笑了，看着女儿说："怎样防着？"

"每天让爸爸接送上下学，晚上规定时间让他们早早回家，周末必须在家。"小约说。

"大人还有自己的事情，你们跟着瞎掺和什么。"若茗给女儿夹菜。

小约用筷子顶着脑门儿，沉思了一会儿说："不行，我必须和爸爸谈谈了！他已经好久没和我一起吃饭了，在外面搞什么名堂？"说完，又像想起什么似的说，"我在想，我长大了该不该结婚，结了婚再离婚，实在多此一举。"

若茗吓了一跳，她用筷子敲了女儿碗沿一下说："胡说什么？赶紧吃饭，小脑瓜整天胡思乱想什么呢。"

小约做了个鬼脸，赶紧埋头吃饭了。

这时，门响了，若茗知道是丈夫回来了。小约放下筷子，扭头看着进门脱鞋的爸爸，说："爸爸过来，我有话说。"

这是一个高高大大的男人，叫何牧田，此时穿一身休闲装，看起来很英俊。他走到餐桌前，伸头闻了闻桌上的饭菜，一脸陶醉状，说："老婆做的饭就是香啊！可惜刚才吃过了。"

若茗看了丈夫一眼说："就知道你吃过了，所以没给你留饭，我们都已经习惯了。今天怎么回来这么早？"

"单位事情处理完了，就早早回来了。"何牧田坐下来，摸了下女儿的头，疼爱地说："宝贝，有什么话想对我说？"

"最近和您共进晚餐，成了我和妈妈的奢望了。咱们约法三章：第一，每天午餐必须在家吃；第二，每天必须接送我上学放学；第三，周末必须在家陪我和妈妈。"小约清脆地说。

何牧田笑了，顺口回答："好好好，听你的，约法三章。"

小约严肃地说："不是开玩笑，态度放端正点。刚才和妈妈已经说过了，我们班同学爸爸妈妈又有离婚的了。"

"这和咱家有什么关系呢？"何牧田笑着朝妻子挤了下眼睛。

"当然有关系了！如果有一个年轻漂亮的美女追你，你能保证坐怀不乱吗？"小约说。

何牧田朝女儿做了个鬼脸："我保证，我是柳下惠坐怀不乱。"

小约也朝父亲做了个鬼脸："二位记着，如果你们离婚，在两个地方可以找到我，一是楼下，二是天涯。"

何牧田的笑容僵在了脸上，不知何故，他的心忽然有点儿沉。若茗用手使劲儿拍了女儿一下，生气地训斥道："胡说什么呢？闭嘴！"

小约吃饱了，她把筷子放下，站起身，凛然地问："你们可记住了！？"说完，不等回答，径直走进了自己的房间。

夫妻俩面面相觑，不知所措。

晚上，夫妻俩躺在床上。若茗看书，何牧田拿出一根烟，点燃抽了起来。他的思绪不由得回到今天的酒会上。灯红酒绿，巧笑翩然……那个女人，妖媚而极具挑逗性……似乎好久好久都没有这种激情了。

他扭头看了看妻子，若茗的长发随意散开着，低领的睡衣露出丰满的乳房，皮肤白皙而光滑，在灯光的映衬下很有魅力。可是，他奇怪自己怎么没有了那种欲望。

若茗放下书，侧过身，把手伸过来，搭在丈夫的身上，温情地说："别抽烟了，刷刷牙，睡吧。"

何牧田拧灭烟头，跳下床去洗漱。若茗躺在床上，她心中涌动着一股渴望，这是好久都没有的一种感觉。

何牧田洗漱完毕，躺在了床上。通常在酒精的刺激下，自己会有一种亢奋和冲动的，但此刻，面对美丽的妻子自己竟然想睡觉。

若茗看到丈夫躺在床上没反应，就悄悄把手伸过去，把脸紧紧贴在他的耳边，喃喃低语："老公，这么美好的夜晚，难道你不想干点什么吗？"

何牧田想到已经有一个月没有和妻子温存了，内心有点愧疚。于是伸手搂过她，吻了吻妻子的脸，温存地说："宝贝，我有点累了，今天喝了很多酒，头有点儿晕……"

话还没说完，他的嘴已经被妻子温热的嘴唇堵上了。若茗轻轻地耳语："累了不要紧，为妻替你解疲惫……"

妻子光滑的身子紧紧地贴着他，耳语般的话语滚烫地在耳边呢喃，他的欲望在妻子的挑逗下终于被勾了起来，于是，他一翻身，把若茗抱进了怀里……

# 三

今年三月的天气很特别，比往年热了许多，大街上的年轻人迫不及待地穿上了短袖和裙子，红红绿绿很耀眼。经过了萧瑟的冬季，这个早春显得格外明媚。

这是一个明媚的中午，若茗在门口等着江舟和菲尔来接她。她让江舟约了萧山，今天必须要进行采访了，已经拖了好几天，领导也催了几次，她今天必须和萧山再次约见。菲尔和张鹏飞也吵着要加入，所以今天五个人准备到野外去郊游。

这时，江舟开着车过来了，菲尔也在车上朝她招手，她看上去很快乐，一头短发，长裤短袖，很清爽。

若茗坐上车，菲尔说："萧山在那边等着呢，咱们这就过去接。这要感谢江舟，是他的功劳，才能约出他，一般人他是不赴约的。"

江舟边开车边说："我姐姐的功劳。我和他只是认识，没有来往。"

若茗惊奇地说："这到底是怎样一个男人，如此神秘。"

菲尔仰着头，笑着说："我对他挺感兴趣。这样的男人，一直是我俘获的目标。"

张鹏飞看了菲尔一眼，没说话。

江舟笑着说："你又想俘获男人了？从你离婚后，你已经俘获了多少男人，你算过吗？怎么一个都没留住呢？"

菲尔瞪着他嚷："不要哪壶不开提哪壶好不好？我这不也是为寻找自己的幸福嘛，有什么办法？现在好男人都死哪去了？留下好女人排着长队等着去嫁。不好好考察，再走上我的老路怎么办？"

若茗看着他俩笑着说："其实你俩倒挺合适，江舟没结婚，菲尔又没有孩子，还经营着酒楼，生意也不错，又是同学。"

江舟连忙喊："你别乱点鸳鸯谱啊，我喜欢的人可不是她！"

菲尔斜睨了若茗一眼说："你是真不知道还是装糊涂？咱们同窗几年，他心里装着谁你不知道？"

江舟从反光镜里看了看若茗，看到她一点儿反应都没有，心里有种莫名的失落。

这时，张鹏飞咳嗽了一声，江舟看了看他说："你别咳嗽，你自己的事情没处理完，我怎么帮你说话？"

张鹏飞推了推眼镜，不说话了。

说话间，车已经开到文艺路一家小区门前，四人看到萧山站在门口正在张望。若茗打量着他，萧山穿得很朴素，一条洗得发白的牛仔裤，一件浅棕色的休闲装，虽然这种搭配不是很协调，但是穿在他身上却显得很帅气。

江舟按了下喇叭，萧山走过来，坐上了车。

大家互相打了招呼。若茗和萧山互看了一眼，俩人都笑了，是愉快的笑。上次的见面从俩人心头掠过，不过早没有了不愉快的感觉，反而有种熟悉的亲近之感，仿佛是认识多年的老朋友。

五人开车来到卤阳湖边的一片草地上。这里是人们休闲的好去处。尤其是星期天，大人带着孩子都到这里休闲娱乐，放风筝、垂钓、野营，到处是一片生机勃勃的景象。

三个男人从车上拿下野炊需要的锅锅灶灶，若茗和菲尔在草地上铺好帆布，把吃的东西一一摆好。

中午的阳光很明媚，柔和的光线笼罩着远处还没有被绿色染翠的山，暖风徐徐吹过，湖水便荡起粼粼的波纹，阳光如同洒下的金子，点点耀眼不已。空中飘浮着高飞的风筝，孩子的欢笑声在空旷的湖边回荡着。

这是一个令人心情放松的好地方。

江舟、张鹏飞和菲尔开车到附近的农家乐买东西去了，留下萧山和若茗两个人。萧山打开一瓶饮料，若茗近距离地看了看他，一张棱角分明的脸庞，性感的嘴唇紧紧地抿着，最特别的是那双眼睛，不大，但很有神，总是流露出忧郁和伤感，这种感觉让她很震动，内心总是莫名地有一丝沉重。

萧山递给她饮料，温和地笑着说："这次我全力配合你采访，想问什么我都告诉你。"

若茗接过饮料放在旁边，笑着说："咱们还是自然一点吧，这样感觉好像你在采访我呢。"

他笑了，他的笑很感染人，有一种亲近感："上次听你说，想从我的情感生活入手，那我就谈谈自己的婚姻吧。"

若茗双手抱着膝盖，把头支在下巴上，睁大眼睛看着他。

"我有过三次恋爱，一次婚姻，一共四段感情，四个女人。"萧山说完这句话，双眼凝视着远方，那丝忧郁又重新回到了眼睛里，"第一次恋爱是在高中的时候，那是我的初恋。我爱得很真很纯，愿意为对方付出一切甚至生命。那时我家境很好，父母是知识青年，父亲在农业局上班，母亲经商，女强人，我们家在当时称得上城里的有钱人。那时候的我，不思进取，整天就知道闲逛，吊儿郎当的，但是我对她是真心的，我那时是真的喜欢她，可是她看不上我，在燃起了我对爱的渴望后，绝情地和我分手了。我哭了整整一星期。那时我十八岁。"

"这是很正常的恋爱经历，虽然十分痛苦，但是必须接受。"若茗静静地说。

"是的，我最后也无奈地接受了，但从此影响了我的爱情观。从那以后，我就觉得只要女人对我好，我就爱她，这就是爱。所以，上大学以后，一个女生无微不至地照顾我，狂热地爱上了我，于是，我也'爱'

上了她。她把第一次献给了我，可是我没能娶她。这种歉疚一直吞噬着我的心。"萧山叹了口气。

若茗继续听着，她没有想到，他竟然有这样复杂的情感经历。

"大学毕业以后，我经人介绍，认识了我的妻子。我的结发妻子是一个娇小温柔的女人，我们在父母之命、媒妁之言中订了婚。在得知我还爱着我的前女友并且想和她分手时，她哭了，她恳求我，不能不要她，她说如果没有我，她不知道活着还有什么希望。我心软了，为了责任和义务，我和前女友忍痛分手。我全心全意地爱着我的妻子，教育着我的儿子，我们的日子过得清贫而快乐。"萧山的眼睛里闪烁着耀眼的光芒，他似乎回到了那段快乐的岁月里。可是随即，他的目光重又变得黯淡下来，"可是，六年前，她患白血病，永远离开了我和儿子。"

若茗的心莫名地疼痛起来，她的双眼随着他的叙述慢慢盈满泪水。

"那是我最痛苦最绝望的时光。我们本来没有多少积蓄，为了给她看病，我花光了所有的钱，那时我们家也不如以前了，父母年纪大了，又无人接替生意，所以母亲把生意全部盘了出去，我们兄弟姐妹也都已结婚另过。妻子住院，我父母拿了不少钱，我还借遍了所有的亲戚朋友，债台高筑，走投无路时我甚至想上街乞讨。但最终，仍然没有挽留住她的生命。那时，我真的想一觉睡过去不再醒来，我不知道第二天的生活还有什么意义和乐趣，每一天都是巨大的压力让我喘不过气来。"萧山声音沙哑，那种荡击心灵的痛让若茗的心更加酸楚。

她的泪水终于忍不住，夺眶而出。

"好在，我还有儿子，正是儿子让我有了活下去的勇气。你看，我是一个多么失败的人。"他怔怔地望着远处的山和近处的湖水，自嘲地说，长长地出了口气。

过了好久，他从自己的思绪里走了出来，感觉身边没有了声音，于是收回目光，扭过了头。他看到若茗睁着盈满泪水的双眼静静地看着他，他的心忽然一阵战栗。

他轻声说："为什么要哭？苦难是一种财富，只有经历才能成长，我的内心正是因为这些苦难才变得坚强而自尊。"

若茗抬起头，看到那双温柔的眼睛，她的双眼因为流泪而显得清澈异常。她轻轻地说:"我怎么可以……残忍到揭你的伤疤?这次采访我决定放弃。"

萧山笑了,一反刚才的低沉,爽朗地说:"没事!都已经过去了,我早已经练就钢筋铁骨,任何风雨和苦难都不会击垮我。如果我的故事能成为你写作的素材,我不胜荣幸呢!"

看着他乐观的表情,若茗内心竟涌起了一种深深的感动。经历过怎样的生死,才会有这种豁达啊!

这时,江舟开着车回来了。张鹏飞从车上跳下来,小心地提着一个大袋子,菲尔提着几个一次性饭盒朝这边走了过来。

"这下全齐了!酒菜都有,还有面条吃,神仙的日子呀!"菲尔夸张地喊,把东西放在帆布上。

张鹏飞坐下来小心翼翼地往饭盒里盛菜,边盛菜边说:"酒肉穿肠过,人生一大快事也!"

江舟拿出酒,批判着他俩:"你们俩呀!要不怎么说是天生一对呢!能吃饱饭就是神仙日子吗?有没有更高点的精神追求?庸俗!"

菲尔用手拍了一下江舟,嚷嚷着说:"我们庸俗?当你饿得半死的时候,难道你还能奢望花前月下卿卿我我,奢望佳人有约陪伴终生?估计这样的生活只能出现在神话故事里。再说了,你不庸俗,为什么毕业后不在陕北绥德老家待着,却在这关中平原工作、生活呢?"

张鹏飞看到菲尔伶牙俐齿地反驳江舟,而江舟瞪着眼睛瞠目结舌的样子,嘿嘿直乐,若茗也笑弯了腰。

萧山没笑,一本正经地说:"你们说得都有道理。经济基础决定上层建筑。简单点说,吃饱饭是干好一切事情的前提,没有钱一切都是免谈。就拿婚姻来说,口口声声说爱一个人,拿什么来爱?怎样爱?是做几顿饭,洗几次衣服就能解决的吗?想拥有一套自己的房子,你没有钱,买一辆车,也没有钱。男人没有钱,给不了女人想要的生活;女人没有钱,也给不了想通过婚姻改变自己境遇的男人想要的生活,没有经济作为基础,爱是不牢固的。但是,纯粹为钱的爱也是不真实的,是虚伪的。"

菲尔睁大眼睛,崇拜地望着萧山,听他讲完,夸张地喊:"这是我听过的最精彩的理论了!"

江舟不同意："照你这样说，没钱就没有追求理想和幸福的权利了吗？"

萧山笑了："当然有。比如我，我是一个穷光蛋，没房没车没存款，但是，我想找一个有钱的女人，并且年轻漂亮，甘愿为我付出一切。"

张鹏飞看着他，瞪着双眼说："你……太贪心了吧？你又能为女人带去什么？"

萧山说："我爱她，我可以为她做我能做到的，比如做饭、做家务，我会关心她、照顾她。除了钱我全都能做到。只要在我做这些的时候，能得到她的回应就行了。"

菲尔问："你真的想找这样的女人吗？"

"为什么不？有钱又漂亮，又懂感情，这样的女人谁都愿意找。"萧山一本正经地说。

菲尔双眼放光，凑到萧山面前，开玩笑地说："萧山哥，可以考虑一下我吗？"

张鹏飞咳嗽了一声，狠狠地瞪了菲尔一眼。菲尔看了看他，感觉有点失态，连忙坐正了身子。

萧山温和地笑了。

若茗静静地看着萧山，感受到了那种发自内心的无奈和迷茫。

五个人吃完饭，太阳已经偏西，夕阳在湖面洒下点点金光。休闲的人们有的回家，有的在此安营扎寨，准备露营了。

# 四

萧山下班回到家，看见母亲在厨房做饭，父亲在一边帮忙。他洗了洗手进了厨房。

母亲看见他回来了，说："你去歇歇，我和你爸做饭，马上就好了。"

父亲边择菜边说："你妈今天感觉好点了，非要自己做饭，我就帮帮她。你歇歇，饭做好了叫你。"

他答应着走出了厨房，坐在客厅的沙发上。难得这样清闲，不用做饭。父母已经七十多岁了，身体不太好，尤其母亲，最近一段时间身体时好时坏，让他很担心。如果妻子在……他又想起了去世的妻子，轻轻地叹了口气。

饭桌上，母亲又唠叨起一成不变的话题："萧山，你姐托人介绍的对象你感觉怎么样？听你姐姐说条件挺好，人也好，又没有什么拖累，你给人家回话了吗？"

他边吃饭边说："回话了，我们不合适。"

母亲急了："怎么不合适？人家有一个女娃，上大学，年龄也和你相仿，还有工作，怎么就不合适了？"

他看了母亲一眼，笑着说："不合适就是不合适，您就别操心了。"

母亲还想说话，父亲用筷子敲敲她的碗说："让孩子吃饭，吃完饭再说。饭桌上讨论这个话题，不想吃饭啦？"

母亲不说话了。萧山笑着对父母说："爸妈，你们就别操心了，我心里有数。"

"有啥数？就知道工作工作，一点儿都不着急。碧云都去世六年了，你一直单身，四十多岁的人了，身边也没个人照顾，你让妈这心里怎么好受呢？"母亲眼角有点红了。

"看看看，又来了。每次吃饭都说这样的话，还嫌儿子心里不难受呀？"父亲不满地阻止。

于是母亲不再说话，低下头吃饭了。

萧山看着母亲花白的头发和父亲关切的眼神，内心不是滋味。

吃完饭，他陪着父亲看电视，天南海北地聊着天，母亲收拾着碗筷。这时候大门响了，是姐姐萧然和妹妹萧红来了。萧然五十岁，高高的个子，一头鬈发披散在肩上，看起来时尚且典雅，浑身透着精明和干练，一点都不像五十岁的女人。萧红和萧山长得很像，很漂亮，性格活泼开朗，她手里抱着一个纸袋，一进门就嚷嚷："哥，还不来接我，看我给你买什么了！"

萧山站起来，接过妹妹手上的袋子，边看边说："这么轻，能累着你？什么东西？"

萧红说："衣服，给你买的棉衣，反季促销的，便宜。"

他把袋子放在沙发上说："我以为什么好东西呢。"

萧红噘着嘴说："你还不领情，花了我一千多块呢!"

他笑了，说："好好，哥哥谢谢你，行了吧?"

萧红说："这还差不多。"

萧然坐在沙发上，对他俩说："你俩安静，我有重要事情说。全家讨论一下。"

"哥，姐又给你说媳妇呢。"萧红笑。

他一听，连忙摆手："我求你了姐，你就别这样操心了，折腾来折腾去的，又成不了。"

"怎么成不了？这次介绍的，是个老板，开了一家酒店，离婚了，年龄也不大，长得还挺漂亮，没有孩子，这不挺好吗？还能一心一意对咱萧萧好。"

母亲一听，一下子来了精神："是吗？那太好了，萧然，赶紧安排两人见面。"

萧红说："有钱，年轻，漂亮，没孩子……条件挺好，就是不知道脾气怎样。"

"我觉得这个就合适。什么负担都没有，最起码没孩子，那就没有二心，将来咱萧萧还能继承一大笔财产……"萧然说。

萧然话还没说完，萧山就打断了他："你弟弟有什么能耐，人家就这么一心一意了？我看你们脑子都有毛病吧？"

萧然瞪着他："你懂什么！这样的女人最容易征服。凭我弟弟的魅力，征服区区一个女人还是不成问题的。"

萧红咯咯笑了起来，边笑边说："哥，这个富婆，你可要把握好了，幸福的生活在向你招手呢。"

父亲咳嗽了一声，放下手中的报纸，从镜片后面看着小女儿，生气地说："这是什么话！有钱就幸福啊？我和你妈一辈子贫贱夫妻，感情比那有钱的可好了不知多少倍。不要把有钱作为找对象的前提，那样的婚姻是不牢靠的。"

萧红伸了伸舌头不说话了，萧然继续说："我都和那边的介绍人说好了。明天中午你们俩在红茶坊见个面，聊聊。"

萧山听着一家人你一言我一语，靠在沙发上，无奈地苦笑。

第二天中午，在姐姐的一再催促下，萧山硬着头皮见面去了。对于这种找对象的方式，他一直很抵触，总认为通过这种方式认识的女人缺乏浪漫的气息。而他，偏偏喜欢骨子里浪漫的女人。

红茶坊，顾名思义，是一家茶楼，很有一种浪漫的情调。细细的水流从小小的假山上流下来，泻在小小的水池里，溅起细碎的水花，清脆的鸟鸣声从悬挂的鸟笼里传出来，啾啾啾啾，很是动听。舒缓的音乐萦绕在室内，很舒服的感觉。他站在那里，这才想起忘了问人家的名字，不过电话号码记下了，他掏出手机翻看起来。

"萧山哥!"忽然传来悦耳的女声，他抬头一看，原来是菲尔，正坐在靠窗的桌前朝他笑。他走过去，笑着问："你怎么在这儿? 等人?"

菲尔神秘地一笑，调皮地说："是呀，我在等人。你呢，干吗来了?"

他不好意思地说："我……我也等人。"

她倒了一杯茶递过去："人还没来吧，要不咱俩先聊着，边聊边等。"

他这才想起还不知道女方的电话，连忙又掏手机，翻出了电话号码，边拨电话边说："我得打个电话，要不人家来了我还不知道……"话还没说完，却听见菲尔的手机响了起来。

菲尔忍不住哈哈笑了起来，看着他不解的眼神，她忍住笑，咳嗽了一声说："算了，不和你开玩笑了，你今天见面的人是我。"

他很意外，怎么会是她呢? 上次见面后，虽没再联系，但听身边的朋友常常提起，所以有些了解。离婚两年，一直单身，身边好像从没有缺少过男人，再说，上次一起郊游，不是还有个张鹏飞吗? 为什么要相亲?

看到他疑惑的表情，菲尔端起茶杯抿了一口，用妩媚的眼神看着他说："很奇怪吗，我这样的女人为什么还要相亲，身边有那么多男人围着，随便抓一个就能作为结婚的对象。"

被看穿了心思，他有点不好意思，笑了笑说："是呀，像你这样的女人来相亲，让人想不通。"

"我这样的女人? 我是什么样的女人?"她看着他，双眼含情。

他在她的注视下有点不自然。他不喜欢这样的女人，不是他喜欢的类型，太肤浅："你怎么样，不需要我来评论吧? 张鹏飞喜欢就行……"

"别提他!"她说,"我和他没有关系,我们只是同学。"

"我能看出来,他很喜欢你。上次郊游……"他说。

"你介意吗?"她问,看着他。

"我?"他忽然笑了,意识到她误解了他,"我为什么要介意?我们没有任何关系。"

"现在有关系了,我爱上你了,所以来相亲,其实可以不用这种方式的,有人介绍,知道是你,我就顺水推舟了。"她说。

这么直接的表白让他有点招架不住,把剩下的茶一口喝完,他准备走了:"菲尔,别开玩笑了,我这个年龄和经济状况,不适合谈爱,我只是想找一个结婚的对象。"

"作为结婚的对象,我难道不适合吗?上次郊游你说过的那番话,你所要求的条件,我都能达到。"菲尔有些失望。

"咱们现在谈这个太早了吧?"他看着她温和地笑,"若茗……还好吧?"

菲尔有些不高兴:"真会挑时间,谈若茗,换个时间和地点不行啊!"

看到她的样子,萧山忽然也没了兴致,他觉得自己很可笑,很可怜,整天被家人逼着相亲,做自己并不想做的事情。再婚,实际上是为了父母。他觉得,自己心目中的那个女人还没有出现。若茗不是,菲尔更不是。如果没有,宁愿不娶。

于是,他站起来,对菲尔说:"我还有点事,先走了,改天请你和若茗吃饭。"说完,到前台结了账,走了出去。菲尔看着萧山的背影,对他的突然离去很生气,却也无可奈何。

# 五

萧山从红茶坊出来,骑着他的自行车往家走。刚才和菲尔的见面让他越想越可笑。这个社会是怎么了?兜兜转转,怎么总是周围的人在碰面?正常的交往都没有擦出火花,难道冠上"相亲"的名头就能相爱并走入婚姻吗?

浪潮

他骑着车子快到家门口时，忽然想起家里的水龙头坏了需要修，于是掉头去商场，他放好自行车，刚要进门，看见在商场拐角的地方，一对男女在拉拉扯扯。男的在解释着什么，并不停地想拉住激动的女人。女人看起来很愤怒，但始终无法摆脱他的控制。他忽然觉得这个女人有些面熟，往前走了两步，这才看清是若茗。他连想都没想就冲过去，一把推开那个男人，大声喊："你想干什么？放开她！"

原来是何牧田和若茗，俩人不知因为什么在争执。

若茗看见萧山，控制了下自己的情绪，但仍然冷冷地对丈夫说："我告诉你，这件事不说清楚，咱俩没完！"

何牧田一脸无辜状，不耐烦地说："我都解释好几遍了，你怎么就是想不明白。"

萧山疑惑地看了看他俩，有些明白俩人的关系，于是有些不好意思地对若茗说："对不起啊，我还以为谁在欺负你呢！"

若茗看了萧山一眼，抿嘴不再说话。

何牧田有些敌意地看着他："你是谁？"

萧山笑笑说："我是若茗的朋友。有什么事回家再说，这里人多眼杂，不要让人笑话。"

何牧田不再理他，对妻子说："回家说吧，我在车上等你。"

若茗看着丈夫的背影，怔怔地站着。萧山说："怎么了？有什么事不能在家说，非要在这里争吵？"

若茗眼角有些红，低头说："一些小事。好了，我回家了，再见。"说完也朝车上走去。

萧山看着若茗的背影，内心的疑惑在加重。

萧山到家的时候，姐姐已经在等他了。听他说完和菲尔的见面经过，萧然生气地数落弟弟："你傻呀？条件这么好的女人你不要，你到底要找什么样的？"

母亲坐在他跟前也关切地说："儿子，差不多就行了，可别挑花了眼，你也不年轻了，现在再婚的女人没有孩子的可太少了。"

父亲边整理报纸边说："没看上就没看上吧，说明缘分没到，可别为了凑合委屈了自己。"

萧山靠在沙发上双手枕着头，笑着说："不是人家不好，是我俩不太合适。"

萧然冲他说："有什么合适不合适的？你不是在谈恋爱，你是在找女人结婚，结婚懂吗？结婚，就意味着没有风花雪月，没有卿卿我我，也没有纯情浪漫。你还当你是小伙子在谈恋爱呀？"

萧山不满地说："谁规定再婚就不会有卿卿我我和花前月下？谁规定再婚就不能找一个志同道合互相喜欢和欣赏的？如果再婚是建立在凑合的基础上，就是结合了也不会幸福，那样的婚姻将来不是更痛苦？与其那样，还不如单身。"

萧然既生气又好笑，看着弟弟，叹了一口气："你呀，一辈子都生活在幻想中，总是幻想一些不切实际的东西。那爱情是能当饭吃还是当钱花？"

"太现实了也不行，人生还有什么乐趣？"他说，停了一下，偷眼看看姐姐，支吾了一句，"要不，你为什么还想着你虎哥哥？"

父母没听清，可萧然却听得清清楚楚，弟弟老拿这件事打趣她，也难怪，小时候的萧山，总是傻乎乎地被姐姐使唤着替她和虎哥传递情书。萧然红着脸，拿起一个抱枕就扔了过去，嘴里骂："你个没良心的！"

萧山接过抱枕放在旁边，笑着说："好了姐，我谢谢你的好意，不过我俩真没缘分。"

母亲看着姐弟俩的样子也笑了，她说："没看上就没看上，没事，让你姐姐再给你物色。"

父亲也说："对对，别着急，慢慢来，总要找到自己喜欢的。萧然，可不能不管你弟弟啊。"

萧山无可奈何地躺进沙发里，用抱枕捂住头呻吟："我的亲人们哪！"

若茗和丈夫回到家，一进家门，她就坐在沙发上生闷气。何牧田坐在妻子身边解释说："是，我是没经过你的同意就擅自投资了二十万，可这不是情况特殊嘛，来不及和你商量。你放心，这次生意绝对不会亏本，我保证。"

"你拿什么保证？到时候赔了怎么办？咱辛辛苦苦挣这些钱容易吗？"

若茗越想越生气。

"绝对亏不了，这几年房地产生意很火，绝对不会有问题。这个工程一竣工，工程款就会全部结清。咱们就会挣二十万，半年挣二十万，为什么不做?"何牧田讨好地对妻子说。

若茗说："我不是不让你投资，咱们是能赚得起赔不起。女儿上学，爸妈身体不好，万一……"

"你就相信你老公吧，凭我的智商还能赔本?这不是笑话吗?把心放在肚子里吧，啊?"何牧田耐着性子解释。

"你为什么就不能安分一些?我们俩的工资加起来也够花了，为什么总是让我操心，让我担心?"

何牧田有些不耐烦了，站起身，不准备再和妻子说下去："好了，你有完没完?赔!赔!赔!把这个字挂在嘴上，还没做呢都让你喊赔了!我要出去一下。晚饭别等我。"

若茗看着丈夫开门而去，靠在沙发上生闷气。这时手机响了，她拿起一看，是萧山。电话里传来他关切的声音，问她有没有事。她故作轻松地说没事了，刚才和丈夫闹了点小矛盾，现在解决了。

"刚才看见的你，和我认识的若茗判若两人啊。"他笑着说。

"是吗?其实我就是这个样子的，很凶悍。"她说。

"不，你不是凶悍，而是……"他似乎在沉思，"这么说吧，柔弱中带着股倔强。认准的事，十头牛也拉不回来。"

她勉强笑了一下："你会看相啊?"

挂断电话，若茗心情一下好了起来，她知道是因为萧山的电话。她不知道萧山打电话的目的是什么，就是闲聊了几句，说了些不痛不痒的话。

# 六

若茗接完萧山的电话，就懒懒地靠在沙发上，想起了丈夫，她的心情又变得黯然。她和丈夫的感情从一年前就起了微妙的变化，但是说不出来具体是哪里出了问题。以前，两人下班后都准时回家，吃完饭去散步，要不就到父母家坐坐，再就是陪女儿做作业聊天，那些时光是平淡而温馨的，她喜欢这样的日子，简简单单。后来，丈夫下班越来越晚，回家也越来越迟，后来连饭都不在家吃了，今天说朋友请客，明天又出差，借口越来越多，她抱怨过，小约也抗议过很多次，但都没多大效果。

对于家里的事情，她通常听丈夫的，她习惯了依赖，在她的世界里，上班，做一个好妻子和好母亲，是她一心一意要做的。但这次丈夫一下子投资了二十万，无论如何她都觉得冒险，于是习惯于顺从的她这次和丈夫发生了激烈的争吵。

小约回来了，放下书包，走到她面前，双手搂着她的肩膀撒娇地说："妈，做什么好吃的了？"

若茗朝女儿歉意地一笑："妈还没做呢，刚回来。"

小约仔细看了看她的脸，调皮地说："是不是和你老公吵架了？"

若茗用手拍了女儿一下说："就你鬼精灵，谁说我和你爸吵架了？今天上班累了。"

小约松开母亲去倒水喝："真没劲，大人就是爱装，吵架就吵架呗，有什么不敢说的？"

对于女儿这种敏锐的观察力，她有时候也惊奇。所以只要发生不愉快的事，她和丈夫都竭力掩饰免得女儿看出来影响学习。

她站起身走向厨房准备做饭。这时电话响了，小约飞快地跑过去一把抓起话筒："喂老爸……奶奶呀，我还以为是您儿子呢……我也不知道，回家就没见他……奶奶做的糖醋排骨呀，太好啦，我和我妈这就过去！"说完，"啪"的一声挂掉电话，大声喊："妈，奶奶让过去吃饭呢！"

若茗重新走回客厅说："走吧，省得我做饭了。"

小约问："我爸又没在家呀？"

若茗边穿鞋边说："你爸有事，刚回来又出去了。"

小约的嘴巴噘了起来，她不高兴地说："又出去了，老是不在家，这样下去可怎么得了，你也不管管？"

若茗被女儿逗乐了，她打开门回头笑着说："你走不走，再不走我就锁门了。"

小约连忙穿上鞋跑了出去。

若茗和女儿来到婆婆家，一进门就看见满桌子的菜，小约欢呼着扑了过去。

　　何牧田的母亲六十多岁，胖胖的，慈眉善目，她看见孙女，高兴得眼睛眯成了一条缝，又是心肝又是宝贝地叫开了。何牧田的父亲是一名退休教师，此刻他正在阳台上侍弄花草，看见儿媳妇和孙女进来了，却没看见儿子，就问："牧田呢？怎么没见他人？"

　　小约抢着说："我爸爸有事出去了。爷爷，您可要管管您儿子了，我都好多天没和他一起吃饭了。"

　　若茗洗完手看到公公和婆婆已经坐在饭桌前，于是也坐了下来，她说："爸妈，你们别听小约乱讲，牧田这几天单位忙，和小约刚好打个时间差，她就以为爸爸不回家。"

　　婆婆说："只要是忙工作就行，别没事总在外面吃饭，家里吃饭多好。"

　　公公说："孙女啊，你爸爸要工作，要养家，老待在家里怎么行？想当年我在几十公里外的学校教书，一个礼拜回来一次，还不是你奶奶一个人管家，那时候……"

　　"又来了！"小约双手捂住耳朵喊，"不听不听，耳朵都长茧子了！"

　　婆婆笑着说："老何快别说了，你那都是老黄历了，快让孙女吃饭，一会儿菜凉了。"

　　吃过饭，若茗帮婆婆收拾碗筷。婆婆关上厨房门小声问："若茗，你俩这两天没事吧？我刚才听小约说牧田和你吵架了？"

　　若茗连忙说："哪有，您别听她乱讲，这孩子一天到晚就会胡说，好好的吵什么架？"

　　婆婆不放心地再问："真的没有？有事可别瞒着妈，他欺负你了我就去教训他。"

　　若茗用手搂了搂婆婆的腰笑着说："哎呀妈，真的没事，您也跟着小约凑热闹啊！"

　　婆婆这才放下心："没事就好，这小子脾气我知道，做事独断专行，你性子好，没少受气。"

　　若茗看着婆婆，一股暖流在心中涌起，婆婆的确待她如亲生女儿，十几年了从没红过脸，婆媳关系很融洽。

从婆婆家出来已是黄昏，彩霞满天。小约欢呼着奔跑着，边跑边喊："妈妈，这太美了！如果不是到奶奶家吃饭，怎么会看到这么美的彩霞呢？"

感染着女儿的快乐，若茗轻轻地笑了。"前生的约定才使我们在今生相遇，女儿就叫小约吧。"这是刚刚生下女儿时丈夫说的话。小约，多好的名字，前世约定，今生才会相遇。

她朝着彩霞，露出了灿烂的笑脸。

# 七

若茗和女儿到家的时候，何牧田早就在家里了，他正坐在客厅的沙发上随意看着电视。看见妻子和女儿进门，他皱了皱眉头，问："你们干什么去了？今天特地回家吃饭的，结果没做。还以为你出去买菜了呢？"

小约抢着说："爸爸，我们去奶奶家吃饭了。"

若茗说："你不是说不回家吃饭了吗？怎么又回来了？"

何牧田说："事办完了就早早回来了。女儿不是说让我下班在家陪她嘛，我今天做回好父亲。"

"太好了爸爸，我今天还说让奶奶管管你呢。"小约搂着父亲的脖子高兴地说。

何牧田揉了揉女儿的头发，疼爱地说："宝贝，赶紧让妈妈去做饭，你们吃了，我都快饿死了。"

若茗看了丈夫一眼，就到厨房做饭去了。小约看妈妈进了厨房，就趴在父亲耳边小声说："老爸，实话告诉我，你今天是不是惹咱家大美女生气了？我放学回家，看到妈妈坐在沙发上，好像不高兴的样子。"

何牧田一本正经地摇着头："没有，老爸怎么敢惹你妈呀，她可能身体不舒服吧。"

小约歪着头，转了转眼珠说："没事，惹了也没关系，反正我都告诉奶奶了。"

何牧田一听，故作痛苦状："那我可就惨了，我妈肯定要收拾我了。这养的什么闺女啊，老是在背后告爸爸的状。"

小约看到父亲这样，得意地笑了。她往沙发上一坐，大度地说："好啦，看在帅哥今天回家陪我的分儿上，就饶了你，一会儿我给奶奶打个电话，就说我妈和你没吵架。"

"本来就没吵架啊，还饶了我。"何牧田笑了。对于这个漂亮、冰雪聪明的女儿，他是太喜爱了，一句重话都舍不得说。

若茗从厨房看着父女俩亲热的样子，也笑了。

晚上，小约做完作业睡了，若茗正在电脑上写东西，何牧田靠在床上说："老婆，今天没对妈说钱的事儿吧？"

若茗头也没抬说："你是希望我说还是不希望我说？"

"这不废话吗？我们早就说好的，家里的事儿别让爸妈知道，免得他们操心。"何牧田瞪着眼说。

她回头看了看他的样子，不动声色地说："你以后说话别这样好不好？搞得我像仇人似的！"

他咳嗽了一声，表情柔和了一些，声音也变得柔和了："不是，我是有些着急，怕你跟爸妈说了，他们再跟着操心。"

她关掉电脑，整理着资料："你以为我是那些碎嘴的女人啊？我也想通了，你既然决定了，我也不想再说什么，好好做吧。不过下不为例，以后有事必须商量。"

何牧田看到妻子的态度转变了，喜出望外，他笑着说："好，听你的。以后大事小事都和你商量。来，宝贝，让我亲一下。"

若茗看到丈夫跪在床上笑嘻嘻的样子，被逗笑了，嗔骂："去你的，赶紧睡觉。"

夜已经很深了，若茗却怎么也睡不着，她侧身看着熟睡的丈夫，看着这张英俊的脸庞，想起了以前的点点滴滴。那时候，她可是他辛辛苦苦追了两年才追到手的。记得恋爱的时候，他送她去学习，在车站，她坐在车上，他就站在车外面，透过车窗和她说话。那正是炎热的夏季，毒辣的太阳照射着，他的额头满是汗珠，她让他回去，他就是不走，一直陪着她，直到汽车开走，他才恋恋不舍地离开。那时候多甜蜜呀，那种被呵护的感觉她一辈子也忘不了。可是现在呢，丈夫看见她就像看见空气一样，无论她再怎样打扮都不会引起他的注意。

若茗想到这里，就悄悄坐起身下了床来到客厅。她想找丈夫的手机，可是找遍客厅也没找到，于是重新回到卧室，隐约看见丈夫那边的床头柜上放着手机。她静静地站了一会儿，确定丈夫没醒，就悄悄走过去，犹豫了一下，伸手拿过手机轻轻关上房门来到客厅。

手机屏锁住了，她试了好几次都不行。她想起几个月前俩人约定，开锁密码都设置为"一"，意思是俩人任何时候都必须坦诚相对，于是试了试，果然打开了。此刻她却有些犹豫了，能用这个打开，说明丈夫没有忘记俩人的约定，那也就不会有什么秘密瞒着她。可是好奇心又驱使她想看，于是一咬牙，打开了手机。

她先翻短信，没什么可疑的信息，甚至连女人的号码都没有。她又打开微信，一眼看见一个妩媚的女人头像，打开来，看到的是几句对话：

婉　婷：牧田，你到家了吗？

何牧田：刚到，老婆孩子没在。

婉　婷：老婆孩子热炕头。

何牧田：呵呵，好了，不说了，她们回来了，我听见上楼的声音了。

婉　婷：好吧，拜拜，有时间来苗圃陶冶情操。

就这么几句，似乎也没有出格的话语，可是若茗心里却有种不舒服的感觉。婉婷是谁，看头像不认识，相册里也没有照片。

她站起身，轻轻走进卧室，看见丈夫仍然在熟睡，于是就悄悄地把手机放回原处，上床睡了。

# 八

何牧田起床的时候，若茗早已做好了早点。由于小约坚持让爸爸送她上学，所以若茗自己吃过后就去上班了，留下父女俩吃早餐，然后何牧田开着车送女儿去学校。

小约的学校离家不是很远，开车也就二十分钟。今天走在这条路上，何牧田才知道自己竟然没有接送过女儿，他看了看女儿，小约秀气的脸庞酷似自己，尤其是那道浓眉，像极了他，不过性格却不像他和若茗，小约活泼、敏感、自尊。

到了学校门口，小约下了车，走了几步忽然停下了，她扭过头对何牧田说："爸爸，我想下午放学能在家看到您。"

何牧田朝她挤挤眼睛："遵命，宝贝！"

小约冲父亲做了个鬼脸，往学校走去。

看见女儿进了学校，何牧田掏出手机，拨通了一个电话："婉婷，你在哪儿？"

电话那头传来一个温柔的女性的声音："我在苗圃，你来吗？"

何牧田往后一靠，脸上现出了笑容："你一个人还是？我可不想看到他啊！"

婉婷轻笑了一声："你来吧，只要你来，我就不要别人。"

何牧田笑着说："别别，我无意于破坏你们，开个玩笑。就是想在你的绿色海洋熏陶一下，也好陶冶我的情操。"

挂断电话，何牧田发动车子向城外开去。路并不远，穿过北环路，再转一个弯，就到了一个占地一千多平方米的苗圃前。苗圃的上方全用彩色的钢瓦搭建，门是用白色的栅栏围着的，栅栏上爬满绿色的常春藤，中间一条小路直通一扇半掩的玻璃门，小路两旁全是绿色的盆栽，高高低低，错落有致，也许刚刚洒了水的缘故，绿色的叶子湿漉漉的，清新极了。

玻璃门里，一个穿长裙的女子正站在几棵高大的滴水观音旁。那植物叶形巨大，生机盎然，气度不凡，旁边还站了一个男子，正在给植物浇水。何牧田慢慢走过去，用轻松的语调说："你这里真是人间天堂啊，纤尘不染。"

女子回过头看见他，一笑，露出浅浅的酒窝："我这天堂里也偶尔会失火，需要有人来救火。"

身旁的男子站起身，看见何牧田，脸上露出淡淡的微笑，向他点点头算是打招呼，何牧田也礼貌地微笑了一下。

"来，我给你们介绍一下，这位是江舟，我的朋友；江舟，这位是何牧田。"婉婷笑着说。

两个男人握了握手。江舟看着何牧田说："不会是巧合吧？你妻子叫若茗？"

"是呀，怎么你认识？"何牧田惊讶地问。

江舟笑了："岂止认识，我们是同学。"说完，不由再认真地看了看他。

何牧田想了一下，点点头，说："好像听若茗提起过这个名字，江舟……对，绝对听过。"

江舟微笑了一下，不再说话，转身去搬花了。

"他在给你帮忙吗？这么早过来。"何牧田用手摆弄着一片叶子。

婉婷正用心修剪一株花草，微笑着说："不，他是给他同学买花的，他的一位女同学过两天有一个店庆。你应该知道吧？"

"我为什么要知道……"他转头看她，一缕阳光透过缝隙映在她的身上，整个人笼罩在灿烂的光环里，他突然停下了要说的话，看呆了。

婉婷没听见后面的话，于是抬头看他，正看见他目光温柔地凝视着自己，于是脸微微红了。她轻咳了一声，他回过神，感觉到了自己失态，轻声说："对不起……不过，我不能骗你，我必须说，你真的很美。"

她的脸更红了，轻轻垂下眼帘。

他感觉思想有些混沌，思维也有些不清晰了，他勉强掉转头看向别处，转移了话题："这些绿色植物真不错。"

她看着他窘迫的样子，轻轻抿嘴而笑。

他深深地吸了口气，陶醉地微闭了一下双目，然后说："好了，我该上班去了。每天早上能在你这里熏陶一下，一整天都会神清气爽。"

她朝他挥挥手，笑着说："每天能听见你这样的赞美，我也一样很快乐。再见。"

不远处，江舟把这一切看在了眼里，他咬了咬嘴唇，脑海里闪现出若茗的影子，看见何牧田开车走了，他把最后一盆花搬上车，拍拍手，来到了婉婷面前，有些调侃地说："怎么，好像爱上了？"

婉婷放下了手中的剪子，坐在旁边的藤椅上，端起茶杯抿了一口茶，微笑着说："别谈爱，爱是很神圣的东西，在这个世俗的社会里，可别玷污了它。"

江舟有些欣赏地看着她："你和别的女人有些不同。"

"怎样不同呢？"她幽幽地问，看着他。

"气质的、高雅的、不凡的。你和她是一类人，但你缺少她身上的某一点。仅仅这一点，就足以让她超凡脱俗。"江舟有些出神。

"她是谁？"婉婷扬了扬眉毛，深黑的双眸看着他。

她是我学生时代就喜欢的女人，她是我的同学，她叫若茗，她是别人的妻子，江舟在心里说。他叹了口气，挥挥手，准备走了。

婉婷看着他的样子，有些惊讶。

江舟走了几步站住了，扭过头看着她，静静地说："婉婷，你是一个优秀的女人，爱一个能爱、该爱的人，不要让另一个女人伤心。"

婉婷有些震动，她手中的茶杯停在了半空，看着江舟渐渐远去的背影，呆呆地出神。

# 九

菲尔的酒楼没在闹市区，而是在一条刚刚修建完的城市规划路段。她经营这个酒楼已经三年了，没多大盈利，但是也不赔本，生意还能做。今天是酒楼三周年店庆，她特地请了老同学、老朋友和一些老客户庆祝。

张鹏飞从头一天就在这里帮忙，第二天又一大早赶过来了，江舟也把鲜花和几盆绿色植物搬了过来，摆放在酒楼里，当然若茗是少不了的，只是她现在还没到。菲尔这次还请了萧山，但她实在拿不准他会不会来。看着张鹏飞和江舟忙前忙后在替她张罗，菲尔很享受，她习惯于别人为她做事，尤其是男人。通常情况下，和她交往的男人们也很乐意为她做这做那，当然，那些男人都是有企图的，不过他们总是被菲尔吊着胃口，没几个人能达到目的，这也就是他们总围着她转的根本原因。男人嘛，就不能让他们达到目的，否则很快就会被弃之脑后，这是菲尔的理论。

不过，萧山是个例外，从没有一个男人如此轻视过她的存在，何况这个男人还是她爱上的。她有一种心理的失衡。

宾客已经盈门，酒楼门前摆放着两排长长的花篮，红地毯一直铺到路边。江舟不时看看手表，张鹏飞在旁边打趣："哎，在等若茗吧？别着急，总会来的。"

江舟瞪了他一眼，大声说："谁在等她？我在看什么时间，该放鞭炮了！"

张鹏飞意味深长地一笑。

这时，萧山骑着一辆摩托车来了，他停好车朝这边走了过来。张鹏飞在江舟耳边说："这家伙怎么来了？"

江舟看到张鹏飞吃醋的样子大笑："小子，警惕性挺高啊，哈哈！"

张鹏飞捅了江舟一拳，瞪着眼说："你幸灾乐祸，有你哭的时候。"

说话间萧山已走到跟前，三人用手势打着招呼。张鹏飞冷眼看着萧山，想起菲尔在山上说的话，不由用手推了推眼镜，从鼻子里哼了一声。

若茗从一辆出租车上下来了。她今天穿了一件天蓝色棉麻长裙，一头长发在脑后松松地束着，背着一个挎包。她看见了他们，于是微笑着招了招手，走了过来。张鹏飞说："怎么来这么晚？就差你了。"

"对不起啊，临时有个事，还好没迟到。"若茗歉意地说道。她看到萧山，有一些意外，不明白菲尔为什么要请他，她记得菲尔和萧山没什么来往。

店内摆放着各种水果和自助餐，服务员不停穿梭着，客人也在三三两两地交谈，音乐换成了轻柔的旋律，氛围是轻松而愉快的。菲尔忙着和客人打招呼，还不时和男人们开着玩笑，轻笑声不时响起。萧山端着一杯红酒站在一个角落，他的目光一直追逐着若茗，看着她帮着菲尔忙这忙那，直到她停了下来坐在椅子上，才端起一杯饮料走了过去。

若茗喜欢听舒缓的音乐，但不喜欢这样喧闹的场面，虽然作为记者，她经常要面对很多人，但从内心来讲她是一个喜欢安静的人，而何牧田的性格则刚好相反，所以俩人在很多事情上不合拍。最近她常常在想，如此性格迥异的两个人，当初为什么会走到一起？

她想得太入神了，以至于萧山走到跟前都没有察觉，直到一杯饮料伸到她鼻子底下，她才猛然抬头看到他。接触到了他温和的目光。她接过饮料笑笑说："谢谢！"

萧山坐在旁边，俩人都不说话，此刻轻柔的音乐萦绕在室内，也在两人的心中流淌。不是没话说，而是在这轻松的氛围里，似乎不需要太多的语言，两人就已心有灵犀。

当另一曲音乐响起时，若茗幽幽地说："你说，到底是哪种性格的男女结合才会生活幸福？互补的，还是相同的？"

萧山沉吟了一下，说："我觉得，无论性格是怎样的，只要心中有对彼此的爱，生活就会幸福。"

她轻皱眉头，有些苦恼地说："不是吧，爱与细碎的生活比起来是不堪一击的。而性格上的不同会使这份不堪一击的爱更加支离破碎。"

他扭头看她，看到她微蹙双眉，有一股淡淡的愁，轻轻地问："在说你自己吗？"

她双眼注视着前面穿梭的男男女女，说："都说七年之痒，我觉得，应该叫十二年之痒吧？七年时间早已不是婚姻的敌人，而是十年，甚至二十年。因为时间越长，爱就会慢慢被消磨在细碎的生活里，直到支离破碎。"

"爱情……是一种感觉吧，相爱的两个人在婚后如果吵架，除了生活中所遇到的琐事之外，还有一个原因就是，其中一方总认为俩人必须要像恋爱中那样保持爱情的浓度。一旦不是心目中所想，就会失望和愤怒。"萧山玩转着酒杯，看着酒杯里剩下的一滴红酒在杯壁上旋转。

"似乎还有其他呢。"若茗怀疑地问，她用茫然的目光看着萧山。

"怎么？你已经开始怀疑自己的婚姻了吗？"他温和地问。

"我很困惑，不知道问题出在了哪里。"若茗说。

"交流、沟通，这是最好的消除隔阂的办法。"萧山说。

若茗望着杯中橘黄色的饮料，没有说话。

宴会结束已经是下午三点，萧山骑着他的摩托车走了，若茗也准备去单位。菲尔一直忙碌着，直到这时才顾上和若茗说话。张鹏飞理所当然留下来帮菲尔收拾。菲尔左右寻找着，嘴里嘟囔："这个萧山，连声招呼也不打就走了，还有江舟，我怎么一直没看见他？"

若茗笑着说："你一直是中心人物，被那么多男人围着，还顾得上别人？"

张鹏飞推了推眼镜低声说："怎么就没发现我的存在？"

菲尔听见了，捶了他一拳，笑骂："你不是一直存在吗？还发什么牢骚。"

若茗朝他俩招招手说："我走了，还要去单位开会呢。"

看着若茗走远，张鹏飞扭头看着菲尔，有些吃醋地说："一直和那些男人说个不停，你不嫌累呀？"

菲尔瞪大眼睛像看着一个怪物："鹏飞，你说什么鬼话？我的客人我不得招呼啊，你脑袋是不是进水了说这样的话！"

张鹏飞看看菲尔生气的样子，赶紧跑去收拾东西了。

若茗刚走到街道转弯的地方，江舟按着喇叭叫她上车。她打开车门坐了上去，笑着说："我说怎么不见你人，原来在这儿呢。"

江舟发动车问她："去单位还是回家？我送你过去。"

若茗说："单位，我要开会。"

于是车子朝单位开去。和江舟在一起，若茗感觉很轻松随便，在他面前，她可以褪掉一切面具袒露真实的自己，就像一个人在家里时随心所欲的那种。

到了单位门口，她刚想下车，江舟叫住她，欲言又止。

她笑着说："怎么，有什么难以启齿的？"

他看着她问："你老实回答我，你过得幸福吗？"

她一愣，不知道他是什么意思。今天聊这个话题似乎太多，她有些迷糊了。

看她没有回答，他又说："每天上班，他不送你吗？那么，你知道他的行踪吗？"

她惊讶地问："江舟，你怎么了，怎么突然说这样的话？"

"没怎么，随便说说。你自己想想，没事就好。"他看了她一眼，断定她不知道苗圃那件事，于是有些后悔告诉她。

看着他开车离去，她有些不解。难道他发现了丈夫的什么事情吗？

# 十

夕阳斜斜地射在窗棂上，霞光透过窗子，染红了客厅的蓝布窗帘。树影在窗帘上来来回回地摆动、摇曳，时而朦胧，时而清晰，又时而疏落，时而浓密，像一张张活动而变幻的图案画片。

若茗坐在阳台的小藤椅上，端着一杯茶抿着，享受地欣赏着刚刚收拾过的家。她喜欢收拾家，要么缝一个杯垫，要么织一件盖布，一针一线在她的巧手编织下，总会让人叹为观止。上次用贝壳做的耳环，很有一股民族风的气息，配一袭长裙，惹得报社的女孩子们羡慕不已，于是她只好回家连夜又做了三对送给她们。

她虽然有着不错的工作，但是在她的内心深处，只想做一个居家的小女人，相夫教子，过最简单的生活。只是丈夫最近做生意入了迷，总是和他的一帮朋友谈一些生意上的事，听说在做高铁的一个项目，虽然自己不懂，也十分不赞同，但是看到丈夫一心为家奔波劳累的样子，到嘴边的话又咽了下去。其实，最主要的，还是她和丈夫没有沟通的时间。每天晚上，都是在她睡眼蒙眬时，丈夫才回到家里，有心谈谈，可看到他疲惫的样子，也只好作罢。

门响了，何牧田回来了，他一进门就把鞋甩到一边，看也没看一旁端着杯子的若茗，直接把自己摔在沙发上。

若茗放下茶杯，赶紧去烧水给丈夫泡茶。她的手从桌上摆放的茶叶盒上拂过，最终拿出一盒铁观音，从里面小心地捏出一撮，放到杯子里，倒上水，待水中的雾气散去，茶叶安分地待在了杯子里，才端到丈夫跟前。对于这一点，若茗从来都不马虎，她认为丈夫就是天，女人做好家务，伺候好丈夫是天经地义的事情。

何牧田端起杯子，喝了一口放下，靠在沙发背上，长长地舒了口气。若茗坐在他身边，小心地问："牧田，怎么了？看你样子好像有心事。"

何牧田这才收回眼光，看妻子关切地问自己，欲言又止地说："我说了你可别着急。"

"怎么了?"若茗问。

何牧田说:"第一期活干完了,不结款。"

"多少钱没结?"若茗问。

何牧田看着神色凝重的妻子,迟疑了一下,说:"三……三百万。"

"这么多呀!"若茗着急了,"那都得咱们垫付吗?"

"早已经垫付过了。"何牧田说。

"哪来的钱垫付?"若茗问。

何牧田没有说话,站起身来,到卫生间去了,若茗听见马桶传来"刷刷"的响声,突然一股无名火从心头升起,她不知道这股火是因为丈夫小便时发出的声音,还是因为听到了那个消息。她坐在那里,自己生闷气。

何牧田从卫生间出来,看到若茗坐在那里发呆,有些心虚,他坐在妻子身边,有些讨好地说:"老婆,你别担心,钱总会付的,再说还有雪松呢,他负担三分之二,咱们也就是三分之一的垫资。"

若茗耐着性子说:"你总是这样说,三分之一也是一百万呀,你说钱要是要不回来,咱们可怎么办呢,欠这么多债。"

"不会要不回来,就是时间长一些而已。"何牧田没有底气地说。

若茗没说话,她其实是希望丈夫斩钉截铁地说一句"没事,别担心"。可是等了半天,丈夫也没有说这句话,看着她的样子,他反而说:"看你那样子!有啥可担心的。"

她强压住的火气一下子蹿了上来,说:"我是不是要等到你把家败光了才有资格说话?"

何牧田一听这话,气不打一处来,他把端起的茶杯重重往桌上一放,大声说:"够了!就知道你这样说!我做生意,你从来没有说过一句吉利的话,能不能盼我点好?"

若茗气得浑身发抖,大声说:"这么说,都是我的问题了?你怎么不审视一下自己哪里出了问题?你是做生意的料儿吗?在机关里干了十几年,没有经验偏要干,出了问题还指责别人,是个男人吗?"

何牧田很憋气,拿起皮包,穿上鞋,"砰"的一声重重的关门声,把自己关在了家外面。

　　若茗的泪水流了下来，她顺手拿起抱枕扔到了沙发那边。过了一会儿，她拿出电话，给何牧田拨了过去，可是没有人接，再打，依然没有人接，这是从来没有过的现象。他们俩自从结婚后，即使再生气，对方打电话一定会接。今晚，也许真是自己做错了？若茗不由得在心里反思自己。

　　何牧田开着车，摇下车窗，迎着带着一丝凉意的风，慢吞吞地开着。三月的尾巴，天气仍然带着凉意，风吹在人身上，凉飕飕的。

　　他的车不知不觉开往苗圃。

　　苗圃内，婉婷正修剪绿植。她今天穿得很休闲，阔腿裤，一件浅蓝色格子衬衣，袖子高高挽起，露出白皙的手腕。她专心地修剪着，丝毫没有觉察到何牧田进来。何牧田没有打扰她，独自走进了她的书房。

　　婉婷的书房是一个宝库，这里充满了诱人的东西，对何牧田来说，就像进了一个神秘的仙境。他不是一个爱读书的人，但他喜欢在婉婷的书房内随手翻阅一些书籍和画册，并且总是迷失在那些画册里，迷失在那些诗词歌赋和小说里。妻子若茗也有一个小书房，里面也有很多书，她每次下班忙完家务，总是把自己关在屋内写作，沉浸在自己的世界里，虽然何牧田也曾进入妻子的精神世界，但最终也因各种原因没有深入，或者是因为太熟悉，所以没有了神秘感。他认为妻子写的所有诗歌，没有一首诗为他而作。

　　在婉婷这里却不同，只要看到她写的诗歌，总感觉是写给自己的，这让他有一种满足感。他喜欢这里，这里总有一种神秘感吸引着他，让他欲罢不能。他经常在那些书中发现被勾画过的句子，或是几句简短的评语，他知道，这些都是婉婷的手笔。他真不敢想象，一个人怎能看得了这么多的书！

　　此刻，他像往常一样随手翻阅着，在一本《回首风烟》中，他发现了一张纸条，上面凌乱地写着："天不老，情难绝。心似双丝网，中有千千结。""《卜算子·答施》相思似海深，旧事如天远。泪滴千千万万行，更使人，愁肠断。要见无因见，拼了终难拼。若是前生未有缘，待重结，来生愿。"

　　婉婷悄悄走了进来，斜倚在玻璃门上，静静地看着。她想起江舟那天说的话："婉婷，你是一个优秀的女人，爱一个能爱、该爱的人，不要让另一个女人伤心。"她爱他吗？似乎没有，但是每一次写诗，脑子里为什么总是出现他的样子？她摇摇头，想赶跑这个突然蹦出来的问题。

何牧田感觉身后有人，他回头看见婉婷神思恍惚，笑着说："看你在专心修剪绿植，就自己进来了。"

婉婷抿嘴一笑，轻盈地走过去，收拾书桌上凌乱的稿纸，边收拾边说："牧田，你知道今天是什么日子吗？"

何牧田一头雾水，疑惑地说："今天……什么日子？"

婉婷把一本诗集放进书架，说："四月一日。你没看新闻吗？"

何牧田这才反应过来，背书似的说："中共中央、国务院印发通知，决定设立雄安新区。这是以习近平同志为核心的党中央作出的一项重大的历史性战略选择，是继深圳经济特区和上海浦东新区之后又一具有全国意义的新区，是千年大计、国家大事。"他停顿了一下，问："你提这个是什么意思？"

"我想去。"婉婷静静地说。

"什么？你想去那里？"何牧田吃惊地说，"刚刚宣布，还不知道怎样，你去干什么？"

"我也不知道，就是想去。"婉婷说，"我想实现自己的梦想。"

"你的梦想是什么？为什么要到那里去实现？"何牧田又问。他实在想不明白，一个刚开始发展的城市，有什么能够吸引她的地方。

"我一直有一个梦想，背着背包独自远行，感受路上不一样的风景。也许，那里恰巧实现了我的愿望呢。在外人看来我是如此成功，但我自己却没感到多么快乐，我甚至怀疑，这世界上一定还有另一个我，在做着我不敢做的事，过着我梦想的生活。"婉婷说。

何牧田摇摇头，表示不理解。什么深圳、上海浦东，包括现在的城市，他一点感觉都没有。这不仅是自己有公职的原因，还因为这么多年来，家庭，对于他来说，是非常重要的，他从来不认为远方比家庭更重要，何况还有父母。父母在，不远游，这是他认为的颠扑不破的真理。

婉婷似乎看透了他的内心，轻笑了一下，他终究还是不懂自己。她记得自己看到电影《燃情岁月》那句"有些人能听到内心的声音，并遵循它而活，这样的人不是疯子，就是传奇"时，就有一种远行的冲动。她觉得，梦想不仅是一种欲望，更是一种行动，无论别人看来多么不可能，她认定的事，都要死磕到底。

从苗圃出来，夜已深沉。何牧田深吸了一口夜风。他喜欢乍暖还寒时那种凉凉爽爽的空气。他发动汽车，滑行在人烟稀少的街头。

深夜开车是一种享受，稳稳地握着驾驶盘，不必和满街的车子行人争先抢后。人生也和开车一样，何时才能有一条康庄而平稳的大道，不需要在别人车子的夹缝里行驶，随时担心着翻车、抛锚和碰撞。摇了摇头，一种淡淡的、疲倦的感觉向他包围了过来，燃起一支烟，他对着窗玻璃喷过去，百无聊赖地叹了一口气。

为什么在苗圃待得这么晚？他自己也不知道，只觉得在现在这种争名夺利的世界里，像婉婷那么简单清纯的女子已经不多了，他可以毫无戒备地放松自己。只是他不明白婉婷为何突然决定去远方。她难道都不考虑一下吗？还是……还是自己根本就是自作多情。

# 十一

午夜，若茗忽然从梦中惊醒了，一摸枕畔，湿漉漉的。从床上坐起来，她怔忡地望着窗子。室内静悄悄的，盛着一屋子的寂寞，蓝布窗帘在微风中摇荡。没有丈夫，没有梦中的老屋，没有坐在院子里拉二胡的父亲，她也不是那个背着书包去学校的女孩。相同的场景，曾经无数次出现在梦里，醒来时，泪水总是湿透枕畔。父亲，父亲，她多愿意依偎在他膝下，听他用颤抖的声音说："若茗啊，你是爸爸的命哩！"

现在，没有人再对她讲这种话了，父亲走的时候，只留下了一把二胡，一部古装的《石头记》和一套《元曲选》。她打开台灯，拿出了书，对着扉页上父亲的图章和一行签字："留给吾儿若茗"，她流下了眼泪。倾听着万籁俱寂中偶尔发出的声响，她一直呆坐着，沉溺于一份朦胧的眩惑里。

门响了，听着脚步声和放钥匙的声音，她的心突然一热，这熟悉的声音，自己已经听了十几年了，每次听到这个声音，她都感到温暖和安全，今夜尤甚。于是，她跳下床，赤着脚，奔出卧室，扑进丈夫的怀里，脸颊紧紧贴在丈夫胸膛，热烈地低语："牧田，牧田，你去了哪里？你没接到我的电话吗？你为什么不回电话呢？"说完，热泪夺眶而出，想起刚才的梦境，她哽咽着，竟说不出话来。

何牧田吓了一跳，虽然妻子常常这样情绪化，可是像这样的状况还是第一次。他内心的柔情一下子涌了上来，想想刚才吵架时的粗鲁，他有些后悔，于是双手搂住妻子，用下巴轻轻蹭着她的头发，温情地说："好了好了，我这不是回来了吗？我不对，不应该不接你电话，对不起，以后不会了。乖，不难过了。"

若茗在丈夫怀里逐渐安静下来，她抬起头，用亮晶晶的眼睛看着丈夫，轻轻说："对不起，你也是为了这个家……而我总是怪你。对不起！"

何牧田无言地拍拍妻子的肩膀，想到令人烦恼的欠款，他的心情变得黯淡起来。若茗感受到了丈夫的情绪，不再说话。

静悄悄的夜晚，两个躺在床上的人，怀着对彼此弥补的心态，在暗夜里想着心事。若茗望着散落在天花板上的小星星，脑子里冒出了这样一句话：爱情里最悲哀的事是，最爱的，未必最适合自己，而最适合自己的，未必最深爱。

清晨，若茗早早起床，到餐厅里，打开冰箱，取出牛奶和面包，准备一家人的早餐。事实上，她昨晚根本没有睡着，直到透过窗帘的缝隙看到曙光，她才眯了一会儿。

何牧田正半倚在沙发上，一副若有所思的样子。早晨的阳光已从窗口斜射进来，在他面前投下一道金色的、闪亮的光带。若茗端着烤好的面包和热好的牛奶，关心地说："洗脸了吗？我给你弄早餐，昨晚听你说今天去雪松那里商量事，早些去吧。"

何牧田抬起头来，望着若茗。她那一肩如云般乌黑的头发，披散在肩上，薄纱般的睡衣，拦腰系着带子，她依然纤细修长，依然美丽动人。他情不自禁地走过去，烤面包的香味弥漫在空气中，却盖不住她发际衣襟上的幽香。他仔细地、深深地凝视她，她迎接着他的目光，也一瞬不瞬地注视着他。他心中掠过一阵歉疚，于是不由自主地伸出手去，把她揽入怀中，他的头轻俯在她的耳边。

"若茗，你有没有想过，我们可以再要一个孩子。"何牧田说。

"什么？"若茗吃惊地大睁着眼睛。

"我一直喜欢孩子，"何牧田微微叹了口气，"小约大了，总有一天要离开我们，或者，添一个孩子，会使我们生活中多一些乐趣……"

"你觉得——生活枯燥乏味吗？"她问，语气里带着一抹淡淡的悲哀。

"不是枯燥乏味！"他急忙说，"而是刻板。很久以来，我们的生活像一个钟，每天准确固定地行走，不快不慢地，有条不紊地行走……"

"只要钟不停摆，你不该再不满足，"若茗轻轻地打断了他，垂下眼睛，她语气中的悲哀加重了，"或者，我们身边缺少的，不是孩子。十几年的婚姻是一条好长好长的路，你是不是走累了？疲惫了？或者，是厌倦了？……"

"胡说！"他说，"你明知道你很漂亮。"

"却不再吸引你了！再也没有新鲜感了，再说，以我们现在的经济状况……"

"又胡说了！"何牧田用手压住她的头，下意识地抚摸着她的头发，停了一下，又说，"若茗，你知道雄安新区吗？"

若茗说："知道。怎么突然问这个？"

"没什么，想起来了，就问你。"何牧田心里掠过婉婷的影子。

一时间，他们两个都不说话，只是静静地站着，依偎着，室内好安静，阳光洒了一屋子的光点。

小约从卧室里跑出来了，她已换好衣服准备上学。看到父母的样子，她收住脚步，惊天动地般喊了起来："爸爸妈妈，今天是情人节吗？还是你们的结婚纪念日？"

若茗的脸居然涨红了。走到餐桌边，她掩饰地又拿起两片面包，顾左右而言他："小约，要吃面包吗？"

"你们像一对新婚夫妇！"小约直奔过来，抓起了一片刚烤好的面包，对母亲淘气地笑。

窗外是一片灿烂的、金色的阳光。

# 十二

婉婷正在往外转她的苗圃。1986 年出生的她，至今没有结婚，不是不想结，也不是没有结婚的对象。事实上，以她的才情和容貌，身边不乏追求者，各方面条件合适的也不是没有，只是在她的内心，始终走不出自己的初恋。

她已经下定了决心去雄安新区。其实，她也不知道为什么想去，只觉得自己内心被一种激情牵引。在家乡的这座城市，她已经生活了三十多年，这里有她太多的记忆，欢乐、悲伤、幸福、痛苦……如果说这些情感曾经给了她丰富的人生经历，那么，在得到雄安新区设立的消息时，无疑让她更有了一种冲动，一种全新的生活方式在她眼前展开，她想象着，一座美好的城市画卷正在向她张开温暖的怀抱。

转眼快一个月了，都没有合适的人接手苗圃，她有些着急。人一着急，就会作出非同寻常的决定。在第十一家来看时，她以低于平时五万元的价格，把苗圃转了出去。收拾完自己的东西，站在夜幕笼罩下的街道，看着辛辛苦苦经营了五年的苗圃，她心里忽然五味杂陈。

她想起那场令她痛不欲生的初恋……哦，海平！那一年，花开得不是最好，可是还好，我遇到你；那一年，花开得好极了，好像专是为了你；那一年，花开得很迟，还好，有你。如今，不见你，不如离去。此一去不过经年，再回首不复往昔。

"真的要走吗？"在一家咖啡厅，何牧田问。

婉婷搅动着小勺子，看着杯中的咖啡热气萦绕。她抬起头，遇上他询问的目光，笑了一下，说："是呀，明天的飞机，所以和你告别。"

"一个完全陌生的世界。你去干什么？"何牧田有些不舍。

"我在这里已经待了三十多年，每天重复一样的生活，做一样的事情，心都枯了。"婉婷说，"我想改变。"

"这里毕竟是自己的家乡，亲人和朋友都在……"何牧田止住了话语，他还想说，"还有我"。可是又咽了下去，细想想，自己并不是她能留下来的理由。

婉婷看着他，笑了，端起杯子喝了一口咖啡，说："没有人会成为我留下来的理由。"

何牧田被看破了心事，自嘲地笑了一下。他靠在椅背上说："我不喜欢喝咖啡，但我喜欢咖啡馆的情调。"

"去了那里，我想开一间爬满绿色藤蔓的咖啡馆，人们可以点杯咖啡坐在那里静静地看书。"婉婷描绘着，双眼放光。

"千万别把开咖啡馆当成创业，当成一种投资，也千万别指望开咖啡馆能完成原始积累，那只是一种生活方式。"何牧田提醒她。

"投资生活方式也是一种创业的方式。"婉婷说，"再说，我并不想赚太多的钱，够花就行。"

"那你去干什么？搞不懂。"何牧田摇摇头。

悠扬的钢琴声响了起来，灯光柔和地穿梭在咖啡馆的微隙，舒徜，漫长，似乎把天地间的一切空虚都填满了。两人就这么坐着，一个望着窗外的夜色，一个望着滚烫的咖啡，谁也不再说话。

一杯咖啡，咽下所有沉默的沧桑过往；一杯咖啡，喝出一切可能的来日方长。

婉婷倚窗而坐，凝视着窗外那些重叠着的云层。飞机起飞已经好一会儿了，窗外，是一层层的云浪，云卷着云，云裹着云，云拥着云。第一次远行，第一次真正地离开家，心里所充塞着的感觉，就像那些卷拥堆积着的云一样，一片迷茫却闪耀着太阳的光华。离愁与期待，追寻与兴奋，迷惘与欣慰——都矛盾地、复杂地充塞在她心中。

走出石家庄机场，婉婷拉着行李箱赶高铁。西安是一个繁华的大都市，无论怎样繁华，都是自己的家乡，闭着眼睛，她都能找到回家的路，走在西安任何一个陌生的角落，她都感觉踏实、熟悉。可是今天，一个人踏上这片陌生的土地，望着熙熙攘攘的人流，陌生的面孔，听不懂的语言，她在感觉新奇的同时，不免有些惶恐。她不知道，将要到达的那个城市是否会接纳她。

"哎呀！"正匆匆行走，婉婷的脚被重重地踩了一下，疼得她不由叫了起来，还没等她来得及看，一个重物朝她压了过来，她和行李箱一起被扑倒在地上。

她坐起来，顾不上疼痛，先搜寻那个压倒自己的重物。只见一个男子正半蹲着身子，一边揉着胳膊，一边正呲牙咧嘴地瞪着她。她火冒三丈，从地上一下子站起来，指着那个男子就叫："你眼睛长哪儿去了？这么宽的路，竟然能把人撞倒！"

男子也站了起来，把掉到地上的手机和皮包拿起来，拍了拍，想走，看到婉婷的皮箱甩出去老远，就走过去提了起来，放到她身边，没好气地说："对不起！"

"看起来你还不服气，搞清楚，是你撞的我，好像你还有理似的。"她生气地说，边说边收拾掉在地上的东西。这么大人了，在大庭广众之下摔倒，多难为情。再说了，还没到目的地，先摔了一跤，她心情忽然很灰暗，语气更加不友好起来。

"听你口音，好像是陕西人。"男子看她很愤怒的样子，有些理亏。

"管我哪里人！"她拉起皮箱，快步朝前走去。来来往往的人连看都不看他们一眼，都在匆匆赶路，而自己还在跟这个人瞎扯，纯粹浪费时间，再说，自己还得赶高铁呢。

男子看她走远了，这才悻悻离去。

婉婷匆匆赶到高铁站进站口，就听见广播响起自己所乘坐的那列火车已停止检票的通知。她急了，挤来挤去，好不容易进了站，列车早已开了。她懊恼地站在那里，看着嘈杂的人流，听着嘈杂的人声，不知道该怎么办。想了一会儿，她来到窗口，改签了下一趟车。

等了一个多小时，终于登上了开往雄安新区的列车。放好行李箱，在座位上坐好，她长长地舒了口气。上一趟车买的靠窗的座位，这次票紧张，随机出来的是靠近过道的位置，而她每次坐车，总是偏爱紧邻车窗的位置。她喜欢静静等待车开的那一刻，那一刻，对面停的列车，不相识的陌生旅人以及静默而立的站牌景观，从眼前缓缓地滑过，一场期盼已久的旅程就这样拉开宽大的帷幕。

"麻烦让一下。"正在低头看手机，耳边传来一个男子的声音，她头也没抬，就站起身让座，等那人进去，她又重新坐了下来。

"是你!"身边男子惊奇地叫。她吓了一跳,抬起头,正对上男子的目光。原来是刚才撞她的那个男子。

"真倒霉。"她嘴里小声嘟囔了一句,把脸别向一旁。

"不是倒霉,说明咱俩有缘。我是湖北武汉的,我听出你的口音了,陕西人。咱们这叫有缘千里来相会。"男子看她一副不想原谅他的样子,故意用幽默的口气说。看她依然别着脸不理他,没趣地咽了口唾沫,把目光望向窗外。

列车飞驰在田野上。婉婷喜欢行走在铁路边,望着笔直的铁轨伸向远方,心中就会涌起无限的遐想。窗外辽阔坦荡的田野平川、挺立茂盛的大树小草,还有,远方若隐若现的绵延群山,在视线中一一闪现,又转眼间呼啸而去。车窗外宛若一帧帧流动的风景,处处闪动着活跃的美感,好似一幅徐徐展开的水墨画卷,总有意想不到的惊喜呈现在眼前。尽管很多时候和花花草草在一起,但对终日在城市中生活惯了的婉婷来说,一份久违了的清新与自由扑面而来。从火车的窗口往外看,有喧闹的都市,也有宁静的乡村;有广阔的原野,也有青翠的山林;有水乡泽国,也有大漠荒原。甚至铁路沿线的一根电线杆、一个信号灯、一座火车站、一辆迎面驶来的列车,都有着它们独特的力度与美感。

"要不……你坐里面?"耳边又传来男子的说话声。她把目光从右边的窗外收回,朝左边看了一眼,看到男子满脸笑容地看着她,并欠身准备让座。

她有些过意不去,于是朝他笑了笑说:"不用,谢谢你。"

看到她说话了,男子这才如释重负,坐下来说:"我正式向你道歉,在车站,是我不小心撞倒了你。"

看到男子这么诚恳,她刚才的不快早已消失了,笑着说:"我也向你道歉,走得太急,没看左右。"

"你去哪里?"男子问。

"雄安新区,你呢?"她说。

"我也是去雄安新区,真是太巧了。"男子看着她,目光灼灼。

她接触到男子的目光,有些不习惯,目光又看向窗外。

"我叫魏云鹏,你呢?"男子问。

"婉婷。"她说。

共同的目的地拉近了俩人的距离，热情的魏云鹏给她滔滔不绝地讲起了雄安新区。随着魏云鹏的讲述，婉婷似乎看到，一座美丽的城市正展现在她的眼前。

# 十三

若茗坐在窗前，无意识地凝视着窗帘上一缕缕的霞光，然后又低下头望着桌上摊开的清单：伙食费、水电费、零用、教育、医疗……预算中的项目似乎没有一样可以减少，而这些零零碎碎的项目加起来竟变成了那么庞大的一个数字，收支的差额仿佛一个月比一个月大。她瞪着清单出神，如何能使收支平衡？对她来说，这似乎是一项最难的学问。结婚十几年了，她还从来没有因为家庭开支发愁，她的工资和丈夫的加起来，在这个小城市，日子过得非常轻松。如果不是丈夫做生意把家里的积蓄全部拿了出去，她也不会坐在这里，浪费这么长的时间安排这个月的家庭开支。

一想到这里，她的心情就黯淡下来。她叹了口气，把纸揉成一团，准备扔掉。听到钥匙转动的声音，她知道是丈夫回来了，小约今天去奶奶家住，所以她没有着急做饭。

何牧田进了门，看到若茗坐在那里发呆，就换掉鞋走到跟前，把头伸到她面前，笑着说："怎么了？发啥呆呢？"

若茗叹口气，把手中的纸团打开，伸到他面前说："这不是没钱了吗？心里着急。"

何牧田打开看了看，安慰妻子说："没事，过日子的钱还是有的。你尽管花，咱俩的工资加起来一万多，还不够一个月花的？"

若茗说："家里积蓄都给你了，虽然每月有一万多的工资收入，可是也不能花光呀，总得攒点钱，孩子以后上学需要钱，还有爸妈，年纪都大了，不得准备钱呀。"

何牧田坐到沙发上，拿出手机，边操作边说："我这里还有三万，全部转给你，你存着。"

若茗一听，惊喜地说："结款啦？"

"没有。"何牧田头也不抬地说，"我从朋友那里借了十万，清了点工人工资，就剩这么点了。"

若茗泄气地说："你还是留着吧，给我了，你那里咋办？"

话刚说完，她的手机响了一下，拿起一看，丈夫已经把三万元转到了她的卡里，既然转过来了，她也没再坚持。说不定过几天还得转给他。她的心情好了很多，刚才因为开支问题产生的郁闷也暂时消失了，她走进厨房开始做饭。

饭菜上桌，客厅却没有丈夫的身影，她隐约听见阳台有低低的说话声，就走过去，刚准备叫，却发现丈夫在视频。看不清对方是谁，从丈夫的语气里，若茗判断是个女人。想起前段时间丈夫微信里的对话，她的心突然跳了起来，于是靠在门上，发起了呆。

何牧田打完电话，刚一转身，看到妻子站在那里发呆，愣了一下，他解释道："我和朋友聊款子的事。"

若茗"哦"了一声，淡淡地说："吃饭了。"说完走进餐厅。

何牧田吃得很香，也不知道是他胃口好，还是若茗做的饭好吃。看着丈夫狼吞虎咽的样子，她忽然说："牧田，你不是说想生个孩子吗？"

何牧田正在夹菜的筷子停了一下，他有些意外，看着妻子若有所思的样子笑着说："上次我说这个话题，你说我厌倦了家庭生活，今天怎么忽然想起这个，难道你也厌倦了我们的婚姻吗？"

若茗想说话，又不知怎么说，于是低下头吃饭。看着妻子反常的样子，何牧田关心地问："老婆，你没啥事吧？"

她正想说话，忽然电话响了起来，一看是萧山打过来的，问她有没有时间，他准备好了一些资料，想交给她。她这才想起，昨天主任安排她的事还没有完成，于是答应吃完晚饭出去取一下。

吃完饭，见丈夫又准备出门，正在收拾碗筷的若茗大声说："我一会儿去红茶坊，你早点回来！"

何牧田答应着出了门。


这个城市是没有黑夜的，虽然到了晚上，但对于身处繁华都市的人们来说，夜生活才刚刚开始。车辆的喧哗和路灯无边的耀眼把关于乡村黑夜的记忆遗忘在了狂奔不止的时光里，霓虹散发出的光似乎诉说着天上宫阙的寂寞和人世间的喧嚣。

本来约好在红茶坊见面，途中萧山又打来电话，改去饮荷茶楼。茶楼隐蔽在幽静的巷子，藏身竹林，屋顶是青灰色的瓦砖，有一种旧时民国的风情。

刚刚接近"饮荷"，就能闻到淡淡的茶香扑鼻而来，那味道，如夜色中荡漾着的渔舟晚唱，如双眸中期盼着的雁塔晨钟，人们在这里，可以惬意地感受时光的温柔。大大的落地窗边，几只慵懒的小猫，安静地占据着沙发的一角，一切都氤氲在一种温暖的氛围之中，白泥炉若隐若现着，微红的炭火壶嘴冒出的蒸汽徐徐飘散在空中，捧一盏清茗或是拈一管秋毫，时间便在这里凝固起来。古城有很多富有韵味的茶楼，透射出这座城市的风貌和文化。茶楼更多的是承载着一种闲适的生活方式，很多时候，选择一个周末，带上一本好书来这里喝茶、静心，就能品味这个城市的风情万种。

若茗一进门就看到了萧山，看得出来，他故意找了一个显眼的位置，好让她一眼能看到。她在他对面坐下来说："我们主任给我的任务太重了，采访个没完没了。"

萧山端起茶壶，给她倒了杯茶，幽默地说："你们主任做了一件好事，让采访没完没了。"

若茗笑着说："发电子版不行吗？给我纸质的材料，我还得敲上去。"

萧山从包里拿出一沓材料递给她说："有电子版的，也有纸质版的，纸质版的东西需要你仔细研究，不需要在文中展示。"

"好吧，"她接过来装进包里，像想起了什么，抬头看着他说，"你和菲尔怎样了？"

"什么怎样了？"萧山有些奇怪。

看他的表情，若茗有些明白，看来是菲尔单相思了。她连忙说："没事没事，我是随便问问。不过，菲尔是个好女孩，上次野炊，你想要的婚姻理想状态，我觉得菲尔和你最合适。"

萧山看了她一眼，意味深长地一笑："婚姻是自己的，就如同呼吸和生命一样，别人无从感觉，也无从参与。你虽然和菲尔是闺蜜，但是她不是你。"

若茗有些尴尬，不知道他说这句话的真实意图，似乎在抢白自己，又似乎在暗示什么。意识到若茗的尴尬，萧山说："对不起，你不要误会，我只是想说我和她不合适。"

若茗摇摇头，有些不理解，菲尔如此优秀，他竟然看不上，感情真是让人捉摸不透。她往沙发上一靠，转移了话题："知道雄安新区吗？"

"当然知道。怎么？你有想法？"他问。

"没有，就是问问。很多人都热血沸腾，想去那里闯一闯，我很好奇。"若茗说。

萧山想了一下，说："其实也没有什么，很简单，他们在想，我们这个年龄，错过了深圳，错过了浦东新区，不能再错过雄安新区。那是一个可以重新实现梦想的地方。"

"说的是你吧？"若茗笑了起来。

"你还真说对了。知道我为什么着急把材料给你吗？因为我可能借调过去。"萧山一本正经地说。

"啊？真的？"若茗惊奇地叫。

"只是猜测。"看到她的表情，他笑了，他喜欢在这样的氛围里和她聊天，喜欢看她小孩子般天真的表情。

若茗刚想说话，忽然看见在茶楼深处的翠竹旁，何牧田正在给一个女人披上披肩。她的心狂跳不已，端着茶杯的手有些颤抖。她感觉像在做梦，同时在心里安慰自己，茶楼里能发生什么，这里本来就是男男女女喝茶、聊天、谈事的地方，自己现在不也是和一个男人在一起谈事情吗？有什么问题？想到这里，她释然。再抬头看过去时，两人不见了踪影。

夜早已深沉，窗外依然喧嚣，城市从不会因为夜的来临而褪去浮华，整座城市沐浴在闪烁的霓虹灯下。这些璀璨的灯光，此刻烦扰了若茗的心，她无心再待下去，于是匆匆告辞。若茗突然的变化让萧山有些莫名其妙，看着她匆匆离去的背影，他心中的疑惑在加重。

# 十四

生命中之所以有大悲，是因为有别离。假如那天若茗和萧山就在红茶坊见面，假如那天没有在饮荷茶楼看见何牧田……遗憾的是，生活没有假如，也没有人会预知未来，所以才会上演一幕幕悲剧，生出许许多多的遗憾和后悔。

那天，注定是要出点事的，因那件事所引起的一系列连锁反应，改变了许多人的命运。

从饮荷茶楼出来，若茗在街道上漫无目的地走着。这个街道不宽，两旁绿茵浓密，朦胧的灯光里，因为心情的关系，往日走在这里的闲适和安静此刻荡然无存。她低着头想着心事，往家的方向走去。对于丈夫，她是完全信任的，或者说，她在潜意识里不愿意承认丈夫任何错误的行为。尽管有争执，甚至在很多时候有隔阂，但总的来说，丈夫是一个好男人，心地善良、顾家、有责任心。

二十分钟的回家路，若茗足足走了一个小时。快到家门口时，她下意识掏出手机，给丈夫拨通了电话，她想确认，丈夫此刻是否在家。电话通了，但是没有人接，她再打，还是没有人接。想到饮荷茶楼那一幕，若茗刚刚建立的信任和自信又没有了，她又胡乱猜测起来。他干什么去了？不会出车祸了吧？还是工程遇到了什么问题？难道还和那个女人在一起……这些念头充塞在她的脑海，挥之不去。她使劲摇摇头，想赶跑这些念头，她努力想一些开心的事，比如女儿获奖，比如一家三口上次一起参加的"快乐家庭大本营"活动……

刚走到小区门口，看到丈夫的车停在旁边，她松了口气，心里不禁欢愉起来。原来，牧田已经在家了，原来，自己刚才都在瞎猜。

还没到车跟前，车门突然开了，下来两个人，路灯下，若茗看见，何牧田和一个女人从车上下来了，那条围巾，她认得，就是饮荷茶楼的那个女人，而且，那条围巾，是她从苏州出差回来时，送给菲尔的！菲尔？怎么会是她？他们怎么会在一起？他们怎么可能会在一起？

　　若茗远远站着，心像被人重重敲击了一下，有一种闷痛沉在身体里。她木然地看着两个人，他们似乎有说不完的话，在茶楼说，在车上说，下了车还说……

　　若茗转了个弯，从另一条路走进了家门，草草刷牙洗脸，她关掉灯，躺在了床上。听见丈夫进门，她微微闭上了眼睛。她感觉丈夫走进卧室，换衣服，上卫生间，刷牙、洗脸……但是没有上床。

　　她并没有入睡，把头埋在枕头里，侧过脸，看着在朦胧的光影里伫立的丈夫，看着那张英俊的脸庞，那张熟悉而陌生的面孔上专注回复手机信息的眼睛，她的泪，无声地落了下来。她看见了，全都看见了，但是她不能说话，因为她知道，天色即将发亮，而他们，还得继续以后的生活。

　　接连几天，若茗心事重重，内心郁闷不已，她不想和丈夫沟通什么，不知道该怎么说，单凭看到的毫无暧昧可言的场景去质问，未免太幼稚，也太伤夫妻感情。

　　她决定沉默。她在想，是不是大部分人在离开这个世间的时候，心里都带着某种犹疑和困惑呢？

　　一天下班，菲尔打来电话，说想约萧山出来，但是怕他不肯赏脸，所以让若茗约。自从上次看到她和何牧田在一起，若茗就没有见过菲尔，总是刻意回避着她。这次，菲尔非常坚决，说如果她再不赴约，俩人就绝交，若茗这才勉强答应下来。

　　若茗赶到红茶坊时，菲尔和萧山已经坐在了那里。菲尔看见她，高兴地挥手。若茗想坐在萧山身旁的座位上，但萧山坐在外面的椅子上，她只好坐在了菲尔身旁。她特意看了一眼菲尔，菲尔看起来没有一丝尴尬，似乎那天晚上根本没有发生什么。

　　菲尔给若茗要了咖啡，手托腮帮看着她，不满地说："哎！你这几天为什么总不理我？约你也不出来！是不是和你家老何吵架了？还是工作不顺心？我给你说啊，你今天要是再不出来，我真和你绝交了！"

　　若茗迅速看了她一眼，勉强笑着说："这几天单位忙，这不是出来了嘛？就你事多！"看着她的表情，若茗在心里冷笑了一声，装得真像！她奇怪，菲尔怎么还装作和没事人似的。

萧山说："菲尔，能不能说点好听的？盼着人两口子吵架。"

菲尔扭过头，看着萧山，用手指敲着桌子，有点醋意地说："萧山哥，你未免太偏心了吧？我就这么一说，这不是好几天没见她，想她了嘛！看你这个袒护劲儿！"

"我不是袒护。你是生意人，不了解我们在单位上班的，有时候忙起来，周末都没有。"萧山笑着说。

若茗把资料和电子版的成稿给了萧山，谈了谈工作上的事，又天南海北地聊了会儿天，然后各怀心事，一时沉默了。

菲尔是决心要把萧山拿下的，在她的人生词典里，想要的东西，想方设法都要得到。萧山只是一个小公务员，工资也不高，但她就喜欢他关心体贴人的样子，至于钱，也不必有那么多，够花就行，菲尔觉得他们结合是最幸福的事。萧山以为若茗约他是因为工作的事，来了以后看到菲尔，有些明白这次约会的目的，不过，既然来了，一起聊聊也没什么不好。本来和若茗一起，还有很多可以聊的话题，比如那天晚上她为何要匆匆离开，但是现在菲尔在，很多话题就无法开始。

三人正在喝茶，手机响了起来，是菲尔的。菲尔的手机就放在桌子上，若茗下意识地扫了一眼，发现电话是丈夫打过来的，她的心突然"咚咚咚"跳了起来。菲尔迅速抓起手机，飞快地看了若茗一眼，站起身匆忙说一句"对不起，我接个电话"就走向了一旁。正在喝茶的萧山看到若茗的脸色有些苍白，关心地问怎么了，但是她一点儿反应都没有，只是怔怔地坐着。

萧山咳嗽了一声，若茗这才回过神，她看到菲尔还在那里打电话，而且不停地扭动着身子，想起那天晚上的一幕，一股无名火突然蹿上心头。她颤抖着手端起茶杯，还没喝到嘴里就洒到了身上。萧山连忙从她手里接过茶杯，连声问："怎么了？怎么了？出什么事了？"

这时菲尔走了过来，看了若茗一眼，有些不自然地笑笑说："一个朋友的电话……"

菲尔的话还没有说完，若茗猛然站起身，失声喊道："装什么装？你的脸皮怎么变得这么厚了？"

菲尔抬起头，惊愕地盯着若茗，张着嘴，半天才反应过来，她像明白了什么似的，不自然地笑了笑说："你怎么了，吃了枪药了？我怎么着你了，这样骂我？"

若茗端起茶杯，朝着菲尔的脸泼了过去，菲尔惊叫了一声，慌忙用手去擦，好在茶水已经凉了，没有什么大碍。萧山愕然地看着若茗突然的变化，不知道一瞬间到底发生了什么，让她如此失态。

"你疯了？"菲尔朝着若茗叫，她狼狈地用纸巾擦脸上的水，又掏出化妆盒补妆。

若茗冷笑："我真是瞎了眼了！没想到你是这样的人，这世上多少好男人你不去找，偏要勾引别人的老公，你对得起咱们同窗多年的情义吗？"

菲尔停住了正在补妆的动作，咬了咬嘴唇，没有说话，默默收拾好东西，准备走。

"你站住！"若茗一把拉住她，"我本来是不想说的，想给你们留点面子，好让自己良心发现，没想到竟然无耻到这种地步！你今天必须要给我说清楚，你们到底是怎么回事！"

菲尔挣脱开她的手，重新坐回椅子上。萧山莫名其妙地看着这俩闺蜜，有些明白她们突然翻脸是因为什么，他有些尴尬，不知道怎么劝解才好。他看看周围，好在今天的客人不多，他们又坐在一个比较安静的角落里，所以也没有引起别人的注意，但毕竟是公共场合，这样闹下去也不是办法，看若茗的样子，菲尔不说出点什么来是走不了的。

萧山给俩人倒了杯茶，劝解说："你们俩……都先消消火，什么误会都会解开，好好聊聊。"

若茗这才意识到自己的失态，毕竟，这样的事让别人知道也不是什么光彩的事，但是既然拉开了话题，她这些天压在心里的疑虑和郁闷就没法控制了，想和菲尔说个明白。萧山看她俩不说话，又劝了几句，感觉自己在这里有些不方便，于是就想离开。菲尔看他要走，慌忙喊："哎！萧山哥，你别走，等会儿一起走嘛。"

他说："我还是先走吧，有什么事你们单独谈比较好。你们都冷静一下，好吧？"

萧山走了。从没有想过，昔日无话不谈的好友有一天会走到这步田地，若茗痛心地想。

菲尔对若茗说："若茗，随便你怎么想，反正我问心无愧！"

若茗像看着一个怪物，她实在不明白，女人无耻起来，竟然会这样不要脸："你问心无愧？我问你，前些天，你和何牧田在饮荷茶楼干什么了？你们在小区门口，迟迟不下车，又在干什么？刚才，他给你打电话，为什么要避着我？你可别告诉我，你们在谈生意。"

"我……"菲尔欲言又止，烦躁地挥挥手说，"你别问了，如果你真的想知道，最好回去问你老公。"

"你……"若茗气得浑身发抖，她想都没想，挥手给了菲尔一巴掌，"你太让我恶心了！我以前怎么就没看出来你是这样一个水性杨花的女人！和你前夫离婚，又勾搭人家鹏飞，还有萧山，还盯着我丈夫，你的心到底是怎么长的，还有没有廉耻？"

"若茗！"菲尔脸色苍白，她失声喊，泪水慢慢溢出眼眶，"你太过分了！你不觉得你说这话太恶毒了吗？"

"我恶毒？我恶毒吗？"若茗感觉自己一定是疯了，从嘴里吐出的话语像一支支利箭射向菲尔，"比起你勾引别人的丈夫，我还略逊一筹。我真替鹏飞感到痛心！你一直在利用鹏飞对你的爱来消耗他，你对得起谁呀？"

菲尔跌坐在椅子上，双手捂脸，呜呜地哭了起来。若茗出完了气，也一下子瘫坐在椅子上，她猛然看见对面的玻璃上映出自己那张因愤怒而扭曲的脸，一种痛楚的感觉瞬间传遍全身，她也靠在椅子上，禁不住哭了起来。两个好闺蜜就这样，一个趴着哭，一个坐着哭，哭得是一塌糊涂。

窗外暮色深沉，茶楼内的人也渐渐稀少，她们的哭声引来了服务员。一个清秀的女服务员走过来，小心翼翼地问怎么了，需要什么服务。其实她应该已经知道了大概，因为刚才俩人的争吵声并不小，即使客人听不到，服务员是一定可以听到的。若茗擦去眼泪，看都没看一眼还在那里哭泣的菲尔，拿起包头也不回地走了。

# 十五

在这个世间，总有一些无法抵达的地方，无法靠近的人，无法占有的感情，无法修复的缺陷。而婉婷认为自己的一生就是一种缺憾的美，梦想的地方永远都在远方。好在，如今有一个地方，可以让她远离家乡，来到一个无人认识的城市，可以轻松地生活，实现诗与远方的美好。

婉婷拉着皮箱走出白洋淀站，站在陌生的广场，不知道自己该往哪里去。雄安有三个县城，那么大，到底在哪里安身呢？望着从身边匆匆走过的人们，她下定决心，既然在这里下车了，就不妨在这个城市先看看再作决定。于是，她拉着行李往路边走，准备打车进城。

"婉婷！"魏云鹏在身后喊她，他快步走到她身边微笑着说，"我紧赶慢赶的，你走得挺快。准备去哪里？是有朋友接你吗？"

"没有，我是孤身一人过来的。"婉婷说。

"你一个人？"魏云鹏很惊讶，"你没说，我一直以为你这边有单位或者是朋友。你可真厉害！"

婉婷有些腼腆地笑了，问："你的公司在哪里？"

魏云鹏手指着右前方，说："在西南方向，奥威路上，一栋两层的办公楼。"

"租金是多少？"婉婷不由刮目相看，在车上他们没有聊起过这些。

"四百多平方米，五十万一年。"魏云鹏说。

"我的神呀，这么多！"婉婷吃惊地说，"要比我们那里的租金贵太多了。"

"你没见刚刚宣布的时候，街道上都是人，都是车，人们都疯了似的租房，有的人能把一条街租下来。"魏云鹏摇摇头，看着她说，"你都没了解清楚就盲目过来了，胆大。"

婉婷拉着行李朝前走，边走边说："他们租那么多房干啥呢？"

魏云鹏赶上去："自己用之外，也可以倒手，这一倒手，可是能挣不少钱。"

婉婷突然停了下来，对着跟上来的魏云鹏说："你能给我联系一个房子吗？"

"自己住还是办公？"魏云鹏问，"门面房，单元还是小院？"

"小院。"婉婷说，"我想做民宿，茶、咖啡、音乐、书，可以住宿，可以聊天，可以谈事。"

"那就比较慢了，做民宿得把地点选好，院子得大，交通还需便利，至少能停车。"魏云鹏说，"你以前做什么的？是做民宿吗？"

"不是，但是我喜欢。反正我也打算在这里创业了，总得从自己喜欢且擅长的事情做起。"婉婷说。

"好！我比你早来一个月，我可以带你转转。"魏云鹏说。

于是，婉婷坐上魏云鹏停在高铁站停车场的车，向城里而去。

车上，婉婷和魏云鹏聊起了雄安三县的文化。婉婷是一个喜欢历史的女子，而她的身上，也有着一丝古典的温婉气息。在来之前，她查了当地的历史文化典籍，多多少少了解一些。

这里早在新石器时代就有我国先民活动的足迹，春秋时期隶属于燕国。当时，山戎的势力较为庞大，屡屡对燕国进行侵扰，燕桓侯被迫将都城迁至临易。据史料中的记载，"临易"一词取自临近易水的意思，这即是雄县最早的名称。临易在春秋后期改名为"易"。直到公元前221年，秦始皇统一六国之后，设置郡、县二级管理模式时，将"易"设为一个县级行政单位，自此正式更名为"易县"，隶属于上谷郡。西汉时期，朝廷将上谷郡分设为燕国和涿郡，易县归涿郡管辖，隶属于幽州。易县改成易京的时间，就是在汉末群雄割据时期。公孙瓒诛杀刘虞后，占据了幽州。他根据早年民间的传言，认为易县是一处避世之地，于是在易县一带修建营垒、城防及关楼等建筑，将此地建成了自己的老巢，并将易县更名为"易京"。

建安三年（公元198年），易京遭受了阎宇等人的连年攻伐后，城池败损严重，但是基本的防御规模仍在。曹操剿平袁绍平定了北方地区之后，又将易京恢复为易县，并在此地屯兵驻防。易县作为北方地区的军事重镇，一直持续了整个魏晋时期。五胡十六国时期，后赵国王石勒命大将讨伐幽州诸郡，并任命李孟为幽州刺史。公元338年，东晋任命段辽为幽州刺史，争夺后赵占据的幽州地区，段辽与李孟在易县地区展开了一场旷日持久的攻防战。同年，石勒率兵救援了困守在易县的李孟后，认为公孙瓒与汉末时期修建的易京城防非常不吉利，命部将率领两万余人将易京旧城夷为平地。至此，易京古城在雄县境内彻底消失。

易县在后期几经易主与更名，后周及北宋时期更名为"雄州"，至元代时雄州几经废除与复置，元至元二十三年（公元1286年），雄州隶属于保定路。明太祖洪武七年（公元1374年），朝廷将雄州更名为"雄县"，隶属于保定府管辖，雄县自此得名。虽然此后雄县的隶属在清代、民国时期几经变更，其间曾在天津与保定之间多次徘徊，但雄县之名一直延续至今。

"你懂得真多。"魏云鹏开着车，用眼角的余光看着她。

"我只知道这些，容城和安新两个县城我还不太了解呢。"婉婷的脸有些红，不知不觉说了这么多，感觉有些失态。在一个陌生的男人面前，她不应该这样健谈，毕竟他们才认识几个小时。想到这里，她有些后悔上他的车。

魏云鹏似乎看出了她的顾虑，友好地说："别怕，咱俩虽然刚认识，但我不是坏人，都是来这里求财的，不会干违法的事。我只是看你一个人拿着行李箱不方便，想帮帮你而已。"

婉婷被看穿了心思，有些脸红。她惊讶于他的洞察力和心直口快的性格，也被他的真诚打动，于是抿嘴笑了。看到婉婷解除了戒心，魏云鹏很高兴，他开着车，热心地带着婉婷先在城里绕了一圈，然后又到城中村看房子，找了两个多小时，终于在南关找到了一处院落，有二十间房，出大门右拐就到了大街上，门口有一个宽阔的小广场，可以停十几辆车。最重要的是，这个院子，有一棵粗壮的梧桐树，大约三个人才能环抱得过来，高大茂盛，整个院子似乎都笼罩在它的树荫下。二话不说，婉婷以六万元的价格把这个院子租了下来。

还没有装修呢，她把小院的名字已经起好了，叫"梧桐小院"。

"这名字真好！"魏云鹏高兴地说，"刚到这里第一天就租到了这么好的房子，你的生意一定会兴隆。"

"民宿，是个能把他乡变成故乡、能让我们听见花开的声音、看见花绽的娇颜、会看见花开花谢的地方。在这里，会体验慵懒又宁静的岁月带来的温暖平静的心情，从容淡定的心境。在悠然的慢时光中感悟生活、探究生命。"婉婷神往地说。

"不管是安放情怀还是投资跟风，都是一个不错的选择。"魏云鹏赞同地说，他看了一眼双眼放光的婉婷，笑了，"你很可爱，也很天真，把这里想得太美好，小心失望啊。不过话说回来，这里的确会有很多机会，就看能不能把握好。"

魏云鹏帮婉婷租好了房子，又给她找了一家酒店安顿下来，然后留下联系方式就告辞了。婉婷看着他开车而去，一种温暖涌上心头，没有想到，在这个陌生的城市里，还能得到一个萍水相逢的人的热心帮助，实在是很幸运。

明天就抓紧找队伍装修。站在窗前，望着夜色里闪闪烁烁的灯火，婉婷想。

装修公司第三天就给婉婷打电话联系了，刚开始，她还不知道是魏云鹏帮忙联系的，直到把装修方案定下来，才接到魏云鹏的电话，问开始装修了没有，她才知道是他联系好的。在装修的过程中，只要有时间，魏云鹏就和她在小院的施工现场，给她出主意，或者开车买一些零零碎碎的材料。

一个多月下来，婉婷对魏云鹏的称呼不知不觉由"魏总"变成了"魏云鹏"或者"鹏哥"。魏云鹏挺高兴婉婷连名带姓称呼自己，有时候婉婷叫他魏总，他就故意装听不见，直到她着急了叫他魏云鹏或者鹏哥，他才连忙答应。

装修预算五十五万，婉婷全部家当拿出来，也只有二十万，她打电话给老家的朋友又凑了三十五万，才把装修款凑齐。对于来到新区做的第一件事甚或以后的发展，她始终信心满满。尽管刚进这座城市，看到的和想象的天壤之别，但对未来的期望和陌生城市所带来的新奇，很快冲淡了这种视觉上的不适，反而让她更加兴奋，因为她觉得这恰恰说明这里是一张白纸，只要在上面描绘，都会留下绚丽的色彩。

# 十六

　　黄昏的时候起了风，到了晚上，就淅淅沥沥地飘起雨来了。雨由小而大，风由缓而急。没多久，窗玻璃就被敲得叮叮咚咚乱响，无数细碎的雨珠，从玻璃上滑落下去。汽车不住地在窗外飞驰，也不停地在窗上投下光影，那些光影照耀在雨珠上，把雨珠染成了一串串彩色的水晶球。

　　若茗坐在窗前那张大沙发里，身边，有盏浅蓝色的落地台灯，灯光幽柔地笼罩着她。她的膝上，摊着三毛的《撒哈拉的故事》，她已经从头到尾看了三遍，但，这里面的文字仍然感动着她。她手里握着一杯早已冷透了的茶，眼光虚渺地投射在窗上的雨珠上面。室内好安静，静得让人心慌，静得让人窒息。

　　她又看了看表。一种失败的预感，像丝袜上的一道裂痕，阴凉地在腿肚子上悄悄往上爬。

　　自从上次和菲尔吵架后，俩人再也没有见过面，若茗甚至还拉黑了菲尔的微信。何牧田好像也知道了这件事，那几天脸色阴沉，晚上很晚才回家，回来就坐在客厅看电视，一言不发。终于在一天晚上，两人爆发了激烈的争吵。

　　那是她和菲尔吵架后的第三天。那天晚上，她给小约辅导完作业，安顿孩子睡下，坐在书桌前，打开电脑修改新闻稿件。丈夫像往常一样在客厅看电视，不说话，自顾自喝茶，要么看手机，要么打电话。她为了缓和气氛还故意到客厅倒了杯水，可是丈夫好像没有看见她一样，靠在沙发上，目光盯着电视机，一动不动。她憋着气回到房间，再也无心修改稿子，就坐在那里生闷气。最后，她实在憋不住了，来到客厅关掉了电视。

　　"干什么？"何牧田斜靠在沙发上，身子动也没动，阴沉着脸，瞪着她问。

　　看着他的表情，她心中的火终于爆发了，大声说："你说干什么？难道你不想解释什么吗？"

　　"你让我解释什么？整天疑神疑鬼，能不能好好过日子？"何牧田把手机往沙发上一扔，想发火，看了眼女儿的卧室，强压火气低声说。

她也怕吵醒女儿，沉默了一会儿，说："牧田，我一直觉得咱们的感情是坚不可摧的，我也一直坚信你对我、对咱们这个家是有责任心的。可是你这几天为什么总是沉着脸不理我？我究竟哪里做错了？"

"你没有错，是我错了，行了吧？"何牧田有些不耐烦地说。

她看着丈夫一脸不耐烦的样子，真是伤心透了，她想哭，又强忍着泪水说："你何苦这样说话？我都不知道，你是什么时候变成这样的……"

若茗委屈的样子让何牧田更加烦躁，他猛地站起身，怒声说："我也不知道你是什么时候变成这样的！还说再生一个孩子，有必要再生吗？从我做生意开始，你就一直喊着赔钱赔钱赔钱！能不能说点好话？能不能支持支持我？你看看你，好像受气的小媳妇，就好像我虐待了你！"

"何牧田！"她脸色苍白，失声喊，泪水终于流了出来，"我一直给你留着脸面，不想影响咱俩的感情，可是你太让我失望了！你告诉我，我到底做错了什么？让你这样鼻子不是鼻子脸不是脸？你和菲尔做的丑事，难道你还有理了吗？"

何牧田听妻子提起菲尔，愣了一下，他看着她满脸泪水的样子，面色缓和了一下，但口气仍然很强硬地说："菲尔是你的闺蜜，我和她能有什么？敢有什么？可能有什么？即使你看到什么，我也没有做对不起你的事。"

"这么说，你承认你们俩在一起了？"她痛心地说，看着丈夫，像看着一个陌生人。

何牧田说："真是不可理喻。"

"爸，妈。"听到叫声，两人不约而同看了过去，原来是小约，只见她站在房门口，睡眼惺忪。

何牧田赶紧走了过去，想把女儿抱进房间："赶紧睡觉去，明天还要上学。"

"爸，你别欺负妈妈好不好？我都听见了，只有你声音最大，这叫无理狡辩三分。"小约拨开父亲的手，噘着嘴说。

何牧田低声下气地哄着女儿说："好好好，爸爸不对，爸爸不对，一会儿给你妈妈道歉，你赶紧睡觉去。"

小约转身进屋，刚关上门，又伸出头，看着坐在沙发上的妈妈和房门口的爸爸，说："好好的日子不过，吵个啥劲儿？"

听着女儿的话，夫妻俩互相看了一眼，都沉默不语。

吵了一架，若茗到底没从何牧田嘴里知道他和菲尔之间发生了什么事，一切还是停留在自己看到的两个场景和猜测、想象中。而何牧田，经过那次争吵后，除了生活上的一些事情外，不再和若茗交流任何思想。

家，成了一座冰窖。

外面的雨还没停，雨声渐渐小了。若茗关掉灯，把三毛的那本《撒哈拉的故事》拿起来，怔怔地坐着。从结婚的那天开始，她就没想过，夫妻之间还有无话可说、有话不想说的时候。她试图交流，可是再好的初衷都在两句话后索然无味，这种感觉很痛苦，就像正在做的一场噩梦，想挣脱，想挣破禁锢的那道无形的东西，可是无论心里再怎么清楚，那道无形的东西就是挣脱不了，令人窒息。

"唉……"不知从什么时候起，她变得爱叹气了。同事提起过，江舟也提起过，可是她自己浑然不觉，似乎这种叹息已经镶嵌在了骨子里。

门响了，一阵风挟裹着清新的雨的味道飘进客厅。她悚然一惊，抬头看到一个高大的黑影，随即客厅的灯亮了。原来是丈夫回来了。

何牧田肩膀上的衣服有些湿，头发也被雨水淋得湿湿的，在灯光的映衬下显得黑亮黑亮的。他看到妻子在客厅坐着，吓了一跳。他换上拖鞋，从卧室换完睡衣，拿着毛巾擦头，边擦边问："怎么不开灯，一个人坐在这里。"

她把目光从窗外收回，看着丈夫，静静地说："你怎么才回来，都十二点了。"

"我不是每天都这么晚吗？"何牧田把毛巾扔到沙发上，面无表情地说。

就是这样，永远都是这样，从来不好好说话，非得把你呛死心里才舒服。她的心像被针狠狠地扎了一下，疼痛难忍。

"家里又没钱了，小约明天还得交五千块钱的舞蹈班培训费。"她说，"你也知道的，你上次给的三万，我也只用了两千五百块钱，剩下的第三天都转给你了。"

"上个月不是发了一个月工资吗?"何牧田问。

"你的没有给我,我的工资还了房贷之外,再给妈开了几千的医药费,所剩无几了。"她叹了口气。

何牧田躺在沙发上,有些疲惫地闭上眼睛:"不是有医保吗?"

她瞪大眼睛说:"牧田,给妈看病,报销的钱我能去给她要吗?你脑子没问题吧?"

何牧田一动不动地躺着,过了好一会儿,他坐起身,拿过包,掏出一沓钱放到茶几上,说:"这是一万元,你先给小约交费。"

她拿过钱,数了数,从中取出一部分,剩下的又装进了丈夫的包里,说:"我取五千就行了,零花钱还有。剩下的你用吧,你用钱的地方多。"

何牧田听了,侧过头,看着面容有些憔悴的妻子,欲言又止地说:"若茗,给你说件事……"

"什么事?"她心里一沉,有种不好的预感。

"算了,改天再说吧。"过了好一会儿,何牧田才闷闷地说。

她也不想再沟通什么,转身进了卧室,关灯躺在了床上。很快,丈夫在沙发上打起了鼾,而她睁着眼睛,失眠到天亮。


江舟开着车往红茶坊去。他给张鹏飞打了个电话,约着菲尔一起喝茶,他并不知道若茗和菲尔之间发生的事,所以也约了若茗。他们四个是同学,也是好朋友,自从菲尔的酒楼开业后,他们已经好久没有相聚了。今天他有一个好消息,心情很愉悦,所以想约大家一起聚聚。

江舟到时,菲尔和张鹏飞已经到了,看见他,俩人朝他招手。菲尔穿着一件宽大的白色衬衫,一条窄窄的破洞牛仔裤,浓妆艳抹,很时尚,从表面看,她的状态丝毫没有受到与若茗关系的影响。张鹏飞坐在旁边,殷勤地给她倒茶。

江舟没看到若茗,坐在沙发上问:"若茗呢?怎么还没到?"

菲尔没说话,张鹏飞说:"应该快到了吧,菲尔联系的。"

"我没联系。"菲尔头也不抬,用小勺把冰糖放进茶杯里。

江舟很奇怪:"为什么?不是说好一起聚聚吗?怎么不联系?"说完掏出手机打电话。

电话那边传来若茗的声音，江舟把手机开了免提，只听若茗说："你们聚吧，我还有事没处理完。"

江舟急了："你是怎么回事？都已经下班了，工作放到明天不行吗？都好久没聚了，我有好消息分享，赶紧过来吧，要不我去接你？"

电话那边沉默了一会儿，又问："菲尔去了吗？"

"她和鹏飞早来了，等你呢。"江舟说。

那边没了声音，然后挂了电话。张鹏飞问："怎样？来不来？"

"没说。"江舟看着菲尔，不解地问，"若茗问你在不在……你们俩怎么了？"

菲尔哼了一声说："我们俩能有什么，爱来不来。"

张鹏飞推推眼镜，笑着说："瞎猜什么呀，肯定是看菲尔来了没，她俩可是形影不离的。"

江舟看着菲尔漫不经心的样子，也没有多想，想必是闹了点小别扭。这两人，好的时候，恨不得把自己身上的肉给对方吃了，闹起情绪来又好几天不说话。

菲尔问江舟："你约我们来，有什么好消息，赶紧说。"

张鹏飞也附和："是呀是呀，着急忙慌的，赶紧说，什么好事。"

江舟神秘地一笑，端起茶杯，故意卖关子说："好事情一起分享，得等若茗来了再说。"

菲尔噘了噘嘴，白了他一眼，不满地说："就知道若茗，人家都已经是十岁女孩的妈了，你醒醒吧！"

江舟一本正经地说："你可别胡说，菲尔。我和若茗可什么都没有，虽然说在学校时我喜欢她，但那都是过去的事了，咱们私下开开玩笑可以，在外面可千万别乱说，对若茗不好。"

"看看，看看，还说没关系，我刚提一句，你就这么多话等着我。假惺惺的。"菲尔说。

张鹏飞若有所思地看着菲尔说："我说，你今天不对呀，你平时都是和若茗同一战壕的战友，怎么今天有些阴阳怪气。"

菲尔用手推了一下张鹏飞，瞪着他说："我有吗？我有吗？亲姐妹还有吵架的时候呢，何况我们。"

看菲尔生气了，张鹏飞连忙住了嘴，不说了。

江舟笑了，他看着对面这俩人，幽默地说："鹏飞，你这辈子算完了，菲尔一个眼神，你就不知道东南西北了。"

"这眼神杀伤力无穷啊！大学四年，我不都是这么过来的吗？早习惯了这种眼神的抚慰了。"张鹏飞故作陶醉地说。

"去你的！"菲尔扑哧一声笑了，她用手捶打张鹏飞。

三人正笑着，若茗来了。她穿着一件紫色的亚麻连衣裙，长长的头发随意挽着，手里拿着一包东西，鼓鼓囊囊的，不知装的什么。她的状态不是很好，有些憔悴。其实她是不想来的，但是也不知道为什么，竟鬼使神差地来了。她心里的那个结一直没有解开，丈夫矢口否认了他和菲尔的关系，她心里还有些庆幸，觉得事情可能就是自己瞎猜的，但又消除不了心中的疑虑，整天神思恍惚，心情抑郁。潜意识里，她想让菲尔亲口告诉她，他们就是在一起谈点事情，恰好被她看见。

看到若茗，江舟连忙打招呼，张鹏飞倒了一杯茶递过去，菲尔看了若茗一眼，看到她憔悴的样子，不知怎的竟然笑了，她拿起勺子给若茗的杯子加了几颗糖，说："哎，若茗，你手里拿着什么东西呀，鼓鼓囊囊的，不会是钱吧？"

"你就知道钱。"若茗勉强笑了一下，坐了下来。

菲尔说："那当然，我开酒楼不就为了挣钱嘛，你们上班，不也为了挣钱？不挣钱去喝西北风啊。还有，本来今天是让你们去我酒楼的，偏要到这里来，非要把钱送给别人。"

江舟笑着说："你俩咋回事？一见面就掐。"

若茗端起茶杯抿了口茶，看着江舟问："有啥好消息，非要见面说。"

江舟说："我一个朋友到雄安新区去了，在那里做民宿，正在装修。她昨天给我打电话，说现在那里聚集了全国各地各行各业的精英，准备大展宏图。最重要的是，北京的央企也都在新区设立了指挥部，支援新区的大建设。我觉得，那里机会肯定多。想想看，当年的深圳刚刚开始建设的时候，很多人下海创业都成功了。我们错过了深圳，雄安不能再错过了。"

菲尔泄气地往沙发上一靠，说："我以为是什么好消息呢，这个消息我早就知道了，值得你这样大张旗鼓地张扬吗？"

江舟批评菲尔说："你这个小朋友，认识就不对。咱们四个，从学校开始就有福同享，有难同当，有事情也互相商量。这个话题，咱们四个还从来没有讨论过，我是想着过去闯闯，所以今天约你们来，是想告诉你们，我要辞职。"

"什么？"三个人都瞪大眼睛，异口同声地问。

看着他们三个的表情，江舟笑了，说："辞职后，我想在那里创办一个融媒体中心，不是更好吗？"

"融媒体也可以个人创办吗？"菲尔问，张鹏飞也表示了同样的疑问，只有若茗知道其中的关系，所以一直没有说话，只把询问的眼光看向江舟。

"当然，这需要关系，而且是个烧钱的行业，不过挣钱也快，新区刚刚设立，一切都刚刚开始，早早介入进去，既做了文化，又能通过这个平台拓展人脉。"江舟充满信心地说。

若茗说："事是好事，只是做起来比较难。那里到底是怎样的谁都不知道，还是得充分考虑困难，不要把形势看得太乐观。"

菲尔说："若茗说得对，江舟，不是我泼冷水，你一向做事比较理想化，对现实问题往往考虑不充分。我建议你还是等等再说，不要这么早作决定。"

"是呀，寒窗苦读十数载，好不容易有了份工作，却因未可知的未来而轻易放弃，未免太草率了。"

张鹏飞说："我也反对。"

"你们的顾虑我也想过。且不说未来如何，这份工作我早就不想干了，每天两点一线，朝九晚五，吃不饱饿不死的，生命有什么意义？我现在一眼看到了我的一生，想想就没意思。"江舟说。

"生命在于折腾，能折腾出效果来那也不错。就怕赔了夫人又折兵。"张鹏飞说，"还是得想一个两全的办法。"

"鹏飞说得对，我觉得你先不用辞职，先办停薪留职，或者请假，到雄安去考察考察，再作决定。"若茗说。

"你们的建议我会考虑。不过，要想走出一条与众不同的道路，必将会牺牲一些东西。"江舟说，双眼透出坚毅的光芒。

江舟的这次决定，让其余的三人不由重新审视起自己的人生。

四人讨论完江舟的事，又喝了会儿茶，闲聊了一会儿就散了。若茗本想再找菲尔谈谈，话到嘴边又放弃了。她有时候对自己多疑的性格痛恨不已，可是实在身不由己，在矛盾的情绪里，她时时找理由为丈夫和菲尔的事情开脱，总想找一个理由说服自己的怀疑是错误的，甚至不愿意去想，总觉得不触碰就不会是真的。

她是承受不了打击的，所以，她宁愿活在一种自欺欺人的臆想里。

# 十七

婉婷的民宿终于装修好了。她没有舍得请清洁工，自己一个人，一间屋子一间屋子地打扫，拖地、擦窗、收拾院子……在老家虽然也干活，但都是修剪花花草草，她从来没有亲力亲为过这些事，尽管吃力，但很快乐。一星期后，终于把院子打扫得干干净净。

这个小院很美，很安静，美得让人想到爱情，安静到只想读书、发呆、收集阳光。庭院鲜花环绕，音乐隐绰，青砖石瓦，曲径通幽。院落清新质朴又巧夺天工。古朴之风扑面而来，小轩窗透着光，把一旁的石子路照得越发干净整洁，星星点点的红花绿草十分惹人怜爱。浅色系的木制家具搭配暖色光影，温馨之余，也令人放松。床品是舒适的棉麻定制，洗浴用品也是精选品牌。这样的装修风格最适合与喜欢的人消磨，一切都那么美好。

婉婷一个人在这里过上了她出生以来最"慢"的日子。早上睡到自然醒，起床后，在蜜蜂追着花跑的院子里，吃一小碗自己熬的小米粥，品几杯茶，再慢悠悠到街上溜达闲逛，回来就侍弄花草，布置庭院……

她在自己的日记里这样写道：为什么说发呆是种享受？是因为，在天地之间，你有机会和自己独处，拥有一段无人打扰的空间和时间，足以治愈"快生活"带来的疲惫和无力。这便是这座小城，留给我们最大的善意。不需要逃离城市，但依然可以换一个更舒服的姿态回归生活。

几年前张嘉佳那本《从你的全世界路过》还在微博上很火时，她记住了这样一段话：

> 如这山间清晨一般明亮清爽的人，
> 如奔赴古城道路上阳光一样的人，
> 温暖而不炙热，覆盖我所有肌肤。
> 由起点到夜晚，由山野到书房，
> 一切问题的答案都很简单，
> 我希望有个如你一般的人，贯彻未来，数遍生命的公路牌。

　　她用中国古代地名给自己的十三个房间取了名字。这十三个房间分别是长安、伊犁、凤翔、兰陵、姑苏、金陵、汝南、楼兰、敦煌、碎叶城、广陵、江陵、潇湘。每一个名字都有一段故事，每一个名字都有一首诗。婉婷很喜欢这样的氛围，喜欢诗意的、浪漫的东西。

　　在这里，她认识的第一个人是魏云鹏，也是因为他，她的梧桐小院迎来了第一批客人。

　　那是八月的一个下午，她正在摆弄院里的花草，从开着的大门外走进来三个人，都提着行李箱，风尘仆仆。婉婷直起身，朝着他们微笑。她虽然经营过苗圃，但基本都是客户上门，她也是顺其自然，从没有刻意推销过，对于民宿，更是第一次接触，虽然已做好准备，但是当真正开始经营时，却不知所措了，因此，站在那里只是微笑，忘了问来客。

　　进来的三个人还没有说话，魏云鹏走了进来，他看见婉婷傻站着，大声说："婉婷，怎么傻站着呀，也不说安顿客人。他们是我老家的朋友，过来考察，在你这里住几天。"

　　婉婷这才回过神来，连忙打开长安、伊犁、凤翔三个房间。其中一个男子走进去看了一下，然后又走了出来，满意地说："很好，没想到，这样一个小县城竟然还有这么好的民宿，可比酒店好多了。"

　　魏云鹏笑着说："可别小看了这座城市，这可是未来之城，全世界瞩目的地方啊！"

　　婉婷边给房间放水壶边充满歉意地说："对不起啊，这个小院装修好没多久，还有一些东西没有配齐，请多多包涵。"

“没事没事，魏总介绍过来的，肯定错不了。”三人中另一个人说。

“实际上真挺好。”另一个人满院子转了一圈，又围着那棵茂盛的梧桐树，赞叹道：“真好！老板娘，我给你说，你的生意一定会兴隆，这棵梧桐树会给你招来金凤凰的。”

魏云鹏哈哈笑着说：“可不是嘛，今天就招来了你们三个金凤凰！”

婉婷看着三人进了各自的房间，心里很高兴。无论如何，自己的生意开张了，这真是一个好的开端。

看到魏云鹏去房间和三人谈事，婉婷就骑着自行车往街上去，她还想再买几盆花，好点缀一下房间。她顺着门前的那条街道一直走到头，然后左转就到了街上。

八月的华北平原，夏天似乎比家乡还要干燥和炎热。婉婷戴着帽子和眼镜，那种炙烤的感觉透过薄薄的连衣裙依然能感觉到，使得皮肤热辣辣的疼。她往下拉了拉帽檐，把车子放好，走进一家花店。花店的老板是一个女子，一聊天才知道，原来这个女子名叫文小美，来自甘肃平凉，也算老乡。远隔千山万水，在这里能遇到老乡，俩人都很高兴，买好花付了款，顺便也加了微信，相约闲暇时再聚。

回到梧桐小院，魏云鹏已经在茶室坐着，其他三人也许正在休息，三个房门关着。婉婷把自行车停到院子，把花放好，也走进茶室。她摘下帽子和眼镜，端起魏云鹏为她倒的茶喝了一口。看着她在烈日下被晒红的脸，魏云鹏有些心疼，为她又续了一杯茶，说：“婉婷，现在的院子已经很好了，大热天的，别中午出去。上午或者晚上出去办事，也不热。”

婉婷用那把青花瓷图案的扇子边扇风边说：“我没想到这个城市是这样的，上午开门晚，下午关门早。有一次我想买双鞋，因为着急办事，就给鞋店老板说等我一会儿过来再买，你知道她说什么？她竟然说，我不敢保证你回来我还开着门。我问她是老板吗，她说是的，我说既然你是老板，多开一会儿门不行吗，她说不行，她要下班了。真是无语。”

魏云鹏看着婉婷边扇风边说话的样子，笑着说：“你呀，真以为这里是大城市呀？其实现在，这里还依然是一个小县城，人们的消费水平，包括思想认识、理念相比别的大城市还是要落后很多。以后会慢慢好起来的。”

吹了会儿空调，婉婷感觉凉快了很多，她从茶桌旁拿出账本，整理这几天的账，边整理边问："魏总，你这几位朋友是做什么的？"

魏云鹏说："他们想过来开公司，做工程。对这里形势还不了解，待一段时间再说。"

"最近外地人越来越多了。我考虑再租个院子，再开个咖啡厅。"婉婷说。

魏云鹏赞叹道："我还没见过像你这样的女人，独自一人来一个陌生的城市打拼。谁给你的勇气？"

婉婷扭头看着玻璃窗外盛开的一树繁花，笑了。虽然现在还没有收益，并且一直在投钱，但是对于一个铁了心在这里创业的人来说，这不正是一个良好的开端吗？

"晚上和我参加一个饭局。"魏云鹏说，看婉婷有些犹豫，又连忙解释，"一个央企的朋友，还有北京过来的几个人。现在大家都刚过来，没啥事，参加这样的场合，多认识几个人，也拓展一下人脉。"

婉婷想想也是，于是点了点头。

夜晚的雄安新区凉风习习，街道上稀稀疏疏地亮着几盏路灯。行人不多，间或可以看见几辆外地牌照的车辆在街道穿行，也可以看见三三两两的人在街上行走，听口音都是外地人。其实现在的雄安新区，目前还是一座小小的县城，尽管从宣布设立到现在已经过去了四个月，但基本没什么变化。唯一有变化的地方，是人一天比一天多起来了。

婉婷跟着魏云鹏来到一家本地的饭店，名叫"惠友春"，他们进去时，已经有几个人坐在那里。看到他们进来，都站起身礼貌地打招呼。过了半个多小时，人陆续到齐了，于是上菜、倒酒。经过介绍，一桌八个人，都来自不同的省份，有黑龙江的，有江苏的，有湖南、湖北的，还有山西和河南的。当婉婷介绍自己来自陕西时，其余的人都对她投来羡慕和赞赏的目光。这种目光，不仅是因为她的美丽，更是因为她来自那个古老的城市西安。于是人们谈起了陕西，谈起了十三朝古都，谈起了李白、杜甫、唐玄宗和杨贵妃。婉婷听着人们的谈论，她惊讶于他们的谈吐，在这座小城市，接触的人，似乎个个都是精英，个个都是饱学之士。从他们嘴里听到对陕西的赞美，婉婷心里美滋滋的，从没有一个时候，她如此热爱自己的家乡。

她旁边是一个山西人，名叫李锦城，很儒雅的样子，闲聊时才知道，原来他是一个文艺青年，来到这里想做文化，最初的想法是先开一家书吧，然后再开一家培训机构。找到了共同的话题，俩人就聊了起来，红酒也一杯一杯地干了起来。于是，酒席间推杯换盏，每个人的雄心壮志和梦想也一遍遍被提及，在酒精的作用下，激情在心中荡漾，对于美好的未来也充满期待和信心。聊到热烈处，大家都拿出手机相互加了微信，留下了联系方式，期待在以后的事业中能互相帮助。

散场时已经十一点了，婉婷头晕乎乎的，脸颊红彤彤的，有种想吐的感觉。她强忍着，在魏云鹏的搀扶下上了车，被送到自己的小院。刚进院子，她忍不住一下子吐了起来，魏云鹏连忙给她倒水，等到她吐完了，才给她收拾干净。在梧桐小院住的那三个人也出来帮忙，几个人七手八脚还没收拾完，婉婷已经进了自己的房间。

婉婷虽然喝多了，但是头脑却很清醒，她进了房间就锁上房门，让魏云鹏回去。魏云鹏不放心，站在门外喊："你行不行啊？锁上门，一会儿要再吐了怎么办？"

婉婷躺在床上，两个太阳穴突突直跳，她含糊不清地说："你不用管，我……我没醉……"

"你说什么？你没事吧？"魏云鹏焦急地喊，他听着里面没了动静，就在门口坐了下来。过了快一个小时了，他确定婉婷已经睡着，于是给几个朋友叮嘱了一下，这才回自己住处去了。一路上他懊悔不已，不该让婉婷喝这么多酒，他不知道婉婷这么不胜酒力。在他的印象里，出来闯荡的人，尤其是女人，不可能不会喝酒。

# 十八

再美好的相遇总有再见的时候，就如安娜的婚姻。1979 年出生的她离婚已经五年了，一直单身。在单身的五年里，她在工作之余投资做点小生意，逐渐积累了一些资金，有房有车，除了感情生活不如意之外，生活还算不错。

几个月前，她去山东和朋友做一点小生意，刚刚在那里租到房子没几天，关心打电话告诉她雄安新区设立的消息，让她赶紧回来一起创业。听到电话里关心热切的描述，她二话不说退了房子，处理了那边的事情就回来了。

安娜的家在哈尔滨，原本在一个事业单位上班，可一个月那点死工资完全不能满足她，于是辞职做起了生意。关心的家在四川，2014年，关心去哈尔滨和朋友谈一个生意，认识了安娜，生意没谈成，俩人却成了无话不谈的好朋友，这几年一直保持着联系。俩人见面后，细细一商量，带着一颗破釜沉舟的心，开车拉着铺盖卷就来到了雄安。

那天是4月6日。安娜还记得那天她们来到这个小县城时的情景，春天的阳光带着暖洋洋的醉意，温温软软地包围着她，杨柳絮如雪般飘飞，空气里有松香和泥土的气息。从白洋淀吹过来的风里，带着种甜甜的味道，正像庙宇的钟声，给她的胸怀带来一抹宁静与安详。只一眼，她就爱上了这个地方，坚信这里一定会实现自己的梦想。

俩人开着车满城找房子，最后找到了一处小院，简单收拾了一下就住了进去。随后俩人又和另外两个朋友合伙，注册了一家工程公司，在最繁华的"央企一条街"落了地。安娜和关心满心欢喜，似乎看到大把的钱正向自己绽放着美丽的笑脸。

安娜是一个精致的女子，看外表，绝对和她所从事的行业联系不到一起，以前在单位，她也只是在办公室负责财务，工作很轻松，可是那点工资丝毫不能满足她对物质生活的追求，这倒不是因为她贪婪。在这个世界上，谁又不想拥有好的生活呢？又有谁不为美好的生活而奋斗呢？

蝴蝶优美的飞翔不是一蹴而就的，从来都是辛苦积累才能飞舞，安娜从以前的柔弱变得这么坚强，从以前那个满足现状的小女人到现在拥有自己的事业，还得感谢她那段痛苦的婚姻。感谢？她苦笑了一下，但凡能凑合，她又怎么能离婚呢，她还有一个帅气的儿子呀，尽管离婚时法院把儿子判给了前夫，但她的牵挂却从来没有少过。

已经到这里四个月了，一个业务也没有。安娜倒不在乎，她很明白，她是来这里扎根的，是不准备回去的，所以，很多事情还是得慢慢来，得等机遇。关心却有点沉不住气了，她本来就没有什么钱，公司入股花了二十万，租房又花了两万，手头的钱不多了。

"别着急，关心，一切才刚刚开始。这就和过日子一样，得一天一天的积累，我坚信这里有别的城市没有的机遇，而且是大量的。"有一次，安娜给关心打气。

关心说："其实我也坚信，只是有时候感觉心里没底。"

安娜笑着说："你把我忽悠过来了，现在心里没底。"

关心也笑了，坚定地说："管他呢，也没有退路了，坚持吧，我相信咱们会挣到钱的！"

这是她们隔三岔五就会有的一段对话，说完这段话，两人似乎又增添了无穷的信心，未来在各自的想象和美化中无限美好起来。

奥威路是新区最繁华的地段，不仅央企办事处一个挨着一个，外地来的人也一批一批地涌入。2017年4月1日之前，这里还名不见经传，没有多少人知道它，自新区设立之后，这座昔日宁静、默默无闻的小县城一下名扬全国乃至全世界，奥威路和"奥威大厦"也成了人们常常挂在嘴边的名字。

人一批一批地来，也一批一批地走，走的虽然走了，来的也继续来，但那些有商业头脑的人走时，却租下了一些办公楼、门面房和小院，以期在这上面大赚一把。事实证明，没过多久，这些房一转手出租，价格就翻了一倍，大赚了一笔，这让安娜和关心羡慕不已，后悔自己没有这眼光。遗憾归遗憾，每天崭新的希望和交往的广泛人脉很快冲淡了这种心理，又沉浸在下一个期待里了。

这天，关心回老家了，安娜睡到十点多起床，收拾好屋子，想出去走走，想来想去，也没有想到能约的朋友，只好一个人到街上去找吃的。找了一条街道，也没找到自己喜欢的口味。忍着饿，她漫无目的的在街上溜达，路经一条小巷，被路边的竹子吸引，于是好奇地向里面走去。

没走几步，一阵沁人心脾的花香扑鼻而来，是晚秋最后的几朵茉莉吗？显然季节不对。走到里面，发现一个院子，院内有好几丛竹子，主人显然有爱竹的癖性。绕过了这几丛竹子，青砖石瓦，曲径深幽的院落，清新质朴又巧夺天工，古朴之风扑面而来，一旁的石子路干净整洁，星星点点的红花绿草十分惹人怜爱。一个圆形的小喷水池中，雕刻着一尊半裸的维纳斯像，水柱喷射在她的身上，再奔泻下来，夕阳的光芒照射着她，颗颗水珠，像颗颗闪亮的水晶球，在她白皙的肌肤上滑落。美好的身段，沐浴在夏日的阳光下，带着一种神秘的光华，仿佛她是活的，仿佛她主宰着这花园，仿佛她有着一份神秘莫测的力量。

安娜有些眩惑地看着眼前的美景，想不到，在这样一个普普通通的小城里，竟然还有这样的一处地方，想必，这是外地一个有实力的老板装修的吧？

正在发呆，从院子里走出一位四十岁左右的男子，穿一身亚麻色的棉麻衣服，身材修长，文质彬彬。他正准备开车出去，看到安娜站在那里目不转睛地看着塑像，就停下来问："女士也很喜欢雕塑吗？"

虽然彼此不认识，但是久在江湖，安娜对这样的相识早已习以为常且应付自如，她笑意盈盈地回答："您好，我对雕塑不懂，但是我喜欢美好的东西，尤其这尊维纳斯像。"

男子伸手做了个邀请的姿势，温和地说："看样子您也是外地人，不如到我会所坐坐，可以吗？"

安娜欣然答应。在这里，最让人放心的，就是陌生人之间的交往，大家总喜欢结交一些朋友，拓展一些人脉，在不涉及经济利益的情况下，相互之间是和谐而礼貌的，聊天中得知，男子叫陆海平，湖南人，和朋友在这里注册了一家科技公司。安娜对这块的业务虽然不懂，但聪慧的她能感觉到陆海平的实力，说不定以后会有一些事情可以合作，于是很热心地聊起天来。

陆海平给安娜倒茶，边倒边说："我们公司经营范围有技术开发、技术咨询、技术推广、网络技术服务、信息系统集成服务、网络安全集成服务，还有一些设计、制作和广告发布，同时还销售通信设备、电子产品、计算机、软件及辅助设备，包括教育设备。"

听着陆海平的介绍，安娜感觉到了这个男人的精明和睿智，她隐隐感到，这个男人的背景一定不简单，应该有政府部门的关系，看这个豪华的会所，没有两百万是装修不下来的。她抿了口茶，礼貌地问："陆总，您这个小院租下来，连装修花了不少钱吧？现在这里的房子可贵着呢。"

陆海平说："院子三十万，装修花了一百八十万吧。既然来了，总得把根据地打造得好一些。"

　　正在聊天，进来一个胖子，操着本地口音，大声说："陆总，晚上张总约着一起吃饭，你晚上别接场了啊。"

　　胖子说完，转头看到安娜，惊讶地叫："安总，你怎么在这里？你们俩认识？"

　　安娜看到来人，感觉在哪里见过，很眼熟，仔细在脑海里搜寻，终于想起来在一次饭局上见过面，她站起身打招呼。正要说话，她的手机突然响了起来，打开一看，是她的朋友张雁冰打过来的，约着晚上在惠友春一起吃饭，安娜联想到刚才这个男人进门时说的话，心里想可能是同一个饭局。又闲聊了一会儿，陆海平加了安娜的微信，安娜就起身告辞了。

　　"以后多联系。"临走时，陆海平大声说。

　　安娜微笑着挥了挥手。胖子用胳膊碰了碰陆海平，开玩笑地说："这女人不错，长得挺漂亮，可以发展发展。"

　　陆海平把门口倾斜的竹子扶了一下，看了一眼胖子，一本正经地说："别胡说，那不是我的菜！"

　　胖子自嘲地一笑，俩人又走进会所喝茶去了。

　　晚上六点半，安娜如约来到"惠友春"。一进房间，就看到十几个男男女女早已经到了，但是一个也不认识。她在搜寻朋友张雁冰的身影，率先看到她的张雁冰站起来和她打招呼，她走过去礼貌地问候了一下，又在张雁冰的带领下，见过其他的朋友，就坐在那里，也加入了聊天的行列。大家正聊得高兴，安娜看到陆海平和那个胖子走了进来，在张雁冰的介绍下，大家又寒暄了几句，重新坐定。

　　胖子看见安娜也在，笑着说："安总？咱们今天是第二次见了，真有缘分呀！"

　　陆海平朝安娜点点头，微笑了一下算是打招呼，然后对胖子说："世界本来就小，雄安更不用说，再见是必然，不再见才不正常。"

　　张雁冰笑着说："原来你们认识呀，那就不用我介绍了。"

　　陆海平说："你一会儿还得介绍，在座的各位都自我介绍一下，作为新区的第一批创业者，今天能聚到一起真是缘分。"

大家都点头，深以为然。宴席开始了，张雁冰四面张望在找人，胖子问："张总，还等谁？没人就开始吧。"

张雁冰说："还有一位朋友，马上到。"

正说话间，进来一个人，原来是魏云鹏，一进门就朝张雁冰拱手道歉，说自己有点急事来迟了。一桌十二个人终于到齐，张雁冰做东，所以他先提了一杯酒，三杯过后尽开颜，饭桌上的人便你来我往敬起酒来。雄安的饭局，都少了猜拳行令的过程，客套和劝酒倒使气氛显得很热烈。杯子里的泡沫溢了出来，左边在添酒，右边在说少喝点，真正令人醉醺醺的不是那淡若白水的杯中之物，而是回忆，以及从回忆蔓延到席间的情意。笑的眼，红的脸，飞扬的话语，回旋的美意。除此之外，餐桌上放了一个精致的小藤篮，里面有檀香扇、五香豆、芝麻酥糖。就餐时分，爵士乐队演奏起《阿里山的姑娘》《茉莉花》《花好月圆》等名曲，餐桌上怒放的蝴蝶兰显得妩媚多姿。

安娜也拿起酒杯，逐一回敬给自己敬过酒的人。她很清楚，女人在酒桌上，得等男人敬过自己之后，才能端起酒杯回敬，否则显得自己太不矜持。

每人一圈酒敬下来，气氛更加热烈，开始互相吐露心声，谈自己到这里的打算，谈新区的未来，谈公司如何发展，聊到很投机时，语言无法表达知己之情，就再倒满酒继续碰杯，一饮而尽时感觉把万丈豪情都饮到了肚子里。谁做东，众人就把谁捧得很高，此时的张雁冰满脸通红，在大家的夸赞下有些晕乎乎的，他端着分酒器剩下的半杯白酒走到安娜面前，醉意朦胧地说："安总，我最佩服你，一个女人能到新区创业，不仅需要勇气，还需要智慧和实力。来，我再敬你一杯，我干了，你随意。"说完，一仰头干了下去。安娜酒量不行，一圈敬下来，头早已经晕了，她端起酒杯，看着满满一杯酒发怵，看着张雁冰干了，她一咬牙，也一饮而尽。奇怪的是，一杯酒喝下去就和白水一样，一点味都没有。她看了一眼坐在旁边滴酒未沾的陆海平，心想肯定是他把杯中的酒换成水了。但陆海平低头翻看着手机，好像对他们喝酒的事浑然不觉。

魏云鹏也端着酒杯走到安娜面前，毕恭毕敬地说："安总，我再敬您一杯酒。初次相识，以后常联系。"

安娜连忙端起酒杯，一看自己的酒没了，就抓起酒瓶倒了一杯，她起来时没站稳，一下子倒在了陆海平身上，陆海平从她手里取下酒杯，把她扶到椅子上坐好，对魏云鹏说："魏总，对于女士，我们还是要怜香惜玉的好。这么一杯接一杯地灌，你觉得合适吗？"

　　魏云鹏愣了一下，没想到在这样的场合，竟然有人说这样扫兴的话。他借着酒劲儿，拍着陆海平的肩膀笑着说："陆总，大家都是朋友，在一起热闹一下，说这样的话有些扫兴吧？美女还没说什么呢，你先鸣不平，英雄救美呀，哈哈！"

　　魏云鹏本想开个玩笑，打破尴尬的局面，没想到陆海平丝毫不给面子，他耸了耸肩膀，把魏云鹏搭在他肩上的手抖了下去，不再说话。魏云鹏看他这样，一个人端着酒杯站在那里，一时不知该说什么了。安娜揉了一会儿突突乱跳的太阳穴，看到魏云鹏尴尬地站在那里，就站起身，端起酒杯说："来！魏总，很荣幸认识你，咱俩干了这杯！"魏云鹏连忙伸过杯子碰了一下，两人一饮而尽。

　　陆海平瞪着安娜，心想这女人是不是傻呀，不知道别人在为她解围，还非要喝。安娜的行为让陆海平脸上也有些挂不住了，眼见饭局也该散了，就准备起身告辞。这时张雁冰打圆场说："来，各位，我最后再总结一下，感谢各位，希望以后常聚，让我们的友谊地久天长！"

　　酒席散场，安娜有些步履蹒跚地走出酒店。已经是晚上十一点，晚风习习，很凉爽，她的酒也醒了一半。她的住处距离这里不远，走回去只需要十分钟。她看看四周，大家都在热情地告别，还没有人注意到她，于是准备悄悄离开。

　　"我送你吧！"正要走，听到身后有人说话，一回头，原来是陆海平，她推辞不过，只好上车。

　　胖子开着车，说："安总，你酒量可以呀，一圈人敬完，你又打了一圈，这没有半斤酒量可真是不行。"

　　安娜虽然有点晕，但是头脑很清醒，听胖子这样说，笑着说："我喝不了酒，今晚是没办法，盛情难却。"

　　陆海平坐在副驾驶位置，说："一个女子，在酒桌上不要逞强，你不喝酒，没人会勉强你，你一旦端起酒杯就放不下了。"

安娜想，虽然你说得对，也是为我好，可今天毕竟是第二次见面，彼此并不熟悉，从酒桌就那样袒护，以后传出去，再有饭局，谁还敢和她喝酒，不喝酒，感情怎么拉近？业务怎么展开？这样想着也没有说话，猛一抬头，发现自己住的地方到了，连忙叫："到了到了，谢谢谢谢！"

陆海平也准备下车，对胖子说："我也下来，从这个巷子拐进去就到了，你别绕了，赶紧回去。"

胖子看了他俩一眼，诡秘地一笑，开车走了。

陆海平对安娜说："我刚好顺路，也想走走，顺便送送你，这么晚了，一个人不安全。"

安娜一边想陆海平会不会对她有什么企图，一边感谢他的细心。两人从街道拐过去，就进入一条狭长的小巷，安娜就住在小巷的尽头。到了门口，安娜笑着说："感谢陆总酒场关照，我到了，您也早早回去，好好休息。"

陆海平说："好，有时间再联系。"

两人告别后，看着安娜走进院子，陆海平才转身往自己的会所走去。平时回去，他都走大街，车可以直接开进院子，可是今天他想走走，也许是看安娜一个人，想顺便送送她吧。刚刚转过弯，就听见前面不远处有人说话，等他走近时，前面的车已经开走了，一个女人朦胧的影子在灯光下站着。他脑海突然浮现出一个熟悉的身影，于是想快步走向前看清楚一些，却看到那个影子转过身走进去并且关上了门。他抬起头，灯光下，看到了醒目的四个大字："梧桐小院。"

"婉婷！"他在心底喊，"真是你吗？还是我的幻觉？"

# 十九

上午，文小美把店内的花和绿植全部浇了一遍，又把店里打扫完，就百无聊赖地坐在那里，玩了一会儿手机，实在没意思，就给婉婷打了个电话，约她来花店玩。

文小美的花店生意不怎么好，所以也没有雇人。当初开这个花店，一是因为看好这个市场，感觉慢慢外地人多了起来，生活品位也都在提高；二是的确没啥事可干，这个还比较适合自己。可是开了半年多，连房租的三分之一都没有赚回来，不免郁闷。丈夫倒是常常安慰她慢慢来，不用着急，她也就强迫自己静下心。

过了一会儿，婉婷推门走了进来。刚一看见她，文小美就笑叹："婉婷姐姐，你总是这么文艺范呀！"

婉婷穿了一件紫色的长裙，围了一条同色的围巾，她坐到文小美店中的藤椅上，取下围巾笑着说："别老夸我了，只是喜欢这种风格而已。"

文小美端了一杯茶走过来递给她，用欣赏的目光看着她说："姐姐，我喜欢西安，前年和我老公去了一趟，都不想回来了。可惜没钱，要是有钱，我都在那里买房子了。"

婉婷笑着说："我们总是觉得美好在远方，其实就是从自己待腻的地方去别人待腻的地方而已，没什么区别。"

"那也愿意，陌生总是会有一种神秘感，这种神秘感才让我们对生活充满热情和希望。"文小美说。

婉婷环视了一下花店，说："小美，你以后不要进这么多货，你看，又有这么多鲜花枯萎了，绿植还可以。"

"我总是对市场没有判断力。"文小美叹了口气，顺手把一棵绿植的黄叶揪了下来。

"这也不怪你，你没做过这个，再说，谁又对市场有判断力呢？你看现在来的外地人，都没事儿干，一个个显得无聊，就整天约饭局。"婉婷安慰她说。

"是呀，"文小美有些郁闷，"我老公一天天地约人吃饭，事没干成，钱花了好多。"

婉婷问："这么长时间了，忘了问你，你家是哪里的？"

文小美说："你问哪个家？我娘家还是老公家？"

婉婷笑了："当然是你老公家。"

文小美给婉婷的杯子里续了水，说："南文村，听过吗？离城里不远，四五公里。"

"新区人呀！"婉婷惊奇地说，"你怎么会嫁到这里？"

文小美看到她的表情，笑了起来，她往椅背上一靠，说："我和我老公是在大学认识的，他是我学长。"

"原来这样。"婉婷看着她，调侃地笑着，"学妹爱上学长哦，浪漫的校园爱情故事。"

文小美有些不好意思，正想说话，有顾客进店买花，文小美赶紧起身招呼。看着顾客抱着几束花离去，她脸上露出无奈的表情，对婉婷说："姐姐，你猜猜我这几束花挣了多少钱？"

"至少二十吧。"婉婷想了想说。

文小美噘了噘嘴说："三块钱。"

看着文小美沮丧的表情，婉婷笑了起来，边笑边说："三块都不错了，我已经连续两个月没有客人了。"

俩人聊着天，眼看已经到饭点，文小美说："我约了一个朋友，是个美女，咱们一起吃饭去。"

婉婷想着自己锁着的梧桐小院，想了想说："我看还是去我那里吧。自己做着吃，干净又随意。"

于是文小美给朋友打电话、发位置，然后锁上店门，俩人一起往梧桐小院去了。

街道上车辆稀少，行人虽然不多，但是也不时有人打着电话匆匆走过。文小美的花店离梧桐小院不远，十几分钟就走到了。路过菜市场，俩人又买了一些菜，大袋小袋地提着。还没到门口，远远地，就看见两个女子站在那里。

原来是安娜和关心。

几个人进了小院，刚放下手里的东西，文小美就介绍说："我先给你们介绍一下，婉婷，这家民宿的主人。"又指着安娜说，"这是安娜，安娜，这位美女是……"

安娜说："这是我好朋友关心，川妹子。"

安娜和文小美是在一次饭局上认识的，俩人刚好挨着，聊得很开心，感觉挺投缘，于是就常常来往。

四人互相认识后，也顾不上寒暄，就都钻进厨房做起了饭。四个女子都做起了自己的拿手菜，虽然四人都是两两相识，但因为有着共同的朋友，再加上都是出门在外，所以很快就熟识了，厨房里不时传来欢快的笑声和说话声。

很快，八个菜就端上了桌。婉婷打开红酒，倒在醒酒器里，又拿来四只高脚杯，倒上酒。

一般女人不喝酒，女人不喝一般的酒，喝酒女人不一般。其实女人喝酒是一种风情，试想，素手中持着一只高脚杯，金色的阳光或灯光照过来，玛瑙色的酒在杯中轻轻晃动，有一种撩人的妩媚，那是一种典雅，一种傲慢。喝酒的女人有些特别，透露着女人的真性情。俗语云：酒后露真情，因此，有人说，在酒桌上看女人，往往比平时更准确、更清楚。

于是，在婉婷的民宿里，四个从不同地方来到这里的女子，酒后说出了这一辈子都没有倾吐出来的心里话，这些话，让她们每每想起都心生温暖，但又屡屡后悔。

"三杯两盏淡酒，怎敌他晚来风急。酒太淡，又何以暖和小女子寒彻的心？"婉婷发出了一声感叹。

"我喝酒是想把痛苦溺死，但这该死的痛苦却学会了游泳。"安娜看着杯中摇曳的红酒说。

关心说："婉婷总文艺，安娜总有哲理。我不会说这些话，但是我会喝酒，来，干了这杯！"

文小美说："我就是喝，喝多了我就瞎说。"

于是四人又连干几杯，很快，两瓶红酒就喝完了，安娜从自己车上拿来一瓶白兰地打开，每人又倒了一杯。四个人都喝得有些晕，这几个人里面，安娜的酒量最好，从东北过来的女人，天生就能喝酒。婉婷最不胜酒力，而且一喝酒就脸红，此刻，她美丽的脸庞灿若桃花，更平添了几分妩媚，头也晕晕乎乎的，不过脑子还比较清醒。她端起杯子，站起来，笑盈盈地说："我想给大家朗诵一首诗歌，我自己的原创。"

其余三人马上欢呼鼓掌，关心用崇拜的目光看着婉婷，文小美手托着下巴，用期待的眼神看着，安娜用手打着节拍，微闭双目，静等朗诵开始。

婉婷端着酒杯，眼睛望着杯中摇曳的红酒，轻轻地朗诵道：

起风那天，我在窗户上写下你的名字
风一直吹，等风的今晚
四杯红酒在荡漾
于是，你便驻扎在了我的心里

我们在倾诉，这些年小心翼翼呵护的
不被雨水打湿的情怀
路有多少条，绝望就有多深
好在，我们一直微笑
尽管在午夜也曾迷路和哭泣

都是回不去故乡的人
因为花还没有开
尽管喝完酒想在来世换一个性别
悲哀的是，今生来世
走过的路，还得重新走一遍
想到这里，我们释然
来喝酒吧，干了这杯！

　　屋子寂静，没有人说话，一会儿，关心趴在桌上啜泣起来，安娜搂住她，无言。婉婷读完，想起陆海平，想起自己，也不由得伤感起来。文小美揉着双眼，吸了吸鼻子说："婉婷姐，你真讨厌，把人惹哭了。"

　　关心擦去眼泪，端起杯子喝了一口，说："这千条路，每一条都满是荆棘，走得太艰难。"

　　安娜拍拍手，大声说："好啦，不要伤心了，这么美的诗，难道我们不应该干一杯吗？来吧，干了这杯！"

　　于是举杯，碰在一起，听着高脚杯发出清脆的叮当声，四个异乡女子，感觉彼此的心连在了一起。

　　"我有个建议，不知道你们同意吗？"关心说，" 咱们各自讲一讲自己的故事，好吗？"

　　大家拍手赞成。在这种状态下，不说出一些什么，似乎不足以表达自己的真诚。关心提出建议，自然从她那里开始。她端起酒杯，把杯中酒一饮而尽，说："我家情况很特殊。我们家在四川一个很贫穷的地方。在娘家，我是老四，上面有两个哥哥，一个姐姐，母亲在我七岁的时候去世了，父亲尚在，只是现在高血压，行动不便。大哥患有先天性心脏病，生活不能自理。二哥在二十六岁那年，给人家干活，从屋顶上摔了下来，高位截瘫，二嫂带着俩孩子照顾一家老小。"

三个人都瞪大眼睛，惊讶地看着关心，好似听天方夜谭。

"怎……怎么会这样呢？"婉婷有些结巴，她没有想到，这个第一次接触、柔柔弱弱的女子竟然承受着这么大的哀伤。

"嫂子承受不了，几次想离婚，为了留住嫂子，为了让这个家不散，我主动承担起了全家的开销，两个哥哥和父亲的医药费，全家人的开支。去年，还给嫂子买了一辆车。"关心苦笑了一下，说，"我在县城贷款买了一座大房子，大哥、二哥一家还有老父亲一起住。目前，家庭还算稳定吧，只是我肩上的担子更重了。"

"你老公呢？他支持你吗？"安娜问。

"要说呢，我找了一个天底下最好的男人，他不但支持我，还替我分担压力。现在，他在老家经营着一个广告公司，我出来到这里寻找机会，看有没有大的发展。"关心说。

安娜说："咱们交往这么多年，我是第一次听说。"

文小美举杯说："咱们敬关心一杯，敬她的责任心。"

四人一饮而尽。接下来轮到婉婷了，她捂着红彤彤的脸颊，两个太阳穴突突乱跳，有些头晕。听了关心的经历，不知怎的，自己也莫名地感伤起来，她口齿不清地说："关心，你不容易……我其实也不容易……我相爱了六年的初恋，就那样不见了……我现在还没有结婚，我来到这里，这样一个小县城，花了几十万……我好难过……"话还没说完，就哭得一塌糊涂，文小美搂着她，抚摸着她的头发安慰。

安娜说："我离婚了，老公出轨，还家暴，我实在忍受不了。离婚后，我前夫曾经跪着求我复婚，我都没有心软。现在一个人，我感觉挺好的。"

文小美把头靠在婉婷身上，喃喃地说："我虽然没有离婚，可是和离婚差不多，我们已经分居好几年了。"

"为什么呢？"安娜问。

"不是真正意义的分居，我们还睡一张床，就是没有激情了，也没想过离婚。再说，离了婚，找谁去？找谁都是一样的，还不如给孩子留个亲爹。"文小美说。

安娜给关心递上一张纸巾，关心正擦着脸，忽然满怀期待地说："不如咱们四个结拜吧！"

其余三人有一瞬的愣神，随即都欢呼响应，于是四个人论起年龄来。安娜是七九年，老大；婉婷八六年，老二；关心八七年，老三；文小美比关心小两个月，老四。关心提议，既然结拜，就得真诚，跪着是必需的，还有一样不能少，那就是歃血为盟。于是婉婷找来针，每个人扎破手指，把挤出来的血滴在酒杯里，然后分了喝掉。

"这有点残忍吧？"文小美有些害怕，"我怕疼。"

"那你就没有诚意。"婉婷指着她笑，"没听过桃园三结义吗？结拜了可就是生死之交。"

"结义没问题，那人家也没有滴血啊。"文小美说。

"不疼不疼，小美。"关心拿起针，安慰着说，首先在自己的手指上刺了一下，不一会儿，一滴鲜红的血流了出来，她把血滴到酒杯里，然后把针递给文小美。文小美不敢接，婉婷抢过来，不由分说就扎了一下自己的手指。看着手指上的血慢慢出来，她把手指放到灯下，转着转着，看着那一朵红花慢慢绽放，她神往地说："你们知道吗？我和他分手的时候，我的鲜血也是这样一滴一滴流下来的。"

文小美看着婉婷的表情更害怕了，她摇了摇她的胳膊，小声说："姐姐，你把我的酒都吓醒了，赶紧滴血吧。"

安娜接过针，刺破手指，把血滴在酒杯里，文小美看着三人，也感染了这份真诚，一咬牙，吸着气，拿起针闭着眼睛扎了下去。

安娜把融着四个人鲜血的酒摇匀了，分为四杯。安娜端起酒杯，郑重地说："我从来没有和人结拜过，更没有过歃血为盟，在今日，四位姐妹已连接为血脉至亲，是更深的爱的开始。相信有了彼此的相互扶持，守望相助，有了非亲生姐妹胜似亲生姐妹的呵护帮衬，不分离，不放弃，必将战胜一切恶缘，永远快乐安好。"

听完安娜的话，看着三个姐妹，婉婷真诚地说："自此日始，诸位姐妹不再孤单，友谊也已升华至至亲，自此多了亲人，多了牵挂，多了温暖，也多了责任。"

关心一手端杯，一手举起，坚定地说："我没有大姐的阅历，也没有二姐的文化，我只想说一句，姐妹异姓同心，荣辱与共，患难相扶，守望相助！"

文小美说："真心无价，至纯至真，互爱互谅，诚以待人，与天相应，与地合德！"

"义结金兰是有誓词的，我说一句话，大家记住了，然后一起宣誓"，婉婷想了想，说，"从今日起，自愿结为金兰姐妹；自此时开始，我四姐妹永不猜忌、永不离间，肝胆相照、不离不弃"。

四个人把血酒一饮而尽，然后跪在地上，开始宣誓："从今日起，自愿结为金兰姐妹；自此时开始，我四姐妹永不猜忌、永不离间，肝胆相照、不离不弃！"

四个人的情感激荡在这间小小的房间内。宣誓完毕，四个姐妹抱在一起，又哭又笑。

# 二十

菲尔坐在"老潼关"面皮店的沙发上，凝视着街道两旁的橱窗出神。这个上午，她已经不知道叹了多少声气了。她用手指无意识地在桌子玻璃上画着，觉得烦闷透了。玻璃上有自己面孔的模糊反影，瘦削的瓜子脸庞，凌乱的短发，黑色衬衫……这时代神经病多，她觉得自己就是个神经病，要不，怎么会用自己的店做抵押，钱却是贷给别人用，还被人误解。

她仰靠在沙发中，放松了四肢，抬头望着屋顶上那些小灯。奇怪，这么多灯，室内的光线却并不明亮，光线都到哪儿去啦？她张望了半天，也没发现什么原因，低下头，她的目光从屋顶上转回来，蓦然间，她吓了一跳，萧山正静悄悄地坐在她对面空着的位置上。

"你怎么在这里？"萧山手里拿着一个扳手，笑嘻嘻地看着她。

菲尔懒懒地坐直身子，把面前刚吃过的碗碟推到一边，懒懒地说："你神出鬼没的，怎么会看见我？难道你也吃面皮？"

萧山说："我不吃面皮，我是路过，看见你坐在这里发呆，就进来了。大礼拜天的，才上午十点，你不在自己的酒楼里，也不在家里休息，却跑这里吃饭，稀奇。"

"有什么稀奇的。"菲尔噘了噘嘴，满脸郁闷。

萧山看她一脸愁绪，奇怪地问："菲尔，你怎么了？你一向很乐观，怎么今天满脸愁容，是遇到什么事了吗？"

菲尔听萧山这样问，眼圈不由得红了，她吸了一下鼻子，低声说："我……我就是个神经病。"

店里的顾客越来越多，声音嘈杂，萧山四下看了看，就站起身拉着菲尔往外走。俩人来到菲尔的酒楼，坐在办公室的茶桌旁。菲尔打开音乐，听到轻柔的音乐声响起，就给萧山沏茶，又给自己泡了杯玫瑰花茶。

萧山说："给我说说，发生什么事了，或许我能帮你。"

"没人能帮我。只要我愿意说出来，就会没事，偏偏就不能说。"菲尔说。

萧山看着菲尔欲言又止的样子，笑了一下，温和地说："我不知道你有什么难言之隐，但是当初既然选择保持沉默，那就一定有沉默的理由。理由充分了，心里就会释然，不必太纠结。"

菲尔看着萧山，咬了咬嘴唇，说："萧山哥，你也看到了，若茗一直和我闹别扭，误会我和何牧田，其实……其实我们真的什么都没有，我是在帮他。"

萧山不明白菲尔说的话是什么意思，联想到前几次她和若茗见面的情景，说："既然什么都没有，说明白就行，你们是闺蜜，说开了就没事了。"

菲尔叹了口气，说："何牧田和朋友合伙做生意，第一个生意赔了一百万，把自己的房子抵押做了贷款，还了前面的债。今年3月，又接了一个活儿，需要垫资，就求我用我的酒楼做抵押，贷款三百万做生意。我本来不想帮，可是想到若茗，就心软了，再说，牧田和若茗对我不错，

浪潮

也无私地帮助过我，现在他们遇到这么大的坎儿，我怎么能忍心看着他们不管呢？"

萧山听了，很吃惊，他脑海里出现那次若茗和何牧田吵架的情景，他没想到若茗竟然承受着这么大的经济压力。

"何牧田不让我告诉若茗贷款的事，怕她受不了。我也不想让她承受太大压力，所以也就没敢告诉她，谁知道产生误会，闹成了这样。她现在看见我就像看见仇人一样。"菲尔话还没说完，眼泪就流了下来。

原来是这么回事。萧山不由认真地看了菲尔一眼，她的短发因泪水沾到了脸颊上，越发楚楚动人。他发现，这个女子原来很漂亮，以前怎么没有发现呢？"菲尔，你很了不起。"萧山的声音温柔，"为了朋友作出这么大的牺牲，若茗应该感谢你。她只是不知道实情所以才误会，如果误会太深，那就把事情说出来。若茗是个成年人，该她承担的，她一定要承担。"

"不！她承受不了。"菲尔摇摇头，眼中的泪水纷纷滑落，"我了解她，她很脆弱，她是在优越的环境里长大的。听何牧田说，他们上次贷款的一百万，都让若茗睡不着觉了，为这个，他们的关系都不如以前了。"

萧山很震惊，一方面因眼前女子的重情重义，另一方面因了解了若茗的经济状况。他给菲尔递上纸巾，用温暖的声音说："好了，不要哭了，一会儿你的员工进来，看见你这样，还以为我欺负你了呢。"

菲尔擦擦眼睛，平复了一下情绪，说："萧山哥，你知道吗？若茗救过我的命。那年，我们读高三，我还记得是个冬天，晚上下了晚自习，我们俩出了校门往家走，刚走到巷子口，有一个男的突然从后面跑过来，想抢我手里的书包，我书包里装着我妈给我的一万元，我还没来得及存，就装在书包里想回家时顺便存到卡里。我使劲拽着书包，那个男的劲儿太大了，见我不松手，就连踢带拖，我死命拽着就是不放，就这样拖着我往前跑。若茗跑上去，一把抱住那个男的头，结果我们三人都倒在了地上打成一团，那男的看我们不要命地夺，就害怕了，挣脱我们的拉扯想跑，若茗死拽着不让跑，还掏出手机要报警，结果那男的用砖头砸若茗，头都破了，左脚的一个趾头也被砸断了，现在她的一个脚趾还缺一块儿……"菲尔呜咽着说不下去了。

故事听起来很离奇，不像发生在现实中，但却实实在在发生在菲尔和若茗身上。萧山又一次被打动，这两个女子，彼此珍惜，却又因太在意对方而彼此伤心。他对菲尔说："你们能有这样为彼此真诚付出的感情，很让人羡慕。只是，如果若茗对你的误会不消除，只怕影响他们夫妻的感情，你还是得慎重考虑一下，既然已经贷了款，也无法改变，你们三人还是好好坐下来聊聊，让若茗接受这个现实。"

"我就怕她受不了，做出傻事来。"菲尔呆呆地看着那朵玫瑰花在杯中盛开着，"她会怪我不告诉她。几百万的事呀！"

萧山一时沉默，不知道该怎样劝慰菲尔。

正说着话，张鹏飞来了，他一进门就喊："菲尔，一起去桥陵，江舟约着去桥陵爬山，晚上吃农家乐。"

菲尔看了一眼张鹏飞兴奋的脸，不高兴地说："就知道吃。要去你去，我没心情。"

张鹏飞听菲尔这么说，正想哄她，发现萧山也坐在那里，一丝不快从心中升起，他往椅子上一坐说："萧山，你怎么会在这里？"

萧山看着张鹏飞阴阳怪气的样子，笑着说："我怎么不能在这里？你这话问得奇怪。"

张鹏飞说："菲尔在哭，是你欺负她了吗？"

菲尔瞪着张鹏飞叫："你神经病啊，不知道就别乱说话。"

张鹏飞脸上有些挂不住了，刚想说话，萧山站起来，拿过扳手，说："好了，我先走了。菲尔，我建议你还是和若茗好好谈谈。"

菲尔点点头。

听着俩人的对话，张鹏飞有些莫名其妙，见萧山走出去了，他才转头问菲尔："怎么了？提到若茗。"

菲尔端起杯子喝了口茶，茶已经凉了，咽进肚子，凉凉的感觉渗进五脏六腑，她觉得自己的心也凉透了。想到和若茗的关系，她的心情重新黯淡下来。于是落寞地往沙发上一缩，沉默不语。问了几声不见菲尔说话，张鹏飞打电话叫来了江舟。

江舟这段时间一直为去雄安新区发展做着准备工作，首先要处理好单位的事，还得筹集一些资金，合伙人已经找到了，一个对媒体行业比较懂而且感兴趣的朋友。他其实想把若茗拉过去和自己一起干，但是又觉得不现实，毕竟若茗工作稳定，收入也不错，还有老人和孩子需要照顾，所以也就打消了这个念头。

他接到张鹏飞的电话，忙完手头的事就开车过来了。到了二楼菲尔的办公室，看见菲尔正在给经理安排事情，张鹏飞坐在那里喝茶。

江舟问："什么事？不是一会儿去桥陵吗？"

张鹏飞指了指菲尔，说："姑奶奶不高兴了，不去，刚才还在哭呢，她可从没有这样过。我刚进来时，萧山也在。"

"我以为什么事，大惊小怪的。"江舟说。

菲尔处理完事情过来了，看见江舟，关心地问："你的事情怎么样了？什么时候去雄安？"

"早着呢，得有一个过程，我得准备充分了才能去。"江舟说。

"先别管别人的事，菲尔，我就想问你，你刚才是怎么了，情绪不对。"张鹏飞说。

菲尔看了看他俩，才明白是张鹏飞小题大做叫来了江舟，她用手拍了下张鹏飞的头，说道："就知道是你叫来的，你能不能成熟点？别什么事儿都咋咋呼呼的。"

张鹏飞委屈地说："我这不是担心你嘛。"

江舟笑着说："菲尔，你也别责怪他，你的一颦一笑都牵动着鹏飞的心呢。"

菲尔叹了口气，坐在那里不语。

张鹏飞指着菲尔对江舟说："看看，我就说不正常，老是叹气，我来这么大会儿，接二连三地叹气。"

菲尔可不想再把事情扩大，要是传到若茗耳朵里，那可就糟了，何牧田再三嘱咐自己不能告诉若茗，否则也不会发生误会。可是，眼下该咋办呢？这些天她的思想压力太大了，一方面是贷款的压力，虽说何牧田现在月月还款都很正常，可要还十年呀，万一出了差错，她可是贷款人，剩下的烂摊子不得她收拾吗？另一方面，她和若茗的关系已经降到了冰点，前段时间，江舟还能约到一起，那次以后，无论什么借口，只要有她在，若茗是绝不会来的。

这两方面的压力，快把她压垮了，她再没有以前活泼的性格，反而变得郁郁寡欢。她看面前这两个男人都关切地看着自己，觉得好烦躁，于是凶巴巴地说："你俩能不能别管我？烦不烦！"

　　菲尔这样说话，一般都是对张鹏飞说。对于追求菲尔的张鹏飞来说，他很喜欢菲尔用这样的语气和他说话，这也是他们独特的相处方式。江舟也丝毫不介意，女人嘛，发发脾气、使使小性子也正常，更何况他们是同学，相处数载，彼此的脾气秉性都摸得清清楚楚，吵架、辩论是常有的事。他想到了或许和若茗有关，但是没往别处想，更没有想到事情的严重性远远超出了他的想象，这也是后来悲剧发生后，他常常懊悔和自责的原因。

　　看菲尔总是闷闷不乐，江舟说："好了，既然没啥大事，也就别闷在屋里了，咱们一起去桥陵吧，放松一下。你们现在得珍惜和我在一起的日子，见一次少一次。"

　　张鹏飞说："就是，以后要想团圆就困难喽。"

　　菲尔忍不住笑了："搞得像诀别一样。"

　　看菲尔笑了，两个男人也如释重负，江舟也笑着说："诀别倒谈不上，聚散离合本是常事，只是我们要珍惜相聚的日子。"

　　菲尔听了江舟的话，心里忽然变得明朗起来。是呀，人生短短几十年，何必计较太多呢？自寻烦恼。于是，她脸上的愁容一扫而光，微笑着轻松地说："走，一起去桥陵，叫上若茗和萧山。"

　　张鹏飞一听，连忙说："若茗肯定会叫的，只是萧山……有必要叫他吗？"

　　江舟说："叫上吧，都是朋友，萧山人不错。"说完，他直接掏出手机想给萧山打电话，还没拨号，一个电话打了进来，刚刚喂了一声，就不说话了。

　　张鹏飞和菲尔诧异地看着他。江舟接完电话，看着他俩，静静地说："我的停薪留职批了。"

　　"真的？"俩人异口同声地问。

　　江舟点点头，很淡定地重新坐下，略带遗憾地说："这不是我要的结果。我并不想要这份工作，我想轻装上阵。"

"傻瓜!"张鹏飞说。

"神经病!"菲尔说。

菲尔把头伸到江舟面前,摸了摸他的额头,夸张地叫:"你脑子真是坏掉了!停薪留职啊,多好,无论怎样,还是可以保住工作的,万一在那里干得不如意,还有一条退路。"

"我不需要退路,会消磨我的斗志。"江舟说。

菲尔摇摇头,感觉不可思议,刚刚还觉得自己是神经病,现在又多了一个。张鹏飞叹着气,表示不能理解。江舟看他们这个样子,笑了,他站起身说:"好了,不谈这个事儿了,既然已经这样了就接受吧,后面看情况再说。"

三人走出酒楼,江舟给若茗打电话,菲尔给萧山打电话,相约去桥陵。菲尔想,只要若茗愿意来,她一定让若茗知道,她和何牧田真的一点儿事情都没有,至于怎么解释,她还没有想好,但无论如何,借今天这个机会,她一定要消除俩人的隔阂,和好如初。

# 二十一

若茗在单位加班,她完成手头的工作,看看时间还早,就准备回家给小约做饭。江舟刚才给她打电话相约桥陵,她知道菲尔肯定去,她不想看见她,所以不想去,可是江舟那么诚恳地邀请她,一想到他即将离开去雄安新区,她就心软了。这段时间发生的事情,让她对友情产生怀疑的同时又分外珍惜,于是就答应了。

回到家时,何牧田已经在家了,正在打电话。这段时间,俩人的关系不好也不坏,她的心平静了许多,不去刻意想,心就不会纠结。何牧田每天早出晚归,忙忙碌碌,很晚到家,即使回到家,也是不停地打电话,打完电话就洗洗睡了,夫妻俩除了必要的家庭琐事需要沟通之外,很少交流其他。在这样小心翼翼地回避之下,日子倒也相对平静。

若茗正在厨房做饭,丈夫打完电话走了进来,对她说:"怎么现在做饭?今天晚上雪松请吃饭,他老婆孩子,咱们一家三口。"

若茗停下手中正在择的菜，看着他，问："为什么要请吃饭？"

何牧田奇怪地看着妻子说："请吃饭还需要理由吗？咱们两家不是合作伙伴嘛，好久不聚了，今天结了点款，想庆祝一下。"

若茗一听结了款，有些喜悦，问："结了多少？"

何牧田看到妻子喜悦的样子，却是有些迟疑，说："不多，才三四十万……"

"三四十万也是钱呀，能给就行。"若茗心情瞬间美好起来，问丈夫，"你们在哪里吃饭？我今晚也有约，在桥陵爬山，晚上在天赐农家乐，我们四五个同学。"

"我们也去那里，先爬山，晚上吃饭，正好，你两边串串。"何牧田说。

正说着，小约补课回来了，她甩掉书包，惊天动地地喊："老爸，你今天回来这么早啊，太好啦！"说完，小鸟一样飞奔过来，扑在了何牧田身上。

何牧田抱起女儿，疼爱地揉揉她的头发，笑眯眯地说："闺女，今晚带你去吃农家乐，高兴不？"

"真的？"小约高兴极了，在何牧田脸上亲了一下，挣脱父亲怀抱往卧室跑，边跑边说："我要穿妈妈给我买的那件漂亮裙子！"

看着女儿高兴的样子，若茗心里暖暖的，一回头，接触到丈夫的目光，心中升起一股柔情。唉，这样欢乐的家庭氛围，多久没有了呢？

立秋后，天气虽然炎热，但到了早晚，尤其晚上，凉爽中带着一丝寒意。何牧田开着车，若茗坐在副驾驶位置，小约坐在后面，一家三口往桥陵而去。

桥陵，又名桥冢，是唐睿宗李旦的陵墓，是国家4A级景区，位于城西北十五公里的丰山，这里峰峦起伏，沟壑纵横，向南平野开阔，与秦岭遥遥相对，山川壮丽，气象万千。丰山据记载叫金帜山，当地人们依其展翅欲飞的天然形势称为凤凰山。桥陵的石刻最为有名，被誉为"桥陵石刻甲天下"，也是唐代帝陵中规模最宏伟的陵园，号称唐十八陵之冠。

桥陵环境优美，除了各地的游客，当地的人们也来这里游玩，于是应运而生了许多农家乐。农家乐是桥陵脚下的村民在自己家里开起来的小饭店，饭菜都是陕西的特色小吃，有孜卷、搅团、鱼鱼、凉粉、面皮、臊子面、油泼面、驴蹄子面……，还有蒸熟的红薯、玉米以及各种野菜和其他野味。一顿饭就是一方文化，无论宴请领导同事，还是招待亲朋好友，都是首选的地方，一顿饭下来，既开了胃，又长了知识，酒足饭饱，尽兴而归。

若茗和何牧田到了桥陵脚下的停车场，刚停好车，就看到雪松的车也到了，于是打了招呼一起往里走。看丈夫和雪松谈起了生意，若茗就和雪松的妻子边走边聊起了家长里短，小约早就和雪松的女儿一诺跑远了。

走到桥陵的大门口，若茗看到江舟、张鹏飞、萧山和菲尔也站在那里，看样子在等她。见了面介绍完，一一打过招呼，大家一起朝山脚下走去，准备爬山。桥陵并不高，沿着蜿蜒的小路一直走上去，二十分钟就能爬到山顶。山的一边是麦田，一边是茂密葱郁的松柏，李旦的陵墓就在山脚下，面南背北，形状就像一把龙椅。

十几个人一起往上爬。小孩子跑得快，一溜烟跑到前面去了，若茗和雪松的妻子轮番喊着两个孩子小心点，若茗还快步向前跟着，怕出现什么危险。她在前面走着，不时心神不宁地回头看，她知道自己在不放心什么。但是何牧田始终和雪松走在一起，菲尔和张鹏飞比赛爬山，打打闹闹的，惹得江舟和萧山不时大笑。一切都很正常。可是不知为什么，若茗总觉得不对劲，这样刻意的回避，难道不是有问题吗？如果正常，为什么两人不说话，要搁以前，他们早就开起玩笑了。

终于爬上山顶，大家坐在石头上休息。山顶很开阔，人也挺多，很多人在拍照。菲尔看见若茗在不远的地方，正给站在石头上的小约拢吹乱的头发，就走了过去。看到菲尔过来，小约亲热地喊她，菲尔疼爱地抚摸了一下小约的头发。她见若茗一声不吭，也不看她，就对小约说："小约，你去玩，我和你妈妈说几句话。"

小约从石头上跳下来，边跑边说："神神秘秘的，还不让我知道。"

看着小约走远了，菲尔对若茗说："若茗，我想和你聊聊。"

若茗迎着风站着，风吹动着她的长发，她说："有什么可说的。"

"若茗，真不是你想的那样，我们是闺蜜，是同学，你救过我的命，这一点我铭记在心。所以，无论基于哪种感情，我都不会做对不起你的事，你相信我吧！"菲尔用近乎恳求的语气说。

若茗想起她们在一起的点点滴滴，眼睛有些红了，她看着菲尔说："那你能解释清楚，你们为什么经常单独在一起吗？"

"我……"菲尔看着若茗，咬咬嘴唇。

若茗哼了一声，嘲讽地说："想当婊子，还想立贞节牌坊。这种人自古就有。"

菲尔脸色苍白，她颤抖着嘴唇，像看着一个陌生人："若茗，我没想到，你现在成了这样，多疑、自私、不讲理。"

若茗猛地转过头，用犀利的眼光看着她，冷笑："这句话应该奉还给你，你怎么现在成了这样？人家都说，防火防盗防闺蜜，我还不以为然，没想到你竟然也是这样无耻！"

菲尔终于忍不住，蹲在地上哭了起来。听到哭声，人们都往这边看。江舟他们看见菲尔在哭，都连忙走了过来。江舟问："你们怎么了？玩得好好的。"

若茗心里也很难过，一种绝望的情绪紧紧抓着她的心，使她不能呼吸。萧山心里明白是怎么回事，一听说来爬山，他心里就有隐隐的不安，担心两人又吵架，果然不出所料。何牧田也连忙走了过来，他脸上显出不高兴的样子，对妻子说："你是怎么了？出来玩都没个好心情。"

都没有弄清楚为什么，丈夫就不分青红皂白地责怪自己，若茗惊诧地看着丈夫，紧接着，一种无法再忍耐的情绪突然充斥着她的胸腔，使她全然失去了理智，她朝丈夫歇斯底里地喊："何牧田，你到底是怎么了？你的魂是不是丢了，啊？你为什么连问都不问，就这样责怪我？我到底做错了什么，让你们这样对待我？"

何牧田忍无可忍，举起手想打，看着围观的人越来越多，忍着气说："走，下山，回家再说。"说完，抱着浑身颤抖的若茗往山下走。小约从没有看见妈妈这样失控，吓得哭了起来，雪松的妻子连忙搂住了她。

若茗挣脱了丈夫的怀抱，跟跟跄跄地往山下走，何牧田紧紧跟着。菲尔看若茗下山了，站起来，擦着满脸的泪水，啜泣着也跟着往下走。大家心里都很不舒服，本来想高高兴兴聚聚，结果弄成这样。

张鹏飞没好气地说："我就奇了怪了，这两人最近怎么了，一见面就掐，而且是往死里掐，到底发生了什么事？"

江舟也很郁闷，他也实在想不明白是怎么回事。他突然想起很久以前在婉婷的苗圃里看到的那一幕，难道是……可是，这怎么可能？

萧山说："你们几个关系这么好，怎么就不清楚发生什么事了呢？既然知道她们有矛盾，就该关心一下，而不是光聚会不解决问题。"

"难道你知道？"张鹏飞问。

萧山没有说话，快步往山下走，想距离菲尔和若茗近一些，因为菲尔正往若茗跟前跑，他不清楚菲尔到底要干什么，怕发生意外。

菲尔跑到若茗身边，挡在前面，然后朝旁边的何牧田喊："何牧田，你过来！过来给你老婆说清楚到底是怎么回事！我受够了，不想再这样下去了！"

若茗被菲尔一拉，差点儿跌倒，她听到菲尔这样说，心狂跳起来，一直追问真相，真相来了，她却突然没有了听下去的勇气。

何牧田无奈而愧疚地看着菲尔。

菲尔对若茗说："若茗，我是真想帮你们，但凡你不这样咄咄逼人，我也不会说出真相，我不想让你承受这样的压力。"

若茗听了菲尔的话，有些糊涂了，不明白菲尔说这话的意思。怎么，做了错事还强词夺理？她冷笑了一下，看到丈夫低着头，一语不发地站在那里，于是说："好，何牧田，今天索性撕破脸皮，把该说的都说出来吧，这样大家都不煎熬。"

何牧田不想在这里谈，大庭广众之下吵吵闹闹，让他的脸往哪儿搁？可是现在，他已经完全控制不住场面了，妻子和菲尔剑拔弩张，一个怒目而视，一个挡着路，一副不说清楚誓不罢休的样子。几个人就那样站在下山的小路上僵持着。

太阳已经西斜，暮色越来越重，游客也陆续下山，山路上只剩下他们几个人。雪松和妻子劝解无果，因公司有事提前回城，走时把小约也带了回去，送到她奶奶家。萧山、江舟和张鹏飞都没有走，但是都沉默着，不知道该怎样劝解这对昔日的好友。

何牧田对妻子说："若茗，菲尔本来好心帮助咱们，没告诉你，是不想让你有太大的压力，没想到你竟然误会这样深。既然这样，我也不想隐瞒了，今天全都告诉你。"

于是，何牧田一五一十地告诉了若茗全部经过。若茗简直不敢相信自己的耳朵，三百万呀！这个数字像晴天霹雳，差点儿让她栽倒在地。张鹏飞和江舟也都很意外，没想到菲尔为了若茗，竟然这样的付出。

几个人在复杂的情绪中，都沉默了。

过了一会儿，菲尔走到蹲在一旁的若茗身边，轻声说："若茗，我说过，我绝对不会做对不起你的事情。这件事之所以瞒着你，是因为你家何牧田怕你压力太大，不让告诉你，他也是好心，你就别责怪他了。"

若茗从远处收回空洞的双眼，定定地看了菲尔好一会儿，嘴角露出一丝凄凉的笑意，缓缓地说："你以为这是在帮我吗？你以为你高风亮节，无比伟大吗？你让我们从此万劫不复，你知道吗？"

菲尔的表情僵在了脸上，她没想到若茗是这种反应，她原以为把真相告诉了她，她会高兴，至少不再和她怄气，没想到现在又是这种表情，难道自己的真诚付出错了吗？

何牧田感到对不起菲尔，当初没办法才请她帮忙，用她的酒楼抵押贷了款，否则，他的资金是万万周转不开的，就会困死在那里。他看到妻子的反应，一丝烦闷从心头升起，他加重语气，不耐地说："你能不能正常一些？菲尔帮了这么大忙，你不但没有一句感谢的话，还这样说她。要不是她，资金早就周转不开了，就会违约。你知道违约的后果吗？"

若茗的脑子嗡嗡作响，丈夫的指责让她的情绪越来越烦躁，在这么多人面前，竟这样毫不留情地指责她，这让她的自尊心受到了极大的伤害。虽然她是一个传统的女人，丈夫是天，但是面对这种丝毫不考虑她感受的话语，她是无论如何也不能容忍的。于是，在内心极度的不平衡下，她终于爆发了："何牧田，你凭什么这样对我？凭什么这样指责我？是我让你做生意的吗？是我让你贷款的吗？你以为我会感激她？我为什么要感激她？你们这样瞒着我，把我当什么了？"

看着这三个人在那里你一言我一语，萧山和江舟走也不是，待也不是，很尴尬，张鹏飞可没有这样的情绪，他一直紧张地关注着事态的发展，生怕菲尔有什么闪失。人就是这样，关系总有亲疏之分，同样是同学和好友，心里的天平倾斜了，感情也会发生变化。

浪潮

若茗站起身，自顾自往山下走，她只想逃离这个地方，只想逃离这两个人，独自一人躲到角落里谁也不见。何牧田虽然发了火，但还是怕妻子想不开，所以紧紧跟着。

如果萧山开车载着的不是菲尔而是江舟，如果张鹏飞不赌气先走……但是世界上没有如果，所以，悲剧在这个傍晚不可避免地发生了。

# 二十二

山东别称"齐鲁大地"，山西别称"三晋"，陕西别称"三秦"，而河北的别称"燕赵大地"中的"燕赵"来自战国时期的"燕国"和"赵国"。有史料记载，燕国跟赵国边界有燕长城遗址，雄县南十里铺跟赵北口中间古时候有坊，里面有块碑，上面写着"燕南赵北"四字。燕赵大地，在汉、魏晋、北朝、隋唐、五代同属一区，到了北宋再次分开。辽、宋渊之盟后，迎来了长期和平，双方划定以海河支流之一的白沟河（上游名叫拒马河）为界，并在河岸开辟榷场，作为交易场所。

人们以"燕赵"称这块土地，是为表示其悠久的历史。古老的燕赵文化，朴实豪放的民风，造就了世代相传的燕赵侠风。《隋书·地理志》称这里"悲歌慷慨""俗重气侠""自古言勇敢者，皆出幽并"。被尊为唐宋八大家之首的韩愈有句名言"燕赵多慷慨悲歌之士"；宋代大文豪苏东坡亦曾赞叹："幽燕之地，自古多豪杰，名于图书者往往而是。"

的确，在这块古老神奇的土地上，自古豪杰英雄辈出——有"千场纵博家仍富，几处报仇身不死"的邯郸游侠；有"风萧萧兮易水寒，壮士一去兮不复还"的燕地刺客荆轲；有"士为知己者死，女为悦己者容"的邢地刺客豫让；有景阳冈赤手打虎的清河好汉武松；有"当阳桥头一声吼，喝断了桥梁水倒流"的涿郡猛张飞；有英勇抗击蒙古瓦剌族入侵，写下"粉骨碎身浑不怕，要留清白在人间"壮烈诗篇的于谦；有"铁肩担道义，辣手著文章"的著名谏臣杨继盛；有英勇抗击日寇，血染沙场的狼牙山五壮士……古往今来，唱出了一曲又一曲激烈、高亢的浩浩燕赵歌。雄安新区就位于这一界线附近。雄安容天下，京津冀未来，历史和未来交相辉映，描绘出了这座未来之城妙不可言的发展前景。

这里的冬天格外寒冷，刚刚进入阳历十二月，冷风就已经刺骨。其实，对于本地人来说，这并不算很冷，而对于来自河北以南地区的人来说，已经算寒冷了。

自从那天晚上以后，陆海平路过了好几次梧桐小院，有一次还刻意停下来朝里面张望了一会儿，出出进进好几个人，也没有见到那个熟悉的身影，于是他认为是自己产生了幻觉。是呀，她怎么会来到这里？她应该早就结婚了，并且生活得富足而安宁。

这天，他和朋友谈完事，开车顺着金融街一直往前走，不知不觉又来到梧桐小院附近，看着一直延伸到巷子的小路，他有一种进去寻找的冲动。于是，他打过方向盘，开进了小巷。

巷子没什么人，只有一个老妇人在门口坐着晒太阳。陆海平走到小院门口，往里面张望，没见人影，他踌躇了一会儿，还是没有勇气进去，于是准备离开了。刚转过身，却意外地看见，婉婷静静地站在他的身后。

两人一时无言，过了好久，陆海平才沙哑着嗓音，结结巴巴地说："你……也来了。"

"你好。"婉婷微笑了一下，感觉自己的声音在颤抖。

"我一个月前，好像看见过你。"陆海平恢复了平静。

"是的，你看到的，那应该就是我。"婉婷说。

"你……不准备让我进去吗？"陆海平看着她，轻声问。

婉婷没有说话，转身走进了小院，陆海平跟着走了进去，俩人坐在茶室，相对无言。他们经历了轰轰烈烈的爱情，共同哭过，笑过，彼此伤害过。可是今天，他们重逢在雄安，这个世界真是太小了。

"婉婷！"一声呼唤拉回了她的思绪，她掩饰着把咖啡推到他面前。他还和原来一样，只是更成熟了。

他低下头，神情突然有些落寞，这种表情又刺痛了她，心莫名地痛了一下。

"你……过得好吗？"他深深地看着她。

"我一直很好。不过你看起来更好，这么多年，都没有你的消息。"她说，"也许是大家都在刻意回避吧。"

他没有说话，端起咖啡抿了一口，朝椅背上一靠，长长吐了口气："冒了绝大的风险，费了无数的周折，牺牲了最美的爱，得到的是残酷的失败。"

那一次，我把全部的世界给了你，我的整个心，我的思想，我的灵魂。那一次，就算遍体鳞伤也没关系。那一次，我用尽了我所有的力气，我为你千娇百媚，我为你花开荼蘼，只是那一次就够。婉婷在心里笑了一下，看着他的眼睛说："人生有三样东西是无法挽留的——生命、时间和爱，我们想挽留，却无能为力。"

陆海平把咖啡一饮而尽。婉婷才想起，忘了放糖。

生命是一场无法回程的旅行，沿途有着数不尽的坎坷与泥泞，但也有看不完的春花秋月。在这一场红尘跋涉中，只不过是用尽全力，来换一场彼此相守过的回忆。

就如他们。

陆海平说："自从你那次……"

婉婷飞快地打断他的话："不要提那次好吗？我几乎已经忘记了。"

陆海平看着她，微微叹了口气说："婉婷，你一定要听我说，其实，我不是不坚守，而是出于无奈，你知道的，我父亲去世得早，我母亲又非常固执……"

婉婷忽然伏在桌上笑了起来，边笑边说："我们在干吗？在叙旧吗？都已经过去这么多年了，再说还有什么意义呢，我早已释怀了。只是没想到，在这里又遇到了你。"

"听老班长说……你现在还是一个人，为什么不结婚呢？"陆海平内疚地问。

"呵，你问我为什么？难道人人都和你一样？"婉婷冷笑。

看着婉婷这样，陆海平心里很不好受。这些年他一直很内疚，但是又不敢联系，因为分手，婉婷自杀过一次，他不想让婉婷沉浸在那段感情里不能自拔。可是，自己又何尝不是一样呢，只是作为男人，他肩上的责任更重，责任和义务不允许他那样做。那个时候，还是太年轻了，承受不起父母的眼泪。

"咱俩分手后的第三年，我去阿里援藏了两年，我想让自己的心静下来，要不然，我也无法承受那种痛彻心扉的感觉。"陆海平轻轻地说。

情深似车遥马慢，我爱你何止两三年。陆海平和婉婷许久都没有说话，似乎在回忆，又似乎无话可说。

院子的玫瑰花开得正艳，有一枝长得都高过了窗台，随着风在轻轻摇曳……

陆海平走了。婉婷呆坐在茶室里，望着那枝玫瑰出神。本来想逃离那座城市，到一个无人认识的地方重新开始，可是，却偏偏又遇到了他，她不知道这以后又该以怎样的心态来面对。

她想起从学校回家的那个冬天，坐在自行车后座，他让她把手插在他裤兜里暖手的情景，想起假日的黄昏，一起在竹楼上看星星的浪漫，想起在水田里插秧，在猕猴桃园追逐嬉戏的欢乐，还想起分手时痛彻心扉的呼唤……陆海平，这个名字就像心头的一块伤疤，多少年来，从不敢触及，更不敢喊出。分手后的日子，都无法想象自己是怎么度过的，以至于到现在，遇到再大的不开心，再大的困难，她都知道自己可以过去的，因为她经历过那样的痛不欲生。

过去的一幕一幕，就像昨天一样。背得出他写给她的第一封情书，记得他用她的名字写的那首诗，记得他实习时用橡树皮写给她的信，记得他送她的枕头狗，记得他寄过来的信里满纸写的"傻瓜"，记得他们在一起的点点滴滴……

小狗的叫声打断了她的思绪，她掀起珠帘走出茶室，惊喜地发现，在院落的一角，一只浑身雪白的小狗睁着一双乌黑的眼珠看着她，还不停地摇着小尾巴，小巧的嘴巴微翘着，可爱极了。她跑过去抱了起来，小狗温顺地依在她的怀里，她的心瞬间被融化了。本来还想着是不是谁家走丢的，或者是小狗不认识家门了，然后寻找失主，后来一想，还不如窃为己有，反正又不是偷的。

小狗的意外出现冲淡了和陆海平见面的惆怅，婉婷立刻去布置狗窝了，还给它起了一个好听的名字：雪儿。

# 第 二 章

## 二十三

春来了又去，去了又来，风拂过人的脸颊，暖暖的。

2018 年的春天到了。

在敦煌待了半年多了，这是若茗在这里的第一个春天。今天阳光很好，可是她奇怪为何今天的阳光不暖，这样的天气很容易让人想起家乡。她坐在咖啡厅，仰靠在椅背上，望着窗外的黄沙。寂寞依然缠绕着周身，她似乎失去了交友的能力，没有一个朋友，总是独来独往。

窗外，道士塔和舍利塔比起来是那么不起眼，躺在塔中的王道士承受着世人抛给他所应该承受的一切，因而显得引人注目。没有比修建佛窟更高的修为了，因此余秋雨在《道士塔》中称：王圆箓是敦煌石窟的罪人，他甚至鄙视地认为，即使将愤怒的洪水向这个卑微、渺小、愚昧的王圆箓倾泄，也只能换得一个漠然的表情。

远远望过去，莫高窟静默在那里，所有的辉煌，都随着鸣沙山的黄沙沉淀在岁月最深处。而她喜欢在这里行走，时而仰望时而静坐，想象着那洞中作画的僧人，他们倾其一生只为完成一项事业，最终也不能走出这壁洞。而她又何尝不是，自始至终走不出心中的黑洞，世上的人又有几个能没有羁绊地生活？

面前的咖啡凉了，她轻叹一口气，准备走了。其实回去也是一个人，只是此刻的心绪，实在不适合再待下去。她望了望窗外，黄昏了，这里的黄昏才是真正的"黄昏"，大地是黄色的，这黄色一直铺到天边，于是天地合为一体。

忽然看见窗户上一个陌生的面孔朝她望着，也许是太寂寞的缘故，她朝他笑了一下。

男子于是推门走了进来。

"我注视你很久了，你看起来很心烦?"他在她对面坐下说，就如一个老朋友。

"是吧。"若茗有些迷乱地说，忽然很后悔刚才的那个微笑。他进入了自己的世界，而她并不想别人此刻的窥探。

咖啡厅老板亲自端来了一杯咖啡放在他面前，朝若茗笑着挤了挤眼。可能看到她好不容易交了个朋友，替她高兴吧。

"你从秦地来?"他抿了一口咖啡，用温和的目光看着她。

"秦地。"若茗清楚地说，忽然轻松了，又靠在椅背上。

"我来自巴蜀。"他笑，笑容很温暖。

距离忽然拉近了许多，刚才的抗拒情绪消失了，若茗笑了一下。

"你来做什么?"她问。

"罗布泊建热电厂。"他说。

"不走了?"

"走，明天下午出发。"

"还回来吗?"

"今年不回来了。不过，每年夏天，我会到敦煌，因为我喜欢坐在莫高窟前看佛洞。"

若茗忽然有些失望。她仔细看了看他，正好他也看她。他的眼神有些落寞。

"我在这里住了半年多了。"若茗说，却不知道想向他表达什么。

"我居无定所，全国各地跑，工作流动性很大。"他说，深深注视着她，"我在外面注意你很久了，你知道你给我的第一印象是什么吗?"

若茗没有勇气听别人给自己的评价，因为她知道自己是落寞的、消沉的、自卑的。她装作没听见，站起来说："我该走了。"

走到门口，他在身后说："我明天早上还来。"

若茗像逃跑一样离开了。她真恨自己，她需要朋友，需要快乐，为什么要抗拒友谊呢？回到房间，她的泪不由自主地流了下来，压抑很久的苦闷，此刻毫无顾忌地释放了出来。

第二天早上，她披上那件长长的披肩在街上独步走着，不知不觉来到了咖啡厅门口，老板已经开门，她下意识地推门走了进去。

音乐缓缓响起，杯中的咖啡冒着热气。昨夜两点才睡，睡眠不足的眼睛停留在飘浮的热气上。她咀嚼着泰戈尔的那首诗："纵观无始的往昔/我看见你像永世难忘的北斗/穿透岁月的黑暗/姗姗来到我的面前/从洪荒时代的心源出发/你我泛舟顺流而下/你我在亿万爱侣中间嬉戏/分离时辛酸的眼泪和团圆时甜蜜的羞涩里……"

一个高大的身影走了进来，他穿了一件风衣，衣领高高翻起，深邃的目光令人难忘。他站在她身后，把手放在她的肩上，她没有回头。

他坐下来，他们互相凝视，谁也不说话。浩渺人间，他们竟能在这样一个奇异、遥远的地方相遇。

"不要把自己包裹起来，真实地活着。"

她无语。没有人懂自己的世界。

他们在莫高窟前静静站立，望着洞内高大的佛像出神。

这是若茗喜欢的方式，也应该是他喜欢的。她一直能感觉到他握着她手时的不舍，时间越流逝，从他手中传过来的不舍越强烈。他忽然把脸颊贴在她的手上，有温热的泪滴了下来，他喃喃地说："不要离开，不要离开……"

她的泪也轻轻流了下来。她不知道他身上发生过怎样的故事，不知道他经历了怎样的痛苦，但是有一点她是明白的，他和自己一样身陷孤独而不能自拔。而她该怎样，才不会沦陷在这一世的秋天里？她才能走出那个阴霾，才可以重新展开笑颜？

他下午就走了，离开了敦煌，他们甚至都不知道彼此的名字。

自从若茗逃离家里，除了走时给丈夫留下一封信之外，她就断绝了和一切人的联系。这半年，她都处于一种半隐居状态，没有和外界接触，每天就游荡在莫高窟附近，偎依在敦煌的怀里，聆听岁月的诉说，静听历史的讲述。在这里，她感觉自己不是置身在茫茫戈壁和苍凉沙漠，而是在广袤的宇宙或是无边而深邃的海底世界，自己也不再是一个伟岸的人，而是流沙中的一粒。只有在这里，才能明白，世间所有的物质利欲，强权富贵，终抵不过一捧黄沙。

若茗喜欢走近驼群，看这庞大的沙漠尤物，站着坐着都是一副安静的神态，任凭游人嘈杂，表情依旧平静安详，仿佛红尘世界与己无关。有时候，她会思念女儿，那种彻骨的思念常常让她午夜湿了枕畔，然而她又能怎样呢？她已经无法面对，无法承受那种痛苦带来的内疚、绝望和悲伤，她只能逃避，像乌龟一样蜷缩起来。

这天，若茗正在租住的小院，帮着老妈妈调颜料。老妈妈是她的房东，有一个七十多平方米的小院，布置得古色古香，一个人住。半年前，若茗刚来到这里时，一副失魂落魄的样子，提着一个行李箱在街道上走着。老妈妈跟了她很远，最后看她一个人坐在石阶上哭泣，于是就关心地询问，她说了自己的情况，于是，老妈妈就邀她来到了自己的住处，和自己做伴。

老妈妈毕业于北京大学历史系考古专业，二十五岁时，分配到敦煌考古研究所，已经在这里生活了整整四十六年。

若茗边给老妈妈调颜料，边说："姑姑，您是学考古的，为啥喜欢画画呢？"她喜欢叫她姑姑，因为她觉得和父亲很亲近。

老妈妈一头银发，身穿一件宽大的袍子，脸上虽然全是敦煌的风沙吹出来的沟壑，却面庞白净，看得出年轻时很漂亮。听到若茗问她，于是停下笔，笑着说："哦，你还不知道我的故事呢。"

若茗也停下来，好奇地看着她。

老妈妈说："我喜欢你叫我姑姑，感觉得到你和你父亲的感情比较深。而我，有一个这个世界上打着灯笼也难找的好丈夫，没有他的支撑，我活不到今天。他总是叫我丫头。"

若茗静静地看着她。

"我二十五岁研究生毕业后来到敦煌，在研究所上班。我丈夫是广西桂林人，我们是校友，他比我高两届，在一次联谊会上，我唱了一首关于敦煌的歌曲，引起了他的注意。那次联谊会后，他就想方设法打听我，接近我，后来，共同的志趣让我们走在了一起。他毕业后，先我两年来到敦煌，我毕业后，也追随他来到这里。"老妈妈望着远方，沉浸在往昔的岁月里。

若茗问："姑姑，他当初为什么要来敦煌？你放弃了大城市优越的生活环境，追随爱人来到这里，难道仅仅为了爱情吗？"

老妈妈看着若茗，慈祥地笑了："余秋雨在一篇文章中写道：莫高窟可以傲视异邦古迹的地方，就在于它是一千多年的层层累聚。看莫高窟，不是看死了一千年的标本，而是看活了一千年的生活。一千年而始终活着，血脉畅通、呼吸匀停，这是一种何等壮阔的生命！所以，我理解他，为了爱情，我甘愿和他一起清贫，一起在这风沙的肆虐中安然度日。"

"姑姑，您叫什么名字？我一直都不知道您的名字。"若茗握着老妈妈的手，温柔地问。

"王思远。"老妈妈看着若茗，银白的头发在暖阳的映射下，更平添了一丝安详和从容，"我丈夫叫李成远。他死后，我为了怀念他，才改了这个名字。"

若茗有些明白了。眼前的这位老人，应该经历着一段不为人知的过往，那是一个凄美的爱情故事。

"二十八年前，我丈夫带着队伍去考古，经过沙漠时，遇到沙漠风暴，同行的四个人都安然无恙，只有他，被埋在沙漠里，至今都没有找到。"老妈妈说。她侧过头，看到若茗眼底的泪花，慈爱地说，"孩子，不要哭，这么多年过去了，我依然觉得他还在我身边，还记得他叫我'丫头'的声音，所以，我守着这个房子，从来没有离开半步。"

"你们有孩子吗？"若茗看到，老妈妈的院子里种了好几棵高大的梨树，是库尔勒梨。虽然蔷薇科很多跟乔木花相似，但是这棵树的叶子是长卵形的，顶头尖，成熟的叶品呈现嫩绿色，花是纯白色。敦煌的气候，桃花和杏花四月就会开，梨花比桃花和杏花晚，一般五月开放。此刻，这个小院子弥漫着梨花的香气，她不知道，是花香温润了她，还是这段爱情感染了她，她只觉得眼睛湿湿的，于是边揉眼睛边笑着说："花好香呀，我都要流泪了。"

"我们有过一个女儿，十九岁时，为了救一个迷路的人，也和她爸爸一样，被风暴埋进了沙漠里。我们找到她时，已经过去三天了。"老妈妈望着斑驳的树影，光透过树叶的缝隙洒在她身上。

一时静默，若茗怔怔地望着缥缈的远方，深埋在心底的痛似乎被触到了一般，揪心极了，她深深吸了口气，用手按住了心口。老妈妈说："孩子，我不知道你有什么心事，可是我觉得你心里有道坎儿过不去，所以才待在这里。"

若茗深深叹了口气："姑姑，您说，生命的意义是什么？我觉得，我已经失去生活下去的权利了。"

老妈妈说："我告诉你生命的意义是什么。生命是因为我们已经来到了这个世界。而这世界上，又有许多爱着我们的人，那些人希望看到我们笑，看到我们快乐，就像我们希望看到他们快乐一样。所以，我们要活着，为那些爱我们的人活着。孩子，这是义务，不是权利。"

不知从哪里传来了吉他的声音，伴着一首歌在唱："就在天的那边很远很远，有美丽的月牙泉。它是天的镜子沙漠的眼，星星沐浴的乐园。"歌声如泣如诉，如哀如怨。若茗想她是懂的。从月牙泉边走过的每一个人，都是懂的。因为月牙泉总能让人"心里藏着忧郁无限"。

因为美丽，所以忧伤；因为遥远，所以向往，所以梦萦魂牵。

若茗想，这个世上，还有人爱她吗？

# 二十四

2018 年立夏这天，江舟开着车来到了雄安。

男人和女人的感觉不一样，女人往往是从感官出发，去审视、判断，甚至有时不做过多的考虑，只是单纯的喜欢就义无反顾地去做某件事。而男人不同，他们一定会理性思考，经过深思熟虑后才决定做一件事，所以，江舟对于这次到雄安新区创业是信心满满的，以至于把自己的后路都断了。

开了十个小时的车，第二天下午六点多，江舟终于到了雄安新区。他按照婉婷发给自己的导航路线，直接开到了她的梧桐小院。

浪潮

停好车，拿下行李，他走进小院，看到婉婷迎了出来。看到她的打扮，忍不住笑了。只见婉婷穿了一条蓝色大裆裤，上身穿着花色的短衫，头发随意挽着，看起来很懒散。

婉婷快步走到跟前，从他手里接过皮箱，笑着说："你笑啥？是不是看我不像以前了？"

江舟哈哈笑着说："这可和我认识的婉婷不一样啊，以前的你，何等优雅，如今成了这个样子，不过更可爱了，像邻家小妹。"

婉婷麻利地打开一个房间，把皮箱放进去，然后拍拍手，扭头看着江舟，调皮地说："你别笑我，过不了多久，你也会变成一个土不拉叽的邻家小哥。"

婉婷早已做好了饭，她把饭菜用托盘端到院中的石桌上，倒了两杯红酒，为江舟接风。故友重逢他乡，两人心中都很高兴，边吃边聊，很是开心。

吃完饭后，江舟把梧桐小院全部转了一遍，嘴里啧啧称赞，直夸婉婷能干。

两人来到茶室，婉婷泡上茶，苦笑着说："能干啥呀，来一年了，你知道我赔了多少钱？"

"赔钱？"江舟惊讶地问，"怎么会？"

"怎么不会？没有人住，哪里来的收入？"婉婷说。

江舟说："那你赔了多少钱了？"

婉婷伸出三根手指，在江舟眼前摇晃。

"三万？"江舟盯着婉婷的手指，"不会是三十万吧？"

婉婷放下手指，沮丧地说："可不是三十万嘛。前几天我妈还问我在这边的情况呢，我都不敢说，总是说很好。唉，真是难受。"

江舟安慰她说："别气馁！才一年，什么都刚刚开始，我相信今年会好起来的。"

婉婷点点头："是。今年，街道上的车明显多了起来，都是外地牌照的。客人也比去年多了一些。不过要想好转，这点客流量还差得远。"

看着婉婷一本正经地说着，江舟忽然又笑了起来，一边笑一边说："婉婷，你真的是变了。原来那么诗意的你，也一门心思地想着如何做生意赚钱了。"

婉婷手托下巴想了一下，说："你只说对了一点点。我最初到雄安的目的，也并不是为赚钱，我只想换一个环境，有一份足以养活自己的事业，闲暇时读书、创作，感觉挺好。虽然这一年赔了一些钱，但是我依然充满希望和信心。"

"这才是我认识的婉婷。"江舟朝她竖了一下大拇指。

"你呢？准备做什么？听你电话里说，想做媒体。怎么样？"婉婷关心地问。

"是，做媒体。方案已经写好，和北京总部已经对接上了。我这边安顿好，就去北京具体洽谈。"一提起这个，江舟马上来了精神。

"不太懂。不过，雄安还是充满机遇的，我相信，只要努力，我们都会得到自己所追求的东西。"婉婷眼睛亮晶晶的。

窗外，鸟儿在梧桐的树叶中鸣叫，传来悦耳的声音。

婉婷望着高大的梧桐树，神往地说："你明天早上起床，站在窗前，脸上浮现的不是蒙眬的倦意，而是一层梦的色泽。你一定在努力回想昨夜的梦境，那是怎样美丽的梦呢？仿佛是你的初恋给了你深情的一吻。也许也不是这样，而是小时候你经常梦见自己睡在一株刚刚开花的向日葵上，你在像蜜一样的花粉里打滚，幻想着自己是所有童年的孩子中最甜的一个。有多少年没有做这样的梦了？也只有在我院子里舒服的床上，才能做这样的梦，酣睡才能如这个季节枝头成熟的果实。"

江舟开始还惊讶地看着她，听着听着，忍俊不禁："婉婷，你知道吗？虽然我感觉此刻你又变回了以前的自己，但是我有些担心，雄安这个地方，是不是已经让你走火入魔了。"

两个人都笑了起来。

婉婷似乎想起了什么，问："哎，你那几个同学呢？他们是不愿意过来吗？"

江舟愣了一下，端着杯子的手停在了半空，过了好久才放下来，叹了口气，看着婉婷说："你知道，这近一年的时间里，都发生了什么吗？"

婉婷用询问的目光看着他。

江舟愣愣地盯着杯子，和刚才的样子判若两人。婉婷更加疑惑，在她的再三追问下，他终于说："菲尔腿断了，萧山死了，鹏飞受不了打击，独自去了南方。"

"我的神呀！"婉婷惊愕极了，她倒吸了一口凉气，结结巴巴地说："怎……怎么会这样？菲尔……是你那个开酒楼的女同学吧，那么漂亮，好好的怎么会呢？"

江舟叹了口气："那是一场悲剧，悲剧中的每一个人，相干和不相干的，都因为那件事受了牵连。唉！"

"和何牧田有关系吗？"婉婷小心翼翼地问。

"当然有关系！他是罪魁祸首！"江舟气愤地说，把手中的杯子狠狠放在了桌上。

婉婷无言地拍拍他的手背。江舟叹口气，说："一场车祸，一死一伤，还有一个离家出走，至今不知去了哪里。何牧田和若茗，婚姻也基本完了。"

两人一时沉默。婉婷想起何牧田意气风发的样子，想起他常常去自己苗圃的情景，内心变得灰黯起来。生活啊，真是让人无法预料。

"若茗，是何牧田的媳妇吧？我没见过她，总是听你提起。他们离婚了吗？"婉婷轻声问。

"没有，但是发生了那么多事，还能在一起吗？车祸发生后，菲尔一条腿截肢，萧山抢救无效去世，若茗就离家出走了，谁也不知道她去了哪里。"江舟说，"那么爱孩子的一个人，如今连女儿也不要了。这半年多，不知道她是怎么过的。"

看着江舟眉头紧锁，一脸忧郁的样子，婉婷一时不知道该说什么。这时，雪儿欢快地跑了进来，用爪子扒拉着江舟的裤腿，还未等江舟回过神，它又跑到婉婷身边撒起娇来。婉婷抱过它放在腿上，用手抚摸着它柔软的毛。

一位住宿的客人敲茶室的门，原来是想续租一个月。婉婷放下雪儿，给客人开完票，收完款重新坐在江舟面前。雪儿早已一溜烟跑到了院子里，和院中的一个小皮球玩了起来。

江舟安慰婉婷，说："你这生意还算稳定，外地来的人也慢慢多了起来，民宿又都是大家喜欢的，所以你也不用太担心。"

婉婷点点头，她的思绪还沉浸在何牧田的事情中。虽然两人之间并没有什么，但作为老朋友，听到这个消息，心里依然感觉很不舒服。

婉婷和江舟虽然有对家乡故友旧事的感伤，但毕竟生活还要继续，对自己未来的事业还必须得全身心投入，因此，两人都收拾起自己的情绪，筹划着后面的事情。直到点点繁星在天上闪烁，两人才知道已经不知不觉聊到很晚了。

互道晚安后，江舟回房休息了。

闲窗夏才至，重帘未卷影沉沉。婉婷一个人坐在茶室，望着玻璃窗外朦胧灯光下的树影发呆。她想着刚才江舟的讲述，她不知道里面具体的内情，不知道何牧田怎样了，不知道那样意气风发的一个人，如何能承受得了这样大的打击。她在心里叹了口气，打起精神收拾茶室，也早早休息了。今日立夏，身后的日子，也该和春装一起收起来了。

# 二十五

此后许多天，江舟对接报备、租办公楼、注册公司、买办公家具、招聘员工……忙忙碌碌一个月后，他的媒体公司正式成立了。

望着醒目的"雄安之声"的牌子，江舟很高兴。虽然公司刚刚起步，但是他策划了好几个部门，需要的员工也比较多，因此，第一次他招聘了十个本科毕业生，大部分都是雄安本地人。随后，开会、确定部门和负责人，以及各部门具体业务安排……待一切就绪，又过去了一个月。

他一直住在婉婷的民宿。住在那里有两个想法，一是自己一时还没有找到合适的住处且婉婷不让他走，二是他也想照顾一下婉婷的生意。他知道，婉婷不让他走，其实也是觉得他初来乍到，不想让他花冤枉钱。这种惺惺相惜和相互理解，只有身处异乡的他们才能懂得这种情谊的真诚和珍贵。

来雄安之前的半年里，他曾经无数次拨打过若茗的电话，但都是关机。如今，他来雄安也一个多月了，好几次，他都想再给她打电话，但总是因为忙而忘记了，更多时候，他是再也没有勇气听电话里传来的关机的提示音。每次听到这个声音，他的心就如坠入了深渊一般晦暗，如针扎一般疼痛。他设想了很多若茗失踪的结果，又总是寻找各种理由推翻自己的假设。在这样来来回回、反反复复的纠结中，内心深处的牵挂总是在暗夜里吞噬着他的心，让他痛苦不已。

江舟是一个天生的社交高手，短短几个月，一些央企领导、私企老板、艺术界人士都成了他的座上宾。他和他们常常一起喝茶、神侃，约饭局，在这样的氛围中，彼此的关系迅速升温。他认为这样的人脉关系一定会给自己带来很多的业务，也正因为这样，他更加坚信自己的选择是正确的。

确切地说，他是一个比较单纯的男人。这种单纯，不是简单意义上的单纯，而是一种似乎看透世事却又相信人间皆美好的复杂心理。

这种性格，注定了他是一个值得相交的人，但同时，也注定了他有着一条曲折而艰辛的创业之路。

这天下班，他忙完公司的事，就到超市买了一大堆蔬菜、水果和肉，带到梧桐小院，塞了满满一冰箱。

院子里，雪儿撒着欢儿，几个客人坐在茶室喝茶聊天，保洁大姐在给院里的花花草草浇水。细细的流水从小小的假山上流进石槽，又循环上去，溅出的水雾把旁边的小草浸得湿漉漉的，给人很清爽的感觉。

江舟把院子打扫了一遍，帮着保洁大姐浇完水，又给院子洒了一些水，就收起水管子放在一边。正在忙碌，婉婷从外面回来了，手里提着一袋子东西，鼓鼓囊囊的，安娜抱着一盆花也走了进来。婉婷把袋子放到院中搁了几盆花的木桌上，招手叫江舟过来。

江舟洗完手，甩了甩手上的水说："买的啥东西？"

婉婷笑着说："你先别管买的啥，我先给你介绍一个人认识。"

江舟把目光转到安娜身上："让我猜一猜。常听你提起你们结拜的四姐妹，看样子，这应该是你的大姐安娜吧？"

安娜惊奇地看着江舟："咱俩没见过面，你眼睛倒挺尖啊！"

婉婷拍手笑："对对对，是我大姐安娜。"又指着江舟对安娜说，"这是我乡党，江舟。"

安娜看着皮肤黝黑的江舟，笑着说："都说西北汉子和东北大汉有相同之处，只是你们陕西的风有那么硬吗？怎么可以这样黑呢？"

婉婷听安娜这么说，连忙咳嗽了一声，悄悄拉了拉她的衣袖，想制止她。江舟笑着说："没关系，黑是劳动人民的本色嘛，光荣。陕西的风是硬，所以人也是直性子。没听过有这样几句话吗？他大舅他二舅都是他舅，高桌子低板凳都是木头。"

听着江舟说着陕西话，安娜和婉婷都笑了起来。正说笑间，魏云鹏来了，他看见安娜，不禁有些惊讶。婉婷正想介绍，魏云鹏说："安总！没想到在这里又遇见了。"

安娜也笑着说："是呀，上次一别，半年多了。"

婉婷说："雄安真是太小了。"

魏云鹏说："雄安虽小，却容纳万千气象。"

婉婷说："你已经快三个月没来了。是刚回来吗？"

魏云鹏说："是呀，老家有点事需要处理，一待就是三个月。"

婉婷给江舟和魏云鹏分别作了介绍，就和安娜一起进了茶室。江舟和魏云鹏站在院中聊了起来，聊雄安的现状和以后的发展，聊各自的事业发展和抱负，越聊越投机，等婉婷从茶室出来时，俩人早已开着车不见了踪影。

"这两人发烧了。"婉婷笑。

"二妹，我约了三妹和四妹了。怎么样，晚上在你这里喝酒？"安娜从茶室探出头说，"好久没聚了，正好聊聊一起做些什么事。"

"好啊！"婉婷赞同，"我去买菜。"

梧桐小院离菜市场很近，十几分钟，她就买了一些蔬菜回来。不一会儿，关心和文小美也到了，于是，四姐妹又做起了饭，厨房里不时传出欢笑声。

刚做好饭，魏云鹏和江舟也回来了，看到饭菜上了桌，魏云鹏从车上拿来一瓶白酒和一瓶红酒，打开放到了桌上。六人坐定正要开始，从门外进来一个男子，只见他风尘仆仆，背着一个大包，操着一口南方口音，笑着问："老板，这里有住宿的房间吗？"

婉婷还没来得及说话，魏云鹏连忙说："有有有！您要住多久？"

男子说："多久还不知道，客观上说，至少两个月。"

婉婷一听，这是大客户呀，连忙起身说："您是住大床房吧，连续住两个月，我给您优惠。"

男子说："优惠是多少钱？"

婉婷飞快地在脑子里算账：她定的价格是大床房每晚 198 元，标间是每晚 138 元，一个月最少也得 4000 元，标间也要 3000 元。男子听她说完价格，有些踌躇，他看了看茶室旁边的榻榻米小间，问："这间多少钱呀？我一个人，住得比较简单的，不需要太大房间。"

婉婷一听，想了想说："这样吧，这个小间，我给您一个月算两千吧。小是小点，但是和别的房间设施是一样的。"

男子一听，连连感谢。婉婷登记了男子的身份证信息，就开了房间门，交代清楚，退了出来。刚走出来，想起什么似的，又退回去问："杨总，您刚到，一定没吃饭吧，和我们一起吃，也算给您接风。"

杨总叫杨立青，在房间大声说："不用不用，谢谢！"

安娜看了看魏云鹏，笑："似乎是你的民宿啊！"

魏云鹏看大家都望着他，就自嘲地笑了笑："嘿嘿，我是情急之下说的。"

其他人都诡秘地笑。魏云鹏有些不好意思，端起酒杯："来来来，咱们开始吧。"

婉婷没注意大家的表情，因为有了生意，她很是高兴，坐在桌前准备吃饭。

江舟看了看他俩，在心里笑着摇摇头。他太了解婉婷了，世间的男子，能入她眼的寥寥无几。

雄安的饭局永远是热烈而有诗意的，无论是初次见面还是老友再聚，这个地方特有的氛围总会让人无形之中对彼此产生信任。

关心和文小美挨着坐，她朝小美挤挤眼睛，小美心领神会，端起酒杯朝魏云鹏敬酒，魏云鹏一看美女敬他，连忙端起杯子一饮而尽，刚放下杯子，关心又来了，他又一饮而尽。小美端起杯子敬江舟，对魏云鹏说："我们这里有个规矩，就是敬酒不隔人，您也得陪一杯。"关心也如法炮制，不一会儿，魏云鹏就喝多了。

江舟看出俩人的小心思，对婉婷笑着说："你这两个妹妹，鬼灵精怪的，总怕你吃亏。"

安娜也端起杯子说："江总，今天第一次见，我也必须得敬你。你是我二妹的老乡，以后你得多多照顾她。"

魏云鹏竖了竖大拇指，舌头有些僵硬地说："安娜，你这个大姐也做得好。"

关心拿出手机，要加江舟和魏云鹏的微信，文小美也掏出手机。看四人互相加了微信，安娜对关心和小美说："今天都不是外人，我说你们两句。你俩做生意的人，怎么也不懂规矩？魏总和江总是你二姐的朋友，你们加微信征得她的同意了吗？咱们自己人都好说，以后在别的场合再这样，人家会不高兴的。"

"哦……"小美似懂非懂地点点头。

关心看了看安娜，笑了笑说："大姐范来了。"

婉婷连忙说："没事没事，都是好朋友，加吧，没关系的！"

安娜说："雄安是一个讲游戏规则的地方，我们首先得做好自己，才能做好事。"

江舟听了这话，不禁认真看了安娜一眼。这个规矩，他也是第一次听说，在老家，虽然接触很多人，但是关于加微信的规矩，他倒没有听人讲过，都是想加就加，不想加也不刻意。对自己而言，他也没有主动加别人微信的习惯。

婉婷怕关心和小美尴尬，故意岔开话题，问江舟："公司开展业务了吗？"

江舟把剥开的一只皮皮虾放进关心的盘子，又剥下一只："市场部已经开始开展业务了。"

关心问："江总，您的媒体公司入驻雄安，是不是还得报备？"

江舟把虾放进小美盘子，说："当然了，新区对媒体这块控制比较严格。我们也只是一个商业媒体，除了政府的新闻报道之外，还得有造血功能，否则总部的任务都完不成。"

魏云鹏对婉婷神秘地说："就在刚刚，我已经决定了一个重大战略决策，我，魏云鹏，决定入股，加入江总团队。我也做做文化的事。"

婉婷惊讶地瞪大双眼："魏总，你喝多了吗？今天刚认识，你俩就合作了? 这也太快了吧。"

"相逢何必曾相识, 我们一见如故。婉婷, 你这个老乡, 可是一个做大事的人。"魏云鹏说。

江舟摆摆手: "惭愧惭愧, 为一片热土而来, 唯愿此生不负韶华。"

文小美拍拍桌子, 叫: "好啦好啦, 这酒还喝吗? 别光谈你们的大事呀。明日事留待明日说, 今日有酒今日醉。"

正聊着, 关心的电话响了起来, 她刚一接听, 就高兴地叫: "关怀! 怎么是你呀, 你怎么想起来给姐姐打电话了呢……你从敦煌回来了? 太好啦……好, 明天联系!"

安娜问: "你堂弟关怀? 他不是在甘肃吗?"

"是, 我们已经快三年没见面了。他被公司派到雄安, 明天就到。"关心说。

几个人举杯, 祝贺他们姐弟即将团聚。

他们一直聊到很晚才散。大家都喝了酒不能开车, 安娜、关心和文小美叫了车回去了, 魏云鹏打电话让同事来接。江舟送走他们, 就收拾桌上的碗筷。

婉婷看着一大堆碗筷, 发愁地说: "我最怕这一片狼藉了, 可难收拾了。"

江舟说: "好了, 你去歇着吧, 我来。你这不沾阳春水的纤纤玉手, 怎么能弄这个呢?"

婉婷打着哈欠往房间走: "那你收拾吧, 我快累死了。"

喧闹的小院寂静下来, 一轮圆月悬挂在梧桐树上方, 地灯的光朦朦胧胧, 院中的一切显得静谧而幽美。江舟收拾完, 却没有睡意, 他点燃一根烟, 坐在凳子上, 深深吸了一口, 长长地吐了出去。

他又想起了若茗。她在哪里呢? 半年多了, 丝毫没有她的下落。出事后, 他曾经和张鹏飞去过若茗家里, 何牧田给他们看了若茗留下的信, 信里并没有说去了哪里, 只是告诉家里不要找她, 该回来的时候, 她自然会回来。

是呀, 这样的人间悲剧, 世间又有几人能经受得住呢? 江舟叹了口气, 拧灭烟, 准备休息了。

# 二十六

白洋淀，一个与水有着难以分开的关系与故事的地方。

在中学时，一篇《荷花淀》，让婉婷爱上了白洋淀，曾经以为是梦中才能抵达的地方，在她来到雄安后，却真真实实地出现在自己面前。

从来到雄安，她已经去了好几次白洋淀，夏天时看蒹葭苍苍，看荷叶碧连天；秋天时看芦苇花飘飞，看残荷与莲蓬浮于水面的美。

其实，她更喜欢那座小岛。那座小岛是和几个朋友一起去白洋淀玩时偶然发现的。一眼看上去，就爱上了这个地方。恋它，是因为恋上了岛上清香的荷、翠绿的苇、清幽的水，以及可随风飘散的心绪。

小岛不远，就在白洋淀里一个叫东淀头的村庄。小岛四面环水，若想上岛，必须驾一叶小舟，在碧波荡漾的水上悠悠前行 10 分钟，就到了荷花盛开、蒹葭苍苍的小岛上。

它叫莲心岛，而婉婷喜欢叫它时光小屿。在这里，时光从指缝间慢慢滑过，悠闲、舒适，呈现出一种与众不同的美。这种美是多样的，或婉约，或豪放，或静谧，或苍茫，或优雅，或浩渺。

白洋淀的荷花是出了名的，来这里不看荷花，等于没到白洋淀。而观荷，除了荷花大观园，就是时光小屿了。

来白洋淀之前，婉婷不知道，荷花竟也有这么多的名字和颜色。荷花又名芙蕖、水芙蓉，《尔雅·释草》："荷、芙蕖……其华菡萏，其实莲，其根藕。"李时珍《本草纲目》中"莲花"释名："芙蓉、芙蕖、水华。"荷花有五色：白、青、红、紫、黄，称为"五种天华"。在小岛上，犹以浅紫色最甚。一个七月，砚一池浓墨便可润满湖华章。

时光小屿有两座小岛，一条颤悠悠的长桥把它们连在一起。长桥周围是浩渺的水域，偶尔有水鸟掠过，一只小船在渔歌唱晚里满载希望而归。行走在长桥，如同行走在如梦的岁月里，一路听风、读雨，看陌上花开。总有美好让你驻足，总有远方给你希望，总有未来值得期许。

一叶渔舟飘然而过，渔翁把歌声洒落在清清的水里……

来到小岛，婉婷才更加清晰地知道，岁月并没有消磨曾经的激情和梦想，她才明白，原来所向往的，一直都是诗和远方。这里的风是有颜色的，它穿过荷塘，荷花便一池紫粉色；飞过窗棂，满屋便是绿色。它吹散了一地斑驳，吹皱了一池清水。清风入怀时，岁月悄悄流转，在这里，她只想做一个温暖的人，浅浅笑，轻轻爱，稳稳走。

　　这样的安宁和美好是夏天幸福的味道。可以观荷、听雨、抚琴、舞剑，静赏一池青花；吃酒、煮茶、吟诗、作画，笑谈一地桑麻，独享这份悠然自在。

　　婉婷记得自己第一次来到白洋淀，回去时写了一段话：

　　　　想必君也是爱荷之人，就以宋代诗人秦观的《纳凉》赠予爱荷人吧，"携扶来追柳外凉，画桥南畔倚胡床。月明船笛参差起，风定池莲自在香"。

　　　　若你来时，我愿芙蓉为裳，荷为衣，与你执手在这清莲画浦，看花堕轻漪，沐荷畔烟雨……

　　　　伫立屋檐下，听那夏日蝉鸣，望那星河璀璨。或者，就那样天涯咫尺，静静生活，不必相识。未来的日子里，愿我们不惧岁月悠长，眼里长着太阳，笑容全是坦荡。

　　　　如此，自在，安好。

　　只是，那个他，却不知道在哪里……

　　婉婷还记得第一次去四面环水的王家寨时，惊喜地发现，自己终于找到了一个真正意义上的水村，她称为"东方的威尼斯"。

　　她去时是清晨，王家寨的清晨是清新的。踏着朝霞，顺着望月岛走过去，一直走到水边，似乎可以看见这古老水乡历经久远年代的故事。一处处水边的小门小户无不泛出古旧的气息，黑黑的门洞里，有满头银丝的老人。老人倚靠在斑驳的木头门廊下，嘴里有一下没一下地咀嚼着什么，牵扯起满脸的褶皱，垂暮迷离的眼神仿佛还沉浸在 20 世纪的某一段情节里。连带着这幽幽小巷的静寂，也传递着历史的气息。

　　望月岛在现实和梦境中无言地停留，带着浓浓的现代气息，又透着古典的韵致。让人感觉繁华却不轻浮，居红尘而不世故。望月岛上的木桥是有记忆的，它静静地伫立在流水之上，等待着有缘人的到来，再抖落一地的故事……

婉婷在日记中写道：

> 王家寨是个适合恋爱的地方。如果你爱一个人，请带她去王家寨寻梦，那儿的水、草、老屋都有灵性，可以带给你不一样的感悟，让你在纷扰的红尘里找到一份纯真，从而放下执念，于一碗粥、一抹阳光、一个笑容里感受幸福的味道。

> 我喜欢在船中看那些傍水而建的老屋，在淀水上看细腻多姿的波光，像是个女子，灵动秀气。

> 如果可以，我真想拥一帘烟雨，卧在白渚之上，枕着被清风抚绿的杨柳岸，做我一生的水乡梦。在水乡的梦里，为一片云驻足，为一滴雨落泪，为一个人守候。用一份相思涤荡曾经聚散无常的梦。

> 也许，我依然在寻找，寻找骨子里一直向往的那个澄澈纯净的世界。

因为白洋淀，她已深深爱上了这个地方。

这段时间，她又在筹备开茶餐厅的事。紧挨梧桐小院有一户人家，虽然两个院落紧挨着，却要从一条小巷进去，走到路的尽头才到。院落宽敞，沿着院落一周，散落着几处房屋。斑驳的木质大门，给人一种古朴的感觉。刚开始来的时候，她就看上了这个院子，想着到时候从中间开个门，两个院落可以连在一起，无奈当时这家主人在住。上个月看到主人搬家，她就想租下来。

房东老两口是退休干部，准备跟着女儿去海南，怕房子闲置着不好，想找个利索人租出去，价格倒不介意。几经沟通，最后以每年四万元的价格租了下来。婉婷很高兴，这个价格，相对来说还是很便宜的，今年的房租，一个小小的院落就已经涨到了七八万。

魏云鹏劝她改成民宿，继续以前熟悉的事，干起来顺手。婉婷没有听他的意见，按照自己的设想开始设计。她很喜欢和安娜沟通一些事，她觉得大姐还是比较有思想的，也有生意头脑，所以和她聊了一下。安娜倒支持她做这个，虽然现在雄安新区的消费水平还很低，但是未来还是很好的，等有朝一日市场成熟，茶餐厅也养成了。她很同意这个观点，于是毫不犹豫地开始设计装修了。

自从她上次和陆海平见过面后，两人再也没有联系。后来碰见了那个胖子一次，听他说陆海平家里出了点事，回老家了。虽然过去了这么多年，婉婷的内心深处，其实还是割舍不下那段感情，所以在遇到陆海平后，有意无意地，她总希望他会突然来到她的小院，于是后悔当时他要自己的电话号码，而自己却断然回绝。

这天中午，婉婷正在自己的小院和设计师沟通茶餐厅的装修，保洁大姐过来叫她，说有一个男子找他，自称姓陆。她一听，心里莫名跳了一下，于是交代好事情，就回到梧桐小院。

一进门，就看见魏云鹏和陆海平站在院中，不知说着什么。陆海平看见她进来，把手中的烟熄灭，扔进了旁边的垃圾桶里。

魏云鹏怀抱双臂，戒备地问："陆总，你一不住宿，二不认识小院的主人，请问你为什么来？问了你好几遍了，始终不说，是什么道理？"

陆海平微笑着说："我很奇怪，这和你有什么关系吗？我住不住宿，来与不来，似乎还轮不上你说话吧。"

魏云鹏冷笑："即使找人，想找的人也不在这里。记得你上次呵护的美女叫安娜。"

陆海平上下打量了一下魏云鹏，点点头说："我懂了，你在吃醋。"

"哈！"魏云鹏怪笑，"你未免有些自恋了。"

听着这些奇奇怪怪的话，婉婷有些疑惑，不明白两人是怎么回事。她走到小喷泉跟前，把旁边的绿植侍弄了一下，又把彩色的小石头捡起几颗，放进盆里，这才站起身，对两人说："你们俩怎么回事，说一些奇奇怪怪的话。"

陆海平从石桌上把一包东西拿起来，走过去递给婉婷："我从老家回来，给你带了你最爱吃的槟榔，还有一些土特产。"

婉婷看了魏云鹏一眼，犹豫了一下，接过陆海平手中的袋子，说：

"你以后还是不要给我带东西了，这样容易让人误会。"

"误会什么？我们现在依然是同学，同学之间难道就不能表示关心吗？"陆海平看着她，又看了一眼魏云鹏，"你是怕他误会吗？"

"你胡说什么？"婉婷有些恼怒，"你不要觉得咱们遇见了，就和过去一样，我告诉你，是永远回不去的，无论什么关系。"

陆海平看着她的眼睛，轻声说："我没有奢望能回到从前，但既然在这里与你重逢，我便会尽自己的能力关心你。"

婉婷正想说话，魏云鹏走过来，看看陆海平，又看看婉婷，用若有所思的语气说："哦……我知道了，你们认识，关系还不一般。"

婉婷懒得理他，自顾自进了茶室。

陆海平看婉婷一直没有出来，准备离开。魏云鹏对着他的背影大声说："你看到了，你的朋友不欢迎你，还是别自讨没趣了！"

陆海平头也不回往外走，魏云鹏得意地笑了。他来到茶室，看婉婷正在对账，就坐下来，给自己倒了一杯茶，边喝边说："你们不是一个地方人，怎么会认识？"

婉婷不理他，继续在忙碌着。他把头伸到她眼前，神秘地说："他在追求你？不会吧，才来了多久，我记得你们没在哪个场合见过呀，哦，刚才他说你们是同学……"

婉婷抬起头，打断他："我去哪里还需要向你汇报吗？外地来雄安的人这么多，街道上溜达一天都不会遇到一个熟人。"

魏云鹏想想也是，暗自点了点头，心里的一块石头暂时放了下来。

婉婷问："你的工程怎样了？看你整天忙忙碌碌的，有效果吗？"

魏云鹏苦笑了一下说："没有效果。上次回老家谈一个项目，现在还在攻坚阶段，看情况吧。雄安目前还是没啥情况。"

婉婷把手中的账本整理好："现在项目还没下来，活也不好干。你一年几十万的房租，可怎么办呢？"

魏云鹏笑笑说："我们三个人，一人赔一些，还能怎么着？机会肯定有，毕竟大建设还没有开始。"

正说着话，在婉婷这里住宿的杨立青推门进来了。他在这里已经住了一段时间，彼此之间都很熟悉了。只见他提着一袋子菜，笑呵呵地说：

"婷总，我去做饭了啊，今天炖红烧肉吃。"

婉婷笑着说："谢谢，杨总辛苦了，自从住在院子里，天天做饭，我现在真是不再洗手做羹汤了。"

杨立青不好意思地摆摆手，到厨房去了。

魏云鹏问："他到底是干啥的？"

婉婷说："具体不清楚，只听他说，以前在北京做生意，做得很大。那年金融危机，赔了一个多亿。这次来雄安，想来也是寻找机会的吧。"

"雄安真是藏龙卧虎啊！"魏云鹏诙谐地说。

院里，梧桐树叶沙沙作响，树影投射到地上斑斑驳驳的，院中的花朵怒放着，在微风的吹拂下轻轻晃动，雪儿看着那晃动的花朵，不停地用爪子去抓，又总是在快挨着时连忙缩回去，可爱极了。

# 二十七

关心在自己的公司见到了堂弟关怀。

关怀虽然叫她姐姐，却只比她小四十五天，是她二叔的儿子。姐弟俩几年没见面，感情还和以前一样好，见了面，关怀抱着她转圈圈，她兴奋地尖叫，那段患难与共的岁月让他们的姐弟之情历久弥坚。关心的母亲在她七岁时去世后，父亲一直没有再娶，做着小生意养活一家老小。关心一直记得，小时候，每当她受了委屈时，关怀总是陪在她左右，用小手给她擦眼泪，在她心中，他早已不是弟弟，而是自己的兄长。后来，关怀考上了大学，而她大专毕业后，结婚、创业，为生活奔波着，彼此天各一方，不常见面，以前每年还能见一次，后来各自工作繁忙，每年一次的见面机会都很少了，但一直保持着电话联系。

看着关怀略显沧桑的面庞，她心疼地说："你可比三年前老多了。"

关怀满不在乎地笑："敦煌的风沙吹的，不光面容沧桑，心也沧桑了。"

关心问："怎样，谈了女朋友没？都三十多岁的人了。"

关怀想了想，调皮地说："好像有，也好像没有。"

关心笑："这是啥子话？有就有，没有就没有，什么叫好像有，也好像没有。"

"我在敦煌遇到过一个女子，虽然只聊过两次，但我确定她就是我今生要找的人。"关怀想起那个午后，那个清晨，那淡淡的咖啡香，和那个神情落寞的女人……

关心笑话他："还和从前一样，孩子气。哪有只聊过两次就喜欢的？难道是一见钟情？那她喜欢你吗？"

关怀从沉思中回过神，不好意思地笑了："逗你玩呢。不说我了，你怎样？跑这么远，这一年多有啥收获没？"

关心说："不怎样，没啥子业务，不过倒是认识了不少资源，有央企、国企的，还有政府部门的，要慢慢对接。"

关怀点了点头："有资源和人脉就行，现在这个社会，没有人脉就等于零。"

"你这次到雄安是公司派过来的吗？"关心问。

关怀告诉她，他现在的工作单位是北京华毅热力科技有限公司，这次来雄安，是总公司派过来对接雄安新区的业务的。从参加工作到现在，虽然他早已习惯了奔波，去过大大小小很多城市，但除了敦煌，还没有哪一座城市让他那样留恋。

关心说："从我见你到现在，提了好几次敦煌。你到底是舍不得那个地方，还是舍不得那个地方的人呢？"

关怀点燃一根烟，吸了一口，看着徐徐吐出的烟圈说："姐，你觉得我会轻易喜欢上别人吗？我长这么帅，又这么优秀。"

关心被他的话逗笑了。不过，关怀的确长得帅，一米八的个头儿，高大帅气，尤其那一双深邃的眼睛，很难有人能抵挡住被他凝视时摄人心魄的心动。

姐弟俩聊了一会儿，关怀因为公司有事匆匆离去。关心突然想起前几天答应给两个侄子交补习费，因忙碌给忘了，于是赶紧给嫂子打电话，随后给转了一万块钱。又给父亲打电话，问了一下身体状况，叮嘱他注意身体，按时吃药，这才完成任务似的舒了口气。她正准备开车出去，对接一个公司的项目，又接到丈夫打来的电话，说女儿病了，婆婆脚又崴了，无法照顾女儿，自己公司事多又走不开，问她能回来一趟不。关心一听女儿病了，一下子着急起来，恨不得马上飞回去，可一想到正准备去谈的业务，又犹豫不决了。来这里这么长时间，这还是接到的第一个活，虽然不大，毕竟是打开局面的关键，如果这次放弃了，这个单位以后的业务估计就泡汤了。虽说公司还有安娜和其他两个合伙人，但这个关系是她对接的，她必须得出面。

想了好久，她给闺蜜张可打了个电话，拜托她去照顾几天女儿，然后硬着头皮拨通丈夫手机，说了一下这边的情况。原本以为自己安排妥当了，丈夫会理解，没想到丈夫一听，二话没说挂掉了电话。关心无暇顾及丈夫的感受，一看约定时间已到，赶紧开车赴约去了。

事情谈得挺顺利，对方让她做一个方案出来，包括各项费用，然后报给他们，开会研究后再决定。关心在心里盘算了一下，这个项目虽然不大，但是涉及方方面面，干好了，是一个良好的开端。要想让这个活毫无悬念地落到自己手里，还必须得展开攻势。而最能拉近彼此距离的，无非就是请客吃饭。

好不容易约好第二天晚上在壹捞火锅吃饭，关心的心总算踏实下来。从谈事的地方出来，她的心情极好，不禁掏出手机又给丈夫拨了过去。结果一连几个电话，丈夫都没有接，她只好作罢。心想还是等明天晚上再打电话，好言抚慰一番，想来也不会有什么事。

关于是否股东一起作陪的问题，四个人商量了一下，最后一致决定，由关心和安娜出面，一是这个业务是关心主抓的，她出面比较合适，关系看起来也比较简单；二是毕竟事情还没敲定，这么多人出面也不太好。所以，第二天晚上，关心和安娜，又约着关怀作陪，一起来到了壹捞火锅。坐定后，关心把菜单递给昨天一起谈事的李总，让他点餐，李总客套了几句，就直接点了起来。

不一会儿，菜上齐了，关心把带来的白酒和红酒放到桌上，关怀把白酒打开，又让服务员打开红酒，倒在醒酒器里，等一会儿再倒进高脚杯中。关心这几天因为胃不舒服，所以不敢喝酒，但今晚是自己的主场，一口不喝肯定不行，她知道安娜能喝，刚好关怀也在，所以就约上他俩，想让他们替自己多陪客人，免得怠慢。

请客吃饭，座位也是很有讲究的。一般来说，受邀的主客坐主位，请客的人和尊贵的客人坐在主位两旁，依此类推。开场时，通常都是主客先提一杯酒，请客的人再提一杯，剩下一杯，就是宴席中比较有威望的客人了，三杯过后，各自敬酒，气氛也就由此热烈起来。

关心不停地给李总夹菜，频频和他碰杯，关怀和安娜也分别打圈，一圈下来，大家的话匣子都打开了，也没有了开始时的拘谨，天南海北地聊了起来。关心几大杯下来，感觉有些头晕目眩，她看安娜也在卖力地劝酒，关怀和另外两人聊得热火朝天，心里很高兴，感觉不仅自己的这单生意跑不了，只要多多联系，这个公司以后的业务也十拿九稳。

吃完饭，大家都喝得有些多，李总正在兴头上，又提议去唱歌。关心扶着自己眩晕的头，也口齿不清地嚷嚷着必须得去。安娜也喝了不少，想早点回去，但客户的要求又不能不满足。关怀喝了一点，也不能开车，于是叫了两辆代驾，一起唱歌去了。

"好声音"是雄安比较好的 KTV，生意火爆，因为没有预订，所以包间都满了。李总一看，从兜里掏出手机，很高调地打了个电话，不一会儿，KTV 经理匆匆走了过来，连连给他道歉，随后和前台沟通了一下，一个服务生过来，带着他们上二楼，进入了一个大包间。

进了包间，服务生又提着一打啤酒放下，上了一个果盘和一桶爆米花。关怀"砰砰砰"打开啤酒，一人递过去一瓶。安娜走到点歌机旁边准备点歌。她回头笑着问李总："李总，先给您点首歌，您喜欢唱什么？"

李总正和关怀、关心碰酒，他一挥手说："父亲的草原母亲的河！"

悠扬的旋律响起，昏暗的灯光下，李总拿起话筒，一开口，浑厚的男高音就惊住了安娜。她借着明灭的灯光，不由得仔细打量了一下刚刚认识的这个陌生人，没想到，看起来五大三粗的人，歌也唱得这么好听。一连点了好几首歌，李总很高兴，他拉着关心，想与她合唱，关心连连摆手，大声说自己根本不会唱歌，李总哪管这些，借着醉意，他伸手搂住关心，让安娜再点一首《知心爱人》。安娜看了关怀一眼，他正坐在沙发上，灯光太暗，看不清表情，她连忙点完歌曲，就走过去把李总拉开，笑盈盈地大声说："李总，我陪您唱一曲吧，我三妹不胜酒力，喝多了。"

李总放开关心，和安娜拉着手唱了起来。

关心实在坚持不住了，一下子倒在沙发上，只觉得天旋地转，胃里一阵翻江倒海，一下子吐了起来。关怀连扶带抱，把她弄到卫生间，让她趴在马桶上吐了个昏天黑地。看她吐得差不多了，倒了杯热水递给他，埋怨道："姐，来的时候说得好好的，不喝酒，你说少喝酒，结果喝这么多！你说你这样，姐夫在家怎么放心呢？"

关心用手捋了捋垂下的一缕长发，用蒙眬的醉眼看着弟弟，笑嘻嘻地说："你说……你说我不喝酒能行吗？我……我请客，我要不喝酒，生意怎么谈成呢？今天这效果，我这个单子……绝对跑不了了。"

看着关心的样子，关怀既心疼又好笑："今天不和你理论，等你酒醒再说。"

俩人从卫生间出来，看到李总和安娜不唱歌了，又坐在沙发上喝起酒来。关怀拍拍手，大声说："李总，怎样？尽兴了没？要不今晚通宵，只要您高兴。"

李总拱拱手："算了，算了，我也累了，咱们撤吧，感谢关总的盛情啊！"

关心蹒跚着和李总一起往外走，边走边笑着说："李总，您高兴了就行。"停了一下，又小声说，"那咱们的事就定下来了？还得您多关照呀！"

李总看了看她，笑着说："关总，你这么能干，相信你的公司也没问题。你放心吧，这事就这么定了，你们抓紧出方案。"

关心连连道谢。安娜跟在关心后面，听着他们的对话，心里也很高兴。

李总让他的司机接走了，关怀叫了代驾，三人一起回家。车上，安娜搂着关心的肩膀，心疼地说："三妹，你酒量不行，以后就少喝。习惯了不喝或者少喝，也就没人勉强你了。"

关怀坐在副驾驶上，回头对安娜说："酒一旦沾上，是戒不掉的。安娜姐，你们女人在外面最好还是不要喝酒，万一有个闪失，家人都不在身边，可怎么好？你看我姐，喝成这样，失态事小，身体怎么吃得消？"

"我失态了吗？"关心有些清醒了，但头还是有些疼。她皱着眉，揉了揉太阳穴，想到做成了一桩生意，心里还是有些沾沾自喜，"没事，我现在不是好着嘛！你们知道吗？这个单子虽然不怎么挣钱，但毕竟成了，鼓舞了士气，明白不？值得庆贺！别说醉一次，就是醉十次都愿意！"

"什么？不怎么挣钱？咱们那天不是大概算过吗，还是有点利润的。早知不挣钱，就不这样破费了，又是喝酒又是唱歌的，花了不下三千吧，你可真是！"安娜说，"如果是咱们姐妹还好说，最起码图个心情愉快，可是和这么个男人，真是不值得。"

"格局小了吧？"关心指着安娜笑，"要大气！大气知道吧？舍不得孩子套不住狼，这叫情感投资。别说这次的单子成了，就是不成，不是还有下次吗，我就不信，他吃了喝了，有事不想着咱们。"

安娜笑："就你理由多。"

关怀笑着摇了摇头。

关心想起今晚要给丈夫打电话，掏出手机正想拨号，想到自己喝了酒，如果打过去让丈夫听出来，又免不了唠叨，所以就打消了念头，把手机重新装进包里。她现在已经完全清醒了，想起住院的女儿，心情又变得暗淡起来。

关怀把两人送到家，自己也开车回到公司，一夜无话。

第二天，关心起床后的第一件事，就是给丈夫打电话。这次丈夫很快接了电话，听起来心情也不坏，想必女儿的病好多了。关心的心情也轻松了许多。

她问丈夫："孩子怎样了，病好了没？"

电话那头的丈夫说："没事了，烧早就退了，就是还有些咳嗽，医生说再住两天院就可以回家了。"

她说："张可这几天一直在医院照顾孩子，你一定得替我谢谢她，最好买个礼物，我回去再请她吃饭。"

丈夫说："你呀，就知道使唤人。"

她笑："我使唤她理直气壮，谁让我们是闺蜜。"

丈夫停顿了一下，问她："你那个生意怎样？成了没？"

一听丈夫问这件事，她得意地说："你老婆出马，还能不成？放心吧，在做方案了，跑不了的。"

电话那端，丈夫长出一口气说："那就好，这个月资金太紧张了，有好几笔大款要付出去。还有我妈，这个月得买药了，还得给二哥做康复治疗，也得一笔钱。"

关心的婆婆每月都得几千元的药物，父亲和两个哥哥的医药费也不少，两个侄子上学的费用相比倒是少一些，可几项加起来也是一笔不小的开支。一想到这里，她头有点大，语气也不由得加快了，着急地说："这个单子不大，估计也没有预付款，肯定是等着活干完才结款呢。还是得另外想想办法，有备无患，别到时候抓瞎。"

丈夫一听她急了，连忙安慰："别着急，没有预付款就没有吧，这总归是你在雄安的第一个单子，怎么着都得干好，是不？为以后打基础。钱的事再想办法。"

打完电话，关心顾不得想太多，开着车又出去了。昨天约了一个朋友，说是介绍中冶智慧工地的活，她得主动约人家，看下一步怎么对接。

她得抓紧联系业务呀，要不，一大家子，可怎么办呢？

# 二十八

安娜起床时，看到关心正在打电话。昨晚股东之一的冬哥发信息，让她俩今天早上来公司，说有事商量。

看关心打完电话，安娜让她赶紧洗脸，收拾完一起去公司。

关心边刷牙边问："冬哥没说啥事？"

安娜把地拖了拖，说："没说，估计是昨晚的事儿吧。你收拾完咱俩一起去。"

俩人开车来到公司，看见冬哥和另一个股东王平早已经到了，两人正在喝茶。等她俩坐定，冬哥给她俩倒好茶，说："今天聚在一起，想商量点事儿，看看意见是否一致。"

关心端起茶喝了一口，说："还是我先把昨天的情况给大家反馈一下再商量别的事儿吧。"

冬哥说："不急，基本情况都掌握了，还是商量完再说也不迟。"

关心没说话，用询问的目光看着他，等待下文。

浪潮

· 124 ·

冬哥说:"我这段时间一直有个想法,因为没考虑成熟,所以也没和你们沟通。这两天和王总聊了一下,他也比较赞同,建议开个股东会研究一下,看看你们是啥意见。"

安娜笑着说:"你就赶紧说吧,我们两个小女子,还不是听两位大哥的。"

冬哥说:"我和王总考察了一下,感觉现在全国各地来的人多,本地饭店也满足不了口味需求,我想着,咱们是否也开一个饭店。"

王平点点头,说:"我刚开始还觉得咱们不懂餐饮,怕干不好,后来想想,机会还是得把握,要是只干自己能干的,那咱们也不必到这里来发展。"

安娜沉思。

关心说:"事倒是个好事,只是咱们的工程公司还没有接到一个活儿,目前这种状况,再投资是否有把握,再说,资金这块是否充足。"

冬哥说:"咱们定的原则就是,共进退,共发展。所以,一旦确定的项目,必须一起来做,不能单独成立公司或者自己单独做。所以,这件事还得大家决定,到底做还是不做。"

王平说:"听冬哥说了以后,我也是考察了好久,才下定决心的,我感觉可行。"

安娜问:"那咱们投资比例怎么算?"

冬哥说:"老规矩,按照占股比例来投资。"

关心想到家里的经济状况,沉默不语。别说没钱,就是有钱,她也不喜欢投资餐饮。工程以前倒是做过,但也是小打小闹,到了雄安,因为相信安娜,才和王平、冬哥合股注册了一个工程公司,感觉人多力量大。在她的心里,还是想着把老本行广告传媒做起来,只是因为起初四人的约定,才暂时打消了这个念头。

安娜用胳膊碰了碰她,关切地问:"关心,怎么不说话,你是什么意见?"

关心犹豫着说:"我……我还是觉得风险太大,再说,我的经济状况也不允许。"

四人一时沉默。安娜是想跟着冬哥和王平一起做事的,她了解他们,他们俩都各有自己的资源和优势，而自己对工程不懂，只有和他们合作，才有赚钱的机会。

冬哥说："也不着急决定，大家都考虑考虑。我保留自己的意见。"

王平说："我和冬哥意见一致。"

安娜想了想，说："我也表态吧，虽然今天大家第一次讨论这个话题，但是通过一年的观察和了解，我觉得，投资餐饮也不失为一个好项目。当然，投资都有风险，我们来雄安创业，本身也是有风险的，机遇往往和风险并存。所以，我也同意做餐饮。"

关心看他们都表了态，笑了，说："你们三个都赞同，我的意见还有意义吗？"

冬哥诚恳地对关心说："关心，咱们从雄安一设立就过来了，用一句话说，咱们是雄安的发小，这一年多来，都是同甘苦共患难走过来的。我比你们几个都年长，做事情也得对大家负责任，虽然我不敢保证咱们一定能挣到钱，但是我会尽心尽力去做，不负大家的信任。如果你只是考虑资金问题，这都不是事儿。"

王平说："是呀，关心，咱们还只是商议阶段，即使确定下来，还有一段时间呢，筹集资金也来得及。"

看着大家殷切的目光，关心很感动："感谢兄长和姐姐的信任，我也非常想和你们一起往前走，只是我情况特殊，一是资金问题，二是我的确不喜欢做餐饮，也不看好它的前景。所以，这次的事，我就不参与了。如果你们愿意让我继续参与工程公司的业务，那我就和大家一起精诚团结，继续前行；如果不行，我就退出，毫无怨言。"

"关心！"安娜叫，她怪关心说话鲁莽，"你别这么着急作决定嘛！两位大哥都说了，资金的事不着急，再说，即使饭店开起来，咱们也有分工，你不懂餐饮，也没有说非得让你去管理呀。"

关心不再表态，其实她心里有点不太舒服。这次餐饮不参与，那按照以前的规定，是不是就得退股了？如果不退股，那以后自己有了想法，他们不认可，怎么办？这样的互相牵制，真是有些麻烦。当初自己也没有细思量，现在看来，那个规定真是不合理。本来她还想提一下成立广告公司的事，又怕三人误会她，做餐饮没钱，做广告公司就有钱了，所以把到嘴边的话咽了下去。

看关心最终也没有表态，三人就不再谈论这个话题，聊起了昨天的业务。

从公司出来，安娜埋怨关心，话说得太早了，考虑几天再说也不迟。关心有些生气，感觉安娜不理解自己，她边开车边说："大姐，家家都有本难念的经，我家的经尤其难念，这你又不是不知道。反正我是暂时不想投资了。"

安娜着急地说："关心，知道你家里情况特殊，可是，咱们当初说好的，有项目一起投资，你说你一个人不同意，让大家都放弃了，我倒没什么，你让他俩怎么想？"

"爱怎么想就怎么想！"关心一踩油门，没好气地说。

"你……"安娜一时说不出话来。

"我没说让你们放弃呀，大不了我退股呗！天下没有不散的筵席，既然做不到一起，那干脆分了算了。"关心说。

安娜气得想骂她，看她开着车，忍着气说："你呀，死犟死犟的。"

安娜在半道下了车，去朋友那里了。

俩人晚上没有再讨论这个话题，安娜想着关心冷静一下，应该会想通。但关心早已拿定了主意，所以也没有和安娜做过多的交流。

一周后，关心约着三人在一起郑重其事地谈了这件事，表明了自己的态度。他们看她态度坚决，也就不再勉强，关于工程公司是否还继续合股的事，他们诚恳挽留关心，至于后面的事，不想参与也就算了。但关心主意一定，主动提出来自己退出，前几天谈的业务还属于公司，她该怎么分成还怎么分成，以后不再参与。

冬哥、王平看关心决意退出，都很无奈。

"你脑子有病呀！"冬哥和王平走后，安娜骂，"没见过你这样的！"

关心笑着搂住安娜的肩膀，调皮地说："好啦，姐姐，我知道你为我好，不想让我单枪匹马干。我也并非绝情，这样分开，可能对大家都好，都可以按照自己的思路做事了，要不待在一起别扭。以后有事，咱们还是可以合作的呀！再说，咱们不是还在一起住嘛，又不分开。"

安娜突然想哭，吸了吸鼻子，眼圈有些红了："你说你一个女人，单枪匹马做事，得多辛苦呀，非要退出来。"

"雄安只身前来打拼的女人多了，婉婷姐不也是这样吗？我看她也挺好。"关心想到婉婷，眼前浮现出那个美丽优雅的身影。

"谁的苦谁知道。"安娜说。

一个月后，关心跟踪的那个项目终于签了合同，虽然没有啥利润，但大家都很高兴，一年多来，总算落地一个项目了。因为这件事，冬哥和王平又竭力挽留关心留下来，并且答应她，以后的其他事，想参与就参与，不想参与就绝不勉强，事不过三，人家已经做到仁至义尽，关心很感动，但最终还是决定离开，她感觉自己有点不知好歹。

"那可不，真是不知好歹！"安娜生气地说。关心无暇顾及安娜的感受，忙着注册广告公司了。

这天，她正在和几个朋友喝茶聊天，闺蜜张可发来视频，问她在干吗，她把手机转了一下，然后又转回来对着自己。张可表情夸张，说自己辛辛苦苦照顾孩子，她倒清闲地喝茶。她知道张可是故意这么说，所以也不生气。两人打着视频聊了半天家长里短，正准备挂电话，张可突然说："你就在外边待着吧，孩子不管，老公不管，哪天谁把他抢走了，你哭都来不及。"

关心笑："没事，不是有你替我盯着嘛，我放心。"

"哼，懒得管你的事。"张可故意噘着嘴。

关心看着视频中的闺蜜，扎着长辫子，脸庞清秀，再看看自己，虽然模样长得挺好，但是因为太操劳，显得很憔悴，不由得摸了摸自己的脸颊说："我这一年多，真是变了个人。"

"你是自作自受。"张可说，"我记得你在咱们这业务也挺多的，只要好好做，一家子的吃穿用度不成问题，非要去雄安，把家里这么大的摊子扔给你老公，也不知道图啥。"

关心苦笑："你是真没有经历过苦难呀，你不知道一个身处逆境的人对金钱的渴望是多么强烈。"

张可说："我怎么不知道？我也希望你越来越好，只是看着孩子没妈照顾，心里挺不是滋味。"

关心说："有啥办法，谁让她摊上这么个妈和这样一个家……"说到这里，她突然想起什么似的说，"哎，你月底给我准备十万块钱。"

"干吗？要这么多钱？"张可差点儿跳起来，"我又不是印钞机。你上次借我的二十万还没还呢。"

"看你看你，这不是着急吗？婆婆的医药费，我哥哥和父亲的医药费，还有这边的事也需要钱，都赶一起了。"关心看到她的样子，笑了起来。

"还笑！"张可瞪了她一眼说，"我上辈子欠你的！我给你留着，啥时候要说话。"

关心对着屏幕亲了一下，如释重负地说："爱死你了！这下子我不着急了。"

"就不该给你打电话。"张可也笑了，心疼地说，"好好照顾自己哦，我挂了。"

挂断电话，关心脸上荡漾着笑意，她从心里感激她的这个闺蜜，总是无私地帮助她。张可家境很优越，娘家就她一个独生女，父母的生意做得比较大，丈夫是家族企业，也很有钱，她从小是在蜜罐里长大的。俩人家境不同，性格也截然不同，张可柔弱，关心坚韧、倔强，从小学起，俩人就无话不谈，成为闺蜜。

关心暗下决心，一定要在雄安挣到钱，否则，她都对不起闺蜜对自己的无私帮助。

挣钱，这个词，从她走上社会，就每时每刻都充斥在脑海中，挥之不去。婉婷曾笑她太俗，俗就俗吧，谁的生活又能离得了钱呢？

# 二十九

江舟的媒体公司做得风生水起，就连魏云鹏也跟着出尽风头。每月一次的"在雄安"沙龙，参加的都是来自全国各地、各行各业的人才，重要的是，还有一些央企、国企和政府的领导也在受邀之列。人们可以借助这个平台，各取所需，结交新朋友，拓展新资源和人脉关系。

除了每月一次的沙龙，外联部、编辑部、文旅部、视频部等都在正常运转，公司招聘员工十三人。看着热火朝天的工作场景，江舟很高兴，没想到，初来雄安，创业竟如此顺利，这让他对以后更加充满信心。

在前几天举办的沙龙活动中，他认识了一个叫关怀的男子，听他说在大西北待过几年，无形中增添了一丝亲近感，于是在活动结束后，他主动加了关怀微信，留下了联系方式。

都说男人之间的感情不似女人那般感性且柔弱，而是粗犷、含蓄和理性。江舟和关怀却不一样，两人一见如故，那种熟悉的感觉，仿佛是早已相熟的朋友。

在上坡道的最东边，有一个音乐酒吧，名叫"胡桃李"，每到傍晚，很多年轻人就到那里喝酒、听歌、聊天，尤其是周末，人就更多。

江舟周末时也会约上三五好友一起去喝酒，一半为应酬，一半是想让自己的心安静下来。以前，他不常去酒吧，总觉得里面太吵闹，太让人不安静，记得上次去酒吧还是一年前在老家的"天上人间"。自从若茗和菲尔发生了那样的事情，他感觉自己很压抑，独处时，心就发慌，似乎总有一种无形的力量让他窒息。于是就常常去酒吧喝酒，选一个安静的角落，让服务生开一瓶冰啤，一个人默默地喝，他觉得在嘈杂的、灯红柳绿的氛围里，身体被包裹着，无暇剖析自己内心深处的思想和那种纠结的痛苦，反而有一种安全感。

这个周末，他照例去"胡桃李"音乐酒吧喝酒，这次他约了关怀和魏云鹏，两个人一个是自己的合作伙伴，另一个是好友，他想让两人认识一下。去时九点多，陌生的人们三三两两地坐着，彼此倾诉着，歌手富有感染力的歌声，缓缓地在空气里弥漫。酒吧的夜景诡谲得让人眼神迷离，那光影细细地、浅浅地，滴落在盛着五光十色液体的酒杯中，让人有一种沉下去的感觉。闪烁的霓虹灯光，吸引着一个又一个饥渴而又需要安慰的心灵，在这里颓废。这样一个地方，能让人暂时忘掉现实生活中所面临的压力，忘记那曾经记忆深刻的往事，忘却那曾经留在心灵深处的痛……

江舟在一个空位坐下。一个服务生走了过来，他点了一打啤酒和几盘水果，边吃边等关怀和魏云鹏的到来。

帅气的调酒师轻轻地摆动着身体，极其优雅地调配一杯五彩的鸡尾酒。灯光幽暗，霓虹闪烁，音乐虽劲爆，却是如瀑布般让人畅爽。

不一会儿，魏云鹏和关怀先后到了，三人打开啤酒，聊着天，喝着酒，听着音乐。

关怀喜欢那种比较安静的咖啡厅，自从在敦煌的咖啡厅遇到那个女子，他就更情有独钟了，但找遍雄安，也没有找到一家。不过，今晚酒吧的氛围挺好，劲爆的音乐不显嘈杂，反而给人一种酣畅的感觉，不知不觉，他已经喝了两瓶啤酒。

江舟说："我来雄安最大的收获，是结识了你们两位，一个是我的合作伙伴，也是好朋友魏云鹏，一个是一见如故的关怀老弟。就冲这一点，雄安没白来！"

魏云鹏端着酒说："说来也奇怪，我本身是个没文化的人，根本就不懂，但是认识了江总，很投缘，一下子就勾起了做文化的热情，所以也就不管三七二十一，入股了。"

"魏总谦虚了。你这'没文化'，可比一些有文化的人有情怀。"江舟竖了一下大拇指。

关怀微微一笑："我从参加工作到现在，基本处于一种漂泊的状态。可能也是有正式单位的缘故吧，我对创业没有切身的体会。不过既然选择了自己所要走的路，就应该积极努力地走下去。在接下来不可预知的人生里，只要有美好的未来期许，就要带着勇气一直走下去。即使跌倒在追寻美好未来的路上，那么也绝对不再枯燥无味。"

江舟深有感触，他点头说："说得太好了！我就是这种心理，所以才能破釜沉舟，辞去公职来雄安创业。虽然这一行我也是第一次做，但是看目前态势，感觉还是可以的，需要坚持。"

魏云鹏不以为然地说："你们的说法我只赞同一半。我这个人做事，必须看准了才下手，绝不打无准备之仗。我可不想像项羽一样搞破釜沉舟那一套，那种情况只能出现在电视剧里。到最后，他还不是弄了个四面楚歌，乌江自刎的境地。"

关怀说："我很欣赏项羽，虽然最终失败于自己的英雄本色，但这丝毫不影响我对他的崇拜。之所以选择自刎，是因为他身体里流淌着贵族的血液，这种高贵不允许他有这样的失败，所以才选择乌江边自刎。如果他过了乌江回到江东，东山再起不是不可能。"

"就是傻呗！"魏云鹏嗤之以鼻。

关怀看了他一眼，小声嘀咕了一句："鼠目一寸光，蝉鸣两春夏。井中蛙观天，岂知海角远。"

"你说啥？"音乐声有点大，魏云鹏没听清楚，大声问。

"我说，喝酒！"关怀也大声说。

江舟听到了关怀说的话，他端起杯子连声说："扯远了，扯远了！怎么聊着聊着说到项羽了。来来来，喝酒喝酒！"

已经快十一点了，喜欢夜生活的人，这个时间才是他们精彩生活的开始。今天酒吧里的人很多，小小的舞台上，一个少女正随着震耳的音乐，疯狂地晃动着自己的身躯，白皙的躯体在摇曳的灯光里格外引人注目，长长的头发左右上下地来回摆动，霎时间，暧昧的气息笼罩着整个酒吧。

"咱们换个话题吧。"关怀自饮一杯酒，眼睛看着台上正在弹着吉他的歌手。

"什么？"江舟跟着吉他的旋律打着节拍。

"比如，女人。"魏云鹏笑道，"咱们三个都是光棍儿，说说你们为啥都不结婚。"

"我一直喜欢我一个同学，可是我还没来得及表白，人家就结婚了。"江舟看着闪烁的霓虹灯，想起音信全无的若茗。

关怀问："后来呢？"

"我们都在一个城市，隔三岔五还一起聚会。开始人家夫妻俩感情好，我也就不再做非分之想了，心里默默祝福吧。"江舟说。

"开始？那后来呢？离婚了？"关怀和魏云鹏碰了一杯酒。

"后来……后来，发生了一场意外，找不到了。"江舟怔怔地说。

魏云鹏摇摇头道："没有结局的爱。"

关怀说："我在大学时，喜欢上了我的女学长。我们都在学生会，她是学生会主席，我整天跟在人家屁股后面献殷勤，可是人家连我正眼看都不看，说我是小屁孩儿。后来，我穷追不舍，好不容易追到手了，又嫌弃我工作流动性太大，就和我分了。"

魏云鹏一摆手说："这种女人就是虚荣，不要也罢。"

关怀说："今年，我在敦煌，认识了一个女子，第一眼看到她时，我就知道我完了。"

"爱了吗?"江舟饶有兴趣地问,"是不是抱得美人归了?"

关怀苦笑:"这是一个神秘的女子,看不透,眉宇间总有一种淡淡的忧伤。我们也就是聊了两次,我甚至不知道她的名字。"

"嘿!"魏云鹏一听,泄气地说,"单相思啊!"

江舟问:"老魏,你呢?啥情况?"

魏云鹏轻描淡写地说:"我嘛,离婚了,有一儿子,四岁了。来雄安之前,谈了一个,虽然谈了一年多了,总感觉不合适,又分不了。不过,我在雄安遇到了一个女人,很有品位,长得也漂亮,是我喜欢的类型。"

江舟看着他笑:"我知道,婉婷吧?不过,我觉得你要拿下她,够呛。再说了,你不能脚踩两只船。"

魏云鹏一听这话急了:"啥意思?她给你说啥了?"

江舟说:"没说啥,我就是感觉你俩不合适。我和婉婷是乡党,以前就熟悉,听说她以前谈恋爱受过伤,至今单身呢,人家就不想结婚。"

魏云鹏追问:"婉婷真没和你说过我和她的事?"

江舟说:"你和她表白过?"

"没有。"魏云鹏斩钉截铁地说。

"你都没有表白过,她又怎么会和我说这个?"江舟看着魏云鹏直摇头,"真是被爱情冲昏头脑了。不过我劝你,要想追婉婷,你老家那个得先解决了,别让婉婷知道,否则你啥机会都没有了。"

关怀笑着对魏云鹏说:"我看,你八成也是单相思。"

三个男人喝着啤酒,聊着各自的心事。

散场时已是深夜。三人都喝了酒,开不了车,好在他们距离住的地方都不远,所以也没有叫代驾,各自告别走回住处。

江舟独自走在回梧桐小院的路上。月光如水,映着他修长的身影,他双手插兜,仰天长长地吐了一口气。刚才在酒吧的一番谈话,又勾起了他对若茗的牵挂,这种牵挂,此刻已远远超出了男女之情、同学之情,而是一种似亲人一般的深深思念。

她,此刻在哪里呢?半年多了,她是否已经走出了那个阴影,重新振作起来,正常工作和生活了呢?江舟微蹙眉头,发出了一声叹息。

关怀和魏云鹏同路了一段，然后独自一人沿着奥威路往西走。虽然已是深夜，但街道上的车辆还不时驶过，饭店门口，有刚喝完酒准备回家的人在彼此告别，说着一些最客气的话。他走过惠友商城门口，踏上旁边那条繁花似锦的小路，隐约看见一个人蹲在花树下呕吐，他刚想绕开，却听见那人又呜呜地哭了起来。他一听是女人的声音，停下了脚步，环视四周，一个人都没有。他不禁有些担心，就走向前问个究竟。

女人抱着树，边哭边喃喃自语着："对不起……对不起……菲尔，我不是故意的，我不是故意要伤害你的……可是，你为什么不早早告诉我呢？……我……我心痛欲裂呀，你知道我心里的苦吗……"

关怀蹲下身，小心翼翼地问："你……没事吧？"

女人侧过头瞥了一眼，没理他，依然在啜泣着。

"别哭了，夜深了，你一个人不安全。你住在哪儿？要不要打电话给你的家人或者同事？"

女人一听，哭得更厉害了，她坐在地上，双手抱膝，把头埋进双膝，长发披散下来遮住了整个脸。

关怀有些手足无措，他想安慰，又不知怎么说，蹲在那里一时无语。女子哭了一会儿，忽然停了下来，站起身想走，却摇摇晃晃差点儿栽倒，关怀连忙伸手想扶住她，女子一伸手，挣脱他的手掌想走开。就在女子一抬头的那瞬间，一个熟悉的脸庞猛然闪现在关怀眼前，他的心狂跳起来，惊喜地叫："是你！"

女子的泪水沁湿了她凌乱的头发，她用手理了理，看了一眼他。幽暗的路灯下，他的脸庞看不真切，只看到一个大致的轮廓，一个高大的身影。她摇摇头，想走。

"敦煌，莫高窟！咖啡厅！"他低声喊。他看清楚了，就是她，那个只见了两次，却让他魂牵梦萦的女人。

听到敦煌，她站住脚步，缓缓回过了头。

他走上前，一把拉住她的手，热切地说："你不认识我了吗？难道你真的不认识我了？"

女子看着他，刚刚止住的泪水忍不住又涌了出来，他一把搂住她，紧紧地，像拥住了整个世界……

根据她提供的地址，关怀把她送到了她租住的地方。他坚持留下了电话，坚持问出了她的名字，然后牢牢地记住了，她叫若茗，这个名字，从此会永远镶嵌在自己的心里。

看着她安静地睡着，他燃着一支烟，默默地坐在旁边的椅子上，那烟蒂上的火光在幽暗的光线下闪烁。他深吸了一口烟，把烟雾轻轻地喷出去，透过那层烟雾，他望着她，迷惑地想着，是谁给了她如此深重的忧郁？是谁使这张沉静美丽的脸庞上笼罩着哀愁？从敦煌第一次见，她始终像个让人看不透的谜，如轻烟，如薄雾，如朦胧的月光，生活在一个不为人知的世界里。此刻，看着熟睡的她，他觉得有种看不见的、强大的力量，在勾动他心底的那根弦。

# 三十

这是一个偏僻的小巷，很窄，弯弯曲曲，顺着弯曲的巷子进去，就能看见一处低矮的房屋，大门是锈迹斑斑的铁门，没有门楼，院墙也很矮，爬满了绿油油的爬山虎。进了大门，就看见三间很旧的老屋，总有几十年的样子。

屋内虽然旧，但是挺干净，稍微收拾一下，住人还是没有问题的。最主要的，这个小院比较便宜，一年八千元就可以租下来。

对于若茗来说，只要有一个地方容身，她就很满足了。半个月前，她告别敦煌，告别那个被她称为姑姑的慈祥的老人，带着一颗破碎的心来到了雄安。老人在她临走之前，给了一个电话号码，说如果想在雄安工作的话，可以去找这个人，或许可以帮上忙。

昨天晚上，她心情郁闷，就去酒吧喝酒，不知不觉喝多了，想起那些伤心的事情，就蹲在那里边吐边哭，没想到却碰到了那个男人。她一直不知道他叫什么，直到昨天晚上，才知道他叫关怀。

好暖心的名字啊！就和在敦煌时一样的温暖。可是她抗拒这样的温暖，她觉得自己不配也不应该拥有，这样，才对得起死去的萧山和残废了的菲尔。她只想做一个独来独往的人，不愿被人窥探，被人了解。

她已经把这个小院布置得焕然一新。屋外，小花盆整齐地排列着，从大门口到房门口，排出了一条小径，小径的两边，都是花盆，盆里种着五颜六色的小草花。那些花怒放着，簇拥着小屋。那些破瓦罐里，都插上了一枝枝的芦苇，苇花映着夕阳摇曳，像一首首诗，像一幅幅画。这些盆盆罐罐都是房东留下的，她懒得清理，顺便就打扮起来，放在院子里，自成一景。

关怀走进屋，只看到窗明几净，窗台上面，一盆不知名的小红花正鲜艳地绽放着。窗上，垂着碎花的棉布窗帘，雅雅的，素素的，干干净净的。小方桌上，也铺着同色的桌布。桌子上，有个小玻璃瓶，里面插着一朵红玫瑰。

"不准备离开这里吗？"他问。

"除非有一个更强大的理由。我喜欢在陌生之地生活，可以隐藏所有的历史和过往，不需要说明，不需要戒备。"她说。

"你有着怎样的过往？为什么要隐藏？"他看着她，低声说，"在敦煌时我就说过，不要包裹自己，真实地活着。"

她摇头，点燃一支烟，深深的哀伤浮现在双眸："真实太残酷，真实是活不下去的。"

"记得你是不抽烟的。"他担忧地说，"其实，我是一个很好的倾诉对象，你可以告诉我。"

她突然有些恼怒："告诉你什么？我的痛苦，我的不幸吗？你以为你是坚强的，其实你比我还脆弱。"

他想说，其实每一个到敦煌的人在面对莫高窟时都会心潮澎湃，常常莫名其妙地就会流泪，更何况，遇到了你。

看着他沉默的样子，她停了一下，低声说："对不起……"

他看着她，从他深邃的目光里流露出来的温情似乎淹没了她，她吸了吸鼻子，看着窗外。院子里，阳光穿透树叶的缝隙，洒落地上，摔成碎片。爬山虎的叶子绿绿地闪着光，那光似乎温柔得没了棱角，风抚过去，滑滑的，一溜烟就不见了。

"有什么打算？既然短期内不打算走，总得找份工作。"他说。

"我已经到朋友的公司面试过了，雄安网。不出意外，下周就可以上班。"她说。

他点点头，想了想，看着她笑："有工作就好。你知道吗？我是希望你留下来的。你说你已经找到了工作，我很高兴。"

她没有笑，静静地看着他，轻声说："高兴什么？我留下来又和你有什么关系呢？"

"你可能理解不了，"他注视着她，"因为你一直沉浸在自己的世界里，但是，我相信你没有忘记咱俩在敦煌的时候。"

"咱俩在敦煌只是相识，就像在这里认识形形色色的人一样，我不觉得有什么特别。"她郑重地强调，"而且，我们并没有发生什么。我一直认为，你只是空虚而已。"

他的脸忽然涨红了，内心有一股气，气面前这个女人对他的不理解。他看她始终一只手抱着肩膀，一只手拿着快熄灭的烟头，微蹙眉头，一副楚楚可怜的样子，心忽然软了，内心的温柔又被触动。他叹了口气，轻声说："我知道你说的不是真心话，你也知道我没有别的意思，又何苦这么说呢？"

她鼻子有些发酸，把手中的烟蒂放进烟灰缸，转头看向别处。

两人一时沉默，过了一会儿，她说："物理学家说，给我一个支点，我可以撬起整个地球。而我说，给我一个解释，我可以再相信一次人世，我可以义无反顾地再次拥抱这个荒凉的世界。"

"我不知道你经历了什么，我只想说，若茗，从我第一次见到你，你就给我一种特别的感觉，你在我心里的分量，你是不能理解的……"他说到这里，忽然感觉很悲凉，声音也有些沙哑，"你需要我的帮助，我就来，不需要，我一旁待着，不会打扰你，我只希望你好。"

她的泪流了下来，扭过头，她掩饰地擦了一下，转回头笑笑说："谢谢你，关怀，我为我刚才的那句话道歉，但是你真的不必为我这样，我没有资格接受。"

"我知道你已经结婚了，但那又有什么关系呢？我又不是让你离婚嫁给我，婚姻法也没有规定不允许交异性朋友，所以，不存在有没有资格。"他说。

她一眨不眨地看着他："没有人告诉过你，你很傻吗？"

两人四目相对，笑了。

　　起风了，碎花窗帘随风轻盈地摆动，窗台上的那枝玫瑰也迎风舒展。一只不知名的鸟儿落在院内，在花盆旁驻足而立，扑棱着翅膀，圆溜溜的小眼睛随着脑袋四处转动。邻家小院的那棵树上，有一只鸟正在鸣叫，于是，院中的小鸟跳跃着，忽然就飞走了，那芦花摇曳着，抖落一地的心事。

　　若茗开始上班了。她在单位负责审稿，有时候还出去担任采访任务。审阅的稿子中，新闻稿件比较多，都是政府审阅好之后发过来的，其他采访和编写的稿件，都得她亲自审阅，虽然忙碌，但也充实。这些事情对于长安大学中文系毕业的她来说，是很轻松的事情。

　　当然，能在这个公司上班，除了自己的学历和能力之外，也是因为姑姑的帮忙。姑姑的朋友从北京打来电话，给雄安网的负责人推荐了她。她很珍惜这份工作，因为这份工作不仅能让她在这里生存下去，还因为，她要赚钱还债，还丈夫欠的债，还自己欠的人情债。

　　傍晚时分，若茗写完稿子，看到桌上女儿的照片，一种深深的思念涌上心头。自从自己离家，就没有和任何人联系过，她只沉浸在自己的痛苦中，丝毫也没有顾及女儿的感受，快一年了，她怎样了？是不是想妈妈时不睡觉也不吃饭？是不是生病了也没人照管？想到这里，她的心再也不能平静，从包里拿出以前的手机，那个手机用的是以前的电话号码。刚一打开电话，手机短信就响个不停，都是未接电话的信息，有家里的号码，有丈夫的，有婆婆家的，还有很多没有备注的手机号……她一个个翻看着，往事一幕幕又闪现在眼前……她狠狠地摇摇头，想甩掉那些影子。呆呆地坐了好一会儿，她才一咬牙拨出了家里的电话。

　　电话响了好一会儿，却没有人接，她再拨，还是没有人接。她坐在椅子上，怔怔地盯着手机屏幕上备注的"家"字，脑子一片空白，随即一阵恐慌涌上心头。孩子呢？按照以前的作息时间，小约应该在做作业，为什么没人接电话？难道……她胡思乱想着，经历了亲人和朋友生离死别的她，现在时时被恐惧笼罩着，脆弱得一点小事就足以击垮她。

　　正在胡思乱想，手机响了起来，一看正是家里打来的。她还没来得及说话，话筒那边传来女儿小约的叫声："妈！妈妈！是你吗？你怎么才来电话呀，你在哪里呢？你不知道我在想你吗……"一连串的话语传了过来，说着说着，小约就哇哇哭了起来。

若茗也哭了，她捂着嘴，强忍着不让自己发出声音，可她的泪水顺着脸颊疯狂地往下流。过了好一会儿，她才忍住眼泪，强装平静，努力让自己嘴角绽开笑颜："小约，乖，你一个人在家吗？爸爸呢？爷爷奶奶身体还好吗？"

小约抽噎着说："爸爸在楼下停车，我们刚从爷爷奶奶家回来。爷爷身体不好，奶奶照顾爷爷也生病了，但是现在已经好了。妈妈，自从你走了，我就一直住在爷爷奶奶家，爸爸天天忙，老了好多，胡子老长了也不刮，我都说了他好几次了，爷爷奶奶也说他，可他就是不听，还老喝酒。妈妈，你赶紧回来吧，我们都想你了，我知道，爸爸也在想你，可是他不说。"小约一口气说了许多，生怕妈妈挂断电话似的。

若茗不知道该怎么给女儿解释她不回家的理由，沉默了一会儿，她柔声地说："小约，妈妈现在得工作，咱们家欠了别人很多钱，要还人家……"

"可是你不是有工作吗？为什么要到别处去呢？我也不知道你在哪里，想你了也见不着……呜呜……"小约又哭了起来。

"你爸爸回来了吗？"若茗问，和女儿一说话，以前在家时的温馨一下子涌进脑海，她想和丈夫沟通一下。毕竟，还得在一起生活，还是一个家。

"爸爸马上回来……爸爸！快！妈妈的电话！"可能是何牧田回来了，小约连声喊着。

若茗听到那端有杂乱的响动，很快，耳边就响起粗重的呼吸声，同时伴着一个熟悉的声音："若茗！"

她沉默着，一时竟不知道说什么好，喉咙里似乎有什么东西堵着，想咽又咽不下去，想说话，却发不出声音，从鼻子冲出了一股酸涩的滋味，直奔眉心，很快，泪水就涌出眼眶。

"若茗！"何牧田叫，"你回来了吗？"

若茗轻轻呼出一口气，平复了一下心情，静静地说："我没有回来。

我现在在雄安，已经找到了一份工作。"

何牧田说："你失踪了这么久，走时只留下了一封信，现在告诉我，你不回来了，你是什么意思？想离婚吗？"

"我没有说想和你离婚，我只是想多挣些钱，赶紧把欠人家的债还了。"若茗说。

"那你这边的工作呢？不要了？"何牧田说。

"我想好了，看能不能借调，如果能最好，如果不能，我就辞职了。"若茗咬咬牙。

何牧田烦躁地说："你疯了！我看你就是想躲清闲，你现在是想一走了之了！"

"何牧田！"若茗叫，丈夫的话让她又想起了那场惨祸，她颤抖着声音说，"我不想和你吵架，我也没有心思和精力吵架了，我想你也是一样。生而为人，总要把自己欠下的东西还了，无论你信与不信，这是我的心里话。"

电话那端传来小约着急的声音，她在怪爸爸发火了，怕妈妈又失踪不理他们。

何牧田克制着自己的情绪，说："我知道，我有一些做法伤害了你，可是我的初衷是好的，这个你不能否认，现在，我也在做一些事，尽量弥补。除了钱之外，我也在用情还。萧山火化那天，我以礼金的形式，给了三万元，我想这样也对得起他，毕竟这场车祸不是咱们造成的。至于菲尔……她现在准备安假肢，费用也是我来出，而且……我也一直在照顾她。"

一直照顾她？若茗想象着那个场面：他给她端水喂药，给她擦洗身子，扶着她做康复锻炼……想象中他们在一起的画面曾经无数次出现在自己脑海，不同的是，那个时候的自己，被嫉妒和猜忌蒙住了双眼，而现在想到这些，内心是赎罪后的欣慰感。

"你在听吗？"何牧田问。

若茗回过神，轻声地说："你照顾她吧，如果忙不过来，再雇一个护工。"

"如果假肢安上，就会好很多，现在我还忙得过来。她的酒楼生意还得照顾，毕竟用酒楼还抵押贷着款。我这边的生意，目前也没啥进展，都是雪松在打理。"何牧田停了一下，又说，"你也没有必要太自责，不是你的错。"

"小约上学，要不送到华润学校去读书吧，不用你天天接送。"若茗说，"我刚到这边，一切都不熟悉，也没有条件接她过来。"

夫妻俩聊了很久，虽然何牧田勉强同意若茗在雄安，但是他还是想让她回来，他认为妻子在雄安，每个月也就是那些钱，比老家的工资高不了多少，回到家，还可以一起分担一些，至少女儿不用自己操心，但妻子似乎铁了心在那边。她说的理由，他并不相信也不理解，他只认为她想逃避。

"妈妈！那你答应我，每星期都得给我打电话，我想你时，我也可以给你打电话。"挂电话的时候，小约哭得稀里哗啦，让若茗肝肠寸断。女儿长这么大，从没有离开过自己的视线，如今却这样分开，怎不让她难过呢？可是有什么办法？她觉得自己已经不能安安稳稳地上班，在家里相夫教子了。在那个环境里，她会窒息，甚至会疯掉。

只是，雄安，这个城市，又会带给自己什么呢？跌倒的自己和家庭，能得到这个城市的眷顾吗？她站在窗前，看着暗夜下的一切。此时的小院是寂静的，远处高高矗立的电视塔，发出五彩的光，光从塔身绕到塔顶，又从塔顶绕到塔身，循环往复，不知疲倦……

# 三十一

婉婷的茶餐厅装修好了，和开始设想的一样，两个院落的墙打通，做了一个漂亮的月亮拱门，两个小院就连在了一起。木质的门，左边是长方形的吧台，吧台上方是几盏菱形的吊灯，发出暖暖的光。右边是宽敞的厅，放着四五张木质的矮桌，木质的椅子。装饰使用木质材料，以木色与浅色为主，注重自然风格的体现。不管是地面、柜台或者书架，都采用做旧复古的设计，同时还增加一些有花朵的图案，再搭配一些花花草草进行装饰，让人有种清新田园的感觉。

婉婷给她的茶餐厅起了个名字，叫"悦园"。她觉得一个好的茶餐厅应该是明亮的，但不是华丽的，空间里应该有一定的气息，但又不仅是苦涩的烟味，主人应该是知己，但又不是过分的殷勤，每天来的客人应该互相认识，但又不必时时都说话，彼此见到是愉悦的、美好的。茶和咖啡是有价格的，但坐在这里的时间无须付钱。

　　"天哪，你是多么浪漫的一个女人！"文小美看到婉婷的茶餐厅，夸张地喊。安娜心里虽然也高兴，但潜意识里却有点酸溜溜的感觉，自己现在没有啥业务，可婉婷却做得风生水起，这不禁让她有些嫉妒，可嫉妒归嫉妒，表面必须要真心实意，否则作为老大，自己未免有失风度。关心倒是万分高兴，自己二姐的店，进进出出也理直气壮，这么高雅的地方，无论约朋友喝茶喝咖啡聊天，都是最合适的去处。

　　开业那天，婉婷给三姐妹每人办了一张两千元的消费卡，给江舟、魏云鹏、陆海平也办了一张两千元的卡，算是开业送给大家的礼物。江舟随即给卡里充了五千元，魏云鹏不甘示弱，也充了五千元，没想到陆海平来时，直接就充了一万元。这举动，直接打肿了魏云鹏的脸，他到前台，让服务员刷卡，又充了一万元在消费卡里。服务员看着他直乐，态度格外殷勤起来，魏云鹏也感觉自己特别有面子。

　　"姐，魏总爱上你了。"小美悄悄对婉婷说。

　　"姐，陆总也爱上你了。"关心也悄悄对婉婷说。

　　"妹妹，这俩男人对你挺够意思啊！"安娜说，心里有些失落。她还记得陆海平那天在饭局上对自己的呵护。男人啊！

　　听着几个姐妹的话，婉婷笑而不语。她心里清楚，他们三人之间到底是什么关系，再说，这种事也是朋友之间的互相支持，和爱不爱没有关系。她对她们说："快别瞎说，传到人家耳朵里，以后可怎么相处？再说，人家陆总早就结婚了，说这样的话，置我于何地？"

　　安娜仔细看了看婉婷，若有所思地说："我觉得，你和陆总好像老相识，他看你的眼神和魏总看你的眼神不一样，他的爱意更浓，似乎缠缠绕绕了好多年，失而复得的那种欣喜和珍惜。而魏总只是热烈。"

　　婉婷被安娜的话逗得笑了起来："大姐，你是心理学家，也是诗人，还是情感专家了，挺会分析。"

"那是我说对了?"安娜笑,"在雄安,你是幸福的女人。"

"这就叫幸福?"关心嗤之以鼻,"男人充一些钱,围着自己转就叫幸福吗? 也太狭隘了。女人的幸福是靠自己争取来的,是建立在独立自主的基础上的,而不是依附男人得到一些暂时的利益"。

婉婷说:"我至今不结婚的原因,固然有情感上的伤痛,但最重要的,我还是想做自己喜欢的事,不想依附于男人。大姐不也是这样吗?"

安娜点头说:"你俩说得对。其实,咱们都是自强自立的女人。在这个靠山山倒、靠水水流的社会,一切还得靠自己。这么多年,没有男人,我们不是一样过得很好吗?"

文小美拍手叫好:"姐姐们说得太好了! 你们都是优秀的女人,感谢雄安,让你们来到我身边!"

关心说:"小美还是幸福啊,一拆迁,几百万到手,还有好几套房子,多好!"

"几百万算啥? 总有花完的时候。再说,这几百万也不都是我的,还有公公婆婆的、老公的,到我这里,寥寥无几。"小美摇摇头说。

安娜夸张地瞪大眼睛看着小美:"四妹说话真是口气大,到底是拆迁户! 还几百万算啥,我们连十万都没有。"

四个人正聊着天,江舟和魏云鹏来了。婉婷安排厨房做了简餐,沏了最好的龙井,把那套精心收藏的景德镇青花瓷茶具也拿了出来。安娜提醒她给陆海平打电话,也把人家请过来,要不不太礼貌,毕竟人家办了一万元的卡。婉婷却让她打电话,安娜没仔细想其中的缘由,于是给陆海平打了电话。

不一会儿,陆海平到了,他穿着一身灰色的棉麻衣裤,更显出玉树临风的翩翩风度。魏云鹏一看,条件反射般用眼睛看了一下婉婷,看她坦然自若的样子,心里就嘀咕,也没见她打电话呀,这家伙怎么就来了,这样想着,就跷起二郎腿故作镇静地摇晃着。用不友好的目光瞥了一眼陆海平。陆海平分别和大家打过招呼,就坐在魏云鹏旁边的椅子上,并和魏云鹏再次礼貌地打招呼。

魏云鹏微微点点头算是回应,也不知为啥,他对陆海平就是没有好感,总觉得这人太虚伪。上次在酒桌上多管闲事,现在又来招惹婉婷,居

浪潮

心叵测，得防着点。

这次小聚，谈得最多的自然是"悦园"的运营及茶。看起来，陆海平对茶懂得比较多，说得头头是道。他端起茶杯品了一口，点头称赞："浓茶解烈酒，淡茶养精神，花茶和肠胃，清茶滤心尘，茶之德；乌龙大红袍，黄山素毛峰，南生铁观音，北长齐山云，东有龙井绿，西多黄镶林，茶之生；茗品呈六色，甘味任千评，牛饮可解燥，慢品能娱情，茶之趣。此时，好具配好茶，茶之幸。"

江舟向陆海平一抱拳说："海平总博学多才呀，学习学习。"

安娜笑着说："君子之交淡如水，茶人之交醇如茶。那么，咱们现在是君子之交呢，还是茶人之交？"

"当然是茶人之交。我自认不是君子，且也不喜欢平淡地交往。人与人相处最好的状态，自淡而浓，浓香不减，才最见友情。"陆海平侃侃而谈。

文小美用崇拜的眼神看着陆海平，赞叹说："海平总口才真好呀，说得这么好，我都陶醉了。"

关心拍拍文小美的肩膀，开玩笑说："小心，别走心了！"文小美用手捶打关心，两个人嘻嘻哈哈地笑着。

魏云鹏不屑地说："话说得好听没用，做事漂亮才算。"

婉婷拍拍手说："大家替我出出主意，宣传这块怎么来做，好扩大茶餐厅的影响力。"

"说实话，我虽然听说过这个词，但是真没见过。我们这里原来就是一个小县城，消费水平和理念真没到那个层次。"文小美说。

"没吃过猪肉，还没见过猪跑啊？茶餐厅的环境要优雅、清静，风格明显，档次比较高，能够提供一种非常有情调且很温馨的就餐氛围。不仅是吃饭用餐的场所，也要适合人们品茶、小憩、社交与聊天。"安娜说。

"对。规模比较大的茶餐厅，晚上九点后还经营洋酒，因此茶餐厅是中餐厅、西餐厅、咖啡厅以及酒吧的结合体。"陆海平说。

江舟说："我觉得，前期要准备的是菜谱设计，文化理念，包括经营理念、核心价值观、服务精神、工作态度、目标责任；经营策略可通过菜品搭配、宣传方式、会员管理制度等几方面来做。当然，前期这块，婉婷

浪潮

虽然准备得不充分，但是也准备了一部分，不足的地方后面再完善。宣传方式呢，我认为可以在茶餐厅门口设一个长 3 米、宽 2.5 米的活动宣传板，列出每日更新的菜品和特价套餐，还可在 500 米和 1000 米以外报亭做外观包装广告，每个月给报亭老板一百到两百元的租金，把茶餐厅的宣传单放在那里，任由顾客领取，宣传单上印上茶餐厅的店名、理念、指向标和距离等，如果可能，请一个晚间驻唱歌手……"

文小美看江舟滔滔不绝地说个不停，连忙打断他说："停！我纠正一下，首先，这里没有报刊亭；其次，请晚间驻唱歌手的可能性也不大，我们这里哪里有人做这个呀，就是有歌手，谁听这个？顾客来这里是图清净的，再弄一个歌手唱歌，有些太闹腾。"

沉默半天的魏云鹏说："我觉得江舟说得挺好，至于小美说的这两点，报刊亭没有就不做了，但是驻唱歌手是可以有的。胡桃李做得不是很好吗？婉婷的茶餐厅和酒吧到底不一样，所以也不会太闹腾。弹琴、读诗、唱歌，多文艺的事，怎么不可以？"

安娜看看江舟，又看看魏云鹏，打趣地说："怪不得你俩一见如故，做起文化了，原来骨子里有这么多的文艺细菌呀！"

一句话，说得大家都笑了起来。

婉婷拍手笑道："你们真是让我脑洞大开。我还可以搞读书会呀，我认识一位女作家，还认识一位诗人，到时候可以请他们一起分享好书，也可以举办诗会。"

"对对对，二姐的诗歌写得好，也是文艺女青年，这些活动搞起来了，我们也熏陶熏陶。"关心高兴地说。

谈起文学，婉婷双眼亮晶晶的。她还记得上大学时，在诗歌朗诵会上，她和陆海平声情并茂地合诵了一首自己的原创诗歌，博得了阵阵掌声，从此一发不可收，爱上了诗歌创作。这些年虽然没有结集出版，但是梳理下来，总可以出两本诗集了。她看了陆海平一眼，恰巧陆海平也在看她，俩人都想起了校园那段美好的时光，心里五味杂陈。她双手合十放在胸前，神往地说："除了写诗，我也比较爱喝咖啡，好在我的茶餐厅有咖啡。咖啡这种神奇的饮料，早在阿拉伯人时代就被赋予了神奇的功能，借助咖啡，人们思考问题、梦想世界、辩论时政，'是思想家和国际象棋大

145

师的精神食粮'——对了，阿拉伯人就是在咖啡铺中锤炼国际象棋技艺的。来到咖啡馆，人们阅读、聊天、听音乐、下棋，在喷香的咖啡味道中，让理性思想插上浪漫梦幻的翅膀。"

"浪漫的女人啊！"文小美感叹道。

"生命不息，浪漫不止。"安娜看着婉婷，喃喃自语。

"我想喝咖啡，给我来杯卡布奇诺。"关心靠在椅子上，故作呻吟状，"我们这些粗人可怎么活哟！"

陆海平和婉婷的神情，魏云鹏尽收眼底。他醋意难耐，低声对陆海平说："陆总，小眼神不错哦，公众场合，检点一些，不要乱扫。"

陆海平微微一笑说："理解，理解。"

文小美朝两人努努嘴，大声叫："魏总，海平总，你俩能不能别说悄悄话？这么美好的日子，让婉婷姐读一首诗吧。"

大家都拍手赞成，魏云鹏看着婉婷，眼睛里都是笑意。

婉婷站起身，向大家作了个揖，笑意盈盈地说："感谢兄弟姐妹的抬爱，我读一首自己创作的诗歌《有一种留恋叫雄安》。"

婉婷的诗歌是这样写的：

我留恋雄安被雨水沁润的清新
喜欢金台路上的一些树
雨水从树梢一直淌下，滴落我的肩头
它们曾经冰冷，如今一天天变暖

我留恋雄安，是留恋拐角处那间茶餐厅
喜欢咖啡飘散的香气
喜欢墙角的几本书
那几个句子，让我在孤独的异乡重新燃烧希望

我留恋雄安，是留恋橘黄色的灯光
喜欢欢笑过后，久久不能散去的惆怅
喜欢离别的每一个日子里
思念会像露珠，晶莹着我的希望

我喜欢雄安的每一个晨昏，

它们，总是猝不及防地成就着我的梦想

我依然记得，曾经

在你高高飘扬的姿势里，仰望着容和塔

你是我前世的叹息，是我永远无法迷失的原点

我丢失了所有，却永远不会丢失你

婉婷读完了，满屋子却没有一个人说话，大家都沉浸在她声情并茂的诵读里。过了好一会儿，魏云鹏带头鼓起掌，大家这才醒悟过来，随即响起热烈的掌声。

风掠过檐下，带起风铃轻摆的脆响。茶的暖香浮动在鼻尖，咖啡的醇苦齿颊留香。木质的窗户外，梧桐树沐浴在午后淡淡的阳光里，温暖的水晶灯，如一朵朵向日葵般慢慢在心中绽放。

# 三十二

若茗从外面采访回来，就坐在办公室写稿子。已经下班了，同事们都陆陆续续离开单位，只剩下她和桑榆红。桑榆红是从北京总部直接调过来的，在雄安这边担任编辑部主任，和若茗差不多大。两人虽然是上下级关系，但是却很聊得来，短短一个多月，两个人不仅成为工作中的好帮手，还成了生活中无话不谈的好朋友。说是无话不谈，其实也是桑榆红对她无话不谈，她却绝口不提自己的事情，以至于桑榆红说她不信任自己。

若茗今天采访的是号称"雄安第一拆"的杨伟，一个"80"后，很帅气的小伙子，采访过程中，了解到他是"容城三贤"之一杨继盛的后人。于是若茗查了一下"杨继盛"，发现是一个了不起的人物，很钦佩，所以也格外用心写这篇人物专访。

正在奋笔疾书，何牧田打来了电话，电话里的声音有些疲惫，吞吞吐吐半天，才说，这几天需要还菲尔那边的贷款，还有自己银行的贷款，说

完连声叹气。若茗怕桑榆红听见，赶紧跑到办公室门口，安慰了丈夫几句，说自己赶紧想办法，就挂了电话。其实她哪有什么办法呢？这里人生地不熟，不可能找谁借钱。她查了一下自己的银行卡，还有五千多元，工资明天才发，加起来也就一万三。于是给丈夫发微信，说现在给他转五千，明天工资下来，再转七千过去。何牧田说自己这边有一万多，差不多也够了。然后发了一个叹气的表情。

　　回到办公室，若茗默默地坐在桌旁，再也无心写稿子，望着电脑发呆。桑榆红看她魂不守舍的样子，问她怎么了，出啥事了。她掩饰地笑了笑，随便找了个理由搪塞过去了。桑榆红不解地摇摇头，忙自己的事情了。

　　若茗觉得自己还得找个兼职，于是在网站上搜寻雄安的招聘信息，可是找了半天也没有找到合适的。正在郁闷时，桑榆红走到她跟前，神秘地说："找兼职也不告诉我，不知道本宫手眼通天吗？"

　　若茗看她神神秘秘的样子，笑着说："好吧，那你告诉我，有什么好工作？"

　　桑榆红歪着头想了一下，说："你找兼职必须符合以下几个条件，第一，文职；第二，不能影响本职工作，必须要有灵活性。否则，咱们这里临时加班，你总不至于为了兼职的工作把本职工作丢了吧？"

　　若茗点点头："最主要的是不能影响本职工作。快说，什么工作？"

　　桑榆红笑嘻嘻地说："那你得告诉我，为什么这么辛苦地做两份工作？你不要说你缺钱才这样的哦。"

　　"我就是缺钱。"若茗脸有些红，飞快地说，她不敢看她的这位顶头上司，虽然是好朋友，但她不想在这里显露出自己的窘迫。

　　桑榆红一愣，她没想到若茗回答这么干脆，也没想到她找兼职真是因为钱。这个小女子，身上满满的文艺气息，哪里像为钱发愁的女子呢？

　　"好吧，我不问了。"桑榆红爽快地说，"我认识一个茶餐厅的女老板，想找一个兼职，就是每周末去她的店里弹钢琴，时间是晚上八点到十点，每天两个小时……哦，我忘了问了，你会弹钢琴吗？"

　　若茗惊喜地抬起头，问："真的？每周末，这个时间是最好的！弹钢琴，当然会！虽然不是很专业，但是在茶餐厅里弹还是可以的。"

"那太好了。"桑榆红一挥手臂，"走，马上带你过去，顺便蹭她一杯咖啡。"

若茗连忙收拾东西。她很喜欢桑榆红的性格，干练、泼辣，做起事情风风火火，雷厉风行。很奇怪，她们性格截然相反，但却成了好朋友。

桑榆红开车，不一会儿，两人就来到了地方，原来是婉婷的茶餐厅。桑榆红和正在忙着照顾生意的婉婷打招呼，婉婷朝她俩招招手，示意两人先坐。若茗环视了一下环境，被这里的文雅和诗意打动了，但是，却没有发现钢琴在哪里。这时，婉婷手里端着一个托盘，朝她俩走了过来。她把托盘放在桌上，把两杯咖啡分别放在两人面前，微笑着说："两杯拿铁，希望能够喜欢。"

"若茗，我同事。婉婷，茶餐厅老板，一个美丽而优雅的女子。"桑榆红给她俩介绍说，然后像想起什么似的一拍脑门，"对了，你们还是老乡，我都忘了这茬儿了。"

若茗一听"婉婷"这个名字，感觉好熟悉，好像在哪里听到过，但一时想不起来。婉婷看着若茗文雅的样子，第一眼就很喜欢，她笑着问："你是长安的吗？"

若茗微笑说："我是长安区。你呢？"

婉婷说："我是碑林区。"

两人无形之中拉近了距离。桑榆红说明来意，婉婷连连表示欢迎，并且说了一下工作时间。

若茗问："我没看到钢琴……是在这里弹吗？"

婉婷点头说："就在这里。钢琴后天就到了，是我小姨的，我表妹给她买了个新的，这个旧钢琴就给我邮寄过来了。"

若茗犹豫了一下，说："我有个请求，我想……晚上上班的时候，能不能……能不能笼一层纱？"

"什么？"桑榆红差点儿跌掉下巴，惊愕地问，"为什么？奇奇怪怪的，搞什么名堂？"

婉婷也愣住了，注视了若茗几秒钟，连忙说："没事没事，你尽可以按照自己的意思去打扮，只要弹好钢琴就行。"

若茗的脸微微发红，有些不好意思："我只是不习惯这样的场合，说实话，我是第一次做这样的事情……"

婉婷笑着说："我明白，不用解释。"

"别说，这种想法挺别致，没准儿会吸引很多客人呢。"桑榆红兴奋地说。

若茗说："我并不想别出心裁，只是还没有习惯……"

"好啦好啦，别解释了，随你便，婉婷不是也同意了吗?"桑榆红搂着若茗的肩膀说，"来，喝咖啡。"

婉婷说："对了，工资的事和你沟通一下。因为我的店也是刚刚开，还没有盈利，再说也是小店，所以，一小时一百元，你觉得怎样?"

若茗在心里很快盘算了一下，一小时一百，周末四小时就可以挣到四百，一个月四周，一千多元，够自己的生活费了，那么，自己的工资可以全部用来还债了。这样想着，她点头说："可以的，我也是利用周末时间，反正没事。"

就这样，每个周末，若茗就会来到婉婷的"悦园"上班。每次上场前，她都会长发披肩，头上笼一条紫色的轻纱，一直遮住整个脸庞，并且穿一条长纱的连衣裙，轻盈地走上那个小小的舞台，开始她的演出。人们三三两两坐在桌前，有的喝茶，有的喝咖啡，有的谈事情，有的聊天，气氛是安静的，环境是温馨的，就连说话也是小心翼翼，生怕扰乱了这里美好的气氛。

若茗最喜欢弹的曲子叫《爱不可及》，这是王菲唱的歌曲，每次弹奏，她都会在心里唱着，沉浸在自己的世界里。每一曲弹完，也有稀稀拉拉的掌声，有时候也没有，人们似乎习惯了这琴声，也似乎没有听到。无论怎样，若茗都会用心地弹奏，她是在弹给自己听，曲高和寡也罢，雅俗共赏也罢，懂自己的，总归只有自己。

每当这时，关怀总是默默坐在一个角落里，要一杯咖啡，静静坐在那里，静静听着曲子，静静看着她。近在咫尺，却永远拒人于千里之外，他不知道，是什么让这个女人有如此盛大的哀伤。你是钢琴的第八十九键，是我永恒触摸不到的距离，他常常在心里叹息。

没到茶餐厅上班之前，若茗虽然能感觉到关怀对自己的照顾，但不知道关怀是这样深刻地研究着她，更不知道他是这样观察入微，而直视到她内心深处去。关怀，他是那样一个成熟的、深沉的、含蓄的男人，生活在他自己精彩的世界里，应该根本不会去注意到她。可是，当她面对这张轮廓很深，有对深沉而充满感性的眼睛的脸孔时，她知道她错了。他在注意她，而且是太注意了，这使她心跳，使她不安，却又无法逃避。

这是若茗在悦园上班的第三个周末。说来也很奇怪，江舟是住在梧桐小院的，除了工作和应酬，他几乎就在这里，尤其周末。但自从茶餐厅开业后，他常常周内带朋友过来玩，到了周末却不见人影。所以，若茗已经在这里上班四个周末了，两人始终没有遇到。

这天晚上，若茗照常来上班，她今天准备的曲子是莫扎特的《土耳其进行曲》。这首曲子是1778年，莫扎特旅居巴黎时所作。当时，22岁的莫扎特与曼海姆的阿雷霞热恋，但父亲反对，于是他与母亲远居巴黎，怎料七月母亲染病去世。在此期间莫扎特的创作，或许是为了恋人而写的小夜曲，或者是为了安慰病榻上的母亲而写的摇篮曲，总之就是借着奏鸣曲之名而创作的优雅组曲，曲风颇有法国风情。贝多芬也写过《土耳其进行曲》，据说在两百多年前，土耳其国王访问欧洲时，总要带上一个乐队，因此使别具一格的土耳其音乐传入欧洲。当时欧洲的一些作曲家对写异国风情的音乐产生兴趣，喜欢将异国风情的音乐吸收到自己的作品中去，于是出现了"土耳其热"。

若茗的钢琴技艺虽然不是专业的，但她在大学时学过钢琴，并且报了班，一学就是四年。后来工作、结婚、照顾家庭和孩子，这些她认为的风花雪月的事都搁置到脑后，现在重新拾起，以往的校园时光似乎重新可来了，这让她灰暗的心有了一丝丝的温暖。在敦煌时，她和姑姑探讨过活着的意义，让她对以前沉浸在自己的痛苦中而羞愧不已，遇到关怀之后，她从他的身上也汲取了积极地力量，决心走出以前灰暗的情绪，积极地生活。她还记得他说："你知道人为什么活着？为了爱人和被爱，为了被重视、被需要。男人被女人需要，丈夫被妻子需要，父母被子女需要，政治家被群众需要……人，就因为别人的需要和爱护而活着。"

她觉得，自己也是被需要的，需要还债，还人情，还所有被自己辜负过的东西。对她来说，这是她活着的最大意义。

一曲弹完，若茗回到旁边的一个小卡座，准备歇息一会儿。今晚的客

浪潮

人不多，实际上，这里的客人一直不多，来的人，除了婉婷认识的一些领导和朋友，还有一些上班族，再就是一些做生意的人，三种人是茶餐厅最稳固的客源，本地人没有这样的消费习惯。

从门口传来一个男人爽朗的笑声，随即听到几个人的说话声。若茗望过去，看见关怀和几个男男女女一起进来了，目光四处张望，似乎在寻找什么。若茗知道他在寻找自己，连忙下意识地拉了拉面纱，却不知道，她的这般装束本身就会引起注意。果然，关怀的目光很快找到了她，几个人朝这边走了过来。

若茗有些慌乱，她并不想认识太多的人，也不想被太多的人所认识，这个关怀，太自以为是了。她有些生气。

几个人走到跟前，关怀高兴地对她说："若茗……"

"若茗！"和关怀同时喊出的，还有江舟。

若茗也看到了江舟，意外相遇让她一时说不出话来。

"怎么？你们认识？"关怀惊讶地问江舟。

江舟顾不上回答，一把拉住若茗，惊喜万分，说话也有些语无伦次了："你……你怎么来了？你……啥时候来的？这么长时间，你跑哪里去了，知不知道大家都在担心你！"

若茗看到大家都望着他们，有些尴尬，她挣脱了江舟拉着她胳膊的手，故作洒脱地笑着说："你看你，这种表情，让别人看见还以为发生啥事了呢。"

江舟松开手，连忙说："不好意思，我有些失态了。若茗是我同学，我们已经好久没见了。今天意外相见，我高兴糊涂了。"

关怀一听，这才明白过来，笑着说："原来这样！我还说介绍你们俩认识呢。在异地他乡，能和老同学相见，真是值得庆贺，咱们今晚得庆祝庆祝！"他招手叫服务生端几杯鸡尾酒。

和他们一起来的还有安娜，她看到若茗这个打扮，颇觉新鲜，笑着说："你们秦地的女子，是不是都很浪漫呀，连装束都很特别，我喜欢！"

婉婷亲自端着几杯鸡尾酒轻盈地走了过来，她今晚穿着长裙，长发松松地扎在脑后，显得很飘逸。她把酒放到桌上，笑着说："听服务生说你们要喝酒，我就亲自送过来了。怎么，有什么高兴的事情要分享吗？"

152

安娜看着婉婷，又看了看若茗，若有所思地说："你们发没发现，这俩人还挺像的，穿衣风格、体态特征，就连神态，那种神韵，都感觉有些相似。她们都有一种……对，文艺气息！"

关怀听她一说，也把俩人仔细打量了一下，笑着说："还别说，婉婷和若茗都属于古典美的女子，文雅、端庄而又脱俗。"

婉婷幽默地说："我们是失散多年的姐妹，可比咱们结拜的要亲了。"

若茗听婉婷这么一说，笑了。

江舟想起以前在婉婷的苗圃看到何牧田的情景，又看到若茗在婉婷的店里上班，心里有些迷糊，不知道俩人之间是怎么一回事。正在心里盘算，关怀端起杯子说："来吧，我们干杯，庆祝若茗和江舟异乡重逢。"

大家举起杯，碰在一起。

江舟一直牵挂着若茗的状况，想和她好好聊聊，但这样的场合无疑不合适。他本想和大家一样谈笑风生，又怕刺激她的情绪，在这样的顾虑下，竟一时不知道该说什么好，于是显得郁郁寡欢。关怀把这一切看在眼里，他知道若茗心里肯定有事，可是又猜不透到底是什么事，又看到江舟一副欲言又止的样子，心里的疑惑就更加重了。婉婷一开始接触若茗，就不太喜欢她的性格，总是一副忧愁的样子，这让她感觉很压抑，但同时她的身上又有一种特殊的吸引力，这让她又产生了一种欣赏和亲切感。这种吸引力，她知道，是惺惺相惜，是来自两个女人之间相同的品性。

# 三十三

江舟第二天一大早就来到了若茗的住处。

当他看到若茗住的地方，心里涌出一股难言的滋味。他真无法想象，从没有吃过苦的若茗，怎么能在这样的条件下生活下去，他还迫切地想知道，这半年多她到底去了哪里。看她忙着沏茶倒水的身影，他觉得，她由里到外，都使人联想到最纯洁最干净的东西，十年前如此，十年后还是如此。可是，命运对她，却未免太残忍了！他脑海中浮现出去年的那场车祸……浮现出若茗痛苦和沉默的眼光，又浮现出十年前她的模样：大而无邪的眼睛，乌黑的长发，轻盈的身姿，以及如流水般轻泄出来的笑声。而现在呢，她已经浑身都刻满了困苦、悲怆的痕迹。他在心里说："不应该是这样的！根本不应该是这样的！假如当初……"假如当初怎么样？他怔怔地想，瞪视着墙上的那丛绿色。假如当初是他娶了她呢？会有怎样的结果？

"喝点茶。"听到若茗说话，他才回过神来，接过她递过来的水杯。他把水杯放在面前的小凳子上，看着她，轻声说，"你坐下吧，别忙了，咱俩好好聊聊。"

若茗默默地坐在他对面的凳子上。

两个老同学，坐在屋檐下的两把椅子上，开始了促膝长谈。

"你不该不辞而别。"江舟注视着她说，"你知道吗？你走以后，我和张鹏飞想报警，后来去你家里，看到了你留的信，就打消了这个念头。我知道，你是想逃离，等过一段时间，你就会回来。只是，你应该告诉我们你去了哪里，别让大家担心。"

若茗苦笑着摇了摇头："这有什么意义和作用呢？发生的事，是我们家的事，和你们没有任何关系。告诉你们，只是让你们徒增一分烦恼而已。"

"可是，车祸是大家目睹的，你和菲尔之间的事情，大家也都是知道的！"江舟说。

"不要提那件事！"若茗悲伤地喊，她的眼前仿佛出现了那个惨烈的场面，"我用了快一年的时间去忘记，来到这里，不是为了见你，更不是想让你在我耳边提醒！"

江舟愣住了，呆呆地凝视着若茗，一句话也说不出来。过了好久，才轻声说："对不起……"

若茗垂着头，长发披散下来遮住了脸颊。她双肩颤抖着，在哭。

"你要快乐起来！事情已经发生了，要勇敢面对，看看后面怎样补救。"江舟把手轻轻放在她的头上，轻轻抚摸着安慰。

"如何可以找回快乐？"她猛然抬起头，泪眼蒙眬，"你觉得，我还会有快乐吗？"

是啊，如何才能找到快乐，谁能够回答这个问题？江舟无言。快乐，他也曾经有过，每一个人都曾有过，只是，当我们成年，快乐就已失落得太久了。

"你太悲观了。每个人都有痛苦和绝望的时候，只是事情不同、心境不同而已。你刚来雄安，对这里的人和事都不了解。来这里的人，都有各自不同的境遇，希望在这里寻找机会和希望。他们有的做生意破产了，有的是刑满释放人员，有的辞了公职来创业的……形形色色的人，从表面上，你是看不出来的，但他们都满怀希望，每天都在努力着，希望把握好这个机会，重新翻盘，迎来自己的高光时刻。若茗，所以，你要振作起来！说白了，你无非就是欠了几百万的债，无非就是发生了一件大家都不愿意发生的事，又能怎样？咱们才三十几岁，有的是时间和机会！"他迎着她的目光，坚定地说。

她静静地听着，不说话。

他又说："再说，何牧田有贷款，但是并不是全部赔进去了，他不是还在努力做生意吗？你看看我，刚刚筹建了这个公司，目前已经投资了两百多万了，和你们又有什么区别？还有鹏飞、婉婷、关心他们，不都是这样吗？"

若茗把目光转过来，看着他的眼睛，艰难地说："可是，可是……那种感情的债是最难还的，会让我一辈子良心不安。萧山死了，我又怎么面对残废了的菲尔呢……"想到菲尔，她的泪水又流了下来。

"这不是你的错，严格来说，也不是何牧田的错。让我客观讲，只是意外。是，如果菲尔不给何牧田贷款，也不会有这些纠葛，她和萧山也不会开着车去银行办理手续时出意外。但你想想，又有哪个人能预测自己的未来呢？谁又能保证自己一辈子顺风顺水，不出意外呢？咱们老家发生的那起公交车爆炸案不也是这个道理吗？那个大学生，那个小孩，还有那个母亲，他们如果能预知有人绑着炸药在车上，说什么都不会坐这趟车。你说，那能是公交车司机的错吗？他是不是就应该背着这个沉重的包袱过完一生？"

若茗安静地坐着，听着，内心的无助和恐慌渐渐消除，至少在这一刻。其实，在敦煌的那些日子，她已经强迫自己的内心变得坚强而勇敢起来，才有了重新面对生活的勇气。

他近身望着她："别那么不开心，好吗？我请你到外面去吃晚饭——失乐园的烧烤，怎样？然后，我们去看场电影！"他对她微笑，"把所有的问题、烦恼都暂时抛开。"

她被江舟热烈的语气感染，用亮晶晶的双眼看着他："谢谢你，江舟，在同学里，你是最关心我的人。"

江舟笑着说："也就是你让我牵肠挂肚。你失踪的那段时间，我的心没有一刻安宁过。说实话，菲尔成那样，我都没有这样担心。"

她冲他笑了一下。她明白他的心意，在学校时，他都喜欢自己，只是一直没有说破。后来她遇到了何牧田，被他吸引，两人就谈起恋爱，后来结婚了，江舟也就收起了自己的心思，变成了纯粹的同学关系，这么多年来一直非常要好。

"你赶紧找个对象结婚吧，老大不小了。"她关心地说。

他扬了下眉毛："缘分没到，我不将就。"

"臭美！"她扑哧笑了。

"人永远都是笑起来的时候最好看，能把快乐传递给别人。"他看她笑了，自己也很高兴。

"说什么呢，这么高兴。"院门开了，关怀提着一袋水果走了进来，他穿着一件灰色的薄衬衣，毛寸头显得更加英俊。他径直走进若茗的小厨房，用盆把水果洗干净了，端出来放在小桌上。若茗搬来一把椅子，让他坐下。他看了看江舟，又看了看若茗，微皱着眉头。

江舟看到关怀的样子，想笑，又故意咳嗽了一声说："看你的样子，苦大仇深的，谁抢你东西吃了似的。"

"我从昨晚就很奇怪，你俩似乎有什么秘密。"关怀双手抱着胳膊，狐疑地问。

若茗拿起一串葡萄递给关怀，笑着说："无非是老同学之间的叙旧而已，能有什么秘密呢？"

"关总，别总揪着这个问题不放，我的老同学，若茗，我们在雄安遇见了，你说，这是多么让人高兴的事，我们总有一些话要说吧？"江舟拍拍关怀肩膀，朝他挤挤眼睛，"怎样，咱三个去白洋淀兜一圈？"

关怀接过若茗递过来的葡萄，摘下一颗放进嘴里，洒脱地说："去就去，现在的白洋淀，芦苇应该长起来了。"

若茗连忙说："哎！你们俩说风就是雨，我晚上还要演出呢。"

"不耽误，等你下了班还要一起吃烧烤呢……"江舟一挥手，忽然想起了什么，对若茗说，"你……不认识婉婷？"

"去她店里才认识的。"若茗说，"你们以前认识？"

江舟点点头，心想还是不提了，时过境迁，说了徒增她的烦恼："认识，在老家就是朋友，我以为你认识她。"

若茗换了一双休闲鞋，戴上那顶白色的帽子，转身看着他俩，说："走吧！"

走出院子，若茗锁上门，和江舟一起坐上关怀的车，顺着白洋淀大道向白洋淀奔驰而去。自从到了雄安，她还没有去过白洋淀。她虽然喜欢一个人独来独往，但这里的交通实在不便利，打个车让司机陪自己玩一天，别说人家不愿意，就是愿意，她也不舍得花钱。对她来说，每一毛钱都是那样弥足珍贵。

车子在白洋淀大道上平稳地行驶着。若茗坐在后座，望着窗外飞驶而过的树木和田野的庄稼，望着修长的、闪着白光的杨树直伸天空。她喜欢这些树木，那高高的树顶，绿叶闪着光在风中轻摇，那光便随着风，碎了，圆了，又碎了，又圆了，像调皮的孩子，从这棵树跳到那棵树。

而这些，在家乡是没有的。家乡的路两旁，一般都是一些景观树，虽然美丽，但不高，也没有特点，如同一个打扮入时的贵妇人，雍容华贵却没有自己的气质。菲尔就曾经叹气说："你们看你们看，也不知是谁栽的这些树，不管三七二十一，只要是路边就栽，也不分这是哪条路，也不管树的死活。一眼看上去死气沉沉，还美其名曰美化环境。"……菲尔！此刻脑子里怎么又蹦出菲尔的影子？若茗下意识摇摇头，心情忽然又黯淡下来。

"应该把婉婷也拉出来。"江舟从副驾驶回过头，看着若茗说，"好有个伴儿。"

"你不觉得自己多余吗？"关怀笑着说。

"没觉得。"江舟一本正经地说。

"我不想去了。"若茗落寞地说，"还是掉头吧。"

两个男人几乎同时扭头看她。

"你到了白洋淀心情就会不一样的。"关怀说。

"是啊，你还没去过呢。咱们以前在课文里学过孙犁的课文，记得咱俩还分角色朗读过，你说你一定要去一次白洋淀，忘了？"江舟笑。

若茗想起那时的美好，再看看关怀丝毫也没有停车的意思，也就不再坚持。

# 三十四

从清晨开始，天就下起了绵绵细雨，天空全是暗沉沉、灰蒙蒙的一片。婉婷躺在床上，听着雨滴从屋檐滴下的滴答声。她的房间有一面落地长窗，虽然严严密密地关着，又拉紧了窗帘，但那层灰暗的气息还是传了进来，让人感到压抑。通常这样的天气，她都是坐在桌前写作，或者躺在椅子上看小说。这种感觉，从她来到雄安后就没有了，确切地说，是环境有，却没有了心境和时间，她宁愿百无聊赖地躺在床上想心事。

婉婷今天没有去茶餐厅。最近也不知怎么回事，客人总是稀稀拉拉，人很少，好不容易来了客人，坐在那里聊会天也就走了，没有人点简餐，甚至连一杯茶或者咖啡都不点。这样的状况已经一个多月了，营业额连员工的工资都不够，更别说利润了。民宿这边有几个常住客人，住着三个固定房间，其他的房间，都是流动客人，来来去去，也还算过得去，但也只能把这边支撑下去，并没有富余的钱投入到茶餐厅。想到这一个多月的经营状况，婉婷的心和今天的天气一样，阴沉沉、湿漉漉的。

桌上的茶杯中，剩着一点儿冷冰冰的残茶。已经九点多钟了，外面传来了杨立青和客人的说话声，他应该起床做早餐了。婉婷干脆掀开了被子，下了床，拿起床前椅子背上搭着的睡衣，穿上了，系好带子，走到了窗户前，拉开了窗帘，打开了一扇窗户。她凭窗而立，一阵凉风带着雨丝扑面而来，她深深吸了口新鲜的空气，看着窗前被雨水浸润得更加娇艳的月季花。

杨立青打着伞从外面回来了，手里提着一袋子青菜。他看到婉婷穿着睡衣站在窗前，开玩笑说："婉婷总，穿睡衣的样子很动人呀！"

婉婷看他精神抖擞的样子，懒洋洋地说："老杨，我想喝小米粥。"

杨立青爽快地说："等着吃饭就行了！"说完进了厨房。

杨立青已经成了梧桐小院的半个主人，婉婷忙的时候，来住宿的客人都是他安排客房，有客人需要什么东西也都是他出面协调。其实在这儿常住的客人，都把这里当成了自己的家，也都成了好朋友。只是杨立青有洁癖，每天早餐和午饭都必须亲自下厨做，吃完饭自己把厨房收拾得干干净净。他不吃晚饭，所以晚餐一顿，他是不做的。杨立青每天做的饭菜无外乎这几样：红烧肉或者炖鱼、一大盘水煮青菜、炖一小锅萝卜汤、米饭。其他菜可以变换，但每天一顿的萝卜汤却是必不可少。尽管这样，大家也总是吃得津津有味。

婉婷吃过早餐，百无聊赖地坐在茶室。杨立青收拾好厨房，照例来到茶室喝会儿茶，于是那几个常住的客人都陆陆续续走了进来，婉婷泡好茶，给他们一一倒上。

雄安有很多揽工程的人，不知道他们在老家做得怎样，来到这里，个个好像很有本事的样子，小工程看不上，都在等着做大工程。可是他们在这里住了半年了，婉婷也没有看到他们有什么项目下来，她都替他们担心，长此下去，房租可怎么办？现在已经有人开始欠房租了。比如那个小胖，房租已经三个月没有交了。

小胖是名副其实的"胖"，坐在那里，喘气都感觉费劲，饭量也大，每天半夜都会准备一桶方便面吃。和小胖住一个房间的李辉，每天晚上就会把方便面准时放在桌子上。李辉和小胖是朋友，都是从辽宁过来的，准备在雄安做工程。婉婷看着小胖费劲地从茶室的玻璃门挤进来坐在椅子上，就倒了杯茶递给他，担忧地说："小胖，你该减肥了。"

小胖一口喝干茶，笑嘻嘻地说："婷姐，你给我留点面子好不好，我吃不饱饿呀，你说一个人连饭都不能吃饱，活着还有啥意思！"

杨立青说："婷总，你说了也没用，他不吃饭饿呀，这个问题，客观上说，还是不好控制的。"

婉婷笑着摇摇头。

雨已经停了，院子里的一切显得格外清新。魏云鹏从门外走了进来，径直进了茶室，看起来情绪不是很好。杨立青奇怪地问他："魏总，今天怎么了，看起来情绪不高。"

魏云鹏叹口气说："别提了，好容易接了个小工程，上面不结款，我们周转不过来，工人工资拖了半个月，结果农民工闹到工地，上面把我们训了一顿，还说不行让我们退场。你说这叫什么事！"

婉婷担心地问："那怎么办呢？干得好好的，说不让干就不让干了？他们不结工程款，反过来还怪你们，还有没有天理了？"

杨立青看着婉婷愤愤不平的样子说："你不懂。人家可不管你是什么原因，既然签了合同，就得按照合同走，出现问题那是你们自己的事。"

"照你这么说，理都出他们那边了？"婉婷说，"这也太霸道了吧？"

魏云鹏说："现状如此，都已经成了不成文的规定了，合同也只是一个形式。我刚处理完事情，从项目部回来。以后干活可得找靠谱的队伍，说到底，也是我们队伍没找好，整天跟在屁股后面要工资，头大。"

杨立青听了魏云鹏的话说："所以呀，我就不参与这些乱七八糟的事，项目不大，事情太多。我没事宁愿待着，等待时机成熟。"

魏云鹏一听这话，被提醒了似的，问杨立青："杨总，你总说你在对接大项目，你那个大项目到底什么时候下来？是做什么的？给我们透露一下呗。"

杨立青得意地一笑，端起杯子喝了一口，故作神秘地说："我在做什么大事情？没有，我可没有说过啊，不要瞎说。我也是在等待时机嘛，看看有没有什么事情可以做做。客观地说，还是有事可做的，但是没成功之前，都在路上，不要抱太大希望。"

小胖看着杨立青，有些讨好地说："杨总说得对，所以我们坚定地跟着你，等着好事来。"

"跟着我干什么？你这话说的。"杨立青一本正经地说，但脸上流露出得意的神情，"事情真的下来了，咱们一起做事，好事大家一起分享嘛，都是好哥们儿"。

魏云鹏一听也起劲了，端起茶杯跟杨立青碰了一下说："到时候杨总也关照一下。"

婉婷看着他们，忍不住想笑。她想起有一次在街道上正走着，从后面匆匆走过一个小个子男人，手里提着黑皮包，边走边打电话大声说："我给你说张总，我这边十个多亿的项目马上下来，但是需要垫资，你得准备一下……对……，十个多亿吧，这是先期下来的项目，后面还有……"当时听了这话，婉婷突然就感觉心潮澎湃，觉得自己在雄安的事业也会蓬勃发展。她看着那个男人的背影，瞬间觉得他高大了起来。那天她还给何牧田打了个电话，给他说了一下这里的情况，想让他也过来发展。何牧田可能在忙，只是淡淡应付了一下，此后也没有再提，她也就作罢了。后来杨立青他们住了进来，每天都在听他们讨论工程的事，一开口就是几亿甚至几十亿上百亿，她听得热血沸腾，直至后来听到"亿"这个字眼，她都感觉是很平常的数字了。不就是一个"亿"嘛，迟早会挣到的。

可是，都过去一年多了，一毛钱都没有挣到。

其实静下心来仔细想想，你在这个世界上赚的每一分钱，无非是自己对这个世界认知的变现。而你在这个世界上亏的每一分钱，也无非是自己对这个世界认知的缺陷。你不会挣到自己认知以外的钱，即使侥幸挣到，也会在往后余生用自己真实的实力把它赔光。想到这个，婉婷的心得到了平衡。

魏云鹏看婉婷在笑，也笑着说："怎么？你不信呀？我记得第一天咱俩认识的时候我就给你说过，雄安是一个创造奇迹的地方，只要敢想，就有可能实现。"

婉婷说："我没有别的意思，我只是感觉像在做梦，整天活在梦里，有朝一日梦醒了，一场空，可怎么办？"

小胖说："婷姐，你太悲观了。魏总说的对，只要敢想，奇迹就会出现。何况我们不是盲目地在等，我们也是一步一步往前推进的。"

杨立青对小胖的话嗤之以鼻："你有什么资本创造奇迹呢？你说的我们是谁，不要带上我啊，我没有让你们在这里等，我说过了，事情没有真正落地，都是空的。"

小胖讪讪笑着，低下头喝茶。

婉婷说："反正还是得要脚踏实地做事。如果将来流眼泪，那一定是今天脑子里进的水。因为脑子进水之后，是没有时间思考的。但是真的失败了，没有人会给你时间让你从头开始。"

大家都笑了起来。

杨立青朝婉婷竖了竖大拇指，赞同地说："婷总说得对。小胖，我对你说了好几次了，不要好高骛远，现实一点，先找点事情做。"

正说着话，江舟回来了，他拿着包，推开茶室门，看到魏云鹏，来不及和其他人打招呼，就对魏云鹏说："我正想给你打电话呢。我刚从新区开完会回来，有精神传达。一会儿咱俩去一趟公司。"

魏云鹏说："我刚回来。你看着办呗，我又不懂。"

"不懂也得听听，至少你对咱们要做的业务得知道。"江舟说。

江舟和魏云鹏去公司了。临走，江舟告诉婉婷，他明天可能要搬到公司去住，今晚回来收拾东西。

"这么着急？"婉婷问。

"早就计划搬呢，没来得及告诉你。"江舟说。

"好吧，你也得要一个独立空间了，便于约会。"婉婷暧昧地笑。

"去你的！"江舟笑，"我是来雄安做事的，可不是来谈恋爱的，搬出去也只是为了工作方便。"

魏云鹏眯着眼，看着江舟："不用解释。爱不爱不重要，轻松愉快最重要。只工作，人生有什么意义？该谈还得谈。我同意你搬出去。"

"我搬出去你也没机会。"江舟一本正经地说。

"会不会聊天？没见过你这种朋友，不知道帮忙，就知道帮倒忙。"魏云鹏瞪他。

婉婷看着他俩出了梧桐小院的门，满眼笑意。这两个男人，一个是无话不谈的好友，另一个虽然不懂自己，但时时把她记在心里，不求回报，让她感到很温暖，这种感觉真好。

她刚想转身，进来一个意外的客人——金城，她有些诧异，她和金城在一次饭局相识，后来也见过几次，在微信上也聊得不少，但从没有来过她的小院。尽管这样，她依然有份淡淡的惊喜，无论如何，在雄安，朋友并不多。虽然她并不喜欢"话旧"，但她却欣赏金城——一个热情而洒脱的青年艺术家，丝毫不沾染市侩气息，也不是一个喜欢沉湎于旧日生活中的人，应该属于半现实半梦想的人物，时而洒脱不羁，时而又深沉含蓄。听他豪放地谈谈艺术界的趣事，或默坐片刻，喝上两杯茶都是很愉快的事。

"是你？金城，好久没看到你了。"她招呼着金城坐下，一面倒上一杯茶。

"婉婷姐，我准备回去了。"金城说。

婉婷倒茶的动作停在了半空，她疑惑地看着他，问："为什么？都坚持一年多了。"

金城无奈地笑了笑，摇摇头说："坚持不下去了。理想在这里被击得粉碎。"

"那……你回去多久？什么时间再过来？"婉婷惋惜地说。她觉得现在离开有些太可惜。

"不知道，也许明年，也许不来了，看这里的发展吧。你也知道我是想在这里做文化的，但目前来说，为时过早，没有人群，即使有，大家都热衷于怎样赚钱，并不想在文化上有什么投入。我的那个书屋，一年了，人流量总共都没有一百人。"金城苦笑。

婉婷同情地看着金城。她很欣赏金城的勇气和才气，一如刚来的自己。她真诚地说："金城，这个世界上有很多种人，其中一种人，能听到内心的声音，并遵循它而活，这样的人不是疯子，就是传奇。我觉得我们就是这样的人，是一类人。为什么不做这样的人呢？再坚持一段时间，明年，明年说不定就会好转。"

"我已经坚持不到明年了。"金城说，"婉婷姐，我刚来时，身上带了十五万元，本想着在这边把书屋开起来后，再做一些艺术培训之类的事情，可是把身上的钱花完后，还给家里又要了几万元，现在也所剩无几了。作为一个男人，不能赚钱养家，还给家里伸手要钱，我心里不好受。再说，我家里也不富裕，再这样下去，西北风都没得喝了。"

婉婷想起江舟的公司，连忙说："我朋友有一个媒体公司，我可以介绍你去那里工作，这样先解决生存问题，再慢慢找机会。"

金城看着婉婷，感激地说："谢谢你，婉婷姐，我去意已决，如果我再来，第一个联系你。"

送走金城，婉婷一个人默默地站在院子中间，满腹心事。这是她的第一个朋友满怀失望地离开雄安。其实，她劝着金城，自己心里却一点底儿都没有，不知道未来，自己又会成为什么样子。

天空是一片暗沉沉的灰色，无边的细雨又下了起来，轻轻敲着玻璃窗，声音单调而落寞。

# 三十五

安娜坐在窗前，虚无地凝视着前方。窗外，雨不知道什么时候停了。落日的光芒穿出了云层，晚霞染红了半个天空。室内静静的，静得使人窒息。早上，她得知前夫已经在老家和一个女人结婚的消息。虽然她早已不爱他，但这消息仍然搅乱了她的心情。这事好像迟早会发生的。此刻，她努力回忆着前夫的样子，可是始终无法出现一个清晰的模样。原来，他在她的心里，早已变得遥远而陌生，甚至不能把他的名字和他的脸凑在一起。从结婚到离婚，十年的婚姻，她像一个遁世者一样蛰伏着。当他向她第一次挥动拳头的时候，当她伤痕累累地出现在父母面前的时候，她知道，他们的婚姻注定不会长久了，于是，她拒绝参加他的应酬，也不出席任何宴会，像一条春蚕，用丝把自己紧紧缠住了。她曾经那么热切地希望他出轨，自己好顺理成章地和他离婚。但当他真的有了别的女人时，她内心的悲愤和绝望却像刀子，绞割着自己的心。后来，义无反顾地离了婚，从此不再见他后，内心的伤痛才慢慢平复。

在这个绵绵细雨的日子，除了听到他结婚的消息，更增添哀愁的，是律师打过来电话说姐姐的事情，这哀愁压迫着她，使她惶惑、无助而忧伤。一种难言的悲怆涌上了她的心头，她骤然垂下头去，用手蒙住脸，无声地啜泣了。好一会儿，她放下手来，望着玻璃上映出的自己，那憔悴的面孔好苍白，那对含泪的眸子充满了烧灼般的痛苦。

怎么了？这一切是怎么了？为什么命运如此不眷顾自己，让她承受这不可承受之痛？靠着窗台，她不知道坐了多久，直到手机铃声响起，她才从恍惚中回过神来。

电话是母亲打过来的，她知道，母亲是问姐姐的事情，尽管她知道自己的大女儿肯定会判刑，但却不知道会判十年。假如母亲知道这个消息，怎么能承受得住呢？安娜叹了口气，决定瞒住母亲。

电话里，传来母亲焦急而期待的声音："小娜，你姐姐的事情，律师是怎么说的，到底判了几年？"

安娜强作镇静，展露了一个笑颜，然后故作轻松地说："妈妈，和以前律师分析的一样，属于过失致人死亡，判了五年。"

母亲悲伤地说："可怜的孩子……这几年可怎么熬过去啊！"

安娜忍住泪水，安慰母亲说："妈，别难过，姐姐从羁押看守所的日子算起，已经过一年零两个月了，也就是说，再有三年多就会出来了，很快的。"

母亲一听，似乎有些放心了，语气也变得稍微轻快了一些："是呀是呀，还有三年多就出来了，谢天谢地！……娜，甜甜上学的事情，你以后得操心了，孩子小，你要照顾好她。"

"我知道了，妈，我已经把学校联系好了，过几天我回去接她。你和爸爸照顾好自己，一切会很快过去的。"安娜安慰母亲。

放下电话，她怔怔地坐了一会儿，手机微信响了一声，她打开一看，是一个认识不久的男人发来的。那个男人叫赵宴虎，甘肃人，听说在老家做了十几年餐饮、酒店生意，身价过亿，后来投资不利，赔了个精光，老婆也和他离了婚，于是就孤身一人来雄安闯荡，想东山再起。对于这个男人，安娜毫无兴趣，更毫无感觉，只是出于礼貌，出于好交朋友的性格，接触相对多一些。她看出来这个男人对自己产生了好感，一直想接近她，甚至千方百计地帮助自己。

赵宴虎在微信上问："在哪儿？"

安娜索然无味地把手机扔在沙发上。每次发信息，就是这一句话，在哪儿，在哪儿，真是木讷的可以！停了一会儿，她觉得自己好像也需要一个人倾诉，需要一个人可以安慰一下自己，于是拿起手机回了一句："在住的地方，没事来喝茶。"

安娜知道，只要这一句话，赵宴虎就会按照自己发的位置以最快的速度过来。

果然，十分钟后，门铃就响了起来。

安娜打开门，赵宴虎出现在门口。这是一个极其普通的男人，只见他拘谨地站在门口，手里提着一袋子菜，脸上现出羞涩的笑，他进了门坐在沙发上，看着安娜给他倒茶。他发现安娜的眼睛有些浮肿，于是连忙问："你咋了？"

安娜吸了吸鼻子，勉强笑着说："没咋。"

赵宴虎不相信，想再追问，又怕安娜烦，就没敢说话。他看时间不早了，就起身走向厨房，说："你想吃啥，我给你做。"

安娜说："啥都不想吃。"

赵宴虎看了她一眼，不再说话，自顾自走进了厨房做起饭来。看着赵宴虎做了满满一桌子菜，安娜的心有一丝温暖。在今天这个充满哀愁的日子，她太需要一个人的关心和体贴了，也许，一直，她都缺一个关心她的人。

安娜打开一瓶红酒，倒在两只高脚杯里。赵宴虎有些受宠若惊，又有些自惭形秽。他局促地端起杯子，和安娜碰了一下。

安娜喝了一大口，看着他说："赵哥，给我讲讲你的故事。"

赵宴虎听安娜这样问他，脸一下子红了起来。他也喝了口酒，磕磕巴巴地说："我有啥故事，没啥可说的。"

安娜噘起嘴，撒娇般地说："不行，必须说。"

赵宴虎把杯中酒一饮而尽，自嘲地说："我以前做餐饮，做得很大，铜城的一条街道，都是我开的连锁，后来，我把铜城的生意停了，去了兰州城，连开两个五星级酒店，本来生意也还行，结果城市改造，我那两个酒店就没了生意，硬是赔了三千多万。房、车、老婆，都没了，成了光杆司令。"

安娜又给两人杯子倒上酒，惋惜地说："你在兰州城开酒店，也没有必要把原来的连锁店关了呀。那你为啥来雄安呢？"

赵宴虎笑笑说："我脑子简单，想不了那么多，现在想起来都后悔。"

"我问你为什么来雄安。"安娜强调。

赵宴虎连忙说："原来的朋友想帮我，说借给我两百万，让我去海南。我看新闻上说雄安新区，就没去，来雄安了。"

安娜说："来了三个月了，有啥打算？"

赵宴虎说："看看再说，还不知道。"

两人边聊边喝酒、吃饭，不知不觉已经八点多，一瓶酒也喝完了。安娜向赵宴虎谈起了自己的婚姻，说起了姐姐的婚姻以及目前的处境。原来，她姐姐安丽也是一个婚姻生活不幸的女人，结婚后，因为一直没有生育，被婆婆嫌弃，常常遭到丈夫的打骂。后来好不容易有了孩子，生的又是女孩，丈夫对她的态度不但没有好转，还变本加厉。为了孩子，安丽一直忍气吞声。一年多前，丈夫喝醉酒回到家，看到母女俩在客厅，不知哪里来的一股邪气，扑上去就打妻子，女儿甜甜吓得躲在阳台上哭。安丽被丈夫掐着脖子压在沙发上，喘不过气来。情急之下，她摸到沙发上的一样东西，闭着眼睛挥了上去。只听见丈夫"啊"的一声，翻滚了下去。安丽慌忙爬起来，顾不得细看，拉起女儿就跑下了楼。等到和居委会的人一起回到家的时候，丈夫已经没有了气息。原来，她是用女儿剪纸的一把小剪刀，恰巧扎到了丈夫的心脏上。于是，报案，法医鉴定，请律师……忙活了一年多，昨天刚刚宣判，安丽因故意伤害罪被判刑十年。姐姐的女儿刚上初中，无人抚养，她只能自己接过来，在这里上学，跟着自己生活。

安娜醉眼蒙眬地倾诉完，一股酸涩忽然涌上心头，一种想哭的冲动使她喉头哽咽，眼里不知不觉充满泪水。她知道，她并不爱哭，只是在喝酒的时候，才想哭。哭也并不是为具体的事，但就是想哭。也许，自己过往的岁月早已浸泡了满满的泪水，一碰，就会破。

赵宴虎惊呆了，他没想到，这样一个柔弱的女子，却承受着这么盛大的哀伤。他静静地看着她，逐渐地，他发现那对清亮的眼睛里浮上了一层水汽，那水汽越聚越浓，终于悄然坠落。他心中一阵强烈的抽搐，心脏就痉挛般地绞扭起来，疼痛，酸楚，而心疼。安娜哭出了声音，她用手掩住了脸，哭得肝肠寸断。赵宴虎惊慌失措地连声说："你……你……你怎么……"

安娜不说话，无法控制地哭。赵宴虎小心翼翼地拉着她的手，把她轻轻拉过来，紧拥在怀，抚摸着她柔软的发丝，感到她身体在轻颤。他大着胆子，吻着她的鬓角、她的耳垂，嗅着她发际的幽香。他不敢说话，怕惊走了梦，不敢松手，怕放走了梦。好半晌，他心痛地闭上眼睛，用嘴唇滑过她光滑的面颊，落在她柔软的唇上……

时间仿佛静止了，也不知过了多久，安娜挣扎着想离开赵宴虎的怀抱，她一把推开他，理了理散乱的头发，低着头说："你走吧。"

赵宴虎被她一推，也一下子清醒过来，他慌忙坐正身子，红着脸，不知道说什么好。过了好久才支支吾吾地说："那你……你没事吧？你别哭。"

她躲避着他的眼睛，轻声说："没事，你走吧。"

赵宴虎望着一桌没咋动筷子的菜，再看看她，舍不得走，但又怕她生气，于是恋恋不舍地打开门走了。看着赵宴虎走了，安娜跑到卫生间，疯狂地刷起牙来。她后悔自己刚才的放纵，后悔让这样一个男人窥探了自己的内心。

第二天，当她在黎明的阳光中醒来，望见一窗明亮的绿和满天澄净的蓝时，昨夜发生的事情已经变得很模糊了，或者说，那件事根本就没有在她心里引起波澜。起身之后，她站在窗前梳着她的长发，注视着那些挺立在阳光中的修竹，瘦瘦长长的竿子，匀匀净净的叶子，一切都那么安静和光明。

她的眼皮微微有些浮肿，这都是昨天睡得太迟，再加上半夜失眠的结果。她用手在眼皮上轻轻拂拭了两下，眼皮依然是肿的。"管它呢！"她想。这些天，她来不及打扮自己，也没有心情打扮自己了。她得去探望姐姐，安顿父母，照顾外甥女甜甜，还有公司的事情……这所有生活的压力，她都必须扛下来。

从凌晨五点钟开始，赵宴虎一直给她发信息，无非就是"醒了没？"或者"睡了没？""起床没？"抑或"好点没？"安娜也懒得回，问得多了，才懒懒地回一句。她知道这个男人的心，也知道他的真诚，只是，她需要的很多，而他所能给的，实在微不足道。

抛开了这件事，她抓起桌上的帽子，鸟叫得那么喜悦，草绿得那样莹翠，关在房间里简直是辜负时光！上班之前，她要先出去走走。

开着车，她来到了"千年"秀林。她把车子停在了路边，穿过田垄，越过阡陌，迎着阳光向东边走去。树林的旁边有一排矮树丛，爬满了蓝色的不知名的野花，她停住，摘了几十朵，用一根长长的芦苇秆子穿起来，穿了一大串，两头系起来，成为一串蓝色的花环。她把花环套在头上，在树林中漫步。空气那么清新，到处都充满了喜悦，她觉得自己轻快得像一只羚羊。

因此，所有的烦恼，都烟消云散；所有的一切，都轻如云烟……

# 三十六

又是一个无眠的夜。已经凌晨十二点多了，若茗躺在床上，眼睁睁地瞪视着窗外。今夜月色很好，她可以看到远处天边的几颗星星在闪耀。以前，她最害怕独处，尤其在夜里。当无边的黑暗涌来的时候，她就会紧紧捂着被子，把自己包裹在里面；或者会打开台灯，让那片光明围绕着自己，如此才能安然地睡去。后来，不知从什么时候开始，哦，不，从和菲尔产生矛盾开始，从和丈夫产生隔阂开始，她慢慢变得坚强，尤其在敦煌的那段日子，她习惯了黑暗，习惯了孤独，学会了在黑暗里睁着双眼而不再惧怕。

今晚，她躺在黑暗里，想起了父亲，想起父亲常常对她说的一句话："若茗，你是爸爸的命哩。"如今，父亲早已不在，她只身漂泊在外。是的，何牧田说得对，她是有逃避的心理在内，只是更多的，是为了偿还债务。

想到这里，她无声地叹了口气，心里空空荡荡的，似乎没有什么思想，也没有什么欲望。她的心灵是一片沉寂与寥落，她的头脑像一片广大的荒漠。

月色似水，整个院落包括盆盆罐罐、铁门和矮墙，以及墙上的绿色，此刻都染上了一层银白，罩上了一层雾似的轻纱，在月光下像画，像梦，像个不真实的境界。但是，那一切也是清晰的，片瓦片砖，一草一木，都毫无保留地暴露在月光下。

若茗轻悄地走进了这满是月光的院落。住了一个多月，她还从来没有在这样的月色里在院中漫步。来到院中，她下意识地朝隔壁院落看了一眼，透过镂空的砖墙，可以模模糊糊看到空空的院子洒满银光。隔壁邻居家没有住人，偶尔可以看到一个年迈的老人在傍晚时分来到院子里，有时打扫卫生，有时静静地坐在院中的长椅上，一坐就是几个小时。好几次，若茗下班回来时，看到他坐在那里，等她再出来倒垃圾或者做其他事情时，发现他依然坐在那里，连姿势都没有变。她曾经猜测，这个老人一定是在帮一户人家看院子，或者自家的院子多，不时过来收拾一下。

一层阴暗的、潮湿的、冷冷的空气对她迎了过来，她深吸了口气，下意识拉紧肩上披着的衣服。月光从没有屋顶的天空上直射下来，她看到地上自己的影子。

一种奇怪的声音响了起来，窸窸窣窣的，像有什么东西在动，若茗被这响声吓了一大跳。等四周重新安静了，她才惊魂未定地看向发出声音的地方，但什么也没有看到。她静静地站立着，一任思绪随着月光倾洒，好一会儿，她才收回思绪，准备回屋了。此刻应该凌晨一点多了，她觉得自己必须得很快进入睡眠，以免影响明天的工作，于是她转回身准备进屋。在转头的一刹那，她似乎感觉到隔壁院墙上有一双眼睛在盯着她看，她脊背阵阵发冷，似乎有一双无形的大手朝她伸了过来，她差点儿失声尖叫，惊慌失措地奔进房间，打开灯，紧紧插上了房门。她大口喘着气，忽然发现窗帘还没有拉上，黑色的窗框如一个血盆大口要吞没她，她颤抖着手，慌慌张张地拉上窗帘。

躺在床上，她再也难以入睡，尤其是两只耳朵，异常灵敏地捕捉着外面的声音，似乎连月光倾泻的声音都能听得见，她好像还听到了紧贴窗户的呼吸声……她打开手机，翻出丈夫的微信，直接就打视频电话，可连续打了五个都没有人接。她扔掉手机，用被子蒙住头哭了起来。忽然，她像想起了什么，掀开被子，抓起手机翻出一个电话号码，拨了出去。只响了三声，电话就接通了，传来关怀的声音。听到若茗带着哭腔的声音，关怀还没来得及听完，就挂断了电话。

不一会儿，手机铃声和敲门声同时响了起来，若茗跳下床，打开房门飞奔出去开大门。当关怀高大的身影出现在她眼前时，她再也忍不住，扑进了他的怀里。关怀锁上大门，一把抱起她走进房间，把她放在床上，自己在桌边的椅子上坐了下来。

"对不起……"她抬起眼睑，迅速看了他一眼，红着脸小声说。

"是因为这么晚给我打电话吗？"他说，"你永远都不用对我说对不起，我说过，只要你需要，我永远都在。"

"我……"她嚅动了一下嘴唇，朝窗外的方向看了一眼，"好像有什么东西……总感觉有一双眼睛在盯着我。"

他看着她瑟瑟的样子，笑了，拍拍她的肩膀安慰着："这里虽然刚刚开始建设，但民风淳朴，治安也是好的，所以，你不用害怕。"

"我害怕的不是人，而是……而是鬼。"若茗想起刚才自己的样子，不好意思地说。

他用手揉揉她的头发，笑着说："在这里，你不应该想那些，你应该想'百年三万六千日，一日需倾三百杯！'"

她看着他，感受着他的温柔，心里暖暖的。

若茗是被窗外特别清脆的鸟鸣声吵醒的。睁开眼睛来，她看到的是满窗溢进来的阳光，灿烂地、暖洋洋地投射在床前。而关怀早已不见，他应该早就回去了。若茗看了看手表，快八点了，该起床了，吃完早点也就到了上班时间。

她刚走出房间，就看见关怀手里提着早点走进院子。他把油条和豆浆放在屋檐下的桌子上，对她说："赶紧洗脸吃早餐，然后我送你上班。"

她洗完脸，换好衣服坐在桌前，看着桌上的早餐，对正在吃饭的关怀说："谢谢你，害得你一夜没睡好觉。"

关怀拿起一根油条边吃边说："我睡得很好，倒是你，总爱翻身，在想什么？"

若茗说："我睡眠一直不好，所以晚上对外面的动静很敏感……哦，对了，一会儿看看那边院子到底是怎么回事，阴森森怪吓人的。"

关怀说："我早上看了一下，隔壁是一家装修很好的小院，虽然没人住，但是很干净，也很安全，你昨晚，应该是一直睡不安稳，产生的幻觉。没事的，放心。"

想起昨夜的情景，若茗心里突然涌起一股愧疚，她从来没有和一个男人共处一室过，而且还是夜晚。这让她想起丈夫，一种深深的自责涌上心头，丈夫还在老家照顾病人，还在挣钱还债、养家，而自己，却在这里因自己的胆怯和一个男人暧昧……是的，不是暧昧是什么？正在想着，电话响了起来，她一看是丈夫打过来的，想起昨夜给丈夫疯狂打电话的情景，又看看此刻的阳光灿烂，感觉像做了一场梦。她刚一打开，何牧田急切的声音就传了过来："老婆，昨晚我手机静音，没听见。怎么了，怎么那么晚打电话，有什么事吗？"若茗说了昨晚的情况，何牧田松了口气说："我还以为什么事呢，怎么？你住的地方不安全吗？晚上把门窗关好。你就是爱瞎想，都是自己吓自己。"

似乎没有太多的安慰话可以说，也似乎说了。近一年的分离，是彼此之间都陌生了呢，还是自己对丈夫没有了依赖？她说不明白，也不知再说什么，默默地挂断了电话。

关怀看了她一眼，说："你如果真的害怕，可以和我合租。我在小区租了一个三室两厅的房子，还空了两个房间，你……"

"我不去。"她飞快地说，说完，感觉自己的语气有些生硬，又解释，"我是说，这样不合适，别人会误会的。"

"那好吧，随你。"关怀说。

吃完早点，关怀开车把若茗送去了单位。

若茗今天有一整天的工作要做。早上要去采访、做笔录、摄影，下午还得赶出一篇专访，明天必须发。她忙碌着，奔波着，昨夜发生的一切都抛到了九霄云外。

下午快下班的时候，她接到丈夫的电话，问她手头还有钱没，这个月的贷款，先把菲尔那边的贷款还了，自己这边的贷款两万三还没有着落，明天是最后一天，今晚必须还上。每个月一到这时候，若茗的心就慌慌的，没接到何牧田电话，她会操心钱是否凑够，接到电话，又心烦意乱，不知怎么办好。她照例把自己这个月的工资分成两份，给自己留下一千元，剩余的全部转给丈夫，虽然不多，好歹能凑一下，剩下的，只能让他自己想办法了。何牧田和她说了一下家里的情况，父母身体挺好，小约学习还算稳定，就是每到晚上想妈妈。他自己每天除了上班，偶尔打理一下生意，大部分还是雪松照顾。他自己，每天下班后和周末的大部分时间，都在菲尔那里，目前酒楼的生意自己在打理，生意也还行。

"你回来一趟吧。"何牧田说，"孩子想你，父母也想见你。"若茗想说，你呢，你不想我吗？但又把到嘴边的话咽了回去。生活已经一地鸡毛，再说这样的话，实在是一种讽刺，他们现在和以后的全部生活内容，就是拼尽全力挣钱。但无论如何，是应该回去一趟了，从出事后离家到现在，她从亲朋好友的视野中消失快一年时间了，各种猜测纷至沓来，最难受的是家人。最起码，也应该给何牧田一个交代。这样想着，她告诉何牧田，下个月工资发了，她就回家。何牧田淡淡地应了一声，声音里，听不出任何感情色彩。

下班了，同事们陆陆续续离开了公司，又剩下若茗和桑榆红。桑榆红是个工作狂，总是加班到很晚，用她的话说，回去也是一个人，还不如加加班，等回到住的地方，倒下便能睡着。

桑榆红听到若茗说下个月回家，就从电脑前抬起头，问她："怎么，想回家了？"

"嗯，我已经很久没有回家了……"若茗边整理手中的材料边说，忽然感觉失言，又连忙纠正，"一个多月，对我来说已经很久了，女儿一直打电话让回去看她。"

桑榆红用研究的目光看着她，摇摇头说："不对，你在撒谎。你一定有秘密，不想告诉我。"

若茗叫："哎呀，你这个人，总是这样，爱探究别人的内心。"

桑榆红一本正经地说："我不是爱探究别人，我只是关心你。"

若茗说："好奇心害死猫。"

桑榆红走到若茗跟前，调皮地说："你这个女人，把自己包裹得太严实，是个有故事的女人哟！"

若茗没说话，停下忙碌的手，叹了口气，看着桑榆红，羡慕地说："我好羡慕你呀，家庭条件优越，没有感情羁绊，自由自在，多好！"

桑榆红歪着头，认真想了想，点点头说："这点我很赞同。你说人为什么要结婚呢？比如我，我挣的钱足够养活自己，包括我的父母，假期可以带着他们出去旅行，尽情享受生活。结了婚就不一样了，不光自己挣的钱贴进去，还捎带着把人也贴进去，给自己套上一个枷锁，想想都害怕。嫁得好还行，万一运气不好，嫁给一个不如意的，这不是给自己找罪受吗？所以，我是宁缺毋滥。"

若茗笑着说："你这是恐婚综合征呀。不过还是很有道理的。"

桑榆红说："我还真不是恐婚，我只是自由惯了，受不了约束。"

若茗看着她，诡秘地笑："那……你对男人感兴趣时怎么办？"

"不正经了啊，不正经了。"桑榆红一听，用手使劲拍了一下若茗的肩膀，笑骂了一句，又说，"我很少对男人感兴趣，万一哪天有了兴趣，找一个不就行了？你情我愿的，谁也不欠谁。"

若茗对桑榆红的这种精神感觉很新奇，毕竟是大都市来的，不像自己，受传统观念影响太深。她想起江舟也是单身，就热情地说："我给你牵个线，我有个同学，叫江舟，也是做媒体的，人很优秀，长得也帅气，改天我介绍你们俩认识认识。"

桑榆红爽快地说："好呀，可以做个备胎，万一哪天感兴趣了呢？"

两人说说笑笑，不知不觉天黑了。桑榆红约若茗一起去吃饭，若茗想到自己的囊中羞涩，有些犹豫，人家请一顿，自己肯定是要回请的，尽管吃一顿饭花不了多少钱，但是对于现在的自己，每花一分钱都得计划。桑榆红看若茗有些犹豫，以为她不吃饭想减肥，就不由分说拉着她出了公司。

两人直奔壹捞火锅而去。

# 三十七

黄昏，夕阳斜斜地从玻璃门外射了进来，在蓝色的地毯上投下一道淡淡的光带。悦园的卡座上几乎坐满了客人，空气中弥漫着浓郁而香醇的咖啡味。夕阳，在窗外闪烁，似乎并不影响坐在卡座上的客人们喁喁细语或高谈阔论。看样子，惬意并不仅属于郊外的美景，更属于室内的温馨。

连续一周，悦园的生意突然好了起来，梧桐小院的客人也渐渐多了，有时候还得预订。婉婷又惊又喜，不知道什么原因。杨立青他们从入住的客人身份分析了一下，有央企，有国企，更多的是大私企，这说明雄安的大建设就要开始了，大项目也很快会下来，来的人自然多了起来。分析的结果让婉婷很高兴，就连杨立青他们自己，也被自己有理有据的分析说服，一个个信心满满。

婉婷既要照顾梧桐小院，还要照看悦园，这几天感觉很吃力了。悦园忙时，梧桐小院基本是杨立青他们在照顾，早餐、客人入住，甚至协调一些事情，杨立青都给办得妥妥的。用他的话说，饭自己做了才吃得舒心，事情嘛，反正自己一天没啥事，帮忙照顾一下，也是很顺手的事情。这样，婉婷倒也省了不少心，就专心地照顾悦园的生意了。

悦园新来了两个服务生，男孩叫李峰，女孩叫王欢，都很秀气。本来悦园只需要再招一个服务生，但是他们说，他们是一起的，不能分开，要留就得一起留下来。婉婷很奇怪，一问才知，原来两个人是一个村的，正在谈恋爱，不想分开，上下班也能一起。婉婷觉得挺有意思，于是就让他俩都留了下来，月工资四千。这对生意并不怎么好的悦园来说，多一个人就意味着多了一份压力。也许是对于那段感情的怀念，也许是自己本就是一个重感情的人，婉婷没有考虑太多，觉得自己做了一件好事，成就了一对恋人。事实上，通过一段时间的观察，两个年轻人工作很敬业，也很踏实，每天一起上班，一起下班，这让婉婷心里很高兴。

一周之前，生意一直惨淡，偌大的一个悦园，客人寥寥无几，就连若茗的钢琴声也显得悠远而孤寂。看着空荡荡的悦园，婉婷的心也空荡荡的。好在有民宿支撑着，用那边的收入支撑这边，每个月的员工工资，勉强可以付出去。只是若茗后来也没有再来弹琴，可能是看到她生意惨淡，不想给她增加麻烦吧。

在这样生意惨淡的日子，生活却相对悠闲，让婉婷有了很多的时间写诗。她想起何牧田说的那句话："千万别把开咖啡馆当成创业，当成一种投资，也千万别指望开咖啡馆能完成原始积累，那只是一种生活方式。"而她却不以为然，说投资生活方式也是一种创业的方式，自己并不想赚太多的钱，够花就行。如今，自己投资民宿和茶餐厅，不但钱不够花，还欠了不少钱。更要命的是，处于刚开始建设时期的雄安，目前实在不适合生活，只适合创业。她虽然把这里当作自己终老一生的地方，可是，落差实在太大，这让她原本悠然的心也有了些许的焦虑。那些天，闲来无事，她一个人常常到刚建成的市民服务中心参观，或者去悦容公园，路过一片毛毛草地，被那摇曳着身姿的毛毛草吸引，拍了几张照片，回来就写了一首诗：

## 路　过

不知道能不能把那条路再走一遍
走过我向你敞开的，孤独和沉默
内心在午夜的荒原上停留与放逐

不知道能不能在路过时再看一眼
看栽种路边的，不谢的花朵
我的不安与喜悦都切切实实
这是多么令人喜悦的事情

不知道我能不能再一次停下来
停下几世轮回的漂泊，给今生一次回眸
让我在淡淡的微笑中
如同给了温暖一生的世界

我能不能把那句话再说一遍
千万次呼唤，就连梦中也装满了
你轻轻走来的足音
你匆匆而去的背影

　　在写这首诗时，她的心里，浮现出了陆海平的身影。

　　前几天，文小美找到她，表达出想和她合伙的意思，想和她一起投资茶餐厅。她问小美为什么没在刚开始装修的时候说，小美说自己当时手头没钱，而且也有些犹豫，不知道生意到底怎样。这几天看生意挺好，也正好回来了一些钱，就动了心思。婉婷有些犹豫，她不喜欢合伙做生意，在个人财力允许的情况下，还是自己做比较好。但雄安这个地方，不适合单打独斗，失去一个合伙人，就意味着失去了一个人脉。她经过一夜考虑，最终答应了。文小美很高兴，根据投资比例出了钱，占了百分之三十的股份。

她们四姐妹已经好久没有相聚了，关心约过一次，那次安娜没在，文小美约过一次，关心又不在，所以一直没有聚成。想到这里，婉婷就一一打了电话，尽管时间有些晚了，但还没过饭点，应该来得及。果然，安娜从北京刚回来，关心也没有吃饭，正准备过来，小美不用说了，这几天天天守在悦园。通知完毕，婉婷就告诉后厨准备菜。刚刚安排完，陆海平打来电话，说明天晚上有个招待，想放在她这里，让她准备一下，她知道，这是陆海平照顾自己的生意。陆海平的招待标准，婉婷是知道的，一顿饭下来，最起码也得几千块。

不一会儿，关心先到了，只见她穿了一身黑色的长裙，原本胖胖的身材也显得比较苗条了，衬托出白皙的皮肤。她是事业型女人，虽然在穿着打扮上比较注意，但是不太讲究，尤其身材。她曾说，就因为她的性格和身材，她老公对她是一百个放心。

安娜来时，已经过了半个多小时，小美吩咐后厨把菜端上来。婉婷照例拿出红酒，打开，倒上，四姐妹围着桌子坐下来。今天的菜做得很精致，是婉婷特意安排的，晚上相聚，本意并不是吃饭，而是聊天，边吃边聊，不如说边喝红酒边聊天。安娜和关心并不知道小美和婉婷合伙的事，看着小美忙前忙后，还以为是帮忙。直到小美吩咐服务生照顾好客人，才回过神来。关心反应比较快，问婉婷："二姐，小美这是入伙了？"

还没等婉婷说话，小美得意地说："是的，我加入了二姐的团队，从此我们患难与共。"

关心说："这个在当初结拜的时候就已经说过了，我们四姐妹，而不是你和二姐。"

"这是两码事。我说的患难与共，是说我们有事情在合作呢，合作这件事。"小美强调。

安娜把高脚杯优雅地转了一圈，笑着说："不用强调，都懂。小美，记住一句话，你的收入不是和劳动成正比，而是和劳动的不可替代性成正比。"

小美有些迷糊，她噘了噘嘴，说："大姐说得太高深，我不懂。"

关心说："我挺认同大姐的话。我以前在老家的时候，有一个合伙人，整天在我面前挑三拣四，指手画脚，总觉得自己吃亏了，我一直忍气吞声，后来实在忍无可忍，就损失了一些股份，和他分开了。他挺想不明白的，觉得他有钱，我不可能和他分开，但是他只想到了一点，他没想到的是，除了钱，还应该有更重要的东西。"

小美都快哭了，吸了吸鼻子："你们怎么回事嘛，是觉得我哪里不好吗？说这样奇奇怪怪的话。不就是在悦园入了些股嘛，你瞧你们说的，好像我有多坏似的。"

婉婷先笑了，关心看着小美委屈的样子，也笑了起来。安娜没有笑，她对小美说："你这小脑袋瓜子，怎么不理解呢？我是对咱们大家说的，我想让咱们每一个人都成为那个不可替代的人。"

婉婷听着他们的对话，笑意盈盈。她理解安娜的意思，这位大姐，看起来柔柔弱弱，骨子里却是一个强大的女人。她虽然在告诫小美，但同时也是在告诫自己，每一个人，如果没有不可替代性，永远都会有被淘汰的可能。这种不可替代性，可以是足够强的经济实力，也可以是品质和才华。她笑着说："好啦好啦，小美别多心了，咱们姐妹无话不谈，无论说什么话都是为彼此好。"

关心说："是呀，我们还是得抓紧时间，把握好机会挣钱。有钱可以豪横地拒绝，可以真实地做自己。"

安娜说："这一辈子，每个人挣的钱都不是自己的，只有花出去的钱才是自己的。所以，姐妹们，咱们还是拼命地花钱吧！"

小美睁大了双眼，看着安娜："大姐，我可真服了你呢，说话总是这么豪横。"

一句话惹得三个女人都笑了起来，小美也忍不住笑了。姐妹四个正在聊天，忽然听见外面有人大声叫婉婷的名字，婉婷站起身走了出去。原来是魏云鹏来了，他喝得有点多，走路摇摇晃晃，边走边左右张望，寻找婉婷。服务生刚想过来叫她，看见她走了过来，就站在那里，随时准备扶摇摇晃晃的魏云鹏。婉婷把魏云鹏拉进来，按在椅子上，倒了杯水递给他。魏云鹏没有接，他双眼直勾勾地看着她，硬着舌根说："婉婷，你还好吗？我已经……好几天没见你了。"

一句话让婉婷哭笑不得，他几乎天天都会过来转一圈，也就是昨天没来，怎么就成好几天了。小美拍了拍魏云鹏的肩膀，打趣说："我说魏总，你这是受啥刺激了，好端端跑过来说这话？"魏云鹏转过头，醉眼蒙眬地看了看小美，摆摆手说："我和婉婷的关系，你一个小孩子家，懂个啥？我告诉你，这辈子我是非她不娶的……"

"魏云鹏！"婉婷厉声说，这犀利的语气把几个人吓了一跳，大家都不约而同地看向婉婷。

魏云鹏咧嘴笑着说："我知道，你看不上我，你心里有人，我知道。"说完，端起杯子大口喝完水，起身准备走，刚起身就东倒西歪。婉婷连忙招手叫来李峰，让他扶着送到小院那边，安排一个房间休息。魏云鹏在李峰的搀扶下步履蹒跚地走了。

关心疑惑地问："姐，这是咋回事？搞得我一头雾水。"

安娜冷笑一声说："男人，都一个德行。喝完酒就撒酒疯，装醉。"

小美说："就为了说这句话？不会是出什么事了吧？"

婉婷重新坐下来说："能出啥事？喝多了瞎说而已。"

关心摇摇头："二姐，是不是魏总的生意出啥问题了？他可从来没有这样失态过，你还是问问。"

婉婷听他们七嘴八舌地说着，也有些担心。她能感觉到魏云鹏对自己的感情，只是装糊涂而已，因为她并不想和他发生情感纠葛。但作为好友，必要的关心还是要有的，于是她给江舟打了个电话。电话中江舟告诉她，魏云鹏的前妻因病去世了，原来离婚时，他是净身出户，两套房子都给了前妻，一套临时住，一套过户给了她，说好将来房子归儿子，可是也不知怎么回事，等处理完前妻的后事，才知道两套房子早已卖给了别人，并已经过户。魏云鹏肺都气炸了，但也无可奈何，人已经去世，再生气也毫无意义，于是把孩子安顿在父母那里，自己回到了雄安。刚才是他们一起喝酒，心情不好。

听完江舟的话，婉婷的心稍稍放了下来。她放下电话，看到姐妹们用询问的目光齐刷刷地看着她，就轻描淡写地说："没啥事，喝多了，心情不好。"

大家都松了口气。

关心斜着眼看着婉婷笑："二姐，魏总今天算是正式表白了？"

小美说："二姐即将收获爱情啦！"

婉婷说："我的爱情小鸟一去不复返。"

安娜端起酒杯说："来，为我们美好的未来，干一杯！"

姐妹几个正在欢聚，小美的电话响了，于是起身到旁边接电话去了。看着小美的身影，关心说："姐姐，你们说，小美作为本地人，他们以后的生活是不是非常好呀？不用为房子发愁，手里还能攥个几百万，随便做个小生意就行了。不像咱们，不知道要奋斗到啥时候。"

安娜双手托腮，眼睛看着对面墙上悬挂的画，轻声说："他们的日子肯定好呀。从村民一跃而成为市民，除了生活环境天壤之别之外，相关政策都会出台。所以，我以后是想在这里定居的。"

婉婷靠在沙发上，美丽的大眼睛亮晶晶的，她也用梦幻般的语气说："我和大姐想的一样，将来买套房子，有自己比较固定的事情，就在这里生活了，不打算回老家了。"

关心摇头说："我可不想在这里生活，我只想活在当下，不想以后。看看现在的环境，哪有一个大城市的样子？甚至连三线城市的基础设施都没有，环境更不必说，想玩都没处玩。我就想在这里找机会挣到钱，然后回我们四川老家，天府之国，多好。"

安娜提醒关心："天府之国不属于你，这里才是你的战场。你在那里出生、成长、生活，可能生活得也不错，可是为什么还要来这里？因为内心还有更高的追求，这种追求在原来的地方是不能实现的，我们得在一个新的环境下，在一个大机遇面前，才能更好地完成我们的梦想。你失败了，不会回去，成功了，更不会回去。"

婉婷说："我从决定来的那天起就没有打算回去。选择大于努力，选择什么样的路径、什么样的机会，结果是不一样的。在人生最好的时间里，选择了最好的地方，跟着大潮往前走，一定会比以前更好。我相信雄安就是这样一个地方。"

"姐姐们说得真好。但我和你们不一样，且不说我没有你们这样的见解，即使有，我的家庭也不允许我离开家乡。"关心看了看她俩，又开玩笑地说，"你俩都是单身，还不如在这里找个男人嫁了吧，那就生是这里的人，死是这里的鬼了。"

婉婷伸手捶了一下关心，笑了起来："就你爱瞎说八道。"

安娜也笑了："我对男人没兴趣。"

三人聊着天，发现小美还没有回来，原来她坐在外面的一张椅子上哭，很伤心的样子。婉婷走过去关心地问："小美，好好的怎么哭了？出什么事了？"

小美一听，哭得更厉害了。安娜和关心也过来了，都在焦急地询问。小美抬起头，泪眼婆娑，她看看这个，又看看那个，面对姐妹们关切的眼神，欲言又止。

"哎呀，你倒是说话呀，哭有啥子用？说出来大家替你出出主意。"关心着急地说。

小美停止哭泣，平复了一下心情，才说出了原因。

安娜、婉婷和关心听了，面面相觑。

# 三十八

文小美听到丈夫赌博输掉了二十万，差点儿气晕过去。

小美的丈夫叫文一楠，是一个比较踏实的男人，平时也不赌博，新区设立之前，也是兢兢业业做生意，经营一个玩具小作坊，每年收入十来万，有车有房。小美在一家幼儿园做教师，生意上的事都是丈夫打理，自己从来不用操心。两口子互敬互爱，一门心思挣钱过日子，日子过得相当滋润。新区设立后，小作坊慢慢不让干了，文一楠就和朋友成立了劳务公司，准备抓住机会大干一场。小美也辞去了幼儿园教师的工作，自己开了一家花店，做起了小生意。文一楠整天和新朋旧友一起，吃饭、喝酒、拉关系，谈工程，常常很晚才回家，回到家小美都睡了，早上醒来又不见了踪影，夫妻俩难得在一起吃饭、交流。

文一楠以前从不赌博，小美也没有发现丈夫有这个恶习，因为家里的经济大权都是她掌握，大小开支自己全清楚。所以，当这次听到丈夫输了二十万，怎么也不相信这是真的。在婉婷店里，她本不想说，觉得丢人，经不住大家的关心，含含糊糊地说了一点儿。

从悦园出来后，她开车直奔家里，丈夫是在家里打的电话。一进门，她就看见丈夫垂头丧气地坐在沙发上抽烟，一看见他，小美的气就不打一处来。她走上前，用手劈头盖脸在丈夫身上一通乱捶，文一楠用胳膊挡着小美的捶打，边躲边叫："好媳妇，你就饶了我吧，我再也不敢了！"

小美出完气，边哭边骂："文一楠，我要和你离婚！你怎么能去赌博呢，输掉二十万眼睛都不眨一下，你甚至连一点儿悔意都没有！"

文一楠一看小美哭了，着急地说："小美，好媳妇，我肠子都悔青了，我连想死的心都有！可是，世上也没有卖后悔药的，我向你发誓，今后绝不再赌博了！你就原谅我这一次吧！"

小美坐在沙发上，边哭边擦眼泪。听着丈夫在耳边不停地忏悔，她的心情不但没有好转，反而更加郁闷。她望着窗外，院子的杂草已经长得很高了，这些日子，实在是没有时间，也没有心情去整理。墙角的一株月季花，在单薄的花枝上独自绽放，给人一种脆弱的感觉。每一个新日子的到来，只是旧日子的延续，如果不是设立了新区所带来的惊喜和新奇，如果不是结识了几个姐妹，她真不知道，这样日复一日的生活，到底有什么意义。

"这两年你请客吃饭，咱们以前做生意的钱也没有多少了，这样下去，日子还怎么过？"小美忧伤地说。

看着妻子难过的样子，想起那二十万，文一楠真是悔恨万分，心疼不已。为了安慰妻子，他讨好地说："媳妇，别难过，我以后再也不赌了，其实那也算不上赌博，我们是在一个朋友的会所，临时起意才玩了一会儿，没想到太背，输了这么多……"

"什么，还不叫赌博？"小美肺都快气炸了，她拿起沙发上的抱枕朝丈夫砸了过去，"是不是把家败光了你才甘心呀！"

文一楠看妻子一副气势汹汹的样子，到嘴边的话又咽了下去。其实，这二十万并不是赌博输掉的，他从来没有这样的恶习，而是和一个福建朋友合伙做工程，两人各拿二十万，通过福建朋友交给了介绍工程的人。结果过去了快半年，现在连那个福建朋友的人影都找不着了，打电话关机，发微信不回，后来才知道，这人回老家后，在一次喝酒时突发疾病，死了。文一楠听到这个消息时，一方面因朋友的突然离世而难受，另一方面则是对自己遭受经济损失的郁闷和气恼。但气恼归气恼，脑子倒挺清醒，

浪潮

他知道，绝对不能对小美说出实情，要是她知道这二十万是这样没的，自己以后就别想再沾工程的边，而他对工程这块还是很有信心的，毕竟，雄安的大建设即将开始，机遇是非常多的，就是瞎猫，也会碰个死耗子。因此，他宁愿让小美误会自己赌博，也不敢说出实情。他太了解妻子了，只要自己不再赌，过段时间，这件事就会过去。

和丈夫吵完架，小美开车回花店，她决定晚上不回去了，在店里住或者去婉婷那里。到了店门口，她又改变了主意，掉转车头，去了悦园。

已经晚上十一点多了，悦园早已打烊，而梧桐小院里却热闹非凡。茶室里都是人，院子的长桌旁，梧桐树下的凳子上，也零零散散地坐着人。小美进去转了一圈，没见婉婷人，只看见杨立青和几个人坐在那里聊天，杨立青看见她进来了，打了声招呼。小美问婉婷去哪里了，杨立青说出去应酬了。

小美没再细想，带着满身的疲惫，去悦园了。她准备在那里对付一个晚上。

婉婷和陆海平沿着容和绿道往回走。他们是在今晚的饭局上相遇的。请客的人是张雁冰，婉婷不是很熟，在悦园见过几次，后来就常约她相聚，只是她不喜欢这样的场合，所以很多次都婉拒了。今晚，张雁冰又盛情相约，她推辞不过就去了，没想到遇到了陆海平。饭局结束，陆海平提议一起走走，婉婷没有明确回答，只是拒绝了张雁冰和其他朋友开车送她的好意，一个人往梧桐小院的方向走去。于是陆海平也让司机把车开了回去，自己随婉婷一起走。

月色淡淡地涂在绿道的小路上，婉婷低着头，凝视着小路隙缝中偶尔长出的几丛青草，静静地向前走着。走了一段，感到身边的人过于沉默，她好奇地抬起头来，有些诧异地望望陆海平。陆海平脸上有种深思的神情，显得专注而严肃，仿佛在考虑什么问题，而对周遭的一切——包括婉婷在内，都漠不关心。觉得没有什么话好说，婉婷又低下头去，继续浏览着路边模糊的花花草草，一面用她的全部精神，去领会着夜色中的一切：神秘的、美好的和幽静的。

这个时间不算很晚，但街道上的车辆并不多，两旁的商店早已关门，

·183·

门头的灯光也很幽暗，有的甚至黑漆漆的，只有绿道旁边草地上的地灯发出朦胧的光。往前方望去，稀疏的霓虹灯光和路口闪烁的红绿灯，以及一个个央企的办公楼，才让人骤然明白，这里，即将崛起一座令世界瞩目的新城。

"看来，还得坚持啊！"陆海平深吸一口气，望着不远处滚动播放"世界眼光、国际标准、中国特色、高点定位"的大屏，终于说。

婉婷看了他一眼，笑着说："我还以为你不想和我说话了呢，你是说给你自己听吗？"

陆海平扭头看着她，认真地说："怎么会？好不容易和你单独在一起，我只是珍惜相处的时光。"

婉婷凝视着他，似乎又看到了那个久远的身影。这个人，这么多年，除了成熟之外，外貌几乎没有变化。和他站在一起，一种久违的感觉又涌上心头。同学们都说，他将来会是一个艺术家，但他却读的医学，走上社会，又经商了，于是同学们又说他是商界的"艺术家"。这么多年，他屹立得像一座不倒的山，坚强而又细致。细致到能了解自己心底的纤维。事实上，也只有他，走进过自己的内心深处。

俩人不再说话，沿着小道缓缓地向前踱着步子。他们路过一个大商场，闪烁的霓虹灯在地上投下许多变换的光影，红的、绿的、黄的、蓝的……数不清的颜色。

"我喜欢三种颜色，你知道的。"陆海平说。

"我当然知道，你喜欢新奇和刺激。"婉婷哼了一声。

陆海平停下脚步，站在她前面，她也不得不停住脚步。在他的目光注视下，她忽然后悔刚才的那句话，她知道，那句话又刺激了他，而这并不是自己愿意说的。她想说对不起，可就是张不开口。她想到了自己的那场痛不欲生，又有谁在乎过自己的付出呢？

"十年了，你还在恨我。"陆海平叹息，"终究也是我对不起你。"

婉婷无言，静静地看着他。她已经觉察到了自己的失言，所以一句话也不说。他们对视着，那样深深地、苦苦地对视着。在分别了十年后，他第一次从她的双眼里，读到了那样深的感情，毫无保留。如果说十年前的相恋是一种炽热的喷发，那么此刻，这种情感，就是一种失而复得后的痛楚，这种痛楚，只有经历了失去，才懂得它的可贵。

"婉婷！"陆海平沙哑着嗓音说。他一把将婉婷搂进怀里，而她丝毫也没有抗拒，投入他的怀抱。

他们的嘴唇贴到了一起。这是一个炙热、缠绵、悲苦、煎熬的吻。他们彼此伤害，彼此牵挂，他们的吻搅热了空气……终于，他抬起头来，看着她的眼睛，柔声说："婉婷，我该怎么办？怎么办？"

一阵风吹过，婉婷突然打了个寒战，猛然推开他，仓皇地说："什么怎么办？为什么说怎么办？我们已经结束了，不是吗？"

"可是你能忘吗？"陆海平说。

婉婷讥讽地看着他："要不然呢？和你一样，左手牵幸福，右手握回忆？"

陆海平看着她，停了好一会儿，才闷声说："你，真是一个残忍的女人。"

婉婷笑："随你怎么说，我就是这样。没有谁能回到从前，包括你我。"说完，她大步朝前走去。

陆海平呆呆地站在那里，望着她决然的背影消失在黑暗里，他的心忽然一阵绞痛，头也跟着痛了起来，好像整个脑子都要被扯破似的。他深吸一口气，想蹲下来缓解一下这种疼痛，可是没用，疼痛非但没有减轻，反而更加剧烈。他知道自己的老毛病又犯了，于是颤抖着手，从口袋里拿出药，放进嘴里吞了下去。婉婷，你为我放弃过生命，而我，又何尝不是为你，害了这不能治愈的病呢？陆海平悲怆地想着，用手扶着旁边的矮树，大口喘了一会儿，才缓过气来，在路边的一张石凳上坐下来。

婉婷回到梧桐小院时，人们都已经睡了，院子里静悄悄的。她坐在院中的长凳上，看着黑夜里花的影子，想着刚才和陆海平的一幕，刚才的倔强和故作残忍早已不见，取而代之的，是一种悲凉和想哭的冲动。他是属于她的吗？她痛苦地想。他早已不属于自己了！在他不愿违背父母的意愿而和她分手的那天起，他就不属于她了！爱也罢，不爱也罢，彼此已成陌路。她不知道，自己现在到底是一种怎样的情感，一方面想逃避，不想再回到过去，另一方面因再一次的相遇而乱了心智。

今后，自己到底该怎么办呢？

"婉婷姐!"一声呼唤把她吓了一跳,回头一看,只见小美从灯影下走了过来。

婉婷奇怪地问:"小美,你怎么在这里?没回家吗?"

小美在旁边坐下来,说:"回去过了,又回来了。不想在家里待,心烦。"

"到底发生了什么,你问清楚了没?"婉婷问。

"赌博输了呗。"小美无精打采地说。

"输了就输了,再吵再闹钱也回不来了,好好劝劝,以后不赌了就行。"婉婷说。

"姐,你可真想得开。你现在感受不到,等真正过日子了才能明白呢,就不是钱的事。"小美说。

两人坐在那里,面对着西落的月亮,各怀心事,默默无语。

# 三十九

若茗在一段长时间的睡眠之后醒了过来,昨夜喝了几乎一瓶的红酒,难得一夜没有受梦魇的困扰。睁开眼睛,窗帘还密密得拉着,室内依然昏暗,但那阳光已将窗帘映红了。她翻了一个身,拥着棉被,有一份无力的慵懒,用手枕着头,她还不想起床,她希望就这样睡下去,没有知觉,没有意识,也没有梦。虚眯着眼睛,她从睫毛下望着那被阳光照亮了的窗帘,有许多树影在窗帘上重叠交错,绰约生姿,她看着,看着⋯⋯猛然惊跳了起来。树影、月影、人影⋯⋯昨夜曾发生些什么?她的意识恢复了,她是真正地清醒了过来。坐起身子,她用双手抱着膝,静静地思索,静静地回想。昨晚发生的事记忆犹新,她打了个寒噤,不止记忆犹新,那余悸也犹存呀!她眼前又浮起了那个老人的影子,那削瘦的面颊,那干瘪的嘴,那直勾勾瞪着的令人恐怖的眼睛。

突然感觉屋子也有些不安全了似的,若茗掀开被子,跳下床,一把拉开窗帘,阳光一下子倾泻了进来。她深深吸了口气,静静地站在窗前,过了好一会儿,她才穿上鞋,打开紧闭的房门,来到院中。

院子一切如故，昨晚的一切恍如隔世。

正在发愣，有人敲门，同时传来呼唤她的声音，原来是关怀。她边忙着回应，边跑进房间换上长裙，这才出去开门。打开门，她看见关怀提着肉、菜和一堆水果。跟在关怀后面，她忙不迭地说："你别总买东西，我也吃不了多少，没有冰箱，隔夜就坏了。"

关怀奇怪地看了她一眼："怎么了，今天太不正常，是不是昨晚没睡好？"

若茗靠在厨房的门框上，默默地看着关怀把菜放好，再把肉从袋子里掏出来，用清水冲洗。她说："我想搬走，这里不能住了，否则非被吓死不可。"

关怀把肉洗好，拿到案板上准备切成小块："我给你做红烧肉吃……怎么了？发生什么事了？还是那双眼睛的事？想搬就搬了，这里的环境也确实不好。"

"主要是害怕，环境倒没啥……我想找个便宜点的公寓，一个房间就行，不住这样的小院了。或者和桑榆红住一起。"若茗想了想说。

关怀把肉收拾好，熬了小米粥，做了一个小菜，又把买来的包子热了，端到小桌上。若茗洗完脸，把长发在脑后松松地绾了一个发髻，坐到桌前。关怀的早餐做得很好吃，若茗也很久没有正经吃过早餐了，自从离开家，就离开了正常的生活。在敦煌的那段日子，她总是很晚才睡觉，又很晚才起床，省了早餐和晚餐，中午只吃一顿饭，所以她看起来很瘦弱。

"你要多吃饭，你太瘦了。"关怀说，"我给你在领秀城租一个小单元吧，不用和别人住一起。"

若茗说："这里的小区房子太贵了，我还是和桑榆红住一起吧，她住的是单位租的房，我可以和她同住。"

关怀看着她说："我给你租下来，不用你操心钱的事。"

"那怎么行呢？"若茗笑着说，眼底满是温柔，"我没有理由接受你的馈赠。"

"这又不是送你房产，不用紧张。"关怀边收拾碗筷边说。

若茗看着他，内心最柔软的那根弦被轻轻拨动。这个男人，和何牧田是那么相像，却又是那样的不同，而自己的心，竟在不知不觉间，已经陷入……她站起身，走进房间。把窗台上的小花盆挪动了一下，又把桌上本来就很整齐的书本重新整理一遍。

"你说过，你是那种忠于自己，追求灵魂深处的真与美的人。"身后传来一个声音，关怀进来了。

"我说过吗?"她低声问，不肯抬起眼睛来。

关怀看着这个女人，这个在敦煌就让自己无法忘怀的女人。他一直想等一个能与自己思想交流、灵魂相通的人物，他已经找寻了三十几年，如今终于等来了，就在自己眼前，他要保存，他要抓住，哪怕他会抓住一把火焰，也宁愿被烧灼! 于是，他热烈地说："你说过，在敦煌的时候就说过!"

"可是，灵魂深处的真与美到底是什么?"她茫然地问。

"是真实。"他直视着她，似乎看到了她的内心深处。

她抬起睫毛来，那对眼睛重新面对着他，那眼珠乌黑而清亮，眼神坚定而沉着。他望着她，试着从她眼里去读出她的思想，可是，他读不出来，这眼光太深沉，像不见底的潭水，你探测不出潭水的底层有些什么。想起敦煌的那次离别，他忽然感到一股惊惧的情绪。

她凝视着他，带着种恻然的、哀求的神情。

他的心忽然很痛，于是拥她入怀，用嘴唇一下子堵住了她的嘴，热烈地吻着她。他把全身心的爱恋、疼惜和柔情都集中在这一吻里……

若茗闭上了眼睛，紧绷的神经一下子松弛了下来。她软软地依在他宽阔的胸前，感受着来自男性的安全……忽然，她脑海中浮现出何牧田的影子，于是挣扎着抬起头，看着他的双眼，喃喃着说："我在犯罪，我是在犯罪……你告诉我，我在做什么，我们在做什么呀!"

"若茗，"关怀说，"不要这样说，你不是在犯罪，你不能总活在自己的梦魇里，走出来，走出来好吗? 我不知道你到底发生了怎样的不幸，但是，无论何时，有我! 你始终有我，明白吗? 让我帮你，无论做什么，我都愿意。"

若茗低下了头，再抬起头来的时候，她眼里已溢满了泪，那眼珠浸在泪光中，好黑，好亮，好凄楚。

"对不起……"意识到自己刚才行为的错误伤了若茗那颗柔弱的心，

关怀有些愧疚，"原谅我刚才的鲁莽，我只是，我只是……"

"不用解释，在鸣沙山，在面对着莫高窟中的佛像时，我们就彼此懂了。但是，我抱歉，关怀，你可以说我不识抬举。我不能接受，我不愿接受，因为，因为……"泪水滑下了她的面颊，一直流到嗫动着的唇边，"我虽然渺小，孤独，无依……但是，我不要怜悯，不要同情，我愿意自食其力。我感激你的好心，关怀，但请你谅解……我已一无所有，只剩下一份自尊。"

关怀的心被强烈地撞击了一下，眼泪几乎也夺眶而出了。够了，只要这一句话，他知道她已经懂得了他，这就够了，这句话，足以让他为了她，赴汤蹈火。

若茗是在9月的一个礼拜天回家的。那天，关怀要送她，她拒绝了，让江舟开车把她送到了车站。她也好长时间没有看到他了，作为同行，他们虽然在共同的场合见过几次，但都是匆匆忙忙打个招呼，看到彼此安好，也就放心了。但是那天，她看到江舟有些憔悴，有些沉默，不像以前的他总是充满朝气。

"最近咋样？业务多吗？"她关心地问。

江舟专注地开车。从侧面看过去，脸庞轮廓分明，黝黑的皮肤反而使他更显英俊和坚毅。听见若茗问他，说："看怎么说。如果只论业务发展，那肯定是没得说，整天忙得不可开交，光每月两次的专题沙龙就够忙活的。但要是说赚钱，不尽如人意。"

若茗点点头。她非常理解，这是一个特殊的地方，用惯性去思维，永远不会成功。"坚持吧，既然选择了，就应该坚持。需要我做什么尽管说。"她说。

江舟看了她一眼，笑着说："放心，我是一个喜欢挑战的人，否则也不会放弃所有来这里。至于你嘛，我还真想你帮我一个忙。"

若茗有些惊讶，她尽管这样说了，但实在不知道自己还能帮别人什么，于是用询问的目光看着他。

江舟说："来我公司，咱们一起干。"

若茗长出一口气，说："我还以为你需要钱来运营。你知道，我的情况……"

"说啥呢，"江舟忙说，"堂堂一男人，给一个女人开口借钱，你觉得是我的风格吗？"

若茗笑了。多年的老同学，这种了解已经深入骨髓。

"你这次回家，好好和何牧田沟通一下，还有……去看看菲尔。"江舟小心翼翼地说，"无论如何，事情已经过去了，回去见见，以后都不要再纠结，好好生活。"

若茗默默地听着，没有说话，她不知道，那将是怎样的一个场面。

拉着皮箱进站的时候，她听到江舟在身后大声喊："等你回来！"

# 四十

若茗终于回到了阔别一年的家里。

打开家门，她环视着这熟悉的家。这个家，曾经是多么温馨，每天下班，她在厨房忙碌，给一家人做饭，看着父女俩嬉笑打闹的情景，她的心暖洋洋的。而此刻，一股冰冷的气息包裹着她，看样子，家里已经很久没住人了。

她看看表，还没到放学时间，于是开始收拾卫生，收拾完卫生，又去超市买了女儿最爱吃的菜，做好饭，这才去学校接小约。赶到学校时，恰好放学，她站在门口，看见孩子们陆陆续续走出校门，等了好一会儿，小约才慢腾腾地走了出来。若茗看到女儿，差点儿掉下泪来，一年了，她想得心都要碎了。

小约一抬头，看见妈妈站在跟前，简直不敢相信自己的眼睛，愣了好一会儿，才一下子扑进若茗怀里，哇哇大哭起来。若茗紧紧搂着女儿，眼泪也不停地往下流。过了一会儿，她给女儿擦去泪水，疼爱地说："好了好了，妈妈不是回来了吗，别哭了，走，回家吃饭，妈妈做了你最爱吃的菜。"

小约搂着她的脖子又哭又笑："妈！妈妈！你回来怎么不告诉我呢，是想给我个惊喜吗？你再不回来，我的心就要哭成两半了。"

她紧紧抱着女儿，过了好一会儿才松开手，疼爱地说："走，回家！"

她叫了一辆车，母女俩打车回家了。

吃饭时她才知道，自从自己走后，小约一直住在奶奶家，何牧田每天只接送她上下学，其余时间，她就没再见过爸爸。若茗有些明白了，何牧田一定在菲尔那里，他不是说过，一直在照顾她吗？看家里的样子，他是没在家里住了。那住在哪里？菲尔那里吗？她的心突然莫名地痛了起来。正神思恍惚间，家里的电话突然响了起来。

"一定是奶奶！"小约飞快地跑了过去，直接拿起了话筒。原来是奶奶没见小约回去，不放心，就打了电话过来。小约高兴地告诉奶奶，妈妈回来了，然后就举着话筒，对她说："妈，奶奶让你接电话！"

她迟疑了一会儿，还是走了过去，接过话筒。刚叫了一声"妈"，电话那端就传来婆婆喜极而泣的声音，连声说回来就好回来就好，好好过日子，别有太大的压力。她不知该怎样回答，看婆婆小心翼翼说话的样子，她的心生出一股歉意。

"妈，爸爸知道你回来吗？"小约看妈妈放下了电话，仰着笑脸问。

她摇摇头，摸着女儿的头，微笑着说："小约，你自己在家里写作业，妈妈知道爸爸在哪里，我去找他。"

"你给爸爸打个电话不就行了吗，怎么还出去找他呢？"小约依依不舍地拉着她的手，不愿意松开，仿佛一松开她就跑了似的。

她把小约的头发拢了拢，怜爱地说："放心，妈妈不走。你也不许给爸爸打电话，妈妈也想给他一个惊喜。"

小约还是不放心地说："要不，我和你一起去。反正作业也不多，背诵课文，我早就背过了。"

"听话，乖乖在家待着。妈妈向你保证，在你睡着之前，肯定回来，好吗？"她说。

小约这才松开手，说："那行，我等你们回来再睡觉。"

安顿好女儿，若茗打了辆车，直奔菲尔家。菲尔家住在城西小区七号楼606，这个小区在当时算高档小区。当时买房时，菲尔竭力怂恿她，也把房买到这里，可是何牧田不愿意，原因是这里距离学校远，怕将来孩子上学不方便，所以选择了城东小区，和重点小学、重点中学都在一条街道，很方便。

若茗走进小区，来到七号楼门口，不假思索地按出密码，打开了单元门，以前，她常常来菲尔家，密码早就烂熟于心。乘电梯到了六楼，当站在菲尔家门口时，望着这扇熟悉的门，不知怎的，她的心突然狂跳不已。门内，会是怎样一番情景呢？

　　伸出手，她迟疑地按响了门铃。过了好一会儿，门打开了，何牧田出现在门口。他围着围裙，手中还拿着一个锅铲。看到若茗站在门口，他愣了好一会儿才反应过来，忙把妻子让进门内。

　　"你什么时候回来的？怎么没有提前告诉我，我好提前准备一下。"何牧田有些结巴地说，表情有些不自然。

　　若茗在路上做了很多设想，设想进门后的种种情景，何牧田现在的样子也在意料之中。路上她就在心底告诫自己，无论出现怎样的情景，都要心平气和，都要面带微笑去面对，可是，现在看着丈夫的打扮，她心底的一股火莫名就冒了出来。

　　"准备什么？准备你是怎么扮演一个好父亲的？"她冷笑着说，"你把女儿扔在家里，却天天在这里伺候别人，你在做什么？"

　　何牧田朝卧室的方向望了一眼，压低声音制止妻子："小声些，菲尔在睡觉，她昨晚一直失眠，白天又情绪不太好，刚刚才睡着。"

　　她不再理会丈夫，径直走进卧室。只见菲尔静静地躺在床上，头侧向里面，看不清表情，只看到一头黑发散在枕边。菲尔一直都是短发，最后一次见她，也依然是短发，而此刻，她的头发明显长了，从枕边一直铺下来，长长的，一直到了床边，似乎经过梳理特意摆放的一样。近一年的时间，人心都千疮百孔了，头发还会不长吗？她看向菲尔的腿，下意识地想搜寻那场车祸留下的印记，可是盖着被子，什么也看不到，只是在腿的部位，被子塌陷了进去……她的心一阵疼痛，扶住墙，深深地吸了口气。

　　菲尔翻了个身，同时把脸转了过来，嘴里还轻轻呼唤："牧田……"

　　何牧田连忙走到床边，俯身柔声问："怎么了，想去厕所吗？还是想喝水？"

　　若茗听着，看着，心像被刀子割了一样，<u>丝丝地痛</u>。看来，他们的关系早已超出了自己的想象了。

　　何牧田把菲尔扶着坐了起来，然后熟练地揭开被子，正准备把她抱起来去卫生间，忽然意识到妻子的存在，于是停下来，轻声对菲尔说："若茗来了……"

菲尔抬起头，看到站在卧室门口的若茗，没有说话。若茗走向前，坐在床沿，沉默了一会儿，才张口叫："菲尔……"

菲尔听到叫声，眼泪流了下来，她颤抖着手，拿起被子胡乱盖在自己腿上。若茗抓住她的手，眼泪瞬间流了下来，她呜咽着说："对不起……对不起……"

菲尔挣脱她的手，抹去脸上的泪水，把头扭向别处，冷冷地说："你来干什么？和你又有什么关系？"

若茗默默地坐在那里，一时不知再说什么。菲尔不再理她，却朝何牧田伸出手，大声说："牧田，抱我去卫生间吧。"

何牧田有些犹豫，他看了看若茗，还是走过去抱起菲尔去了卫生间。卫生间传出小便的声音，何牧田小心翼翼地守护在卫生间门口。过了一会儿，又把菲尔抱了回来，放在床上，为她盖好被子，拿出热毛巾给她擦手，又端来一杯热水递到她的手里，看着她擦手、喝水、吃药，然后又把杯子收了回去。这一系列的动作是那样熟练，熟练地让若茗脊背发凉，心像跌进了冰窟里。她浑身发麻，手不由自主地颤抖起来，但竭力克制着不让自己爆发。

"你……回去吗？"若茗的声音幽幽的，像从遥远的谷底传出来，幽冷而凄凉。

"回去。"何牧田说。

菲尔扭过头，拉着被子，一直拉到脖子跟前，闭上了眼睛，不再看他们。若茗转身往出走，走到门口，她回头看了一眼，只见何牧田正俯身抚摸着菲尔的头发。她打开门，头也不回地走了出去。到了小区门口，她的眼泪终于忍不住，疯狂地涌了出来，喉咙里发出不可遏制的呜咽声。她靠在一棵树上，睁大双眼，大口喘着气，想拼命止住不断涌出的泪水。她双手紧紧抓住树干，那么用力，以至于指甲断了都不知道。

天已经很黑了，何牧田并没有出来。想起女儿还在家里，她收起眼泪，准备回家了。回家，那还是她的家吗？她的丈夫正缱绻在另一个女人的身边！

打开家门，女儿趴在沙发上，已经睡着了，她一定是不想睡觉，一直在等她回来。她把女儿抱起来，走进房间，轻轻放在床上，盖好被子，关了灯，这才走进自己的卧室，在床上平躺下去。她头痛欲裂，努力要禁止自己去思想，但各种思想仍然纷至沓来。看他们的情况，应该不是照顾和被照顾的关系那么简单，他们多像一对旧情侣，突然重逢而旧情复炽。

不知什么时候，何牧田的啜泣声荡漾在若茗耳边，敲击在她心上。她没有睁开眼睛，甚至连动都没有动一下。一个男人的眼泪是珍贵的，除非他的心在流血，要不然他不会流泪，而他的泪，却流向另一个女人，不为她！若茗心中如刀绞般痛楚起来，开始看清了自己既可悲又可怜的地位，如今，她守着一个名分，占据着何牧田空空的躯壳，不，连躯壳都不曾拥有了！何牧田！这名字原是那么亲切，现在，竟变得那么遥远而陌生。

若茗确定丈夫的啜泣声停止，才慢慢睁开眼睛，但没有动，依然躺在那里。何牧田看妻子睁开了眼睛，说："你不想和我谈谈吗？我知道你心里有一万个问题。"

若茗慢慢坐起身，靠在床头，看着坐在床边的丈夫，面无表情地说："你让我说什么？赞美你们伟大的友谊吗？还是为你们日久生情而鼓掌？"

"不是你想象的那样。"何牧田说，"当初，你一走了之，留下一个烂摊子，我焦头烂额。菲尔的父母年纪大了，在菲尔出事后，身体也一直不好，酒楼的生意也必须要照顾，否则，咱们后半生良心怎么安宁？"

"所以，你就把自己卖给她了？"若茗冷笑一声，"那我是不是可以认为，你们以后就这样相伴一生了？"

何牧田一时语塞，他想解释，又觉得苍白无力。看着妻子冷冷的面孔，他心里逐渐涌起一阵难言的、刻骨铭心般的哀伤。这哀伤像一阵浪潮般淹过来，他觉得快被这股浪潮所吞噬了。他眼前模糊了，这个女人，一个和他共同生活了十几年的女人！十几年来，他们同床共枕，他们共同孕育了一个可爱的女儿，他们生活在一个屋檐下，并且曾经发誓白头偕老，永不分离。但是，他们现在却成了世界上最陌生的两个人！

"我……"他哑声说，"我知道，作为丈夫，作为父亲，我没有尽到自己的责任，我让你们跟着我承受这么大的压力，对不起。"

听着丈夫的话，看着他疲惫的样子，她突然有些心酸，为自己，也为何牧田。太累了！这种日子，什么时候是个头呢？她脑海里浮现出一家人曾经的甜蜜，只是，曾几何时，日子已经失去了原来的味道？

"你回来吧！"她坐起身，抓住丈夫的手，殷切地说，"让一切回到正轨，咱们同心协力，挣钱还债，好好培养女儿，奉养父母！"

何牧田感染了妻子的热烈，也握住她的手，使劲点头："你放心，若茗，我的心一直在家里，从来都没有离开过。"

"那你以后，不用常常去菲尔那里，好吗？我们可以给她请护工，甚至把她医药费包了都行，她有她的生活，我们也有我们的生活。如果说赎罪，我觉得咱们已经做了很多了，再说，这场车祸，也不是咱们直接造成的。"她满怀希望地说。经历这么多，依然能听到这句话，她觉得自己所受的煎熬，瞬间都不算什么了。

"我明白你的意思，只是……只是这样的话，她会不会很绝望？原来那么活泼开朗的一个人，突然间失去所有的朋友，怎么受得了呢？我总要……总要让她走出这个阴影。"何牧田艰难地说。

她松开手，怔怔地望着他，像看着一个陌生人。过了好一会儿，她慢慢靠在床头，不再说话。何牧田感到喉咙发涩，使劲儿咽了口唾沫，想站起身到客厅倒杯水喝。刚走到卧室门口，身后传来妻子幽幽的声音："我们离婚吧。"

他一愣，站住了。过了一会儿，他转过身，看着灯影里的妻子，半天没说话。他觉得，这好像是意料之中，但好像也是意料之外。许久，他才说："我是不想离婚的。"

她在心里冷笑了一声，丈夫的这句回答，已经说明一切了。"在我走之前，咱们把手续办了吧。小约归我，等我在雄安把相关手续办下来，我就把孩子接过去。"她说。

"你刚回来，就这么迫不及待地和我谈这些事吗？你考虑过我的感受没有，站在我的立场想过没？快一年了，你一走了之，你清闲了，你知道这一年我是怎么过来的？想过没有？"何牧田看到妻子无动于衷的样子，突然爆发了，他扑过去，抓住她的肩膀，咬牙切齿地说。

若茗看着丈夫因暴怒而扭曲的脸和充满血丝的双眼，一动不动，任由他摇晃着。

　　看到她的样子，他更加怒不可遏，使劲推倒她，咬牙切齿地说："你这么冷冰冰的，为了谁？在外面的这一年，你和谁在一起？我知道，你早已厌倦了我们的生活，你早就想和我离婚了，是不是？可是，你现在还是我的老婆，要离婚，你也得先履行你的义务！"说完，粗暴地去脱她的衣服。

　　若茗想挣脱他的掌握，可是不行，他的力气实在太大，她被压在床上，衣服已经被脱了下来。

　　"何牧田，你要干什么？走开！"她叫，挥手扇了他一耳光。

　　何牧田心底的兽性被激了起来，他意识混乱，不知道自己在干什么，交替出现在脑海的，是菲尔的断腿、生意的失败，还有许许多多挥之不去的烦恼和压力……他一挥手，一耳光重重地落在若茗脸上。她披散着长发，泪水糊了一脸，闭上双眼，不再挣扎……

　　何牧田喘着粗气，从若茗身上翻了下来，此刻，他才清醒过来，意识到自己犯了一个不可饶恕的错误。扭过头，看到妻子一动地不动躺在那里，其实，全程，她都是一动不动的，像死人一样。他伸出手，轻轻碰了一下她的身体，她依然一动不动。他吓了一跳，慌忙侧身查看，朦胧的灯光下，若茗的长发胡乱遮住了脸颊，看不清脸上的表情。

　　"若茗！"他脸色苍白，失声叫。

　　她动了一下，然后慢慢坐起身，把凌乱的衣服整理好。她始终没有把脸上的头发拂开，更没有看他一眼。

　　"对不起，对不起……"他哭了，深深低下了头。

　　"离婚吧。"她说。

　　他擦去眼泪，说："好，我同意离婚。我放你一条生路。"

　　说完，他穿上衣服，走到桌子旁边，拿起放在桌上的车钥匙，走向门口，他没有再说一句话，就这样走了出去。房门合上的那一刻，震碎了若茗最后的心神和意识，她颓然地倒在床上，任绝望和悲凉顺着心底蔓延开来……

# 四十一

一看到女儿，若茗离婚的决心一下子没有了，不但没有，反而对自己那天提出离婚的要求充满悔意。小约是一个敏感的孩子，她始终记得女儿说过的那句话："如果你们离婚，在两个地方可以找到我，一是楼下，二是天涯。"这句话让她惊惧了。

一连几天，何牧田都是很晚才回来，绝口不提离婚的事情，想必，他也记起了女儿的话吧。可若茗觉得，他只是在演戏，演给自己看，演给女儿看。

她还是决定离开家了。在离开之前，她去看了公公婆婆，公公婆婆见到她，喜极而泣，以为她这次回来再也不走了。她没有向他们解释太多，只是说在外面找了份工作，没时间回来。公公婆婆是明事理的人，一个劲儿给她宽心，还说有困难可以和他们说，只要一家人在一起平平安安的，比什么都强。

从公婆那里出来，她又去了一趟父母的墓地。母亲在 36 岁那年生下她，而那年，父亲也 39 岁了，她是在父母的宠爱中长大的。她常常想起父亲说的话："若茗，你是爸爸的命哩。"每当想起这句话，她都难过万分。如果父亲知道她现在所受的煎熬，还不知道要急成什么样子。

现在，她最放不下的便是女儿了。孩子小，还那么敏感，如果自己走了，孩子可怎么办呢？何牧田不着家，公婆年纪大了，生活还勉强能照顾，可孩子的学习怎么办？连续一星期，她都纠结万分，不知该怎么跟孩子开口。在走的头一天晚上，她把女儿的房间收拾得漂漂亮亮，然后做了一桌子好吃的，还买了一个蛋糕，然后去学校接回女儿。她想和女儿好好谈谈。

小约一进门，就看到闪烁着星光的蛋糕，扔掉书包跑了过去，围着桌子转圈圈，兴奋得脸都涨红了："妈！妈妈！这是你买的吗？是给我买的吗？"

看着小约高兴的样子，若茗禁不住鼻子一酸。以前，每过一段时间，她和何牧田都会给小约制造一些小浪漫，而小约，也总是配合着他们，兴奋地又叫又跳。可是自从出事后，俩人再也没有心情和时间关心孩子的成长，都沉浸在自己的情绪里，现在想想，是多么自私呀。

但是，自己明天要走，全然不顾孩子的感受，不是自私又是什么？

"当然是给你买的。"她笑着说，"妈妈给你道歉，没有好好照顾你，你能原谅妈妈吗？"

"太好啦，那我可以吃了吗？"小约欢呼着，拿起刀叉就上手了，完全没有理会妈妈的问话。

她端起小碟子，小心翼翼地接着小约切下的蛋糕。小约也给自己切下来一块，刚想吃，忽然想起什么，抬头对她说："妈，我爸呢？还是等他回来一起吃吧。"

她打开一瓶饮料，给小约倒进杯子里，说："你还没回答妈妈的话呢。"

小约歪着头想了一会儿，说："妈妈，你不用道歉，我们老师说过，天下无不是的父母。我想，你肯定有自己的事情要做，所以才出去这么长时间。我想你都来不及呢。"

她很惊讶，看着小约像个小大人似的，竟不知再说什么好了。

"爸爸呢？我给他打电话，还不回来。"说着，小约就想去打电话。

她拉住小约，柔声说："你爸爸一会儿就回来。妈妈想和你谈谈，这是妈妈和你之间的秘密，不想让你爸爸听见，可以吗？"

小约停下脚步，看着她。

她把女儿拉到沙发跟前，艰难地张了张嘴，竟不知道该怎么说。停了一小会，才终于说："小约，妈妈明天就得走……"

"去哪里？"话音未落，小约一下子瞪大双眼，抢着问。

"去河北。妈妈现在在那里工作，请了十天假，现在已经过去十二天了。"她说。

"可是，可是你以前为啥不去？"小约哭了起来，把手中的刀叉一下子扔在桌上。

她连忙搂住她，轻声哄着说："妈妈也是为了工作，没办法……"

"我知道，一定是因为菲尔阿姨！爸爸也常常不回家，你们是不是要离婚了……你们一定是想离婚了！"小约挣脱开妈妈的怀抱，坐在沙发上伤心地哭了起来。

她慌了，连声说："别瞎猜！妈妈真是因为工作，我和你爸爸不会离婚的，你放心！"

小约吸着鼻子，用手使劲儿擦着眼泪，噘着嘴，半信半疑地看着妈妈，说："那你都回来这么多天了，爸爸为啥每天都很晚才回来？而且，而且你们那天晚上吵架吵得很厉害。"

她说："妈妈和爸爸好好的，干吗要离婚？大人都有大人的工作，你爸爸要挣钱养家，妈妈也要挣钱养家，你长大了就知道了。你这小脑瓜，一天到晚不知道在想啥。以后不许胡思乱想，听见没？"

小约说："那……要是这样的话，我就放你走。但是你保证，过十天就得回来看我。"

若茗笑了："傻孩子，那么远，十天怎么可能？但妈妈保证，一个月，肯定回来看你一次，而且，天天给你打电话，行不？"

"那还勉强可以。"小约这才放下心来。到底是孩子，很快就从坏情绪中走了出来，她重新拿起叉子吃起蛋糕来。

看说通了女儿，她这才松了口气。母女俩坐在桌前，高高兴兴地吃起饭来。正吃着，何牧田回来了，他看见妻子和女儿在吃饭，笑着说："小美女，爸爸回来了。"

小约看了一眼他，不高兴地说："爸爸偏心，妈妈回来了你就回来，妈妈不回来，你从来不回家。"

何牧田飞快地看了若茗一眼，有些小尴尬。他走到桌前，看到小约在吃蛋糕，故意夸张地说："哇！这么香的蛋糕，我一进楼道就闻到了。爸爸跟着小约沾光了。"

小约看爸爸馋嘴的样子，态度马上转变了过来，站起身，把早已切下来的一块蛋糕递过去，热情地说："早给你切下来了，左等不回来，右等不回来，所以我和妈妈就先吃了。"

何牧田接过来，直接用嘴巴咬了一大口，闭着眼睛，陶醉地说："太香了！"

小约很高兴，看了妈妈一眼，又看了爸爸一眼，眼珠一转说："爸

浪潮

爸，妈妈没回来的日子里，咱们天天去奶奶家住，奶奶都烦你了，等妈妈上班去了，咱们还是回家住吧，行吗？"

何牧田愣了愣，一时不明白女儿说这话是什么意思，看着妻子无动于衷的样子，忽然明白了过来，连声说："对对对，咱们不在奶奶家住了，省得我老挨骂，在我女儿面前没面子。以后爸爸天天去学校接送你。"

"好！"小约高兴地拍手叫。

若茗知道女儿在替何牧田打掩护，所以也不作声。一家人吃完饭，洗漱完毕，何牧田陪着小约看书，给她讲故事。也许是很久没有和爸爸待在一起的原因，小约很享受地偎在何牧田怀里。她看见妈妈在收拾碗筷，于是撒着娇非要让她也过来。正在洗碗的若茗拗不过女儿，只好洗了手，也进了房间。夫妻俩陪着女儿，直到她睡着了才轻手轻脚退出来。

若茗进厨房洗完碗筷，又把家里的地板拖了一遍，这才走进卧室，从衣柜里找出自己以前的厚衣服，用熨斗烫烫，想带去雄安。这几天她把小约过冬的衣服都翻出来晒了一遍，然后叠得整整齐齐，放在衣柜里，该收拾的夏装也收起来了。她知道自己做的这些远远不能弥补对女儿的亏欠，可是，除了做这些，她还能做什么呢？至少，在把女儿接到雄安之前，她实在没有更好的办法。

何牧田洗漱完，坐在床上默默地抽着烟。看着在忙着熨衣服的妻子，他的心情很复杂。他想开口让她留下，可是实在不知道，今后两人该怎样面对这样的烂摊子。但是，难道就这样走了吗？

"若茗。"他叫。他不知道自己叫这一声，是想挽留，还是想说什么。

若茗没有抬头，只是轻轻地"嗯"了一声，继续熨衣服。何牧田深吸了口烟，又轻轻吐出去，透过烟头明灭的光，他似乎都能感觉到妻子的冷漠。

"你……非要走吗？"他问，有些犹豫。

若茗停了一秒钟，又继续手中的动作。有两滴水珠，悄然从她眼里坠落到衣服上去，她迅速用熨斗熨过去，水珠发出了轻微的"嗤"声，就不落痕迹地消失了。

"还是走吧。"她淡淡地说，"不要再说挽留的话了，我会给足你面子，给你一个正当的理由，让你在亲友面前不至于无法解释。还有，债务

· 200 ·

我也会一起分担，虽然能力不大，但是我会尽自己的全力。"

　　他在心里叹了口气，说："我不是这个意思。你知道，我并不想让你走，尽管有些事你可能感觉不舒服，但我有我的理由，而且也有我的原则。"

　　她没有说话。家是温暖的港湾，也是套在脖子上的枷锁，为了责任和义务，必须牺牲掉一些东西。

　　就这样，若茗又一次离开了家，而他俩的婚姻，陷入了从未有过的危机。

# 第 三 章

## 四十二

2018 年就这样过去了，2019 年也在人们的期盼中来临，又即将逝去。

雄安属暖温带季风型大陆性半湿润半干旱气候，春旱少雨，夏湿多雨，秋凉干燥，冬寒少雪。但无论是哪一个季节，对于从全国各地奔赴这里的人来说，都不似家乡那般亲切和舒服，每一个人，在这里都经历着不同的人生。

尤其在 2019 年年底，谁也没有想到，一场席卷全球的新型冠状病毒疫情来临了。

江舟的事业遭受了前所未有的重创。短短一年多的时间，他的公司已经裁员了十几个人，确切地说，是员工主动辞职的。因为业务少，导致入不敷出，上交的任务、办公楼的租金、员工工资，加起来一个月得五六十万。从公司开始经营到现在，每个月都在赔，尽管后来魏云鹏加入了进来，减轻了自己的经济压力，但是他总觉得对不起朋友的信任。

最近一段时间，安娜总和他联系，没事就发个微信。起初他也没有在意，以为就是朋友之间的互相问候，可是后来他觉得没有这么简单，他似乎感觉到了安娜对他有些意思。只是后来自己的事情焦头烂额，也就没有再理会这种感觉。

这天下午，他刚走出公司大门，手机就响了起来。他掏出来一看，是安娜，原来是约他晚上一起吃饭。电话直接问，他实在不好意思推辞，再说，看在婉婷的面子上，他也不能拒绝。吃饭地点约在了一家新开的陕西面馆，叫"长安面道"，位于板正南大街43号。

江舟到那里时，安娜已经坐在后厅的一个摇椅上，玩着手机。

看见他进来，安娜招手示意。江舟坐定，环视了一下周围的环境，发现这个面馆很有品位，装修得很雅致，顶上灯箱上的图片，内容都是西安的名胜古迹，有大雁塔、西岳华山、钟楼、大唐芙蓉园、兵马俑等，墙上，也写着关于长安的古诗词，一看就是出自书法家之手。他暗自猜想，这家店的老板应该就是陕西人。

"是不是感觉很熟悉?"安娜看着他，笑着说，"你知道这家店的老板是谁吗?"

江舟摇摇头，笑着说："虽然不知道是谁，但肯定的是，一定是我们陕西人。"

安娜咯咯咯笑了起来，她扬着眉毛说："你猜得挺对，只是你不知道，老板是一个小女子，而且是一位作家。"

"是吗?"江舟很惊讶，"作家?为什么要开面馆?"

"作家也得生存呀，"安娜说，"诗意是要建立在烟火之上的。"

服务员端上来两个小凉菜和一打啤酒放在桌上。江舟说："安娜，你今天怎么这么客气，单独请我吃饭，我在这边没有什么关系，也帮不上你的忙。"

安娜边打开啤酒边说："你也太俗气了吧，非要请人帮忙才请吃饭?就不能和你单独聊聊?"

江舟笑了笑，正想说话，电话响了起来，一接通，原来是若茗，说约他一起吃饭，他想都没想，就告诉若茗地址，让她到这里来。

安娜听到电话里是个女人的声音，又听说到这里来，心里就有些不快，但脸上并没有表露出来，脸上依然是微笑的表情，问："是谁呀?"

江舟说："我同学，若茗。"

安娜想起在悦园见到的那个女人，内心的不满更甚，她说："你也不征求我的意见。万一我找你有事呢?"

江舟大大咧咧地说："没事，我同学又不是外人。再说，你刚才不是说了吗?也就是随便聊聊。"

安娜噘了噘嘴说："好吧，在你同学来之前，罚你一杯酒。"说完端起江舟的酒杯递给他。

江舟二话不说接过来一饮而尽。过了一会儿，若茗和桑榆红来了。桑榆红穿了一件厚厚的白色羽绒服，围着一条红围巾，衬托得脸白皙而洁净，若茗穿着一件阔版的藏青色呢大衣，显得很瘦弱，两个人拉着手走了进来。江舟招呼她们过来坐下，又给安娜做了介绍，若茗也介绍了桑榆红。

"我们认识，你不知道吗？"安娜微笑，"在婉婷那里。"

江舟拍了拍脑门儿说："这段时间忙得焦头烂额，把这茬儿给忘了。不过咱们好像都不认识桑总。"

若茗对安娜说："我还以为你认识的是桑总呢。"

安娜说："我在和江舟说话，你没听出来吗？"

若茗听安娜这么一说，有些尴尬，她感觉到安娜对自己不是很友好，但又不知为什么，为避免再度尴尬，也就没再搭话。

桑榆红看在眼里，接过话茬儿说："我和安总没见过面，更不认识。再说，对于如安总这样优秀的女人，我一向敬而远之。"

安娜飞快地扫了一眼桑榆红，听出了她话语中的讽刺意味，也暗暗哼了一声，没有说话，对她俩的突然造访，心里很不舒服。

江舟连忙打圆场说："来来来，快坐下，三位美女陪我吃饭，今天这顿饭肯定吃得香。"

若茗笑着说："要是知道你有约，我们就不来了，你该在电话中说一声的。"

"没事没事，安娜又不是外人，再说，我们也是闲聊，没啥正经事。"江舟说完，又对安娜说，"是不是，安娜？"

安娜听江舟这样说，脸上也不好再表露什么，勉强笑着点了点头。

四个人要了几个菜，江舟还特意点了一个老陕大烩菜。若茗和安娜都吃得很别扭，桑榆红倒不管不顾，和江舟聊起了融媒体的事情，越聊越投机，若茗和安娜几乎插不上什么嘴。看到这样的效果，若茗很高兴，她今天约江舟的目的，就是想介绍俩人认识，没想到一见面，比自己设想的还要好，看来，接下来有戏。只是，她看到安娜的表情，心里似乎也明白了一些。女人特有的敏感告诉她，安娜应该是喜欢上了江舟。

冬天的夜晚，天气格外寒冷，几个人吃完饭出来，天空竟然飘起了雪花，街道也变得白茫茫了，这是2019年冬天，雄安的第一场雪。人们都陆陆续续从饭店出来，准备回到各自的住处，一时间，街道两旁饭店门口都是相互道别的人，也有一些喝多了酒，拉着彼此的手倾诉衷肠舍不得分开的，热情似乎把空气都搅热了。

互相道了别，若茗和桑榆红开车走了，安娜开车把江舟送往公司。路上，安娜问江舟的公司运营情况，江舟本想如实说，又觉得安娜未必懂，于是就轻描淡写地说了说，刚才和桑榆红一起的那番交流，让他茅塞顿开。来雄安这么长时间了，桑榆红是他遇到的唯一一个对媒体运营那么专业的人，他心里在想，改天一定再约桑榆红出来，好好聊聊。

安娜看他心不在焉的样子，不满地说："怎么？刚才那么多话，和我却没有话说，是觉得我不懂你们媒体的事情吗？"

江舟不解地看了安娜一眼，感觉她今天实在是奇怪，总是说一些奇奇怪怪的话："不是，刚才吃饭时已经说得很多了，我以为你都听见了。"

安娜把车开进一个院子，这里很幽静，是个四四方方的小院落，被收拾得整整齐齐，周围还有几棵杨树。这是安娜新租的小院，春天的时候，笔直的杨树之间长着丛丛的薰衣草，被剪得短短的，幽香的花草在静谧的仲夏夜晚开花吐艳。丛生的小花会填满石板路的裂缝，伸出条蔓越过了小径；黄月季开着硕大的花，在杂草的上面低垂下了头；无人照看的老葡萄藤也不结果，藤条从一棵似乎被遗忘的无花果树上垂挂下来，摇晃着，慢悠悠的，却不停下来，带着一种哀怨。而此刻，小院被白雪覆盖，院内高高低低的花草树木在房门口挂着的一盏红灯笼的映衬下，显得格外洁白。

"安娜，怎么带我来这里了？不是让你送我回家吗？"江舟惊讶地问。

安娜停好车，笑着说："怎么，还怕我吃了你吗？这么好的雪夜，一块儿待会儿不挺好吗？这么早回去有什么意思？"

江舟无可奈何地下了车，随着她走进屋内。

安娜边泡茶边说："我以前和关心住一起，时间长了，有些不方便，我儿子和外甥女每到周末就回来，这样会影响她，所以后来我就租了这个院子。再说，打算在这里安家，就要有家的样子，尽管房子不是自己的，还是要努力打造家的氛围。"

"你这个小院挺漂亮，房租贵吗？"江舟问。

"开始挺贵的，我不想租。可能房东觉得把一个好租户给得罪了是划不来的，就按照一年三万五的价格签了合同。"

江舟点点头："挺好，不算贵。"

安娜拿出一瓶红酒打开，给江舟倒了一杯，又给自己倒了一杯，微笑着说："来，今晚把这瓶红酒喝完了才放你走。"

江舟环视了一下房间，不得不感叹安娜的细致和会生活。整个家里一尘不染，所有的东西摆放得井井有条。他笑着说："好吧，为了弥补刚才的失礼，我就舍命陪佳人了。"

"说得好可怜。"安娜笑着说。

"不过，必须得谢谢你的美酒。"江舟说。

两人在温暖的屋内，就着猩红的酒，边喝边畅谈起来。直到此刻，安娜都没有搞清楚自己约江舟的目的，也许是一时冲动，也许是喜欢上了他，也许就是想聊聊天而已，或者是寂寞，抑或是遇到了自己想敞开心扉的人，也许都不是。

两人聊起了各自的经历和到雄安的初衷以及目前的状态，都发现，彼此竟然聊得很投机。江舟觉得，在雄安这座刚刚崛起的城市里，会有很多道合的人，因为大家有着同样的目标。

对于安娜对待婚姻以及事业的勇气，江舟非常欣赏，发觉她在某个方面是很有见识的人。

一谈起婚姻，气氛就变得敏感起来，尤其是一对男女共处一室，而且是下雪的夜晚。安娜喝了几杯红酒，虽然从脸上看不出来，但言谈举止已经微有醉意。

"人类真奇怪，每一个人，同样具有两只眼睛一个鼻子一张嘴，却从没有完全相同的两张面貌；每个人都有一样的内脏，骨骼构造，和大脑小脑，却没有相同的个性。至于智慧的悬殊，兴趣的差异，更是一人一个样子。所以，两个人结合后，才会有那么多的纷纷扰扰。"安娜说，想到自己的婚姻，不由得叹了口气。她沉默了片刻，忽然问："你长得像你父亲还是你母亲？"

"我想，比较像我母亲。"江舟说，"你呢？也很像你的母亲吗？"

"是的，"安娜说，"不过我宁愿像父亲！"

"为什么？"江舟问。

她托着腮帮，用迷离的目光看着他，说："我父亲才是真正的爷们儿。尤其，他有个性，直而不曲，是棵高大的松树，妈妈呢……"她歪着头，沉思片刻，"是温室里的花朵。"

江舟笑了，端起酒杯碰了一下，然后把剩余的红酒一口干下，说："安娜，今晚的你和以前不一样。"

"有什么不一样呢，说说看。"她依然双眼迷离，有些挑逗地说。

他有些心慌意乱，躲避着她的眼神，故作镇静地说："今晚的你……比较感性一些，透露出了真性情。"

"你想拥有吗？"她忽然说，身子扑在桌子上，热切地看着他的眼睛。

他有些不知所措。对于女人，他不能说没有过，但对于这样直接的表白，他还是第一次遇到，而且这个女人还是婉婷的姐妹，但是，谁又能抗拒这极具诱惑力的表白呢。"你喝多了，安娜。"他咽了口唾沫，艰难地说。

"我没有喝多。"她流下了眼泪，"我的心太苦了！你能体会一个女人的不容易吗？婚姻破碎，肩上压着亲人的未来……"

他看着伏桌而哭的安娜，想起了自己这段时间的狼狈，内心突然被深深地触动了。伸出手，他轻轻抚摸着她的头，无言地安慰着。

她抬起泪眼，喃喃说："留下来陪我，好吗？"

他无法控制自己在酒精作用下产生的冲动，站起身走过去，把她拉了起来。她站起身，被催眠似的看着他。接触到她的目光，他的理智瞬间轰然倒塌，俯下头，他的嘴唇碰了她的，于是，激情不可抑制地爆发了……

当他走出安娜的住处时，大雪已经覆盖了万物，天地一片晃目的洁白，如同白昼。想起刚才那一幕，他的心，忽然生出了深深的悔意……

# 四十三

一进腊月门，日子就过得格外快，2020年元旦刚过，就到了腊月二十五。这段时间，湖北江城有了新型冠状病毒疫情，雄安的防控措施也变得严格起来，满大街都是防疫人员。

在雄安的外地人也都准备回老家了，无论是否挣到钱，家总是要回的，何况，现在的形势开始严峻起来，迟了恐怕让就地过春节，回不了家了。关心也在抓紧催款，准备把手头的资金归拢一下，然后回老家。她已经买了一车当地的特产，准备带回家。安娜以前都是在腊月二十八回娘家，今年也不例外。去年春节因为无人照看民宿，婉婷就没有回家，今年杨立青不回去，也就有人照管了，所以她和江舟、若茗商量好，准备腊月二十八回家过年。魏云鹏一周前回老家武汉了，走时对婉婷说办完事就回来，打算在雄安过年，不过今天都腊月二十五了，也不见他的踪影，估计回不来了。陆海平早有就地过年的打算，所以早早就把妻子和孩子接了过来。

总之，所有人都在为回家过年做着准备。

魏云鹏准备从武汉返回雄安了。临走之前，他接到婉婷的电话，让把文小美老公的表妹王玲珑捎回来。王玲珑也是雄安人，毕业于江城某医学院，正在一所医院实习，因为谈了一个江城男朋友，所以放假后一直没有回老家。眼看过年了，在父母的再三催促下，才决定回来，但一直没有买到车票，刚巧魏云鹏回雄安，所以让他捎回来。

公交车在公路上疾驰着。王玲珑倚着车窗发呆。她戴着口罩，看不出脸上的表情，只是睁着一双大眼睛看着飞驰而过的树木、汽车和稀稀拉拉的行人。如果没有这场疫情，现在的武汉应该是另一番景象：黄鹤楼前游人如织，长江大桥车流滚滚，汉口车站人声鼎沸，楚河汉街传来欢声笑语，户部巷街的热干面摊主热情招呼客人"过早"……可是现在，街道很宽，行人很少，偶尔有快递小哥匆匆穿行在空空荡荡的大街小巷，成为一道独特的风景，还有昔日奔腾不息的长江水也默默流淌，似乎诉说着这个城市刚刚逝去的繁华。

王玲珑的长相和她的名字很相符，小巧玲珑，五官很精致，有种江南女子的韵味，但很多人也说她像少数民族少女。她的男朋友绍伟也是因为她那双美丽的大眼睛而喜欢她上的。想起绍伟，王玲珑本来不好的心情更加郁闷。

江城发生了疫情，医院人手紧张，院长动员实习生留下来，承诺等这次疫情过去就给他们转正，这的确很有诱惑力，毕竟是江城的大医院呀，不是每一个医学院毕业的学生都能找到好工作。绍伟也竭力怂恿她留下，可是父母一再催促让她赶紧回家。一面是亲情，一面是爱情和事业，矛盾中的她正不知如何是好的时候，医院里一个病人的死亡让她下定了回家的决心，为此，她和绍伟还发生了争吵，就在刚刚，两人不欢而散，她带着行李气呼呼地赶车了。

　　表嫂文小美给她联系了一辆顺风车，说车主是她的好朋友，这让王玲珑增添了信任感。他们约好下午七点在江汉区的汉口火车站集合，现在已经快五点了，可是还得两个小时才能到。

　　正在胡思乱想，手机响了起来，她掏出一看，原来是妈妈打来的。她刚打开，手机里传来妈妈焦急的声音："玲珑，你现在什么情况？出发了没？接你的人到了吗？妈给你说啊，可千万要注意安全，别和乱七八糟的人说话……"

　　妈妈的话还没说完，就被王玲珑打断了："知道啦！一句话说了八百遍了！"

　　挂断电话，她把口罩往上拉了拉。公交车人不多，大家都不说话，低头玩着手机，还有几个人扭着身子看向窗外，一副拒人于千里之外的样子。是呀，这次病毒感染，让武汉的很多人谈病色变。

　　江城华南海鲜批发市场已经关闭，但还是能闻到从市场的每一个角落里散发出的海腥味。距离海鲜市场不远的一个小区门口，任明霞嘴里嘟嘟着，抱怨着这次病毒对生意的影响，张兆辉不声不响地提着两个大行李箱准备回老家过年。这是一对中年夫妇，男的是河南人，女的是地地道道的武汉人。张兆辉到武汉做海鲜生意时认识了任明霞，做了上门女婿。

　　任明霞戴着口罩，把收拾好的东西放到一起，对手里提着行李箱的丈夫说："张兆辉，咱们都三年没有回你们家了，你说现在回去，你家里人会不会不欢迎啊？"

　　张兆辉一手拉着行李箱，一手接过妻子递过来的背包说："没事，咱们又没有病。借这个机会赶紧离开武汉，感染了就麻烦大了。"

　　任明霞很赞同丈夫说的话，她麻利地背上包催促丈夫："赶紧走吧，时间都快来不及了。别让人家等着急。"

于是，夫妻俩坐地铁，转公交，向约定地点赶去。

夜晚的武汉华灯闪烁，已到年关，以往热闹的街道此时显得冷冷清清。临街的商铺灯火辉煌，却鲜有几个顾客，服务员无聊地站在那里，目送着偶尔从门口路过的行人一直到很远，这才收回目光，盯着自己的脚尖发呆。

魏云鹏开着自己的越野车停在江汉火车站的路旁，他坐在车内，不停地看表，脸上露出焦急和不耐烦的神情。他已经在这里等了三个小时，早已过了约定的时间，可那几个人还不见踪影。他从官方得到消息，说武汉即将封城，于是就匆匆收拾行装准备晚上离开武汉。

在朋友们眼里，他是比较成功的，但对他本人来说，金钱远远不能弥补内心的焦灼。去雄安之前，他在江城认识了一个叫夏至的女人，两人同居后，他内心的那种焦灼感才渐渐消失。和很多男人一样了！他常常这样得意地想。虽然没有一个幸福的家庭，但亲密的情人，一份发展不错的生意，他都拥有。拥有了这些之后，他才理解，男人想拥有婚外情，仅仅是为了满足虚荣心而已，想结婚，那还不是很容易的事，就看想不想结。但自从遇到婉婷，他一下对夏至失去了兴趣，他觉得婉婷才是自己最爱的女人。

夏至并不知道他的想法，这次返回雄安，她说什么也不让他回去，他哄了好几天，最后承诺买一条钻石项链，才同意他离开，但提出了一个要求，下次回来一定得结婚。

"妈的！"他狠狠地咒骂了一句。和她结婚？开玩笑呢，就是自己同意，儿子都不会同意，因为儿子一点儿都不喜欢她。再说，他也从没有想过和她结婚，况且，他现在已经爱上了婉婷，她才是自己想结婚的对象。

"请问，您是魏大哥吗？"身后传来一个清脆的女声，他回过头，看到一个漂亮女孩站在那里，手里拉着一个红色的皮箱。

"小美的表妹王玲珑？"他问，在得到肯定回答后，他不由分说拿起行李箱就放到后备箱。

王玲珑看着这个素不相识的男人阴沉着脸，意识到自己迟到了，连声道歉。

　　这时，张兆辉夫妇也赶到了，确认过身份，几个人装好东西，坐上车，等着最后一个同行人的到来。

　　寂静的夜里，高大的建筑物发出忽明忽暗的亮光，远处的江面偶尔传来一两声短笛，使空旷的街道更显孤寂。从江面吹过的风拂过人的脸上，湿湿的、黏黏的、冷冷的，直渗进人的心里。江水冲到停靠在岸边的船上，翻出一阵阵叹息。这不夜不眠的城市仿佛有许多动人的故事诉说不完，每一栋高楼、每一扇窗户里，似乎都有或多或少的故事溢出，在或浓或淡的夜幕里显得神秘、遥远甚至沉重。一江水，可以承载一座城市的历史，也可以涤荡一个人内心深处的苦痛。谁能想到，这座英雄的城市和人民，正在经历着一场严峻的考验。

　　已经凌晨一点，最后一个同伴还没有到，魏云鹏发动车准备出发。王玲珑连忙提醒："不是还有一个人来吗？"

　　魏云鹏扭过头，不耐烦地说："管好你自己，就你话多！他不来我还不回家了啊？这种不守时的人就让他遭点罪。"说完，发动车准备出发。

　　"等一等！等一等！"忽然传来叫声和拍窗玻璃的声音，王玲珑赶紧打开车窗，看到一男一女抱着一个小孩站在车旁。

　　魏云鹏边打开车门边抱怨："你们也太不守时了，不看看几点了？就是郝院长的关系也不能这么办事啊！不知道今天要封城……"他突然意识到自己说漏了嘴，连忙停住了。

　　"什么？封城？"张兆辉吃了一惊，他把头伸出窗外，问正在放行李的魏云鹏。任明霞拉了一下丈夫，让他别乱说话。

　　车旁的两个一男一女是医生，他们说因为这几天医院太忙，所以准备把年仅十岁的女儿送回石家庄父母那里过春节。因为连续做了好几台手术所以来晚了。夫妻俩连连道歉，千叮咛万嘱咐地让魏云鹏务必把女儿送到父母家。

　　任明霞悄悄问站在自己跟前的小米花妈妈："大姐，你们不认识呀？那你敢把孩子交给他带回去呀？"

　　小米花妈妈无奈地说："他是我们院长的朋友，我们虽然不熟，但是也见过几次面。我们太忙，估计春节也没有假期，孩子没人照顾。路上就麻烦你们了！"

"你们在路上千万注意安全！这次病毒感染性很强，路上做好防护，大家都把口罩戴上，回家也一样，最好和家人保持距离，两周内不要密切接触。"小米花爸爸说。

魏云鹏一边数落着迟到的同伴，一边催促大家赶紧上车出发，直到车开上高速，出了城，他才长出了一口气。张兆辉坐在副驾驶位置，准备和魏云鹏换着开车，同时路上说说话，以防他打瞌睡。王玲珑亲热地搂着小米花，因为年龄的关系，俩人很快亲密了起来。任明霞忙了一天，很快睡着了。

# 四十四

2020 年 1 月 23 日，农历腊月二十九。

高速上车辆很多，光出城就用了四个小时。行驶到京珠高速时已经凌晨五点多了。魏云鹏挺精神，一点儿都看不出来疲倦的样子。他看看有些疲倦的张兆辉，问："哎，你不知道江城要封城啊？"

迷迷糊糊的张兆辉听到这话，一下子清醒了很多，惊讶地问："什么？封城？为啥要封城？"

魏云鹏说："我也是听一个朋友说的，感染的太多啦，不封不行。很多人都离开城里了，有的出去旅行，有的回老家，总之想尽办法出去。还以为你知道呢，赶在这个时候回老家。"

"魏总，你咋知道的？"张兆辉好奇地问。

"我也是听政府的朋友说的，不让外传，估计今天吧。要不是等你们，我早就走一半路程了。你看看现在堵的。"魏云鹏看了他一眼，嘴上没说，心里很是鄙夷，他一向看不起这些小商贩。

"谢谢啊，魏总，多亏了您！我们也是好几年没回老家了，我老婆的表弟就给我们联系了您的车。"张兆辉有些歉意。

"我不认识你表弟，是黄鹤酒楼的老板打电话说捎一对做海鲜生意的夫妻。"魏云鹏不想再就这个问题谈下去，简单地说。

两人都不再说话。车上其他的人都沉浸在睡梦中，路上一会儿堵一会儿又通，走走停停，不知不觉天亮了。

这是一个清新明媚的早晨，空气是清冷而甜蜜的，细小的云片在浅蓝明净的天空下泛着小小的白浪，路旁的田野里，青苗在阳光的笼罩下似乎也突然长高了。树木光秃秃的，光刚刚掠过树梢，就飞快地向后闪去。

小米花先醒了过来。她摘下口罩，揉揉惺忪的睡眼，看了看搂着她的王玲珑，又看了看旁边睡得正香的任明霞，才想起来她已经被父母送上了回家的路。这是一个很灵秀的小姑娘，无论眉毛、眼睛、鼻子还是嘴巴，都给人一种惹人怜爱的感觉。她看向窗外，突然高兴地叫："快看快看！好大的月亮！"

她的喊声惊醒了车上的人。王玲珑猛一起身，头碰到了车顶，疼得她狠狠吸了口气，她看看窗外，朝兴奋的小米花说："那是太阳，小妹妹！"说完，替小米花把口罩戴好。

小米花一听，又看了一下，意识到自己说错了，吐了下舌头，不好意思地说："我本来想说太阳的，谁知道说成月亮啦！"

车上的人都笑了起来，气氛也变得轻松了很多。大家开始谈笑风生，谈生意，谈学业，谈教育，谈工作，谈刚刚暴发的江城新型冠状病毒疫情，都庆幸自己没有被感染。

"钟南山院士来啦，疫情应该很快就过去。"王玲珑自信地说。

又堵车了，魏云鹏减慢车速："妹子，你太年轻。"

王玲珑噘了一下嘴，不满地说："这和年轻有什么关系？我是护士，钟南山院士可厉害了。"

"你俩有可比性？"魏云鹏哈哈笑了。

王玲珑涨红了脸："你没理解我的意思。"

任明霞笑着说："玲珑妹子的意思是，人家都是学医的，这些事肯定比咱们清楚。"

刚刚晴朗的天气变得阴沉起来，太阳不见了踪影，寒风掠过光秃秃的树梢，又扫过地上枯黄的草和灌木，有一丛枯枯的灌木丛路边的田里被风吹到了路中间，随风打着滚儿向前跑，不一会儿，被飞驰而过的汽车压得粉碎。

正当大家轻松赶路的时候，更大的恐慌又降临在他们之中——江城开始封城了，病毒蔓延的消息又开始在微信中传播开来。

王玲珑打开抖音，正好看到发布的关于封城及疫情的新闻，今天，来自全国各地及军队的医务人员紧急奔赴江城，支援范围也扩大至湖北全省。全国 29 个省区市和新疆生产建设兵团、军队系统先后共派出 4 万多名医护人员驰援江城。

在人类与疾病斗争的历史上，一座城市，短短数日，迅速集结 4 万多名全国一流的医务人员，可谓创造了一种奇迹！玲珑心情很激动，同时很后悔自己没能留下来。她想到家在江城的男朋友绍伟，就翻出电话，刚想拨过去，想起昨晚的争吵，又放下了。她翻出短信，看着两人的聊天记录，一幕幕甜蜜的往事又浮现在脑海，她发了一个红心的表情过去，绍伟马上发过来一个拥抱，这两个表情一下子消除了心中的不愉快，玲珑的心立刻被柔情占满。

她问："你怎样了？"

他回答："很好，不要担心。我错了，你应该回去，现在封城了。"

她笑了，回复说："对不起，我爱你。"

他发了一个自拍的鬼脸表情："小丫头，好好陪爸妈，好好保重。我在江城等你！"

2020 年的开端注定是不平凡的一年，但无论山崩地裂、天塌地陷，世界上的任何生物仍在灼热的阳光下生机勃勃，自由生长，从葱茏的树木到人们心中的爱情。王玲珑心中的爱情就如同春天蓬勃生长的小草，丝毫没有受到这次事件的影响。

王玲珑把手机贴在胸前，因争吵而郁闷的心情烟消云散。她一扭头，却看见小米花睁着大眼睛看她，她敲了一下小米花的头，笑着说："小米花，看啥呢？"

小米花扭了扭身子坐好，调皮地说："姐姐，你是不是恋爱了呀？我看你发微信一直在笑。"

任明霞被她逗笑了，她揉揉小米花的头说："你还懂恋爱嚏？"

让小米花当着这么多人说出自己的心思，王玲珑的脸不由得红了起来，她刮了下小米花的鼻子小声说："不许乱说，再说不理你了。"

小米花吐了下舌头，赶紧坐好。

车行进得很慢，听着播报的疫情实时动态新闻，魏云鹏有些烦躁。在又一次堵车后，他摇下车窗，掏出一根烟点燃。他扭头看了一眼后座的三个人，王玲珑和小米花头挨着头说着什么，任明霞看起来精神不振，不时用手摸着额头。他又瞥了一眼旁边的张兆辉，张兆辉正巧也用眼睛余光扫他，俩人目光对视，又心照不宣地转开。

魏云鹏手把方向盘沉默了一会儿，又扭头看着张兆辉说："有病没病？"

张兆辉一听，条件反射般挺直身子，连声说："我绝对没有发烧！"

任明霞一听魏云鹏这样问，立马针锋相对说："你发烧呢吧？是不是你带进来的？"

"放屁！再胡说八道给我滚下去！"魏云鹏厉声喝道："算我倒霉，拉上你们几个倒霉蛋！"

张兆辉瞪着他，语气变得不友好起来："魏总，话别说得太难听，好不好？"

"就是，说话也太难听了！"任明霞白了魏云鹏一眼，小声嘟囔。

魏云鹏转回身，用手指着任明霞："再说给你一嘴巴子，信不信？"

"试试！"张兆辉攥起拳头，怒目而视。

魏云鹏慢慢放下手，盯着张兆辉看了半天，然后点点头，咬着牙说："行！你牛！我怕你！"

这时路通了，后面的车都在摁喇叭。魏云鹏憋着气，用手使劲儿拍了下方向盘，启动了车继续前行。

王玲珑搂着吓哭了的小米花，也有些害怕。她看看魏云鹏凶神恶煞般的脸，再看看张兆辉阴沉的脸色，小心翼翼地说："两位叔叔……"

"谁是你叔叔？"魏云鹏和张兆辉异口同声地高声喝问。

王玲珑连忙改口："两位大哥，我是护士，我给你们分析一下，虽然咱们都是从江城出来的，但是也不一定就会感染病毒，至少现在没有发烧的，我这里有体温计，一会儿都量一下体温是多少。再说咱们已经在一个车上了，现在唯一的办法是做好自我防护，都戴上口罩预防。"

听了王玲珑的话，两个男人都不说话了，各怀心事继续开车默默前行。此时，他们都明白，命运已经将他们牢牢绑在了一起。

好容易到了河南境内，魏云鹏找高速出口，他想赶紧把这夫妻俩送下车，少一个人就减轻一下压力。可是走了好几个出口，一看湖北牌照的车，都不放行，这样一直折腾了好几个小时。眼看到家门口却回不去，恐惧和懊恼使张兆辉变得异常焦虑。魏云鹏把车停在匝道上。他不能再往前走了，要不把这俩人拉到哪里去呢？他准备把张兆辉夫妇赶下车。

变化多端的天气此刻突然改了方式，起风了，刚开始在空中抓狂，不一会儿，就改成在地上啰儿啰儿地吹，头顶的云也越积越多，仿佛只要撕裂一道口子，暴雪就会顷刻而下。天空这种怪异的景象令万物都很惊惧和惶恐。大地上从不言语的青色、灰色，在这样的天气里也惊诧不已。旷野看起来荒凉而空旷，衬得高速路上行驶的汽车也显得单调和渺小。车里的每一个人都感到了彻骨的寒冷。

魏云鹏打开车门，站在外面对张兆辉说："你俩下车，自己从高速口走回去。"

任明霞拉开车门也下来了。她望望后面一辆一辆驶过的汽车，又转头看着不远处高速口正在检查的交警，一屁股蹲下来，带着哭腔说："这可怎么办呢，前不着村后不着店的。不让人过年了吗？"

张兆辉连忙下了车跑到妻子跟前安慰："老婆，别着急，会有办法的。我就不信不让咱们回家。"

任明霞甩开丈夫的手，没好气地嚷嚷："我说不回来不回来，你偏要回来。你那个破家有什么好看的。都出来好几年了，家里谁稀罕你呀！现在倒好，回不了江城，也回不了你家。"

张兆辉从车上拿下行李，拉着妻子准备从高速口走下去。王玲珑连忙把头伸出窗外喊："哎！大哥大姐，你们要去哪里呀？这里是下不去的！"

魏云鹏厉声喝道："就你事多！再喊连你也下去！"

王玲珑噘着嘴，不情愿地缩回头。

小米花拉拉她的衣服，小声说："姐姐，这个人很讨厌。"

魏云鹏看着张兆辉两口子走了，这才坐上车准备出发，他长出了一口气，心里轻松了一些。回头看看车上的两个小姑娘，想开口抱怨几句，正好接触到小米花天真的双眼，他想到自己的儿子，把到嘴边的粗话又咽了回去，粗声粗气地说："坐好！"

"可是……可是……他们肯定下不去的，他们怎么办呢？"王玲珑有些着急。

魏云鹏不说话，只顾开车。前面不远就是服务区，他着急上厕所。王玲珑担心地朝后看看，远远看见高速口停着很多车，车灯闪烁，隐隐约约能看到穿着防护服的交警在忙碌着。

车前行不远就到了一个小服务区。魏云鹏把车停到车位，刚想打开车门，服务区一个全副武装的保安拿着消毒液跑过来朝着车身喷洒，他刚打开的车门被迫关闭。消毒完，保安死死摁住车门不让下，还不停喊着让他们赶快离开。听见叫喊，远远又跑过来几个保安，站在距离汽车一米远的地方，等车身喷洒完消毒液，就挥手让他赶紧开走，说湖北牌照的汽车一律不允许在服务区停留。他没办法，只好又开着车上了高速。

# 四十五

天渐渐暗了下来，寒风阵阵，裹挟着冬日的肃杀，凋谢了勃勃草木，荒芜了茫茫旷野，淹没了虚虚假假，浸没了真真实实。想必季节倦怠了，休眠的万物静寂悄然，蜷缩成一副慵懒静默的姿势，均匀的呼吸，生怕稍一动弹便扭痛了腰肢，风在冬天的傍晚缓缓蔓延开来，试探着大地渐渐袭来的醉态，撩起几丝凌乱的碎发，打疼了枝头那几片倔强的枯叶，潜然而坠，支撑着最后的婉约，被湿寒淋漓过的芳颜几分憔悴，嵌入大地宽厚的胸膛，盈款为残冬里最美丽的书签，隐隐潺潺，吟唱生命里最悲怆隆重的晚歌。

实在憋不住了，魏云鹏打着双闪，把车停靠在了路边。他跳下车顾不得其他就到路边小便。小米花搂着王玲珑的腰，轻轻地说："姐姐，咱们啥时候到家呀？"

王玲珑疼爱地揉揉小米花的头发，微笑着说："小米花，别着急，很快就会到家的，姐姐一定把你交到你爷爷奶奶手里。"

小米花仰起头看着她，车里很暗，王玲珑只看到小米花亮晶晶的双眼。她把小米花的棉衣拉好，更紧地搂住了她。

魏云鹏小便完，掏出一根烟抽了起来。他朝来的方向看了一眼。可能是检查的缘故，车不像前半天那样多，路上也没有那样拥挤。一辆辆汽车经过他的身旁，连大地也跟着颤抖，这颤抖搅动着人的心情，沉重而焦灼。张兆辉夫妇不知道下了高速没有，他想。把这俩人赶下车，他认为自己做得对，因为只要下了高速，随便打个车就可以回家，交警没理由让一个没开车的人在高速上走路。

这时，身后传来嘤嘤的哭泣声，他本能地一惊，竖起耳朵仔细听，声音越来越近，夹杂着哭骂声。还没等他反应过来，车门忽然打开了，王玲珑从车上跳下来，喊："明霞姐！明霞姐！我们在这里！"

魏云鹏一听，又是这两个倒霉蛋，不由分说地拉着王玲珑的胳膊就抢上了车，同时低吼："别喊！不想回家啊？"说完，他连忙上车准备开走。

王玲珑急了，从后座扑上去抓住了方向盘不让开车，刚刚启动的汽车在两个人的争夺中横冲直撞，好几次差点儿和后面行驶而过的车辆撞上，汽车喇叭声、刹车声和骂声交杂在一起。魏云鹏怕出车祸，只好把车又停了下来，朝着王玲珑大吼："你想死啊！不想走了滚下去！老子让你们害死了！明天都大年三十了，害得老子还在路上走不了！"

王玲珑不松手，惊魂未定地说："你……你得让他们俩上车。"

说话间，张兆辉两口子已经跑到了车跟前。王玲珑打开车门叫："哥，姐！赶紧上车！"

魏云鹏下车，一脚踢上车门，冲着俩人没好气地说："你俩能回去不回去，作死呢！"

张兆辉气得挥手打了他一巴掌，两个男人随即打了起来。王玲珑示意任明霞上车，然后从后座翻过去坐到了驾驶位，准备开车吓唬他们。两人一看车开走了，停止打架一起追赶汽车。

五个人又重新坐上车继续赶路。车上的人都不说话，刚才的一番吵闹，让所有人的心里都不舒服，尤其是王玲珑。刚走上社会的她没有见过这样的场面，想不明白，人和人之间怎么会如此自私。她想起美好的校园生活，想起在医院实习时大家互帮互助的日子。她望着黑漆漆的窗外，一种孤独和惶恐突然涌上心头。车里的人，她一个都不认识，在这漫漫长途中，谁知道后面会发生什么事。她不由得搂紧小米花，手无意中碰到了小米花的额头，感觉很烫。她心里一惊，凭护士的直觉，她知道小米花发烧了。是不是感染上病毒了呢？她的行李在后备箱，里面装着体温计和退烧药，必须要停车取出来。

王玲珑坐直身子，看着一言不发的三个人，说："大哥，得停下车，小米花发……"话没说完，只听见"噗"的一声，车身颠簸了一下，猛地停了下来，吓得车上的几个人都叫了起来，好在虚惊一场，后面的车行驶速度都不快，都减慢车速绕了过去。

"怎么了？怎么了？"张兆辉摸着碰到窗玻璃的头，吓了一跳。

"他妈的！"魏云鹏恶狠狠地骂了一句，靠在座椅上，懊恼极了。

"车胎爆了？"张兆辉边说边打开车门。原来是左后轮的轮胎爆了。

魏云鹏下车检查了一下，和张兆辉把车慢慢推到路边。王玲珑的心咚咚乱跳，小米花哭了起来，任明霞惊魂未定，连忙拍拍小米花安慰着她。

魏云鹏拨打完高速救援电话，看到王玲珑在朦胧的车内给小米花量体温，他反应过来是小米花发烧了，一下子恐慌起来，站在车外不敢上车，对着王玲珑喊："这小孩到底怎么了？是不是感染了？不能带她走了！要不我们几个非得感染了不可！"

任明霞一听，吓得赶紧缩回手，打开车门跳了下去，还不停地喊自己的丈夫："张兆辉，你赶紧下来！"

下车的三个人远远站在路边，不敢靠近汽车，漆黑的夜晚，看不见彼此的表情，在车上守护小米花的王玲珑只能听到魏云鹏低低的说话声，原来在商量小米花的事。魏云鹏认为小米花感染上了病毒，想把小米花留下来，让高速救援的交警带回去，张兆辉也怕感染上病毒，用沉默表示同意，任明霞想到自己的孩子，有些不忍心。

小米花虽然发烧，但没有病毒感染的其他症状。玲珑给小米花量了体温，吃了退烧药，稍稍放了心，只要烧退了，就说明没有问题。她打开手机，抖音上关于江城疫情的消息已经铺天盖地，让人触目惊心。看来，病毒已经迅速蔓延到了城市的各个角落。许多人在不知不觉间被感染，进而将死亡的阴影引向周围所有的人。

夜深了，救援车还没有来。天气更冷了，任明霞实在受不了了，心一横，拉开车门坐了上去，张兆辉也冷得够呛，看妻子坐了上去，自己也干脆上了车，留下魏云鹏一个人在车外瑟瑟发抖。

浪潮

经过王玲珑的精心照顾，小米花的烧终于退了，排除了病毒感染的可能，所有人松了口气。魏云鹏这才上了车，冷得直打喷嚏。

天已经大亮，可是救援车仍然没有来。两个男人决定自己换轮胎，费了九牛二虎之力换完轮胎，已经是1月24日中午，大年三十了。

此时他们已经饥肠辘辘，好不容易到了前面服务区，谁知道服务区的工作人员看到湖北的车牌，又听到他们的湖北口音，死活都不让进。魏云鹏只好继续开着往前走，嘴里骂骂咧咧，嘟嚷着自己带上这几个人反而拖累了自己。任明霞坐在他身后，用手使劲拍他的肩膀，边拍边骂："你还怨我们，你是湖北车牌，你以为你能下高速啊！要不是搭上你这倒霉的车，我们也不会被困在这里回不去！"

魏云鹏起初忍着，最后实在忍不住了，他抡起胳膊挥了出去，没想到重重打在了任明霞脸上，恶狠狠地骂："你个泼妇！再这样给老子滚下去！"张兆辉听不下去了，俩人又爆发了争吵，车子差点儿撞到高速路的栏杆，任明霞捂着脸边哭边骂。

小米花用双手捂住耳朵大声喊："我爸爸妈妈说团结就是力量，可是你们为什么老吵架呢？"

王玲珑瞥了一眼两个吵架的男人，讥讽地说："小米花，没人教他们呀，所以老吵架。"

吵归吵，饭还是要吃。吵完后，三个大人又商量怎样搞点吃的，最后把目光转到王玲珑身上，王玲珑故意不理，把自己的包紧紧抱在怀里。小米花把妈妈给自己准备的一些面包、饼干和水果拿出来分给大家吃。张兆辉夫妇想到刚才还准备扔下小米花，感觉很惭愧，魏云鹏从小米花手里拿过面包和水果，大口吃了起来。玲珑赶紧把小米花的食物收拾好，小声说："傻瓜！他们一会儿就给你吃完了。给自己留着。"

小米花懵懵懂懂地看着玲珑，点了点头。

至此，几个人已经连续十几个小时没有正经吃东西了。

大家吃了点东西正准备赶路时，任明霞发起烧来，这可吓坏了张兆辉，他一直担心妻子会感染病毒。魏云鹏更加烦躁，他再一次赶张兆辉两口子下车，遭到王玲珑的强烈反对。王玲珑建议给卫健委打电话，让任明霞就近隔离治疗，但张兆辉说什么也不同意。

王玲珑拿出自己包里的口罩让大家换上，又拿出体温计测量体温。不幸的是，小米花又开始发烧了，魏云鹏和张兆辉也相继出现了发热症状。王玲珑急了，竭力说服大家到医院去，遭到了大家的一致反对，都说要回老家，坚决不回江城，回去就出不来了。

几个人在高速上开开停停，最后实在累得不行了，就停在高速路边。不远处，隐隐约约传来鞭炮声，夜空中也升起美丽的烟花。远处的万家灯火，似乎离家很近，又似乎无路可走，无家可归。小米花指着远处的烟花，忘记了病痛，高兴地喊："姐姐，看！多美的烟花！"

王玲珑抱着小米花蜷缩在车上，她望着窗外黑漆漆的夜色和夜空中隐约可见的烟花，想着渺茫的回家路，泪水流了下来。父母已经打了十几个电话了，电话里焦急的声音还响在耳边。在这个黑暗的、凄冷的夜里，幸福尤其简单，想起和男友绍伟在武汉街头吃的那碗热干面，想起酷酷的父亲骑着摩托车载着自己兜风……那种感觉在当时似乎只是一种快乐转瞬即逝，现在想来，是多么珍贵而温暖啊！在如树叶一样密稠的日子里，一个感动、一个细节的沉淀都是一种幸福。

想到男友，王玲珑有些担心，她拿出手机，直接拨出了电话号码，电话那端没有人接听，又拨打一遍，还是无人接听。她不由得有些惊慌，脑海里闪现出一连串画面……在紧张的情绪牵引下，她的喉咙似乎卡了什么东西，想咽又咽不下，忍不住咳嗽起来。正在胡思乱想，手机响了起来，她连忙打开看，是男友打来的。

听到电话那端传来的声音，她才略微松了口气，轻轻问："干吗呢？不接电话。"

电话那端停了一会儿，才传来绍伟有些悲伤的声音："玲珑，爷爷他……他去世了……"

"什么？"玲珑大吃一惊，她放假回来时还好好的，怎么就去世了呢？她呜咽着说，"绍伟，爷爷他……得的啥病？"

"病毒感染。现在我和爸爸妈妈也在家里隔离。"绍伟的声音传到玲珑的耳朵，每一个字都像一声炸雷响在耳边。她的手在颤抖，嘴唇不可遏制地抖动着，泪水顺着脸颊疯狂地流淌。死亡，多么遥远的字眼，多么残酷的事实，那是电视中才出现的，怎么会发生在自己身边，而且是自己心

浪潮

爱的人身上？

"玲珑，你到家了吗？自己也要小心。江城现在封城了，小区也封了。"绍伟关切的声音传了过来。

"嗯……我知道了……"玲珑哽咽着，"可是……可是你怎么办呢？"

"我没事，就是隔离观察，十四天过后就没事了。"绍伟安慰着她。

听着绍伟没有底气的声音，玲珑哭得更厉害了，绍伟哄了好半天才停住哭泣。她真后悔自己当时执意回家，这个时候，她应该陪在恋人身边的，那样他心里会好受些。

"绍伟，对不起！"挂断电话，玲珑还在轻声说着，泪水总是控制不住地流淌。她的情绪感染了小米花，也抽抽嗒嗒地哭了起来，边哭边说："姐姐，我想妈妈了！"她想给妈妈打电话，可是手机已经没电了。玲珑把口罩戴好，又给小米花做好防护，她的心被悲伤和无助包围着。大家都无奈地靠在车上，谁也不想说话，任由黑暗吞没了自己。

连续几辆车的高速通过使停在路边的车身产生了猛烈的震动，魏云鹏最先醒了过来，看了看手机，刚刚早上七点一刻。其他人还在睡觉，他打开车窗透气。今天大年初一了，母亲昨晚打电话问他到哪里了，他怕家人担心没敢说太多，只是叮咛父母注意防护，把孩子照顾好。

路上冷冷清清，偶尔一辆汽车匆匆驶过，旷野枕着冬日宁静安详的臂弯，踩着清晨第一片柔软的银色素毯，揉触着空气寒凉的体肤，格外清越，一种空冥的感觉拉开了山野与闹市的距离，大地如此沉稳安然，不露丝毫的慌张，静谧中清浅闲雅，清姿款款，浅淡素洁……清冷的早晨！这和春节喜庆的气氛极不协调。

不知谁的手机在响，一听都知道是抖音，这几天只要一出现重大情况就是这种音乐，听了让人心情沉重。魏云鹏有气无力的声音在车内回荡："人民网发布消息，新型冠状病毒感染的肺炎疫情加速蔓延，疫情防控成为当前最重要的工作。全国31个省、自治区、市启动重大突发公共卫生事件一级响应，涵盖总人口超过13亿。对所有患者进行集中隔离救治，对所有密切接触者采取居家医学管理，对进出江城人员实行严格管控，防止疫情扩散。完了完了，咱们是回不了家了！"

任明霞绝望地靠在座椅上，因为戴着口罩，看不清表情，只看见她眉心凝成了一个疙瘩，眼里泪花闪烁，她伸手抓住丈夫的肩，不可遏制地哭出了声。张兆辉无言地拍拍妻子的手，安慰着说："放心，老婆，一定会回去的。我就不相信还不让人回家了。"

玲珑翻看着朋友圈和抖音，今年的朋友圈和往年不同，很少有晒各种春节美食的，全都是关于疫情的消息，聊天也是关心地询问对方的情况，最后会来一句："千万保重身体啊！"玲珑给父母打了个电话询问家里的情况，母亲得知他们现在的状况很着急，不由得哭出了声，她安慰着，说总会到家的，让母亲放心。打完电话，她的心里酸酸的，想哭，又想到了绍伟，于是发了一条"新春快乐，百毒不侵！"的祝福语。

很快，绍伟给她回复了一段话："从窗口望出去，武汉依旧阴冷，不时还飘着细雨。空旷的街头悬挂着精美的迎新春饰品。往年，这一天的街头巷尾，总会看到人们手拎各种礼品相互拜年。而今天，路上却鲜有行人，偶尔有一两个人走过，也是戴着口罩，步履匆匆。玲珑，新年快乐！保重！"

玲珑回复："没有一个冬天不可逾越，没有一个春天不会来临，江城的樱花会开，热干面会在街头飘香，早上'过早'的人排起长队，烟火气的江城会回来的！"

玲珑的心如同江城飘洒的细雨，阴冷而潮湿。江城留给她的记忆，不单单是她在这里读了四年大学，也不仅仅因为"我住长江头，君住长江尾。日日思君不见君，共饮一江水"的浪漫，江城街头，长江渡轮上，黄鹤楼及武大校园的樱花树下，都留下了她青春的印记。

玲珑知道，目前所见传染源主要是新型冠状病毒感染的患者。无症状感染者也可能成为传染源。主要的传播途径是经呼吸道飞沫和密切接触传播。直接传播是指患者喷嚏、咳嗽、说话的飞沫，呼出的气体近距离直接吸入导致的感染；气溶胶传播是指飞沫混合在空气中，形成气溶胶，吸入后导致感染；接触传播是指飞沫沉积在物品表面，接触污染手后，再接触口腔、鼻腔、眼睛等黏膜，导致感染。所以，她一直叮嘱大家戴好口罩，在现有的条件下不要再交叉感染。

张兆辉看着手机，沮丧地说："大家听一下啊，江城市新冠肺炎防控指挥部通告说，为减少人员流动，降低感染风险，现就桥隧通行管理有关事项通告如下：自 2020 年 1 月 25 日 0 时起，过江隧道关闭，三环内过江桥梁通行实施体检测管控。取消时间另行通告。想回是真回不去了！"

大家都从老家得到消息，社区和村庄已经封闭，外地人，尤其是从湖北回来的人一律不准进去，早一些回去的人都在强制隔离。现在，车上所有的人都进退无路了，都感觉到了死亡的阴影似乎正朝自己袭来，绝望紧紧攥住了他们的心，恐惧让每个人失去了理智。

魏云鹏捶胸顿足："我真后悔呀！肠子都悔青了！本来可以早些回到雄安的，可是我怎么就鬼迷心窍，听了那个女人的话，耽误到现在，弄得连家都回不去……"

张兆辉痛恨自己低价收购一些病死的牛羊等动物，自己加工处理后高价卖出去。任明霞也悔恨不已，两口子抱头痛哭，互相倾诉着心里话，都很后悔这些年只顾做生意而忽略了对方。

张兆辉从兜里掏出一条项链，含着泪说："老婆，对不起，我要向你坦白一下，两年前，我还想和你离婚呢，那天，我把离婚协议书都写好了，回到家看到你忙着干活，又把它撕了。"

任明霞睁大眼睛，不相信地望着丈夫，结结巴巴地说："什……什么，和……和我离婚？为什么？"

张兆辉用手擦了一下眼睛，惭愧地说："你知道吗？这些年，虽然你父母对我很好，可是我总觉得是寄人篱下，再加上你总是对我呼来喝去，我就不想和你过了……"

"什么？你……你怎么会这么想呢？"任明霞愣了一下，用不可思议的眼光看着丈夫，仿佛看着一个陌生人，"我父母对你那么好，每次回到家，我妈都给你把饭菜端到桌前，咱俩吵架，我爸总是骂我，什么时候说过你？你竟然有这样的想法，你……你真不是个东西啊，竟然这样想！"说完用手捶打丈夫，哭着喊。

张兆辉用手抓住妻子的手，激动地说："我知道爸妈对我好，你也会过日子，可是越这样我心里越难受，我当时想，他们把我当外人才这样客气的。可是我现在不这样想了。爸妈是关心我才那样做，你也是爱我、爱咱们这个家才这么辛苦。对不起老婆，我错了，你原谅我吧！"

任明霞流着泪使劲儿点头，张兆辉把项链戴在妻子脖子上说："老婆，来，我给你戴上，本来想着回家送给你的。我现在心里轻松多了。要是我死了，你一定好好把孩子抚养大，听见没？"

任明霞刚刚止住的眼泪又流了下来："不许说丧气话，我们都要好好活着，我们还要一起给爸妈养老送终呢。"

玲珑望着张兆辉夫妻俩，想起以前从书本里看到的一句话：牵着你的手，无论在哪里，我都感觉是在朝着天堂奔跑。

魏云鹏靠在座椅上，灰心地说："你们说，这人还有来世没？"

"但凡希望有来世的人，今生都有债要还。"张兆辉怔怔地说。

"你有要还的债吗？"魏云鹏问。

"我只讲今生，不相信来世。"张兆辉说，"我得和我老婆好好过完这辈子。"

王玲珑看见张兆辉的眼睛里，有星星在一闪一闪。她知道，这是爱情。这世上的爱情演变到最后大概就是一个目的吧——生死与共，生死相依。

"还是家里好啊！"魏云鹏感叹，"两个家真是累呀……"

"等会儿，等会儿！"张兆辉打断他，惊讶地问，"两个家？啥意思？"

任明霞轻蔑地说："小三呗！"

魏云鹏苦笑了一下，叹口气说："我和这个女人生活了五年，挣的钱两个家一家一半，当然，我老婆还是多一些，她还要照顾我爸我妈，可是后来我老婆知道了，就和我离婚了。以前没想过这个问题，快死了，就突然很想我老婆孩子，觉得对不起他们……"还没说完，声音就哽咽了。

"不要脸！"任明霞骂了一句。

"是，我也觉得自己挺不要脸的，可是我也快死了，很公平。"魏云鹏说。

小米花一直在咳嗽，玲珑摸摸她的额头，有些担心小米花能不能扛过去。五个人现在被困在一辆小小的汽车上，早已交叉感染，现在唯一能做的，只能是做好防护，靠自身的免疫力打败病毒。这也是没有办法的办法。

"小米花，你一定要好起来。"玲珑搂着她，轻轻地说，"你还要上学，还要穿漂亮衣服。你还没有见到爷爷奶奶呢……"说着说着，禁不住哭了起来。

小米花想用手给她擦眼泪，又放了下来，小声说："姐姐别哭，我没事的。你不要抱着我，会传染给你的。姐姐，我有一个伙伴晶晶，她爸爸死了，过了几天，她妈妈又死了。他们就在我爸爸妈妈住的医院里。我回来的时候，妈妈告诉我，晶晶的病快好了，等她出院了，就让她给我打电话。我手机没电了，也不知道爸爸妈妈给我打电话了没。"

玲珑拿出手机，准备拨号："你爸爸妈妈电话是多少?"

小米花摇摇头，坚定地说："还是不打了，他们很忙的，我不想让他们担心。"

"可以给你爷爷奶奶打呀，你爸爸妈妈肯定会联系他们的。"任明霞说。

于是，王玲珑根据小米花报的电话号码拨通了电话，那边刚一听见小米花说话，一个老太太就哭了起来。玲珑简单说了一下小米花的情况，又把他们几个人的处境说了一下，老太太哭得更伤心了，最后小米花的爷爷接过电话，说他在石家庄也积极联系一下，看能不能让他们尽快进医院治疗。小米花听到爷爷奶奶的声音，一直哭个不停，任明霞和王玲珑一直哄着她。

不知不觉间，天又暗了下来，高速上几乎没有车辆，寂静得可怕，玲珑的心偶尔被一种说不出的恐怖所捕捉。她不知道这样下去还得多久才能到家。可是，必须想办法了，她是护士，她觉得自己有责任让大家得到救治。

# 四十六

2020年春节，是让人永远无法忘记的，每个人都在经历和承受，其实仔细想想，事世变化莫不如此。多少还未来得及开口的爱情，如同日光下斑斓的肥皂泡一样消失在心头的叹息声中；多少还未来得及守候的亲情，如同儿时快乐的时光停留在内心深处，让我们永远遗憾和心痛。

车上的五个人在昏暗的旋涡中彷徨，等待着能够拯救自己的人出现，伸出手，把旋涡中的自己拉出去。但期待的拯救者始终没有出现，他们就像冬天里被扯掉翅膀的麻雀，扑棱在没有吃食的荒野大地上。

当新的一天太阳升起的时候，魏云鹏的病情更加严重了，其他几个人还好，尤其是小米花，发热症状竟然奇迹般好了，也不再咳嗽。玲珑很高兴，她觉得他们几个人一定会向好的方向发展。自己虽然感觉浑身有些乏力，但是没有发烧，她觉得自己能扛过去。现在要做的，就是加强每个人的自我防护。好在，她回家时买了几包口罩，本来是给家人准备的，没想到现在派上了用场。

他们带的食物已经不多了，必须在今天得到救援，否则，就是病好了，也非得饿死不可。玲珑下了车，在后备箱打开行李，从里面拿出消毒液，和昨天一样给车身消毒，给车内喷洒。这几天在她的坚持下，防护还做得比较及时。

张兆辉下了车，看车内的魏云鹏还在睡觉，就悄悄对玲珑说："妹子，和你商量个事儿。"

玲珑朝他身上边喷洒消毒液边说："什么事？"

"要不然咱们把他放下，咱们自己走得了，他病得这么严重……"张兆辉没有底气地说。

"不行！"玲珑大声说，她把东西放好，有些生气，"怎么能这样说话呢？留下他怎么办？你还以为是红军过草地啊，留下伤病员，有后面的部队来收留？高速上没有人，就是有人经过，也没有人会管的，你让他怎么办？"

张兆辉连忙摆手："小声些，小声些！这不是和你商量嘛，咱们一车人呢，不能因为他一个人害了我们大家。"

"不行！"玲珑厉声说，"你忘了你们是怎样差点儿被人丢在高速上的？什么滋味你忘了？"

"对呀，他不是还想丢掉我们吗？我这么做也没错。"张兆辉争辩。

"我说不行就不行！别再说了！"玲珑不想听他再说，她敲敲窗，魏云鹏打开车门走了下来。他走到几米远的地方停下来，对玲珑大声说："荒郊野外就咱们五个人，口罩可以摘下来了吧？呼吸一下新鲜空气。"

玲珑说："咱们必须赶路了。我有个想法，无论如何得开到离家最近的地方下高速，即使不让下，肯定得量体温，这样咱们都会被送进医院隔离治疗，问题也就解决了。"

任明霞连声说："我同意我同意！要是早些这么决定，咱们早就到医院了。"

小米花说："我爸爸妈妈是医生，他们说，不管什么时候，都要把生的希望留给别人。我不想回家了，不想让爷爷奶奶也感染上病毒，不想让周围的小朋友也感染上，我要到医院去隔离治疗。叔叔阿姨，我们都要好好的，医生会治好我们的病的。"

听了小米花的话，几个大人瞬间羞愧万分。在不安和恍惚中，大家安定下来，决定让王玲珑开车前进。于是，玲珑让小米花坐在副驾驶位置，张兆辉夫妇坐在中间，魏云鹏一个人躺在最后面的座位上，然后打开导航，一直开车朝着石家庄方向驶去。

远远地，看到前方高速出口写着"石家庄"三个字，灯光如一条长龙，闪闪烁烁。这平时熟视无睹的灯光，此刻看起来却那么温暖，玲珑鼻子一酸，差点儿掉下眼泪。小米花拍手欢呼："到家喽，到家喽！"

张兆辉看着妻子，百感交集："老婆，既然这样了，听天由命吧。先把病治好再说。"

小米花用清脆的声音说："叔叔，我们老师教过一句话，叫留得青山在，不怕没柴烧。"

几个大人都笑了，这是几天来第一次展开笑颜。

魏云鹏坐起身，看到灯光，如释重负："玲珑妹子，无论如何，你得让他们把咱收了。我可不想再在高速上乱跑了。"

在高速收费站，高速交警有序地将车辆引导到路边，医务人员仔细对每一辆下高速车辆的驾乘人员，逐一进行体温检测，详细询问身体状况等，确认各项体症无异常后才可放行。

"您好，我们需要对您进行体温检测。"等了至少三个小时，才轮到检查他们的车。医护人员逐一对他们进行了体温测量。不用说，除了小米花没有发热之外，玲珑和其他三人都有不同程度的发热症状。立刻，全副武装的交警和医护人员如临大敌，给车身进行了全面消毒，五个人也从车上下来，进行了全身消毒，随即被紧急送往医院。

上车的时候，魏云鹏对玲珑大声说："妹子，谢谢你！"

张兆辉也双手抱拳，对着玲珑拱了拱手，任明霞向玲珑深深地鞠了一躬。

玲珑给自己的父母和小米花的爷爷和奶奶分别打了电话，这才放下心来。

他们被河北省卫健委委派医疗队接进医院进行隔离治疗，受到了无微不至的关心和照顾，万幸的是，五人均排除病毒感染。

半个月后，小米花和玲珑解除了观察，可以出院回家了。小米花回到了爷爷奶奶家，玲珑加入当地医院成为志愿者。

又过了一周，魏云鹏和张兆辉夫妇也相继出院，玲珑和他们在医院门口道别。他们从认识到现在，一直戴着口罩，还没有认真看过彼此的面孔。

魏云鹏竖起大拇指，高兴地说："妹子，我不服谁就服你！这几天也得亏了你照顾我们，我必须说声谢谢！"

任明霞也说："妹子不离不弃，才有我们今天。"

玲珑笑着说："我们一起的，都不能丢了。小米花不是说了吗，我们都要好好的，留得青山在，不怕没柴烧。"

四个人都笑了。

"你们有什么打算吗？"玲珑问。

魏云鹏把口罩戴好，用洪亮的声音说："老老实实在雄安待着，本本分分做事。"

"还找那个女人吗？"张兆辉两口子异口同声地问。

"做一个规规矩矩的生意人，赚到钱去做公益，帮助需要帮助的人。"魏云鹏说完，看大家都瞪眼看着他，恍然大悟，笑着又说，"放心，我会处理好那件事的。经历生死，看淡了很多东西。"

"是个爷们儿！"张兆辉大声对他说，又转过头看着妻子，"老婆，等疫情结束，咱们也尽快回江城，好好做生意，好好孝顺父母。对了，咱们社区不是还有个养老院吗？咱们去做慈善，让老人们都能安度晚年。"

任明霞使劲儿点头，高兴地说："我前段时间都和院长说好了，等过了春节，先捐给养老院五万，以后每年都捐。"

"什么？这么多啊，你怎么不和我商量？你个败家娘们儿！"张兆辉故意生气地说，惹得几个人哈哈大笑。

"好！那我们相约，明年春天，等武大樱花盛开的时候，我们再相见，好吗？"玲珑高兴地说。

"不见不散！"三人异口同声地说。

送走他们，玲珑给父母打了个电话，妈妈告诉她，老家挺好，虽然封村封路，但是生活不受影响，整天待在家里有吃有喝，就是担心在外的她，叮嘱她注意身体，好好工作别累着。刚和妈妈通完话，绍伟的电话又打了过来，他告诉玲珑，家人已经解除了隔离，回家了，他自己在做志愿者，每天开车接送去医院的医护人员，空闲时间，买一些食物去街道送给那些滞留江城的外地人。

"玲珑，我等你回来！"绍伟说。

"我们一起去看樱花。"玲珑说。

玲珑回想着五个人一起经历的几天，想着绍伟承受的失去亲人的痛苦，想着热爱着的美丽的城市，百感交集。她在日记中写道："生命虽然脆弱，只要我们每个人互相用力地生活，体验人生的甜蜜与苦涩，美好就会存在，这也是生命给我们最慷慨的馈赠。江城是英雄的城市，湖北人民、江城人民是英雄的人民，历史上从来没有被艰难险阻压垮过。这次疫情，在国家领导人英明领导下，经过全国人民齐心协力地抗击，终于过去了！几个月来，每一个人都经受了难以言说的疼痛。一个人，在莽莽苍苍的大千世界是多么的微不足道，在生命轮回的伟力下是那么的柔弱，仿佛就是一根风干了的稻草，上一刻还活蹦乱跳的生命，下一刻也许就再也不会说话，再也不会聆听，再也不会微笑。

苏轼曾说过，"寄蜉蝣于天地，渺沧海之一粟。哀吾生之须臾，羡长江之无穷"。的确，人类之于大自然，只不过是一群卑微的蚂蚁罢了。地震来了，有人走了；洪水来了，也有人走了；海啸来了，又有人走了；病魔来了，还得有人走……甚至，无端地走了……但是，只要在一起，就可以说，我们是不可战胜的。

一个月后，王玲珑跟随着当地医疗队奔赴江城支援，在抢救一名儿童病毒感染者时，情急之下做人工呼吸，不幸感染病毒，如花的生命静止在

2020 年 4 月 28 日……后来，她的日记被同事交给了家人，若茗根据她的日记，写了一篇长长的报告文学《生命绽放的绚美》，以此纪念这个充满爱心的姑娘，这是后话。

# 四十七

魏云鹏在经过层层隔离后，终于回到了雄安，住在自己的公司里。一些原本打算回老家的人，有的走了，有的却因为各种原因滞留了下来。江舟的公司当初租的是宾馆的一栋楼，疫情来后，宾馆作为隔离点被封闭了起来，原本想回家的他也不能出来，只好无奈地待在公司。他回不去，婉婷和若茗自然也回不去了，已经到年底，想回去也买不到票。好在婉婷的民宿还有一些客人没有来得及回去，所以她倒也不寂寞，就待在自己的民宿里和杨立青他们一起过年。

若茗给家里打了电话，说明了不能回家的原因，小约十分不高兴，哭哭啼啼地说妈妈不要她了，这让若茗心里很难受，可是也很无奈，只能不停地安慰女儿。何牧田倒没有表现出特别的情绪，只是叮嘱她在外面照顾好自己，把日常用品储存好，免得到时候短缺。若茗对这样的叮嘱毫无感觉，她甚至想，何牧田其实并不特别期待她回去，待在一起，重复老话题，面对一堆烦恼，却毫无解决的办法和心情，还不如不见。不见，可能就是最好的相处方式。

关怀住在小区里，出入都不是很方便，他前两天从超市买了很多吃的、用的，足足可以用一个月，同时他也给若茗买好了，准备给她送过去。他开车到小区门口，保安却不让出，说今天出门必须要出入证，而他办的出入证却不知放在了哪里，可能去超市买东西时丢了。没办法，他只能给若茗打电话，问她能否出来，如果能出来，就到小区门口来取。若茗拿着自己的出入证，出了自己住的社区，来到了领秀城。

到了门口，她看见关怀站在那里，正和保安说着什么。看见她来了，关怀连忙招手，然后从车上拿出大包小包的东西。看着一地的蔬菜水果和面粉，若茗发愁地说："这么多呀，怎么拿回去呢？街道上连出租车都没有了。"

保安看样子三十岁左右，正站在亭子外面晒太阳。他看了看关怀，又看了看若茗，眯着眼说："是一对啊？那怎么不住在一起，快过年了。"

若茗说："瞎说啥呢，我们是朋友。"

"哦，男女朋友，正谈恋爱呢。"保安自言自语。

关怀给保安递上一根烟，笑着说："兄弟，你让我出去一趟，我把东西送过去就回来，要不她没法拿回去。"

保安摇摇头说："不行，你出去必须要出入证，这是防疫规定，没有出入证，一律不能进出。"

若茗对关怀说："要不算了，我带一些当下用的东西，其他的后面再说。我也能出去，缺东西了，看看哪里的超市开着，进去买一些就行了。"

关怀想了一下说："兄弟，你看这样好不好，你让她进来，我们就不出去了，行不？你刚才不是也说了吗，我们是一对，快过年了，你忍心看着我们分开吗？"

保安说："那我得看看她有没有这个小区的出入证，如果没有，也不能进去。"

关怀看着保安一本正经的样子，很无奈。停了一会儿，保安看了看若茗，说："她能出来，就能回去，要不你跟着去她那边，不也一样吗？就这样我都算违规了呢，我是看着你们外地人在这里不容易才自作主张的。"

若茗一听，连忙从包里去找自己的出入证，结果翻出来了两张，其中一张就是领秀城的出入证，应该就是关怀的，不知什么时候落在了她这里。她喜出望外，连忙拿出来说："找到了找到了，在这呢！"说完掏出来递给保安。

保安接过来看了看说："出入证没写名字，只能是谁拿着就是谁的。"

"你……"若茗无语。

关怀问："谁拿着就是谁的？"

"是的。"保安坚定地说。

"那好，你放她进来。"关怀说。

保安二话不说，按了电动门，让若茗进去。若茗正犹豫间，关怀走过去一把把她拉了进来，打开车门让她上车。她踌躇了几秒钟，终于还是上了车。望着开走的汽车，保安得意地说："这对儿准成。嘿！"

关怀和若茗把东西又都搬到了楼上，分类整理好，才坐在沙发上歇息。关怀明显很激动，有些手足无措，一会儿给若茗倒水，一会儿又拿水果，一会儿又去整理房间。看着他忙前忙后的身影，若茗反而局促起来，她真没想和他待在一个屋子里，也不能待在一个屋子。孤男寡女日夜厮守，谁知道会发生什么事情。

"关怀，我想我还是得回去。"她说。

关怀正在削苹果，听到这句话，抬头看了她一眼，笑着说："怎么，怕我对你图谋不轨？"

若茗被看破心事，有些脸红，说："看你说的，咱们这几年的关系了，我还不知道你的为人。我只是……只是……"

"只是什么？"关怀问。

"何牧田会给我发视频，要是他看到我和一个男人共处一室，说不清楚。"若茗说。

"真的？"关怀专心地削苹果，"我觉得你的担心多余。你觉得他会给你发视频吗？即使真的发了，咱们清清白白，怕啥？"

听到关怀这么说，若茗有些尴尬，这个家伙，难道不会顾及她的内心感受吗？

春节的气氛都是喜庆的，只是2020年的春节和以往不同，街道上几乎没有人，偶尔穿梭的汽车也是匆匆而过，急急忙忙奔回家里。只有街道两旁挂着的红灯笼和店铺门口贴着喜庆的对联，才给这个节日增加了一丝喜庆的气氛。

若茗从没有想到，自己有生以来会和丈夫以外的男人共处一室这么久。在惶恐的同时，内心也有着小小的温暖，因为陪伴她的，是一个懂她的人，而她在他面前，可以肆无忌惮地哭、笑，毫无保留地展露自己，尽管有时候自己并不想让人窥见。

每天，关怀会早早起床做好早餐，在她睡醒的时候端到桌上。吃完早餐，各自忙一会儿工作，然后在客厅里喝茶、聊天，而他总会细心地洗好

浪潮

各种水果，摆上一堆零食。晚上，做一些简单的晚餐，在朦胧的灯光下，喝着红酒，听着轻柔的音乐，可以说话，也可以不说话，任思绪飘飞。说也奇怪，每当这时，她的内心总会涌动着一股激情，一种对生活的热爱，甚至连以前发生的事情，她都感觉没有什么可烦恼的了。是呀，那一切算得了什么，人生很短，日子很长……

两人在除夕之夜的那次聊天，深深触动了若茗，也让她对关怀有了更深的认识。那天晚上，吃年夜饭之前，她和女儿小约通完电话，就坐在床前发呆。小约说她和爸爸在奶奶家过年，还没吃年夜饭呢，因为爸爸刚从外面回来，爷爷奶奶一直在等他。听完女儿的话，若茗的心冰凉冰凉的，她知道，何牧田一定在菲尔家里，如果不是春节必须回家，他会一直待下去的。若茗有一种回天乏术的感觉，她不知道该怎样做才能让这个家回归正常的轨道。这样的婚姻，还有什么继续下去的意义呢？她悲哀地想。

关怀给家里打完电话，进房间叫她吃饭，看她呆坐在那里，就关心地问："怎么了？出什么事了？"

若茗看到他一脸不放心的样子，不想让他担心，就笑着说："没事，和女儿聊了一会儿，我没回去，朝我发脾气呢。"说着站起身走进客厅，坐在餐桌旁。

关怀也坐下来，笑着说："过年了，把一切不开心的事情抛开，开开心心过年，今天一过，新的一年开始了，一切都是崭新的。"

若茗点点头，端起酒杯，用轻松的口气说："来，干杯！"

春节联欢晚会正在播出，欢快的舞蹈和歌曲为沉寂的房间增添了喜庆的气氛。

"快乐起来，"他对她微笑，"我告诉你一句话，若茗，你并不孤独。我的遭遇并不比你好，但我从没有让悲哀压垮过我。"

"什么？"她惊讶地问。

"关心是我堂姐，她七岁的时候，她妈妈去世了，两个哥哥都有病，丧失了劳动能力，全家大小几乎所有的开支都靠她一个人。当时我父亲喜欢美术，自学成才，在城里开了个画室，而我大伯，也就是关心的父亲在家做点小生意。在我九岁那年，我就跟着父母亲离开老家去了城里。我们家族，都有先天性心脏病遗传，所以，我大伯和我父亲都未能幸免，我父亲的轻一些。而我母亲，一生中大概有三分之二的时间都在生病，她时时刻刻都需要别人照料，实在没办法再去照顾儿女。如果她喜欢，也只是放在心里，缺乏行动来表现。所以，"他停顿了一下，又说，"曾经有一个医生说她是神经病，该送医院。因为她似乎太过于热情了，而且，她很乐意把自己的感情广施天下，就如女人爱花一样……"

若茗不明白最后这句话的含义，又似乎明白了，她没有说话，只是询问地看着他。

"可是，花有许多种类。玫瑰、蔷薇、康乃馨、百合、兰花、海棠、蒲公英……数不胜数，每一种花都有它特殊的可爱之处，对吗?"

"不错。"她点头。

"但是，我母亲却爱上了罂粟花，伤了她，也伤了我父亲。"他的声调变得低沉，点燃了一支烟，"我父亲是一个艺术家，只懂艺术，不懂生活，或者说，他只沉浸在自己的艺术里，他所画的每一幅画，所写的每一幅书法，都在自我欣赏，从来不会变成商品，也不屑于变成商品，事实上，我父亲的字画，在当地也算比较有名的，曾经有很多官员出高价购买，都被他婉言拒绝，这就导致了我们家成了一个贫困的家庭。常常连母亲的医药费都掏不起了，每当母亲犯病，我只好跑去大伯家借，但是大伯家情况也不太好，我又去外婆家、邻居家……总之凡是认识的人家我几乎都去过。"

"那时候你几岁?"不知为什么，若茗的脑海里突然出现了萧山的影子。很久以前，他也给自己讲过一个残忍的故事。

"打我记事时起就是这样的一种状态。"关怀吐了一口烟，"直到一个男人的出现，我们家的经济状况才彻底变了，可以说是天翻地覆。因为那个男人把我父亲这些年所创作的精品字画全部买了去。从此，我母亲的病也有钱医治了，而我，也得益于这笔钱，顺利地读完小学、初中，直到大学。"

"这不是挺好吗?"若茗的脸上展开了笑颜，"那个买你父亲字画的男人，真是慧眼识珠。"

"可是，他就是那株罂粟。买我父亲的字画，是因为我母亲。"他嘴角有一丝不易察觉的自嘲，"你看，我是不是很可悲？用别人施舍的金钱完成了自己的学业。"

若茗看着他，摇摇头说："不，你的认知不对，这怎么能是施舍呢？你父亲的才华匹配得上这样的收入，他不是商人，他有着高尚的灵魂和情操，这才是一个艺术家应该坚守的。"

"你还是经历得太少。"他说。靠进椅子里，他的脸在烟雾下显得模糊，但那对眼光却依然清亮。"等你再经历一些事情，等你再经过一段人生，你就会发现，一个艺术家的价值与一个商人的价值并没有多大的分别。艺术家在卖画的时候，他也只是个商人而已。人的清高与否，不在乎他的职业，而在于他的思想和情操。我想，我父亲最终同意卖掉字画，其实也是想通了，只是他错过了真正欣赏他的人，让一个欣赏他妻子的男人赢了。"

若茗轻轻问："你父亲知道你母亲和那个男人的事情吗？"

"我想，他最后应该知道了吧，或许不知道。从他的表面看不出什么，只是他把自己包裹得更加严实了，没日没夜地待在画室，除了吃饭，从不出来。"关怀拧灭烟头，"而我母亲，在我刚读高中时，和我父亲离婚了，嫁给了那个男人。"

窗外，烟花的炫美在很远的夜空闪烁着，电视里也传来《难忘今宵》的歌曲，春节联欢晚会快结束了，2020年，真正来临了。

若茗给关怀倒了一杯酒说："今天，我们不该聊这个话题。都怪我，把坏情绪带给了你。来，咱们喝酒吧，新年的钟声该敲响了，让我们干杯！"

关怀看若茗端着酒杯，笑盈盈地看着他，就拍拍手，振作精神，笑着说："看看我，本来是想安慰你，却不知不觉说了这么多，实在是对不起。来吧，喝了这杯，快快乐乐的。"

两人的酒杯碰在了一起。咽下热辣辣的酒，若茗的心也变得热辣辣的，她没有想到，看起来沉着、稳重，总是充满乐观和积极的关怀，竟有这样的经历。就像他说的，自己并不孤独，因为有他陪伴。可是，这样的遭遇，若茗并不希望他有。

# 四十八

婉婷在大年三十晚上接到了陆海平的电话，当时她正在包饺子，电话还是杨立青拿过来的。她一看是雄安的号码，却不认识，本不想接，一想到可能是哪个朋友，只加了微信，没有留电话的，于是就接了。当话筒中传来那个熟悉的声音时，她的心跳了一下。

"婉婷，吃年夜饭了吗？"陆海平在电话中说。

"还没有，正在包饺子。"她一手拿着手机，一手拿着饺子皮，淡淡地说。

"你出来一下，我在门口。"陆海平说。

她听到话筒里传出汽车喇叭声，于是放下正在包着的饺子，走向大门口。打开门，朦胧的灯光下，她看到陆海平正站在车前，面朝着大门的方向。她走到跟前问："为什么不进去？"

陆海平看着她说："想进去呢，怕人多眼杂，对你不好。"

婉婷笑了说："看你说的，好像咱俩有啥关系似的。"

陆海平也笑了，说："开个玩笑。过年了，想送你一份新年礼物。"说完，把手中的一个盒子递了过去。

婉婷接过来，是一个精致的小盒子。她打了开来，借着门口壁灯的光，她看到了一条闪闪的项链。她一看到项链就明白了，这是多年前，她和陆海平谈恋爱时，她告诉他的。她还记得，那是一个傍晚，他们俩骑着单车在薰衣草田间玩，后来把车停到一片薰衣草边，在一个心形的玻璃门前，陆海平摘下一大捧花送给她时问的。她说喜欢一种真爱之石，叫"莫桑钻"，晶莹闪烁。"中间的钻石是会动的，每 30 秒就会闪动一次，寓意着：心跳多久，爱你多久。简直是超级无敌浪漫！我希望是你送给我的！"她双手捧着花，充满憧憬地说。

"好，我马上送给你！"陆海平从田里摘下一些发光的植物，小心地编织在一起，给她挂在了脖子上。这是一种美丽的发光植物，每当黄昏时花朵才开始绽放。这种花的花蕊中聚集了大量的磷，微风吹过，花蕊便星星点点地闪烁出明亮的异彩，仿佛无数萤火虫在花蕊间翩翩起舞。有意思的是，一旦黑夜逝去，这种花就像完成了使命，很快就凋谢了。她用手摸着，兴奋极了，觉得自己拥有了最美丽的爱情。

今夜，看着他送给自己这么珍贵的礼物，婉婷的心没有起一丝波澜，她合上盖子，笑着说："怎么，向我求婚吗？"

陆海平从车上又拿下来一样东西说："没有别的意思，只是觉得，好不容易相逢，总想为你做点什么。至少，弥补以前的遗憾。"

"你的遗憾还是我的遗憾？"她看着他说，"你就不问问我，这还是我的遗憾吗？"

他自我解嘲般笑了一下，把手中的东西也递了过去："看你，总是这样不给人面子。看在新年的份儿上，把礼物收下吧，好吗？"

婉婷接了过来，软绵绵的，应该是丝巾之类的东西。她把盒子递给他说："好，我只留下一样东西，但项链太贵重，我不能收，你还是拿回去送给夫人吧。"

他靠在车上，轻叹一口气说："我把孩子和她都接过来了。再不接过来，夫妻感情都快没了。家庭还是得要，因为有孩子。"

她说："你不是一直都挺顾家吗？怎么了？"

他摇摇头，惆怅地说："你知道吗？心中有一个人的时候，另一个人是始终入不了心的，有时候为了责任和义务不得不伪装自己，去爱她，用尽全力地爱她，可心总是空落落的。"

她被触动了，自己又何尝不是呢？这么多年，孑然一身，找不到自己喜欢的人，其实潜意识里，总是用别人与他作比较，觉得都不如他。

"找个合适的人嫁了吧。"看着婉婷沉默的样子，他心疼地说。停了一会儿，又说，"我得回去了，她该给我打电话了。"

话音刚落，陆海平的手机响了起来，他掏出看了一眼，又不自觉地看了一眼婉婷，有些不自然地说："说曹操，曹操就到了。"

婉婷说："赶紧走吧，除夕夜，别让家人着急。"说完，把手里的东西塞到他手里想走。

陆海平连忙把东西又塞进她怀里，边开车门边说："你就别推辞了，这么多年，你还不懂我吗？"

看着陆海平开车离去，婉婷有好一会儿的愣怔，她怀里抱着他送的礼物，内心复杂万分。她开始生气，讨厌这个自以为是的家伙，可是，他身上有某种刺激性的东西，某种热烈的、富有生命力的、像电流一般的东西，以至于她心中对他全部的感情都调动了起来。她下定决心要消除这样的想法，于是使劲摇摇头，企图摆脱这种被他控制的思想。

这时，杨立青在院子里喊她吃饺子，她才回过神走了回去。杨立青和小胖看见她进来，端着盛满饺子的碗愣在了原地。

"婉婷姐，你这是怎么了？心事重重的。"小胖问。

"婉婷总，你怎么了？魂不守舍的？"杨立青问。

她边放东西边笑着说："大过年的，有啥心事，来，赶紧吃饺子！"

杨立青看看放在旁边的东西，又看看她，神秘地一笑说："我们的婉婷总今天收到新年礼物啦！"

三个人围坐桌前，开始吃年夜饭。

小胖说："婉婷姐，杨总，我给你们讲个故事吧，要不这么吃饭也没意思。"

"你随意，你讲你的，我们吃饭就行。"杨立青把一个饺子放进嘴里。

婉婷看着小胖笑："是不是讲你和你女朋友的故事呢？"

小胖摇了摇头，使劲咽下一口菜："女朋友家的门还不知道东南西北呢。我想讲一个鬼故事。"

杨立青骂他："你瞎说八道什么呢，不知道过春节啊，什么鬼故事，真想得出来。"

"说吧，"婉婷的好奇心引起来了，"我不会害怕。"

"在我们家旁边，有一个小树林，那里曾经吊死过一个女人。"小胖望着婉婷，大概想研究她的反应，"而且，传说每到月明之夜，这女人会重新出现在林子里，吊在树上左晃右晃，还会叹气呢。"

婉婷的后脑冒上一股凉意，但她不愿表现得像个弱者，尤其在小胖那微带笑谑的眼光里。

"难道你见过？或听到过她叹气？"她问。

"没有！"小胖仿佛很遗憾，"我的绰号叫'鬼也嫌'，大概鬼真的讨厌我，所以从没在我眼前出现过。可是，我弟弟发誓听到过她的叹息和呻吟，所以，大家晚上都远远地避开这个树林。"

"鬼也嫌？"婉婷对这绰号发生了兴趣，"多奇怪的绰号！"

"因为我太爱捣蛋，从小没人喜欢我！"小胖羞涩地说。

杨立青嗤之以鼻："真会瞎编，想吓唬谁呢？"

婉婷也想摆脱掉那个关于"女鬼"的话题，虽然她对这位女鬼的传说很好奇，可是在这样树影幢幢的月夜，和这朦胧红灯下的深院中谈起来，总有些毛骨悚然。

"小胖，给我们讲讲你的故事吧。"婉婷说。

小胖挠挠头，说："我没啥故事，就是高中毕业后，没考上大学，跟着包活的大舅混，吃不饱也没饿死。后来雄安新区不是设立了吗，就跟着朋友一起过来了，看看有没有什么发财的机会。呵呵！"

杨立青收拾完碗筷，给自己和婉婷、小胖分别倒上水，再把糖果、瓜子、水果等吃的摆好，这才坐下来，说："客观上说，这里还是有发财的机会的，就看能不能把握住。把握不好，可就栽进去了，做生意就是这样，尽最大的努力，做最坏的打算。"

婉婷问杨立青："你呢，杨总，这么大老远过来，抛家舍业的，这么长时间了，我也没见你们做啥事情呀。难道就这样等下去吗？"

"时机未到，着急也没用。"杨立青说，停了一下，又带着神秘的口吻说，"客观上说，事情还是有的，我们正在操作一些比较大的工程，现在还不能说，我也只告诉你，别人我是不说的，你在外面也不要乱讲。"

小胖连忙说："对对对，我也是跟着杨总，弄点小活干干。"

婉婷听了他俩的话，像听天方夜谭。在她的印象里，工程都是央企、国企和一些大的工程公司干的事，杨立青孑然一身，也没有公司，看起来也没有多少钱，每天身边总是围着一群人，据说都是干工程的，天天喝茶、聊天、吃饭，吃饭、喝茶、聊天，大工程，天知道是咋回事。不过，这些人都挺好，也算陪着婉婷度过了一年多枯燥的生活，也照顾了她一年的生意，她和他们，已经成了朋友。

"好没意思，我要休息了。"她打了一个哈欠，看了看表，说："新年快乐！"

杨立青站起身，拱了拱手说："给两位拜年了，新年快乐，来年发大财，行大运！"

"好吧，都各自睡觉吧。"小胖也是无精打采地说，"现在过年真是没意思，不让放烟花爆竹，连个年味都没有，今年又有了疫情，更没意思了。"

望着寂静的夜空，以及夜空下高大的梧桐树，婉婷认真地想了想，才从心底感觉到，2020年的春节，真的到了。

# 四十九

天气转暖，全国的疫情已经基本得到控制，很多地区的管控政策也放宽了，除江城外，全国其他低风险区的人们陆陆续续返回了雄安。

雄安各个社区的防疫检查点也陆续撤离，街道上的人虽然慢慢多了起来，但比起去年，仍然少了很多。除了超市正常营业外，一些门店还在关门停业状态，大概是老板考虑没有生意的缘故，不如放假，还少一些人员开支。

梧桐小院，除了杨立青和小胖之外，又陆续来了几个老顾客，客人不多，但勉强能维持生计。悦园就不同了，正常营业后几乎没有人。后厨的三个厨师，每月光工资就得两万四千元，还不算服务生的工资，以梧桐小院的收入支撑悦园的开销远远不够。

婉婷陷入从未有过的焦虑之中，无奈之下，只能精减服务人员，以前那一对恋人，只能忍痛辞退了。目前，梧桐小院只有一个钟点工在帮忙打扫卫生，悦园那边，后厨三人，是不能再精减了，好厨师不好找，生意不好时不养着，等生意好的时候，着急忙慌地找不到人，耽误生意。

她想和小美聊一下悦园的运营问题，但最近小美也不知道咋回事，既不到悦园来，也不接她的电话，好不容易接了，也是草草聊几句，称自己有事，然后就挂了。她想该不会出什么事了，于是给安娜和关心打电话问情况，可是两个人也都不清楚小美最近在忙啥。联系不到小美，三人相约一起聚聚，这是春节后三个人的第一次聚会。

聚会地点当然还是在悦园。安娜和关心来时，已近傍晚。虽然过了一个春节，但由于疫情的影响，三人从去年年底分别到现在见面，也过去了不少日子，所以一见面就高兴地拥抱在一起。

"大姐二姐，我想死你们了！"一见面，关心就抱着俩人又叫又跳。

婉婷捏了捏关心胖乎乎的脸颊笑："看你，过了一个春节，好像又胖了许多，越来越像杨玉环了。我们以后干脆喊你环环得了！"

"哈哈，这个绰号好听，环环，不错，很适合关心的形象。"安娜拍手笑。

关心有些得意，扬了扬眉毛，笑着说："我怎么能和四大美女之一的杨贵妃比呢？这叫形似而神不似，再说，我也没有一个像杨国忠一样的哥哥。"

婉婷风趣地说："没有哥哥，有弟弟也行啊，关怀不是吗，标准的堂弟。"

安娜指着婉婷笑："那你就是虢国夫人了。"

婉婷一听，伸手就去打她："去你的，你才是呢。还有个大姐样子没？"

看着俩人打闹在一起，关心笑得直不起腰来。打闹累了，三人这才坐下来正经八百地聊起天来。

安娜问关心："怎样？家里挺好吧？"

关心想了想说："还行吧，父亲的身体比以前好多了，两个哥哥还是老样子，嫂子在上班，挣点零花钱，侄子学习成绩虽然不好，但是也挺听话，不用太操心。"

安娜说："看看，这女人敬业的，还以为自己没出嫁呢，一开口就是娘家人。我问的是你家。"

关心有些不好意思地说："我自己家呀，也挺好，孩子乖巧听话，老公踏实忠心，老家的小生意也做得挺好。倒是我自己，把家里的钱糟践好多。"

婉婷给俩人分别倒了两杯咖啡，坐下来说："咱们三个，关心最不容易，且不说钱的事情，光操的这份心，我们都得佩服你。"

关心微微叹了口气："有啥子办法呢？我大姐性格软弱，到现在他们两口子还在我的店里上班。你们说，这一摊子事，我怎么能不操心呢，心操少了都不行。所以，我经常告诉自己，不能倒下，我要是倒下了，这一大家子人，可咋个办哟？"

三人一时沉默。安娜想到了自己，她的肩上，何曾不是担着家人的希望呢？春节前她去监狱探望姐姐，姐姐见了她就哭，她的心就像被刀割一样。漫长的十年啊，该怎样熬过去？姐姐已经五十岁了，十年出来，已经花甲之年，还要为她的养老做好打算……

婉婷看着俩人情绪有些黯然，连忙岔开话题："好了好了，本来是快乐的相聚，倒搞得像苦菜花似的。关心，你今年有什么打算？"

关心说："打算嘛，肯定有，延续去年的业务继续做，边做边扩展。新的一年开始了，找项目吧。我老公说了，今年就是六十万的成本，赔光了就回来。"

安娜笑："你老公可真大度，竟有赔钱的预算。不过，你可真找了一个好老公，让人羡慕。"

关心点头："我也这么觉得，能嫁给这样的男人，也是我的福气。不过，也有不顺心的时候，比如不能和我同步，我做啥子事他都拖后腿，他就想守着自己的一亩三分地过日子。"

婉婷说："别不知足了，人家这是为你守江山呢。你想想，在雄安，你打拼了一年多了，挣钱了吗？他要是不给你把着点关，还不把家当都搭进去了。无论在雄安怎样，退一步，还有一个温暖的家。"

"对，我同意。"安娜赞同地说。

"哎，两位姐姐，别教育我了，你们俩也该考虑个人问题了吧，也好有个知冷知热的人。"关心说。

安娜摇摇头："至今我也没有遇到一个能共度后半生的人。"

关心朝安娜笑："记得有一个甘肃的男人，对你挺有心的，不妨和他试试。"

婉婷惊奇地问："谁？我咋不知道？"

"瞧你们那八卦的劲儿！"安娜笑骂，顿了一会儿，又说，"我现在的标准是，那个人要么在精神上引领我，要么有足够的经济实力，两方面都达不到时，有什么资格和我谈爱？"

关心说："那个男人对你真挺好，恨不得把自己身上的肉割下来让你吃。你说，有一个人能对自己这么好，还奢求什么呢？"

婉婷摇了摇头："关心，你说得不对。记得上大学时，一位老师给我们讲课，当讲到感情时，他说，你们很年轻，不要一有人对你好，你就以身心相许。比如说一个乞丐，他能对你好不，绝对能，你让他给你舔脚他都会，可是这是爱吗，肯定不是，当遇到另一个这样的人时，他依然会这样做。"

"你的意思是，某人如同乞丐？"关心笑着说。

婉婷摆手说："我绝对没有贬低某人的意思，我只是做一个比喻。"

安娜说："婉婷的话说得太对了。什么是好，每个人心里都有自己的标准。比如我，我是来雄安挣钱的，在挣钱的过程中，如果遇到喜欢的，那还可以，就像我前面说的，要么在精神上引领我，要么有足够的经济实力，否则，宁缺毋滥。"

关心摇头："我体会不到你俩说的这些，什么精神呀，什么经济实力的。我们家那位，知足常乐，安于现状，不思进取，每天把自己那点事干完，就在家里侍弄花花草草，没追求。"

"站着说话不腰疼。"安娜说。

"身在福中不知福。"婉婷说。

"婉婷姐，听你说过初恋……你不结婚，是为了他吗？"关心小心翼翼地问婉婷。

婉婷说："开始是为了他，但后来是为了我自己。没想到在这里又遇见了……"

"啥子？"关心叫。

"什么？"安娜问。

婉婷随手把桌上的一枚铜钱草扶正了，然后慢吞吞地说："有什么稀奇？山海自有归期，风雨自有相逢。"

"他是谁？不会是……江舟吧？"安娜犹犹豫豫地问。

"陆海平。"婉婷简洁地回答。

"陆总？"安娜用手边拍脑门儿边惊奇地叫，"老天，这个世界我有些看不懂了。"

关心双手托腮，神往地说："你们的故事都好精彩哟。我一直期待一份轰轰烈烈的爱情，可是却没有谈过恋爱。和我老公，也是平平淡淡相识，平平淡淡结婚，一直平平淡淡。"

"平淡才能长久。"安娜说。

三人正聊着天，杨立青走了进来，看见三人都在，就打了个招呼，然后对婉婷说："婉婷总，那个智慧工地的活，你找到公司了吗？"

婉婷说："还没有，想着不是疫情吗，工地也开不了工，所以也不着急。"

"得赶紧联系，虽然有疫情，但工地没停，该干的还是在干。"

杨立青说："客观上说，明天就得给我话，要不让别人抢去了。"

看着杨立青走出去，婉婷对关心说："三妹，你能做吗？"

关心连忙说："肯定能做呀，你不知道我就干这个的嘛。"

"那行，我和杨总说一下，明天你和他对接。"婉婷说。

安娜高兴地说："看看，今天有意外收获吧，竟然谈成了一笔生意。关心，事成之后，别忘了你二姐牵线搭桥啊。"

关心连忙说："那当然了，这是规矩。百分之十的提成，合同签完，如果有预付款，我直接兑现；如果没有，那就等着第一笔款下来。"

婉婷连连急忙摆手："我不要，我不要，这件事如果能成功，也是姐帮你一个忙。"

安娜对她说："你傻呀，又不是关心出钱，现在就是这样的规矩，大家不明说，但都清楚。再说了，没有你，关心也拿不到这个单子，是不？"说完，看向关心。

关心点头附和："大姐说得对，我不是贪心的人，有钱大家一起挣。有的人光想着挣一百，结果心太贪，连十块都没有挣到。"话虽然这么说，但她心里有些不太舒服，怪安娜对这个事情的态度，想着又不是她的事，这么起劲儿的干啥。

婉婷有些不好意思："哎呀，还没咋着呢就谈钱，等定了再说吧。"

三人又聊了一会儿，因为安娜临时有事，也没有一起吃饭就散了。她俩一走，婉婷才想起来，本来想说说小美的事，结果却都忘了提。

# 五十

文小美夫妇也开始了自己人生中一次大的挑战。文一楠终究不能抵挡买车的诱惑，贷款买了一辆上汽红岩。这辆车共四十二万元，办完手续，总共四十五万元。他付了二十万元的首付，从银行又贷了些款，总算把车款付清了。

车买回来的时候，夫妻俩的心里充满喜悦，充满希望，满怀信心，觉得美好的生活在向自己招手。从卧虎山那边往拒马河大堤拉石料，路程不算远，一天一晚上能跑个八趟，除了油钱，能挣三百元，八趟就是两千四百元，一个月就是七万两千元，再除去司机的工资，一个月就是六万多。这就相当可观了！

这往往是外行在算账，算起来都是钱，可是，实际经营起来，却不是那么回事。文一楠不会开车，必须雇两个司机，再加上别的生意需要照料，所以很是忙碌，常常晚上睡不成觉。不过，他感觉自己很充实，忙了好，忙了说明生意好，有钱挣。

他和同学马海波合伙承包了一个小工程，已经做了两个月了，还没有结款。这两个月，他已经垫付了二十万元，付工人工资，垫付石料款和运费，弄得经济很紧张。上汽红岩虽然动力大，但也费油，一箱油，两千三百元，只够跑五趟，第六趟就要加油，而从卧虎山到拒马河，一天一夜实际要跑八趟，所以，天天都要加油。每天至少两千块钱的油钱。工地不结账的话，还真是连加油钱都没有了。

这天下午，他刚给车加完油，打发司机上路，就接到马海波的电话，说自己的车被路政扣了，原因是超载，要罚款两万，让他过去处理一下，自己在工地，走不开。文一楠连忙赶往扣车地点，只见公路旁的大场子里，已经扣了十几辆车，司机们都在场子外面的路旁站着，等着老板来处理事情。一辆辆大车，都装着石子，每辆车都超载，至少超载二十吨。如马海波和他的车，标准吨位只能装二十五吨，不超载的话，每趟挣的钱连油钱都不够。而交通局的路政执法人员，对此也是睁一只眼闭一只眼，松一阵，紧一阵。松的时候，任你超得再多，也是视而不见。紧的时候，天天扎在公路旁，一辆车也不放过，车车交罚款。多则五千，少则两千不等。就看你是否会来事儿了。混熟了，一次两次也就过去了，但是如果次数多了，就要交"月票"，一月一千元。这已经成了不成文的规定。

他来到马海波的车旁。司机小刘是个二十七八岁的小伙子，瘦瘦高高的，正蹲在路旁和别的司机闲聊，看见他过来了，连忙站起来。

"人呢？"他问。

"说是吃饭去了，还不知道什么时候过来。"小刘说。

"现在都六点了，下班了，就只能等到明天早上了。"另一个司机说。

他不由得皱起眉头。到明天早上就麻烦了，少跑好几趟不说，车轮胎也招架不住。

他想起同学王朔在安监局，就给老同学打了个电话，说明了情况。王朔让他等等，他联系一下。过了半个小时左右，打来电话，说一会儿有人来处理，一个月交一千元，尽管跑。

不一会儿，开过来一辆车，从车上下来两个穿制服的年轻人，走到那伙司机面前说："谁是冀 F×××××的车主？"

他连忙走过去，掏出中华烟，每人递了一根。

拿事儿的路政人员看了他一眼，接过烟。他连忙点着，赔着笑脸说："经常在路上跑，通融一下！"

"每月有一次联合执法，在那几天我会通知你，不要超吨位，要是被扣了，谁都说不了情，直接罚款。""路政"面无表情地说，"进去办手续。"

他交了一千元，办完手续，就顺便坐着车，也往工地去了。在车上，这才给马海波打了个电话，汇报了情况。车开到了工地，卸了料，又马上开到山上装料去了。他来到马海波施工的地方，远远地，就看见他指挥着工人干活。马海波看见他，就向工人交代了几句，朝他走过来。俩人蹲在路旁，边抽烟边交换着意见。

马海波黑黑的，个子不高，圆脸，看起来敦厚朴实，一点儿都不像个生意人，倒像一个朴实的农民。只有从他的眼睛里，透出一丝精明的光芒。事实也证明，他很有生意头脑，文一楠和他相比，可就稍逊一筹了。

"明天就能结账了！"马海波吐了口烟，"两个月，能结五十万吧！咱今晚算个账，心里也有个底儿！"

文一楠边抽烟边说："估计差不多。如果顺利，咱就发了！"

马海波笑着说："你是真没见过钱，这点钱就叫发财？兄弟，你等着，总有一天，我会让你知道，什么才叫真正的发财！"

文一楠看着老同学得意的样子，忍不住笑了。

晚上，他和马海波在自己家里算账，小美忙着给俩人做饭。晚上十二点多，俩人终于把账算完。把各项开支除掉，两个月，俩人赚了二十万，也就是说，每人可以拿到十万元的利润。这真是一个不小的胜利！俩人都很高兴，特别是文一楠。有了这十万，就可以再投资，扩大规模了！自己贷款买的车，也暂时不用再发愁每月的车贷了。

"老公，照这样下去，咱们的本钱很快就回来了。"小美边扫地边喜滋滋地说。

"那当然。"文一楠得意地靠在沙发上，边喝茶边说。

小美收拾完家，又洗了些水果端到客厅，放在茶几上。她摘下一颗最大的葡萄，塞到丈夫嘴里，甜甜地说："奖励你一颗葡萄。"

文一楠吃着葡萄说："媳妇，你以后只管享福，挣钱的事交给我，保证不让你吃苦。"

小美把头靠在丈夫肩膀上，满脸幸福。过了一会儿，她把头抬起来，看着丈夫说："一楠，我问你件事，你不准和我急啊。"

"啥事？说。"文一楠说。

"咱爸的拆迁款能不能借过来用用？他现在放着也没用。"小美说。

"不行。"文一楠坚决地说，"爸的钱本来没几个，又给了咱十万元认购的钱，再向他张口，怎么好意思？再说了，弟弟还在上学，用钱的地方多着呢。"

"可是，可是，"小美急了，"可是咱们现在着急用钱呀。"

"现在车都买了，第一笔款也结了，着什么急？"文一楠奇怪地问。

"我……我不管，反正你得再给我十万元，我有用。"小美赌气说。

文一楠一听，转头认真地看着妻子说："你干什么要用钱？花店也用不了很多。"

小美噘着嘴说："我不是在婉婷姐那里投了点钱嘛，本来看着生意挺好，谁知道来了疫情，没生意，还得分担房租和人员工资。"

"什么？你……"文一楠生气地拿起水杯，又重重放在桌上。

"我怎么了我，我还不是为了挣钱？我好歹还是做生意，你呢？不务正业，赌博扔了十万，还有脸说我。"小美不服气地说。

文一楠想了想说："算了，投了就投了，但是不能再继续了，疫情来了，管控很严，没看现在饭店基本都关门了吗？"

小美懊恼地说："当初也是我死乞白赖要入股的，现在咋给人说呢？婉婷姐给我打了好几个电话了，我都不敢接。"

"怕啥？实话实说呗。"文一楠说，"万一谈不拢，就把股份撤回。"

"那怎么行？我成什么人了？"小美叫，"我得找个时间和婉婷姐好好聊聊。"

文一楠劝她："你听我的，撤回来才是正理。你想想，这疫情还不知道什么时候结束，你说你是投钱还是不投了？既然合伙做生意，肯定是有个说法，从此不闻不问的，难免伤和气，还不如早早撤股，省得以后不愉快。"

小美沉默地坐在那里，在想该如何给婉婷解释。

第二天下午，文小美开着车直接到了悦园。一路上她都有些纠结，不知道该怎样开口。

"你说什么？撤股？"婉婷惊讶地问。

"是呀，婉婷姐。"小美不好意思地说，"我们家的情况，实在不允许我再投资了。拆迁虽然有赔偿款，还了点外债，又购买了四十平方米的房子，也没剩下几个钱，老人也年纪大了，所以……"

"可是……可是你现在要撤股，还非要现在给你钱，我哪里来的钱呢？"婉婷一看小美认真的样子，急了，"当初也是你非要入股的，现在情况不好，你就要撤股，怎么把做事情当作开玩笑呢？你想过我的感受吗？"

小美也急了："我有什么办法，谁知道疫情来了呢？你又三番五次打电话要钱，我哪里来的钱呀？"

婉婷像看着一个陌生人："小美，你怎么像变了一个人似的，还是你本来就是这样子？我什么时候给你打电话要钱了？我给你打电话，只是想和你商量下一步怎么办？"

小美一时语塞，从沙发上站起身，来回走了几步，在婉婷面前停下来，咬了咬嘴唇说："好吧，姐姐，我今天可以不要钱，但是一个月之内，我必须要拿到钱，要不我不好给一楠交代。"

婉婷气得够呛，她真想骂小美几句，可是又不知道说啥好，最后只好坐在沙发上生闷气。小美其实也挺难受，感觉对不起婉婷，可是，现在要是不抽身，以后更不好开口，不但开不了口，钱也别想要回来。

两人沉默了一会儿，婉婷才说："好，你执意想退，我也没办法，但是钱我短时间内给不了你，别说一个月，两个月都困难。这样吧，我两个月后先给你一半，剩余的第三个月给你。"

小美握住婉婷的手，有些惭愧地说："姐，对不起，我真的有难言之隐……以后经济好转了，咱们还可以合作。"

婉婷轻轻抽出手，淡淡地说："没事，理解。"

看着小美离去的身影，婉婷心里很不是滋味。她想起刚开始结拜时的虔诚，多纯真呀，至少自己是这样的，可是现在，在利益面前，一切都那样渺小。

安娜来时，婉婷正躺在床上，眼睛睁得大大的，直勾勾地瞪视着天花板。天花板上有块水渍，像奥威路尽头的那座容和塔，她已经盯住这水渍，足足看了两小时了。安娜坐在床沿上，点着一根香烟默默抽着，房间里烟雾缭绕，桌上的烟灰缸里已经有三根熄灭的烟蒂。姐妹两个，一个坐着，一个躺着，各想各的心事。

"婉婷，"终于，安娜打破了沉寂，"别想太多了，我并不以为这是姐妹情分的结束，你干吗像世界末日来临了一样？我想，小美肯定也有自己的难处，你振作一点，高兴起来，行吗？"

婉婷缓缓坐起身，散乱的长发遮住了半个脸颊。她萧瑟地说："我不是不理解她，也从没想过结束姐妹情分，我只是觉得，人怎么可以这样自私呢？有利益时趋之若鹜，有困难时避之不及。"

安娜吸了口烟，轻轻吐出去，看着它袅袅上升："人都有两面性的，一面做给别人看，一面是不可示人的。"

婉婷把头埋进双膝，沉默不语。想到要退还给小美的钱，她的心沉进了谷底。现在，除了这个梧桐小院和悦园，她已经一贫如洗了。

# 五十一

在婉婷的极力促成下，杨立青开始给关心忙智慧工地的事。但对接了好几次，都没有成功。婉婷也不停地催问，搞得杨立青见了婉婷都不好意思了。

在悦园，关心怀疑地对婉婷说："姐，杨总的关系是不是不行啊，还是他根本就是道听途说？"

婉婷很坚定地说："你别瞎猜，杨总的关系还是很厉害的。你经常做生意还不知道，成一件事多不容易，尤其在雄安，狼多肉少，都在盯着活呢，一不留神，煮熟的鸭子都会飞了。"

关心看着婉婷一本正经的样子，笑了："姐姐，你现在谈起工程来一套一套的，这可不像你啊。"

婉婷说："我虽然没做过大生意，但在老家开了这么多年苗圃，也算有点经验，成一件事多不容易呀。所以，你也别着急，我想杨总既然说了，肯定有自己的关系，再等等看。"

"嗯。哎，我听大姐说，小美想撤股？你同意了？"关心问。

婉婷没想到安娜会告诉关心，愣了一下说："是，前段时间我不是一直打不通她电话嘛，还以为她出了啥事，结果来了就给我说要撤股。"

"你答应了？"关心瞪大眼睛。

"不同意又能怎么着？"婉婷一想到这件事心里就不舒服，"总不能为一点小事伤了姐妹感情吧？"

"这个小美，太不像话了，做事没有规矩。"关心有些生气地说，"你也是，干吗要同意？当初怎么签的协议，根据协议走不就完了吗？"

婉婷说："没有签协议，本来打算签的，可是小美说不着急，等稳定下来再说，所以……"

关心一拍桌子说："你傻呀，我的姐姐。"

婉婷正想说话，杨立青走了进来，看见关心也在，热情地打招呼。关心问他："杨总，事情有没有进展？再拖下去的话，怕黄了。"

杨立青摆摆手，信心满满地说："客观上说，事情还是比较有把握的。我过来就是告诉你们，明天上午咱们去看场地，在雄县那边。"

一听这话，关心很高兴，立刻对婉婷说："姐，咱们今晚喝酒庆祝一下。"

婉婷虽然听到消息也挺高兴，但是却不能抵消心里的不愉快，于是不很积极地说："喝酒可以，但是明天我就不去了，不懂那些，去了也没意义。"

关心于是给安娜打电话，结果安娜去了保定，明天才回来，想给小美打电话，又怕婉婷不同意，便小心地问："姐，要不约小美，咱仨聚一下？"

听到安娜不在，婉婷也没了聚会的兴趣，说："算了，咱俩喝酒吧，杨总有兴趣也可以参与。"

杨立青摆手说："我就不参与了，我还要安排明天的事情，你们姐妹俩喝吧。"

杨立青接了个电话，往梧桐小院走去。关心想起什么似的说："要不，把江总和若茗姐也叫上，还有关怀，咱俩有啥子意思。"

从疫情开始到现在解封，婉婷和江舟还没有见过面，听了关心的话，她点头说："行，的确是好久没见了，我约他们。"

江舟刚到，若茗和关怀就到了。看着俩人一起走进来，关心奇怪地问："你俩好巧，怎么一起进来了？"

"有什么奇怪的？"关怀笑着说，把手中的水果放在桌上，"若茗春节在我那里住着。"

关心的嘴巴张成了"O"形，惊讶地瞪大眼睛看着关怀，有些结巴地说："你们俩……啥子情况？"

若茗一看关怀误会了，连忙解释说："关怀春节给我送一些东西，结果没有出入证，保安不让出小区门，我就过来取，又拿不回去，于是保安说……"

"于是保安说，要不你进去吧？"关心调皮地说，朝关怀扮了个鬼脸。

江舟也很惊讶，看着若茗说："那我给你打电话，你说一个人在租住的小院，还想着给你买些东西送过去，你说社区不让随便进。"

若茗的脸红了红，还想解释，关怀连忙打断他们："好了，姐，江总，你们就别瞎猜了，疫情期间，什么可能都会发生，远离家乡，我们大家彼此温暖对方，这也是友谊的体现嘛。"

婉婷一拍手说："这句话说得好。我们都来自全国各地，随着雄安的设立、起步和发展，我们的友谊也在不断加深，称我们是雄安的发小也不为过。"

江舟朝婉婷竖了下大拇指："婉婷说得对，我赞同。我相信随着时间的推移，大浪淘沙，沉淀下来的友谊一定是最经得起时间考验的。"

关心叫："我想喝酒了！好不容易聚在一起，今晚不醉不归！"

江舟说："老魏明天就能过来了。他年前从江城出来，结果也被隔离，现在过去两个多月，他也完全好了。估计也快闷死了。"

"对了，我听小美说，她老公的表妹王玲珑从江城回来，也是坐老魏的车。"婉婷说。

若茗说："江城疫情也得到了控制，全国去支援的护士也陆续撤回，我们单位说要采访几个回来的护士，不知道有没有她？"

"应该没有，她刚毕业，在江城实习，放假了，家里让回来，结果没票，就让老魏捎回来了。"婉婷说。

不一会儿，后厨做了几个菜，服务员把菜端上桌，几个人围坐在桌前边吃边聊。江舟刚才听到若茗住在关怀家，尽管他相信俩人之间没有什么，但心里还是感觉有些别扭，又看到关怀殷勤地给若茗夹菜，心里更加不舒服，但又不好表露出来，只是大口吃饭。他的吃相让婉婷笑了起来。

"慢点吃，你是不是几天没吃饭啦。"关心边夹菜边说。

江舟粗声粗气地说："秦人，吃饭不叫吃饭，叫 die 饭，就要狼吞虎咽。"

听着江舟说话不太对劲，若茗看了他一眼，不料正好遇到关怀的目光，她低下头，端起水杯喝了一口。她知道江舟对自己住在关怀家里肯定有看法，但是，这又能说明什么问题呢？

"对，我们陕西关中有几句民谣：八百里秦川尘土飞扬，三千万老陕齐吼秦腔，die 一老碗 biangbiang 面喜气洋洋，油泼辣子少了嘟嘟囔囔。这是秦人的豪气。"婉婷自豪地说。

关心端起酒杯笑："谁不爱自己的家乡呢？来，喝酒，为我们在雄安的未来！"

几个人边吃边聊，散场时已是晚上十一点，关心因为操心明天上午去雄县看场地的事，和杨立青确定好时间，早早回去了。江舟想和若茗说几句话，于是在门口等她。关怀在车里面坐着，看样子在等若茗。江舟看到若茗在和婉婷告别，于是走到关怀的车前。

"关总，有几句话想和你聊聊。"江舟直截了当地说。

关怀愣了一下，江舟还从没有用这种语气和他说过话，于是笑笑说："请讲。"

江舟递给他一根烟，自己也点燃一根，深深吸了一口，说："你知道，我和若茗是同学，她家里发生了很多事情，而且……她有丈夫，有孩子，我希望……希望你不要伤害她。"

关怀的双眼看向前方旋转的塔灯，用低沉的声音说："你是若茗的同学，又是老乡，我知道你是真心为她好。你关心她，我比你更关心她，因为，我还爱她。我们从敦煌就认识，我目睹了她的绝望和悲观，所以，我想尽自己的能力治愈她，让她对生活重新燃起希望。你放心。"

江舟想说，你爱她，我比你更爱她，只是我不能给她更多，只能默默守护，可是却又不能说。他从内心叹了口气，点点头，拍了一下关怀的肩膀，朝他露出友善的微笑。这时，若茗走了出来，看到江舟站在那里，似乎明白了他在说什么，就走到车前，匆忙说："江舟，我这几天就搬回自己的小院住了，对不起啊，我不是故意瞒着你，我们那个社区，真的不让随便进去。"

江舟笑了，说："解释啥？我都明白，你好好的就行。"

看着若茗上了车，江舟转身走进婉婷的院子。婉婷正在收拾卫生，看见他进来了，说："对了，江舟，明天杨总和关心去看一个项目，你没事也一起去，帮忙把把关。"

"什么项目？"江舟问。

"具体我也不知道，杨总的关系，"婉婷边扫地边说，她看了一眼江舟，又说，"你刚才的表现不是很好啊，你对若茗……是不是有别的想法了，还是以前就有？"

"瞎说啥呢，"江舟说，"我们都在异乡，又是同学，更应该互相关照一些。"

婉婷说："记得几年前在我的苗圃，你对我说，爱一个能爱、该爱的人，不要让另一个女人伤心，说的就是她吧？"

江舟点点头，点燃一根烟，烟头忽明忽暗的。

"我看你是深陷其中了。"婉婷笑。

"她这几年经历太多了。你知道吗？因为菲尔，他们的婚姻濒临绝境了。"江舟说。

婉婷停下来，想到何牧田，当初那个意气风发的男人，若有所思："人总会想着过自己想要的生活，但这想要的生活到底是什么样的？不知道，似乎得到的就不是想要的，没得到的永远是自己想要的，但往往会在碰得头破血流的时候，才明白这个道理，那时已经晚了。"

江舟说："我现在最关心的是事业，对于感情，我也没有什么奢望，顺其自然吧。"

夜凉如水，树木在夜半的阴影里婆娑着。

第二天上午，关心、杨立青和江舟开车去了雄县看现场，还没等婉婷把手中的事情忙停当，他们开着车又回来了。看到关心垂头丧气的样子，婉婷问江舟咋回事，江舟说，他们去的地方，根本就没有建设工地，都是老百姓的农田。杨立青一脸无辜，涨红着脸解释事情的真实性，并打通电话开着免提让他们听。

"婉婷姐，杨总说的和真的一样，结果啥都没有，你说他咋能这样呢？"关心看杨立青走了，对婉婷抱怨说。

婉婷心里也有些不舒服，感觉在姐妹面前丢了面子，但她比较了解杨立青，没影儿的事也不会乱说，即使信息错了，那也绝对没有恶意。现在看关心这样抱怨，有些不高兴地说："人家也是好心呀，再说就是事情没成，你不也没损失啥嘛。他的确也是有关系，以后说不定还能帮上忙。"

关心看婉婷有些不高兴，忙说："没事，我就是这么一说，也可能不是他的问题，他的朋友得到的信息应该是假的。"

"你们呀,别听到啥都信,这里的水太深了,一不小心就会沉底,尤其工程。有多少人因为干工程倾家荡产,有家不能回。"江舟说。

"反正杨立青人挺好的,我相信他。"婉婷说。

关心看着她,笑着说:"姐姐,你太单纯了。"

正聊着天,魏云鹏走了进来,几个月不见,他明显瘦了很多。看到江舟、关心也在,有些惊讶又有些羡慕地说:"真是一日不见如隔三秋啊,你们能一起聚,我可是整整被封了好几个月,总算活着见到你们了。"

江舟笑着说:"这段时间经历太多,也充分体验了什么叫生命的可贵。这下好了,你又回来了,咱们继续加油干。"

婉婷给大家洗了一些水果,又泡好茶,笑盈盈地说:"老魏,你总出不来,可把我们担心死了。"

魏云鹏立刻当真了,看着婉婷说:"你真的担心我?"

江舟咳嗽了一声:"哎哎哎,我们都担心你,没听明白吗?"

关心看着魏云鹏的样子,感觉好笑极了:"魏总,你是真不懂幽默还是咋回事,平常的一句话,你都能上纲上线。"

魏云鹏有些尴尬。自从经历了江城的那次疫情,他忽然明白了很多,那些不为人知的往事,以前感觉没有人知道,自己很心安理得,现在,他对自己以前的所作所为有了深刻的认识,也觉得对不起婉婷,觉得自己亵渎了这段感情,尽管婉婷一直没有接受他,可是在他心里,她早已是能和自己相伴后半生的人了,也正是这样的一种悔悟,他才果断和江城的情人分手,一心一意地追求婉婷。此刻听到关心这么说他,又想起了自己以前的荒唐事,既尴尬又惭愧。他想起王玲珑,那个单纯又善良的小姑娘,于是问婉婷:"小美老公的那个表妹,现在在哪里?"

婉婷说:"不知道,疫情期间,我和小美几乎没有见面,只知道你们那次回来后,隔离的隔离,回家的回家,其他就不知道了。"

魏云鹏给大家讲述了那次从江城回来在路上的经历,感慨地说:"说实话,那次如果不是王玲珑,我估计都已经死了。"

关心惊讶地瞪大眼睛:"这么惊险吗?"

"何止惊险,简直是刺激。我估计这辈子再遇不到那样刺激的事情了。"魏云鹏说。

"好在我们都挺过来了，相信以后的生活会更美好。"江舟说，"也会更艰辛。"

"你这句话才算说到点子上，以后的生活不是更美好，而是更残酷。"关心叹口气说，"唉，以后的生意该怎么做呀，想想都发愁。"

大家听了关心的话，勾起了各自的心事，想到以后的发展前景，全都沉默了。

# 五十二

关怀站在阳台上，斜倚着窗子，望着窗外的车水马龙和灿烂的阳光。他怔怔地发着呆，心情矛盾而神志昏乱，桌上堆满了待办的公事，他却看都没有看一眼，完全静不下心来。

若茗告诉他，要搬走。虽然这早在意料之中，也是迟早的事情，但这一天真的来临时，他依然有些不适应。这几个月来，他已经习惯了有她的陪伴，习惯了两个人居家办公的日子，习惯了午后的黄昏，一人一杯茶，坐在阳台的椅子上聊天，看余晖散尽，薄暮升起。那是多美妙的事情！

可是，刚才她郑重地告诉他，她要搬走。这怎能不让他烦乱？

他的眼光直看到她的眼睛深处去，声音柔和而安详："真要走？真忍心走？真有决心走？真能毫无留恋地走？"

她说："又不是永别，只不过是回到原来的住处而已。"

"别骗我，"他看着她，他的声音温柔而诚挚，温柔得让人无从抗拒，"你的眼睛不会无缘无故而湿的。告诉我，为什么要搬走。"

她垂下了睫毛，轻声说："我想，我需要孤独。"

"需要孤独？"他不解地问，"你昨天一天都不在家。"

"并不是在家里就孤独，"她轻柔地说，"我出去游荡了一整天，在每个街角，每个橱窗，每个商店里——都看到孤独。所以，我回到家里来。但是，家里也并不比外面好。"

"为什么不告诉我？"

"你很忙，你不像我这样闲散，我不敢打扰你。"

"不敢打扰我？"他柔声问，"当你孤独的时候，你却不敢打扰我？对我来说，人生会有什么事，比你的孤独更重要？"

她抬起头来，望着他，她眼底的湿润在扩大："你不许这样说，也不该这样说。你知道的，这里并不是我的故乡，我会想家，想那儿的朋友，想鼓楼的钟声，想八百里秦川嘶吼的秦腔，那儿，毕竟是我生活了几十年的地方！"

"可是，你真的需要一个人的孤独吗？"他怜惜地说。说完，他转身走进她的房间，打开衣柜，取出一件大衣，递给她，简单明快地说："走！去悦园吃西餐。"

她接过大衣，迟疑地看着他。

"其实，我并不饿。"她说。

"并不一定要饿才吃东西。"他拉着她就向门外走，"如果你完全不饿，去喝杯酒，享受那儿的情调。走吧！"

他引起了她的兴致，身不由己地，她跟他走了出去。外面，4月的夜空仍然有着淡淡的凉意。天空中，月亮又圆又大，明亮地照射着大地。云层是稀薄的，几点寒星，挂在遥远的天边。在那儿疏疏落落地闪耀。

"怪不得古人说'月明星稀'，"若茗仰望着天空，"原来月亮又圆又大的晚上，星星就特别少。"

他在月光下看她，她的脸在星光、月光、灯光下，显得迷离深沉而变幻莫测。她微笑地看着天空。那笑容含蓄而略带忧愁，是难绘难描而又动人心魄的。

没多久，他们已经坐在悦园的一个角落里，先叫了两杯咖啡。他们点了炭烤猪肋排、牛油果沙拉和意式时蔬浓汤。

"我并不常吃这些东西，以前总陪孩子去吃。"她说。

"中国的饮食文化博大精深，我始终认为西餐只是餐饮的点缀。"关怀笑着说。

咖啡送来了。咖啡真好，香味就有提神和振奋的作用。她机械性地在咖啡杯里丢进两块方糖，倒了牛奶，用小匙搅动着。她注视着咖啡杯里的涟漪和旋涡，不用抬头，她知道他又抽起烟来了，雾缓慢地飘过来，和咖啡的热气搅在一起，两种香味混淆着。她皱着鼻子嗅了嗅，奇怪，咖啡和烟，这两种香味居然有某种谐调，某种令人安宁的谐调。

若茗抬着头，望着窗外夜空中那两颗隔着银河的星星，然后低下头望着关怀。是月光染白了他的面颊吗？是星星坠落到他的眼睛里去了吗？为什么他的面色那样苍白，眼睛那样闪亮？她注视着他，不，是他们彼此注视。一些属于欢愉的、宁静的东西从他们的眼底悄悄飞走，取而代之的，是某种战栗的、痉挛的、酸楚的情绪。她忽然觉得自己的眼睛发热，觉得树梢上挂着的露珠已经坠进了自己的眼中，使月光下所有的景物都变得那么朦胧。

他看了她好一会儿，握住她的手，说："过来！"他牵着她，在草地上坐了下来。悦园的角落和树枝上挂着的玻璃瓶，收集了满满的阳光，在夜里散发着光芒，成为夜色中最好的点缀，明明灭灭的，带着梦幻似的色彩，把夜弄得生动，弄得柔和。

他侧头注视着她。原先在他身体里、血管里、胸口里奔窜的那股热流，以及那燃烧着他的，原始的欲望已经消失了。他觉得她洁净如涓涓溪流，单纯如天际白云，而清丽如幽谷百合。他竟对刚刚的自己，感到惭愧，感到汗颜。他用故作欢愉的口吻说："讲个故事给我听吧！"

她的眉毛紧紧锁在一起，眼睛闭了起来。他拥住她，把她的头紧压在自己胸前。她听到了他的心跳，听到那沉重呼吸在他的胸腔中起伏，于是，她断断续续地讲出了自己的故事。

"别哭，"听完她的故事，他轻轻地说，"人生的故事原有好多种，有多少主角会是聪明人呢？这原是个笨人的世界啊！"

她哭了，啜泣得像个小孩。月亮仍然清亮，幽幽地照射着小小的院落。

"我会帮你走出困境，放心。"他喃喃自语，更紧地拥住她的肩。

就这样，若茗又搬回了自己租住的小院，不同的是，关怀重新把院子收拾了一遍，院墙加高了一些，大门也加固了，在所有的事情为她安排好之后，他温柔地说："我希望你快乐，希望你生活在诗情画意之中，所以，我尽管付出，你尽管享受，不要有负担，一切都是我心甘情愿。"

她知道，从此，这个男人，将永远不能走出自己的内心了。她点点头，已不再悲哀，真的，当她走进自己屋子的时候，她的内心在唱着歌。

若茗下班刚走出公司，桑榆红就打来电话，说晚上约了江舟吃饭，让她也一起去。若茗毫不犹豫地答应了，觉得他们俩的关系应该更进一步了，她为能促成自己最好的两个朋友而感到高兴。

晚上，三人没去悦园，而是来到壹捞吃火锅，一进门，先扫码登记，出示健康码和行程码，这才落座。桑榆红说她吃腻了悦园的饭，得换换口味了，这和一个人长年累月开自己的车还不一样。若茗很是羡慕桑榆红，泼辣的性格，总是把工作做得很完美，业绩也是最好的，为公司拉到了不少业务。

事实上，桑榆红有辆很好的车——沃尔沃，性能极佳，几乎是全新的。她是家中的独生女，父亲的事业也做得很好，她在自己家里要什么有什么，大学毕业的礼物就是这辆车。若茗觉得，如此优秀的桑榆红，江舟如果娶了她，那真是他的福气。

三人要了一桌菜，边吃边聊。桑榆红先给若茗夹了一大块牛肉，又给江舟夹了一块，说："江舟，你们公司最近的业务怎样？"

江舟把牛肉涮出来放进蘸料碗里，摇摇头说："不咋样，今年干脆就没有。疫情闹得很多公司的业务都不开展。"

桑榆红说："那我给你介绍一个呗，一个集团公司的品宣，谈下来估计百八十万吧。"

"啊？"江舟差点儿惊掉下巴，"这么多？为什么给我？"

若茗批评他："你这话问的，给你就有给你的理由。"

"说实话，这个业务，的确是这几年来最大的一笔，别的城市不容易拿到，雄安更不容易。至于为什么给你……"桑榆红笑了笑说，"谁让你是若茗的同学呢？"

若茗握了握桑榆红的手，感动地说："谢谢你，榆红，你真是帮了大忙了。"

江舟放下筷子，认真地看着桑榆红，摇了摇头，说："不行，我不能接受。"

"为什么？"桑榆红扬着眉毛说。

江舟说："现在的业务不好做，我知道你们公司的效益也不是很好，再说，业务和自己的收入挂钩，这么一个大业务，提成也很客观，你给了我，对你自己不是损失吗？君子岂能夺人之美？不行。"

桑榆红笑着说："我最不缺的就是钱。至于公司业绩……就让我做一次内奸吧！"

一句话把若茗也逗笑了："我绝对守口如瓶。"

江舟端起酒杯，感激地说："好！算我江舟欠你一个人情。来，我敬你一杯，你随意，我先干为敬！"说完，一饮而尽。

桑榆红连忙摆摆手，说："哎，我可不想让你欠我人情，这样的交往不平等。"

若茗瞅瞅这个，又瞅瞅那个，最后把目光落在桑榆红脸上，意味深长地笑着。桑榆红正准备把一棵青菜放进嘴里，看到若茗的表情，似乎被窥探到了心思，脸一下子红了起来。她故作镇静了一下，想起什么似的说："对了，若茗，明天交给你一个采访任务，确切地说，被采访人已经不在了，她留下了几篇日记，明天和她家人联系一下，把日记拿到手，看完后写一篇报告文学。"

若茗惊讶地说："什么情况？"

桑榆红叹口气说："一个花季少女，刚毕业，去年年底，江城暴发疫情时，搭乘朋友的顺风车回家，后来又做志愿者，结果在抢救一名病人时不幸感染，抢救无效后……去世了。"

若茗陷入沉默。一提起生死，她的心就莫名颤动和悸怕。看她这样，桑榆红奇怪地问："怎么了？不愿意吗？"

江舟刚想说话，若茗制止他，然后对桑榆红说："没问题，坚决完成任务。这个女孩是哪里人？"

桑榆红说："古家村人，一个独生女，叫王玲珑……这可恶的疫情，造孽呀！"

若茗难过地说："我听过她的名字，很好的一个女孩。"

江舟也无限惋惜地叹了口气。

三人吃完，走出火锅店准备回家。江舟要送她俩，桑榆红不让，她说想和若茗走走，于是他独自回去了。

若茗问："榆红，你喜欢江舟吗？"

桑榆红怔了一怔："喜欢也是爱吗？"

若茗点头："当然，爱的基础。"

桑榆红喃喃自语："那么，我应该是爱了。"

若茗笑："那……你为什么要掩饰？"

"掩饰什么？"桑榆红问，"恋爱是正大光明的事，不需要掩饰的，我在爱，可是，我们好像还没有开始恋爱……走吧！"

于是，踏着夜色，踏着月光，踏着露水濡湿的街道，踏着街灯的影子，她们手挽着手，向前缓缓地走去。

# 五十三

若茗拿到那本日记并且看完的时候，内心是伤感而崇敬的，她为这个年轻女孩的勇气而由衷佩服，也为这个年轻生命的逝去而无限惋惜。这段时间，所有的信息传播渠道都在发布关于江城疫情的消息。作为远在燕赵大地的女子，感觉病毒离自己很遥远。最恐慌时，也只是叮嘱家里人保护好自己，不出门。

身边没有患病或疑似病人，也没有认识的医护人员奔赴江城，一切都来自网络信息。无论喜悦还是悲伤，她都感觉和自己隔着山水的距离。直到看到王玲珑的日记，她的心像被人重重撞击了一下，有种莫名的心疼和敬重。原来，危险从来就有，只是前面有人抵挡。伟大和平凡的区别，其实就是在国家需要的时候能否挺身而出。

王玲珑的日记是这样写的：

## 2022 年 2 月 21 日　星期五

到了酒店，有很多志愿者从一辆大货车上搬运我们带来的物资和行李，一趟一趟地搬运，从晚上九点多一直搬到十一点。我切身体会到，为这次抗击新型冠状病毒疫情付出的人很多，不仅仅是我们医护人员。

为了防止被病毒感染，我们的头发都要被剃掉，看着一头秀发一根根掉在地上，心疼得我想掉泪，当我把这件事告诉绍伟时，他安慰我说："头发没了可以再长出来，你要好好的。"

这次主动请缨去武汉抗疫前线，我没有想其他，只想尽自己的一份力量，帮助需要帮助的人，不负青春。其实我最担心的还是被感染，因为只有自己健康了，才能上"战场"做自己应该做的事。这里的气候是湿冷的，不热也会出汗，被风一吹，感觉更冷。不知道绍伟怎样了，是不是也和我一样忙碌？

感谢每一位关心我的人，让我们一起，为武汉加油！

## 2020 年 2 月 23 日　星期日　阴转晴

今天是第三天，仍未安排岗位，还在等消息。每天给我们安排的伙食都很好，午餐和晚餐都是五菜一汤，一袋酸奶，一个苹果，我们的待遇都挺好。

早上九点，我们将 170 人的物资分配了一下，这些东西大多都是捐赠来的，基本上都是我们的生活必需品。因为管控得非常严格，好多城市和便利店都关门了，想买东西都很难，所以这些看似普通的生活用品，对于我们来说非常重要。

在这里，我们提交了入党申请书。一想到自己即将成为中国共产党党员了，内心就激动万分，团队荣誉感就更加强烈。

下午，我们十个人又被分到了一个群里，这个群里的人可能要被分配到江城红十字会医院。这组领队的同志帮我们看了看防护物资是否合格，然后培训我们怎样穿、脱防护服，穿好后全部审核了一遍，告诉我们很多容易忽视的细节，并叮嘱我们多注意细节，才能更好保护自己。

这两天，家人和绍伟的短信和电话不断，第一次感受到被牵挂是那样幸福。在这已经白吃了两天饭，都有点寝食难安了。这次来的人比较多，要保证每个人培训过关，才让上岗，所以很多人还没有分配到岗位。希望自己能尽快到岗工作。

原本繁华的城市，现在却很安静。在国家危难的时候，很多人都想奉献自己的一点力量，让江城尽快渡过难关。

我很好，请家人勿挂念。

### 2020 年 2 月 24 日　星期一　晴

今天终于安排去医院了！一切准备就绪，我们和多个人组成了一个小团队，援助江城红十字会医院。市里的公交车全都停止运行，以保证接送医护人员的车辆。早上八点五十分，我们出发了，在路上，我们得知今天仍然不去医院，而是到另一个酒店去培训。

到酒店后，首先讲话的是四川华西医院的总领队。在他做自我介绍时才知道，我今天见到了医学界的大人物了，知道在他们的带领下工作，我心里踏实多了。他们来之前，江城红十字会医院有不少医务人员感染，但是他们来之后，到目前为止，医务人员零感染。

他们建立了很强的管理机制和管控机制。这个医院有 404 张床，现在只有 285 个病人，已经度过最艰难的时候。他们说刚开始门诊接诊量有 2600 多人，病房楼道里都加满了床，防控物资也不够，那种状态真是难以想象。一个月高强度的工作，他们都没有休息过，我心里对他们无比崇敬。

之后，医院开始从心态和实际操作的细节上对我们进行培训，叮嘱我们工作后要开启"互相嫌弃"模式，就是保持距离，减少聚集，戴好口罩，注意卫生，勤洗手，一定不能用消毒剂喷口罩。

培训结束后，我们分配了科室。别人都是几人一组，并且有人接，唯独我们三个人各自一个科室，而且没人接，心里稍稍有点失落，不过一切听从命令吧。明天就要接触真正的新冠病人了，多少还有点紧张。不过，我要相信团队，相信自己，我能行！

### 2020 年 2 月 25 日　星期二　晴

今天是第五天。早上七点半我们统一坐车，来到了我们上班的地点——江城红十字会医院，在老师的带领下开始穿防护服。流程不用担心会穿错，因为每一个步骤墙上都有提示，而且每个人的用品都是分开的。一到接班的点，就会有上百人一起穿防护服，现场挺壮观，感到各地支援的物资挺多的。

昨天通知我到医院二楼普通病房工作，在换衣服的时候临时通知我去了七楼重症病房，心里挺忐忑，不知道自己是否能胜任，既来之则安之，一切听从安排吧。

到了病房，映入眼帘的是满楼道的移动护士站。病人数量很多，而且都很重，今天有幸看到了呼吸治疗上很高端的仪器。看到使用这种仪器的病人大都 50 岁左右，岁数并不大，病情却很严重。

穿上防护服工作，行动起来感觉很笨拙，手上戴着两层手套，干起活来确实不方便，尤其是打针、采血这类操作。必须有手感成功率才会高。没办法，为了保护自己，只能慢慢适应。

重症病房的工作还是比较烦琐的。虽然管的病人不多，但工作量还是很大的，工作了一会儿，我的护目镜开始起雾了，根本看不清东西，总想用手去擦镜子，可又不能动，感觉自己已经进入了"半盲"状态，只能看见轮廓，这可真是一次能力、体力和技术的考验！

来到这儿上班的第一天就赶上了抢救，抽血化验的各项指标有好几项都是危急值心律。在抢救过程中，带我的老师不停地为病人打气："阿姨，加油，你要相信自己！"但最后还是无力回天，抢救无效，宣布死亡了。

下了班，到了脱防护服的通道，有老师会来指导我们操作，有操作不当的地方及时给我们指点。当摘下眼罩的那一瞬间，感觉整个世界都明亮了，有一种解脱的感觉。脱衣服时人很多，本来想和我的老师认识一下，结果还是走散了。每个人都穿着防护服，我们只能看见彼此的眼睛，通过防护服上的名字来分辨是谁，却看不见彼此的模样。今天一起工作的同事，即使乘同一辆车返回酒店都互不认识，但我们因为疫情走到了一起，是一种特别的缘分，也许到分别的时候我们都不会看到彼此的样子，但我会永远记住你们的名字。

让我们携手共进，共同加油！

## 2020年2月26日　星期三　小雨

今天已经是第六天，上班的第二天。从今天到周五的班都是16：00到20：00。下午三点我们出发了。我们的班，时间分散得很开，司机师傅也是白天晚上倒班，非常辛苦。

按流程穿好防护服，然后到科室接班，接班时已经快下午四点了，光穿衣服就用了半个小时。今天的病人有两个，一个病人昏迷插管，另一个病人神志清楚。来之前，我以为会被分配到普通的病房，想着能和他们多交谈，多给他们鼓励，结果分到了重症病房，几乎没有和病人谈话的机会，忙着为患者用药、翻身、吸痰。还好，这些工作我都能胜任。

在这里还认识了很多来自全国各地的医生，他们已经在这里工作了快一个月，跟病人很熟悉。上海的老师一直在帮我，他说我的这位病人已经恢复得很好了，可以试着下床活动一下。我不敢让患者下床，因为我对患者情况还不很了解，怕出现什么意外。他就帮我协助患者下床活动。看着患者能活动了，我心情很激动，毕竟是在重症监护室，患者能下床活动实在不容易。患者想用手机记录下这美好的时刻，在录视频的时候，他对着镜头说："我住院已经一个多月，在重症监护室住了快20多天，今天终于可以下床了！感谢细心照料我的医生和护士，他们对我太好了！"说到这儿，他的眼睛里盈满泪水。

我们共同举起拳头，大声说："中国雄起！湖北雄起！江城雄起！加油！"

不管我们的路有多难，我们都会坚持走下去，打赢这场战役，江城雄起！中国必胜！

## 2020年2月27日　星期四　阴有小雨

今天穿上防护服到接班的时间，要比昨天快了一些。以后流程熟悉了，会越来越快。今天还不错，分配了两张床，有一个空床，只管一个病人。刚接班，就有两名患者抢救无效死亡了，以前在手机上只是看到确诊病例、死亡病例数字的增长，今天看到的是活生生的人死去，心中非常悲伤。

今天的工作没有什么特殊的，学习了一些重症室里的小知识。一位四川的老师用乳胶手套充气，放在患者气管插管的管路下面，这样管子的重力就不会全部压在患者的口腔上，减少在口腔上形成压力性损伤。

我在病房外面加药干活，走进病房，看到一位男老师在我负责的病房里，仔细一看，是刚刚教我的那位老师。他说："我来创作一下。"原来他在充气的手套上画了一个笑脸，写上"早日康复"四个字，真的是好有心。其实有时候我们的祝福不一定要让患者知道，而是发自内心的祈祷与祝福。

同昨天一样，下班后晚上九点发车，到了酒店收拾完，睡觉时已经凌晨十二点。城市和街道上格外安静，希望江城早日恢复活力，让我们一起加油！

## 2020 年 2 月 28 日　星期五　小雨

今天是上班的第四天。这两天江城都在下雨，天气有些凉。因为昨天上班感觉有点冷，冷了总想上厕所，所以今天穿上了成人纸尿裤。

今天刚一上班就收治一位病人，心中有些顾虑，怕有不能胜任的工作，让别人笑话。等病人来到科室，我的这些顾虑都没有了，因为科室的其他护士都在帮我干活，已经下班的护士也没有走，帮我忙完了才肯离开，连接呼吸器、经鼻高流量，很快病人就安置好了。随后我为病人进行了导尿和留置胃管。因为要在病人口腔里下胃管时，得近距离察看，确诊患者口腔情况，所以存在非常高的感染风险，但这就是我们的工作。

以前我管理普通患者时，这点工作量并不算什么，但是穿上防护服做这些工作，才感觉自己胸闷气短，本来今天穿的衣服就多了一些，现在已经出了一身汗。口罩里的雾气也从鼻子上往下流。感觉很痒，却又不能用手去挠，只有一个字：忍！

时间过得很快，转眼两个小时过去了，感觉有些乏力。进来的时候口罩戴着有点儿紧，没有在意。可现在，感觉耳朵勒得很难受，穿防护服的时候真是不能有一点儿凑合，不然这四五个小时真的很难熬，快要下班的时候，感觉耳朵快要掉了。在这里，对我们不仅是技术的考验，对我们的体力、耐力也是很大的考验啊！

希望胜利的那一天早日到来，加油！

## 2020年3月1日　星期日　阴

今天是第十天。今天上班时间段是上午八点到十二点。早上六点多起床，洗漱完毕，简单吃了点东西就要出发了。我比较担心这个时间段的班，因为我早上比较爱闹肚子，这要是穿上防护服，肚子疼，想上厕所那就尴尬了，所以提前吃了点儿治肚子的药预防一下。

早上七点，我们出发了，像往常一样按流程穿好防护服。因为今天怕闹肚子，所以比以前更小心翼翼了。今天分配了两位患者，一名神志清楚、卧床的病人，一位是昏迷、气管插管的病人。早上的治疗还是比较多的，接完班后，快九点了。

忙碌的治疗工作就要开始了，治疗之前我对那位神志清楚的患者说："爷爷你好，我今天负责护理你，我叫王玲珑，有事儿您随时叫我。"

老人回应道："好的，谢谢你。"简单的几个字从他嘴里说出来却显得有些费力。他不说话的时候，就是气喘吁吁的状态，很痛苦。因为两个病人都比较重，治疗也比较多，刚工作了一个小时就感觉自己的衣服已经湿透了。

给昏迷的病人做完治疗，连忙去看那位清醒的老人，瓶子里的液体已经输完，赶紧加好药给他换上。我进去后他说了一句话，因为他气短，声音小，我没有听清楚，又问了他一遍，仍然没有听清。看他说话这么费力，不好意思再问，就对他说先帮他换好药。这时进来了一位医生，听懂了他在说什么，把地上的一卷纸捡了起来，放在他手里。这时他鼓足了气，大声对我喊："我让你给我捡一下卷筒纸，你都不给我捡，你是干什么吃的？"

我赶紧对他解释说："我没有听清，你别着急。"

他仍然愤怒地对我说："早就掉下去了！干活毛毛糙糙的，这么半天了你都没过来。"他的语速越来越快。但是能感觉到他说话越来越费力了。

我对他说："你别急，我还在管着一位比较重的病人，刚才一直在他那里。"

没等我说完，他生气地说："你不要狡辩，有什么可狡辩的？"

我没有多余的时间给他解释了，另外一个病人还在等着我，我也不想让他一直激动，就暂时离开了。出来后，感觉自己一肚子委屈，鼻子发酸，但是没有哭，因为我没时间哭，想一想也没什么可哭的。想到老人现在被病魔缠身，他一定很痛苦，难免烦躁，发泄一下也很正常。想到这儿，心里就觉得没什么了。

中午十一点的时候，他要吃饭。因为活动耐力很差，我只能一口一口喂他吃。用吸管喝奶的时候，他显得有些吃力，我跟他说用吸管费力的话，就用勺子喂。他点点头，忽然给我道歉，我心里暖暖的。他说他心里很烦，一家五口有三个都被隔离治疗了，这个事情发生得太突然了，让人有点措手不及。在他眼中，我看到了悲伤与无奈。我和他聊天，终于把他哄开心了，我心里松了一口气。

我赶紧到昏迷病人的病房给他翻身，掀开被子时傻眼了，病人拉了一床的大便，床单、被罩上都是。我给他擦大便，给他换床单、床罩。给一个不能动的患者换床单也是一件大工程啊，汗又湿了一身。

感觉好像感冒了，浑身没劲，明天去医院得检查一下、别是感染了……不不，绝对不会！我还有那么多工作要做，我得护理好他们，让他们减少痛苦，让他们早日康复。

日记写到这里就没有了。若茗想，一定是在照料那个危重病人后，她忙得没有了时间写日记。

今天是二十四节气中的惊蛰，时令已进入桃花红、李花白，黄莺鸣叫、燕飞来的仲春时节了。若茗坐在电脑前整理着王玲珑的日记。在文章的开头，她写下了这样一段话：

随着年龄的增长，心也越来越柔软，一件小事就很容易受感动，比如看到冉冉升起的国旗，听到雄壮的国歌，还有很多生命的诞生与逝去，总是让我有一种想流泪的冲动。因为王玲珑的缘故，我也似乎目睹了死亡，它仿佛就在不远的地方，面目狰狞，随时张着血盆大口吞噬自己。愿我们用一种久违的心情，去体验生命的感动，去观照希望的再现，去遇见岁月的美好。

文章有点长，如果你有耐心，请看完。我相信，你一定能从字里行间看到逆行者怎样负重前行，看到血肉之躯的他们在经受着怎样的考验，你也一定能明白，这个世界上，是谁的儿女，又是谁的父母，在每一次生死存亡的关头，挺起大国的脊梁！

若茗奋笔疾书，思想如泉涌，仔细读着，大声读着，声音哽咽，她似乎看到那个年轻的姑娘在病房忙碌的身影，看到在那个没有硝烟的战场上，她怎样用生命在战斗。

文章结尾处，她写道：

行文至此，夜已深了。我喜欢让文字在夜深人静时流淌笔端，这时的思绪是清晰的，情感是饱满的，就像夜风中船行到了很远的天际，像一片柳林所带来的春的气息。雪小禅说：越往前走越发现要与温暖的人在一起，她给你能量，给你时间，让你觉得自己在这个世界的隆重。是的，生命的绝美只有在这种温暖中才能展现，也只有生命的热情才能发现并为之感动。

樱花的花语是生命/等你回来。那么，那个名叫王玲珑的女子，让我们约定，待江城樱花烂漫时，等你归来，可好？

这篇报告文学《生命绽放的绚美》，一周后发到了媒体上，一经发出，立刻引起了不小的轰动。

也是从这篇文章中，魏云鹏和婉婷他们才知道王玲珑去世的消息，几个人驱车到她的墓前，敬献鲜花，以示悼念。

# 五十四

江舟和中宇集团经过一个多月的洽谈，最终合同额定到了六十五万元，拿下了品宣业务。这和当初桑榆红说的数额有些差距，原因是把工作内容压缩了很多，这样一来，除了员工的工资之外，利润没有多少。尽管这样，江舟依然很满足，也特别感激桑榆红，这毕竟是他来雄安之后的几年间，接到的第一个大单。有了这次业绩，他相信会越来越好。

"老江，你这个女朋友挺好，对你足够真心。"当合同签订后，魏云鹏朝江舟竖起大拇指。

"可别瞎说。"江舟正色说，"我们只是普通朋友。"

魏云鹏呵呵一笑："得了吧，傻子都能看出来，人家这是爱上你了，要不，能给咱这么大的活？"

其实江舟心里也很清楚桑榆红对自己的感情，只是这么多年，已经习惯了单身生活，再说，事业的发展也不是很顺利，更没有心思操心婚姻的事情。

"挣了钱再说，没钱一切都是空谈。"江舟说，"中宇每年都有宣传需求，全力以赴做好，就成了咱们的长期客户了。"

魏云鹏鼓励他说："老江，咱们都得加油啊，事业爱情两不误，才是人生美事。"

江舟看着他，摇头说："你要是能把婉婷追到手，我从此服你。"

魏云鹏不服气地说："不就是个陆海平嘛，我还就不信了！"

江舟惊讶地说："怎么，你知道他俩的事？"

"当然知道，姓陆的总在婉婷面前献殷勤，让我碰见过好几次。他俩是同学，看样子关系比和我还要好。"魏云鹏有些忧伤。

江舟笑了起来："你知道他俩是啥关系吗？看样子你并不知道。"

魏云鹏奇怪地问："啥关系？难道是旧日恋人？"

"你还真说对了。"江舟说，"他俩在校园里，可是演绎了一场轰轰烈烈的爱情故事呢。"

魏云鹏想起陆海平玉树临风的样子，有些发愣。

江舟看他的样子，有些于心不忍，安慰他："不过时过境迁，已经过去好几年了，陆海平早已结婚，孩子都有了。你努力，我觉得还是有机会的。"

"连你说得都没有信心。"魏云鹏泄气地说。

"事在人为，加油，我看好你哟！"江舟朝他挤了挤眼睛。

自从和中宇签了合同，江舟把全部的精力都用在了这个项目上。他很清楚，这次服务的好坏，直接关系到下一年甚至未来几年的合作，也是自己公司在雄安发展的转折点。他丝毫不怀疑自己团队的能力，他唯一担心的是资金，一旦中宇付款不及时，驻场员工的工资就成了问题。这几年早已是负债累累了，魏云鹏也是捉襟见肘，实在经不起折腾了。

只能前进，不能后退了，他也无路可退。前进还有希望，退缩，却一点钱都挣不到，还会前功尽弃。

安娜已经约了他好几次，他都以抽不开身为由推掉了，其实他是不敢见她。自从那个雪夜，他就刻意躲避她，尤其是当他想到桑榆红的时候，这种惭愧和不安更加深刻。有一次安娜给他打电话，提到这件事时，对他说："你不要对那天晚上的事情耿耿于怀，我也不会要求你负责任。都是成年人，彼此没有家庭，喜欢就在一起，不喜欢，可以分开。"

听到这话，江舟有些如释重负，心里也轻松了许多。是呀，这只是两个寂寞的男女，在彼此寂寞时的慰藉，如此而已。

一天，江舟正在办公室处理事情，接到桑榆红的电话，让他开车过去一趟，随后发了个位置。他打开一看，在安置区，起码有二十公里，他立刻下楼开车，直奔目的地而去。到了桑榆红所发的位置那里，只见她手拿相机，戴着口罩，背着包站在那里张望。他把车开到她面前，摇下车窗，招呼她上车。桑榆红打开车门坐了上来。

江舟问："回去还是？"

桑榆红说："回去。"

有些村子刚刚拆迁，车子在乡村的土路上颠簸着前行。桑榆红的脸色有些疲惫，高高扎起的马尾也垂头丧气似的，有些耷拉。

江舟笑着说："怎么看起来有些狼狈？遇到啥事情了？"

桑榆红往副驾驶的座椅上一靠，摘下口罩说："别提了，今天本来是若茗来采访的，她没车，就安排她参加一个新闻发布会，我自己来，结果我的车让同事开着走了，一直没回来，我就打车过来了，回去时怎么也叫不着车，都等了一个小时。没办法，只好劳你大驾了。"

江舟说："你早说，我可以做全程司机呀。"

桑榆红看了他一眼，笑："你可别太慷慨了，我这人向来不客气。"

"静候桑总吩咐。"江舟说。

桑榆红用眼角的余光看到他棱角分明的脸庞，心里竟泛起了波澜，脸不禁微微有些发红。

"江舟，问你一个私人问题，可以吗？"桑榆红故作轻松地问。

"随便问。"江舟说。

桑榆红说："你为什么一直单身？在这边有什么打算？"

江舟看了她一眼，笑着说："一定要回答吗？"

桑榆红看着他，肯定地点点头。

"单身是因为没有遇到合适的，宁缺毋滥嘛。至于打算，还是想着在这边长久发展，我已经辞去公职了，想回去也没有退路，只有坚持。"江舟说。

"勇气可嘉！"桑榆红朝他竖了竖大拇指，又幽默地说，"终身大事还是得考虑，毕竟中国人讲究不孝有三，无后为大。"

江舟忍不住大笑了起来："堂堂桑总，居然还有这种思想，难得，难得！"

桑榆红看到他大笑的样子，涨红了脸，她用手捶了一下他的肩膀，笑骂："人家和你说的是真话，你倒嘲笑我。"

江舟笑够了，咳嗽了一声说："不过，你这种思想倒真是难得，现在的年轻人，很多都信奉独身主义，即使结了婚，很多年都不想要小孩。倒是苦了我们的父母，想孙子，干着急没办法。"

"那你呢？你父母没有催过你吗？"桑榆红问，眼睛紧紧盯着他。

江舟苦笑："我呀，我现在成父母眼里的逆子了，工作辞了，家里的钱也造完了，去年又把自己买的房子卖了，我爸妈气得够呛。自从我把房子卖了，我爸就没有搭理过我，倒是我妈，隔几天还给我打个电话。"

桑榆红拖着下巴，沉思着说："那么，你对在这里的发展，真的有信心吗？"

"当然有啊，"江舟一打方向盘，车子转了个弯，驰上了津海大道，"我属于抗压型的，喜欢挑战。那种一眼看到底的生活不是我想要的，否则我也不会辞职。我坚信，我一定会干成一番事业的！"

桑榆红双眼亮晶晶地看着他："我最欣赏富于挑战的男人，相信你！"

江舟侧头看她，四目相对，两个人的内心竟涌起了一种别样的情绪。桑榆红有些心跳，转过头，恰好看到容和塔在夕阳的映衬下，周身闪烁着光芒，于是指着它高兴地说："你看，多美呀！"

江舟看着容和塔以及围绕着它行进的车辆，内心被一股豪情充斥着，他大声对桑榆红说："这个城市还是值得我们为之奋斗的，不是吗？"

桑榆红看着他坚毅的面庞，内心已对这个男人深深折服，她摇下车窗，迎着扑面的暖风，陶醉地闭上了双眸。

俩人来到了悦园，一进院子，就看到安娜和婉婷坐在院中的石凳上喝茶。看见江舟进来，安娜高兴地刚想站起来打招呼，又看见桑榆红跟着走了进来，正谈笑风生的她一下子变了脸色，咬了咬嘴唇，又坐了下来。

婉婷重新换了茶，泡好，给落座的俩人沏上，笑着问："你们俩这是干啥去了？吃饭了吗？"

桑榆红在卫生间洗完手，坐下来说："我今天临时抓了江总个差。这不，到你这里来，想请他吃个饭，以示感谢。"

江舟摆手说："吃饭还非得找个理由吗？要这么说，你给了我那么大一个业务，我是不是还得大餐伺候了。"

桑榆红一本正经地说："那可不？这顿我感谢你，下顿你感谢我，礼尚往来嘛。"

婉婷扑哧一声笑了："我的神，你俩这是搞的啥名堂？不明白。不过，请客必须来我这里啊，肥水不流外人田，如何？"

"就这么愉快地决定了!"桑榆红爽朗地说。

安娜有些不自在,她真不喜欢桑榆红这股劲儿,在哪都不拿自己当外人。她哼了一声,戴上口罩,准备起身走。

婉婷一把拉住她:"哎,你干吗去?不是说好一起吃饭嘛!"

安娜勉强笑了笑说:"我就不吃了,还有约。你们吃吧。"说完就往外走去。

桑榆红有些奇怪,看着婉婷问:"你这位大姐怎么了?我们一来就要走,神情也有些复杂。"

"不知道呀,"婉婷也很纳闷儿,"刚刚还说我俩一起喝点红酒呢。"

江舟站起身说:"我去送送她。"

安娜刚走到悦园门口,听见江舟在后面叫她,停下了脚步。江舟走到她跟前,问:"这么着急干啥,一起吃饭吧。"

安娜瞥了他一眼说:"不了,我还有事。"说完想走。

江舟拉住她的胳膊:"安娜,对不起。我请你原谅!"

安娜看着他,双眼慢慢有了泪花:"为什么要说对不起?你有什么对不起我的?"

"我……"江舟一时不知道说什么好,他叹了口气,"你又何必呢?当初也是两相情愿,况且……"

安娜立刻抬头,紧紧盯着他的双眼,犀利地说:"况且怎样?况且是我勾引你的?"

"我不是这个意思!"江舟连忙说。

"那你是什么意思?"安娜说,"我走我的,你又何必出来解释呢?"

看着安娜远去的背影,他怔怔地站在那里,好一会儿才回过神来。他很不理解,安娜为什么会变成这样,除了那一次,俩人再也没有在一起过,即使后来她打电话暗示,他也没有让自己再犯错误。如今已经过去好几个月了,为什么见面是这个样子呢?

身后传来婉婷的呼唤声,他才转身走了进去。婉婷正摆放碗筷,看着他有些失落的样子,问:"怎么了,像丢了魂似的。"

江舟一看没见桑榆红,环顾院落问:"桑榆红呢?她不会也走了吧?"

"我在这呢。"桑榆红端着一大盆热气腾腾的东西走了过来,边走边喊，"老江，赶紧帮忙，烫死人了！"

江舟连忙走过去，接过托盘放在了桌上。

"这是老魏送来的兔子，我让后厨专门炖好的。"婉婷说，"你们吃，我是不吃的。"

"你不吃炖这么多，太浪费了，我吃肉也不行。"桑榆红说，边说边用筷子夹起一大块，放进江舟碗里，然后给自己夹了一块。

"老魏呢，他拿的兔子，自己倒不来。"江舟问。

"老魏今晚有应酬，看一会儿能过来不，他说留着肚子过来吃呢。"婉婷笑。

"不如把若茗也叫过来，人多热闹，再说也吃不完。"江舟说。

桑榆红拍手赞成，掏出手机就拨了过去，婉婷又给关心打了电话，不一会儿，若茗、关心、关怀陆陆续续都到了，小院一下子热闹起来，欢声笑语不断。

兔子肉快吃完了，魏云鹏才来。他喝得有点多，但还没醉，看大家都在吃兔子肉，很有成就感的样子。他看到婉婷一直坐在那里喝茶，大家却吃得正欢，就连忙喊："哎哎哎，你们这也太不客气了吧，怎么不让婉婷吃呢，总得给她留一块吧。"

江舟笑骂："看你这重色轻友的样儿！"

关心说："就你知道关心我姐呀？可是，人家偏偏就是不吃，你奈其何？"

婉婷抿嘴一笑，说："好啦，老魏，我是不吃兔子肉的，别瞎指责别人。"

"什么？你不吃兔肉啊，那你不早说，早知道给你弄一些狗肉，那吃着才香呢。"魏云鹏遗憾地说。

"兔死狗烹，多凄惨的下场，我不吃。"婉婷说。

魏云鹏用手抓抓头，自我解嘲地说："说得有道理，婉婷就是有文化，一套一套的。听你的，我以后也不吃兔肉和狗肉了。"

大家都笑了起来。江舟用筷子指点着魏云鹏，不怀好意地笑着。

# 五十五

晚饭后，三三两两的人们都出来散步，穿过悦容公园门前那条宽阔的马路，进入园内，或散步，或跳舞，或谈天说地，显得分外热闹。

婉婷喜欢在傍晚漫步于橘黄色路灯笼罩下的街道，漫无目的地行走。这样的氛围，在白天是没有的。白天，整个世界都是嘈杂而纷乱，各种各样的人和事充斥着身心，使人厌烦而疲惫。只有在傍晚的街道上，在美丽的公园旁边这条宽阔的步行街上，她才可以放开，一任思绪飘飞。

仰起头，她长长地吐了口气。天色已黑，她的影子在路灯下显得那样孤独，高跟鞋的"嗒嗒"声在幽静的街上清脆悦耳。散步的人已经陆陆续续回家，她也该收拾思绪回去了。

转身往悦园的方向走去。走到拐弯处，一辆小车迎面开了过来，车灯晃得她睁不开眼睛，她只好用手挡住眼睛，站在了路边上。那辆小车从她的身旁开过，又倒了回来。车窗摇下，一个男子的声音传出来："要我送你吗？"

她吓了一跳，仔细看了看，好像不认识，于是没有搭理，继续往前走。没想到那人掉转车头，追上她，并且停在了她的前面。她不禁生气了，这个不相干的男人，想干什么？

"喂！你这人怎么回事？我们素不相识，干吗挡我的路？"她没好气地说。

那个男人看着她说："你叫婉婷？"

她有些惊讶，不由得仔细看了看他。在车灯的照耀下，她总算看清了这个人的真面目。瘦瘦的、高高的，一身休闲装。好像见过，不过应该不认识。

她转身想走，那人连忙笑着说："好了，不吓唬你了！我叫张子建，见过你，在你的悦园吃过饭。想起来了吗？"

好像见过吧，但不知道叫什么名字，出于礼貌，她微笑了一下说："哦，你好。"

277

"呵呵！你好像没记住我，不过没关系，我认识你就行。"张子建下了车，走过来打开车门，对她说，"上车，我送你回去。"

"不了，"她摇头，"我家就在前面，一会儿就到了。"

"上来吧！"他坚持，打开的车门固执地为她开着。

她只好坐上了车。

张子建虽然和婉婷接触时间不长，但是来悦园的时间不短了，他很喜欢她。也许是年龄和工作性质的原因，他做事很谨慎，对待事物从来都很理性，自己的生活也是有条不紊，按部就班，没有丝毫快乐可言。自从认识了婉婷，他深深地被她吸引。他觉得，她就是自己今生要找的人。

他的家庭背景，在小城来说还是很显赫的。父亲是保定市首屈一指的大企业家，是纳税大户，所以，在保定市各界还是很吃得开的。母亲是特级教师，现已退休。他姐弟俩人，姐姐毕业于清华大学，现在北京工作。至于他，比姐姐逊色多了，毕业于某财经学院，随后就分到这个小城的财政局上班，至今工作已有五年了。这样的家世，再加上本人年轻有为，是很多女孩追求的目标，结婚三年后，因感情不合离婚了，单身至今。

初识婉婷，是悦园刚开业的时候，他和朋友一起来吃饭。当时，婉婷正坐在临窗的桌旁，一抹阳光透过玻璃窗，正好投射在她的身上。她微侧着头，被柔和的阳光笼罩着，乌黑的头发，白白净净的脸庞，柔柔细细的肌肤。双眉修长如画，双眸闪烁如星。她穿着件白底绡花的毛衣，黑色长裙，文静优雅，像一朵含苞的出水芙蓉，纤尘不染。

从那以后，他常常去悦园吃饭，有时候一个人，有时候和朋友一起，但更多的是下班后，自己一个人喝杯咖啡，喝杯茶，或吃点简餐，然后就静静地坐一个多小时，就为了看看婉婷。他天性比较腼腆，所以始终没有合适的机会和她认识。有一次他正在喝茶，看到婉婷迎面走过来，还朝他莞尔一笑，他受宠若惊，还以为认识他，刚想站起来，她却径直走了过去。他才恍然大悟，原来她并不是认识他，而是对每个到店里的顾客一种礼貌的问候而已。

自从那次在悦容公园邂逅，张子建去悦园更勤了，婉婷也会放下手中的事情，端来一杯咖啡陪他聊聊天。时间一长，两人便很熟悉了。

这天，张子建约她去爬山。她已经很久没有出去了，想到野外应是草长莺飞，于是就答应了。

"想吃什么？"他边开车边问。

"我今天不想吃饭，想爬山。"她笑着说。

"爬山？"他笑了，"不吃饭哪儿来的力气爬山？"

"我现在精力充沛，一口气能到山顶，你信不信？"她调皮地说。

车开到了山脚下。他停好车，俩人顺着中间宽阔的大道，慢慢往前走去。山风吹过来，仍然有着丝丝的凉意。她任风吹乱头发，闻着从路两旁吹过来的淡淡花香，不禁心旷神怡。

"你知道这两个土堆里面埋着谁吗？"她指着前面那两个葱翠环绕的土堆问。

他看了看，这个他还真没有想过，于是说："我猜，应该是哪位王公大臣的。"

"错啦！"她神色凝重，双眼凝视着前方，"这里面埋着一位王侯，他年轻时爱上了一位女子，但由于种种原因，最终分开，临死前，让孩子去找这位女子，但是这位女子早已去世，于是就为她建了一座衣冢，陪伴着自己。"

他迷惑地看着她，她一本正经地说着，神色凝重，眼神迷离，似乎回到了那个久远的年代，自己就是那个美丽的女子。

可是，好像野史里并没有这段传说。正史就更没有了。

"你从哪里看到的？"他问。

她听见问话，才回过神来。看到他一头雾水，忍不住笑着往前跑去。他这才知道自己上当了，追了上去。

俩人跑到山脚下，天色也暗了下来，夕阳的余晖斜斜地倾洒下来，掠过山顶，使山峦更加笼罩在一片神秘的氛围中。这里是最好的去处，幽静，雅致，周围绿树成荫。有着无限的浪漫气息。

他心中流淌着一种莫名的冲动，一把拉住她的手，声音有点沙哑地说："婉婷，嫁给我吧！"

她吓了一跳。慌忙想抽回自己的手，无奈他紧紧地握在手心，想抽却抽不出来。他看着她美丽的大眼睛，轻轻地，然而又坚决地说："我会爱你一辈子，嫁给我吧！"

她看着他，仿佛，在她面前的是另一张面孔，一张棱角分明的，看一眼就难以忘掉的男人的脸。她的思绪又不知飘到了何处，眼神迷离。他眩惑地、深情地看着她，然后，低下头，温情地带着种虔诚，吻住了她的唇。她想挣脱，可是身体被他紧紧地环抱着，她想说话，嘴唇却被热烈地吻着，使她心跳加速。不知过了多久，她挣脱出来，抬起头，看着夜色中的他，轻轻地说："你真的喜欢我吗？"

他拉起她的双手，贴在自己的胸膛上，热烈地说："婉婷，我这人不会说甜言蜜语，但是，从第一次见到你，我就被你迷住了，我爱你，这是真心话。你嫁给我会幸福的，我会让你做世界上最幸福的新娘！"

"誓言最不可信。"她说。

"我说的不是誓言，是事实！"他说，"我不知道，以前你的情感都经历了什么，让你一直独身至今，但是相信我，我会是一个好丈夫！"张子建说。

"可是，我们刚认识才两个月。"她说。

"爱没有时间长短之分，生命才有。"张子建说，"我爱你，这就足够了。你只要不讨厌我，我就有信心让你爱上我。先结婚，后恋爱，这不是我们的父辈常常经历的事情吗？"

她把头靠在了他的胸前，感受着男性特有的强劲的心跳。仔细想想，她对他虽然没有特别的感觉，但他待在自己身边时，那种感觉就像涓涓细流，让她感到踏实、安静。

不知什么时候，张子建和婉婷的交往让魏云鹏知道了，在一个细雨蒙蒙的日子，魏云鹏喝得醉醺醺的，来到梧桐小院，婉婷不在，只有杨立青和小胖在茶室喝茶。杨立青看到魏云鹏这个样子，连忙把他搀扶到椅子上坐下来，倒了一杯水递给他。魏云鹏左顾右盼，似乎在寻找什么。杨立青心领神会地说："魏总，你在找婉婷总吧，她和朋友出去了。"

魏云鹏的脸在酒精的作用下发白，他醉眼蒙眬地说："和谁……出去的？是不是那个姓张的？"

杨立青点点头说："对！对！对！是那个财政局的张子建，好像去保定了。"

小胖说："对，我昨晚听婉婷姐说，去张子建家里了。"

魏云鹏趴在桌上,忽然呜呜哭了起来。杨立青吓了一跳,连声说:"魏总,你哭什么啊?喝酒喝太多难受吧?"

小胖悄悄对杨立青说:"听说婉婷姐和张子建好了,心里难受。"

杨立青恍然大悟,笑了起来,然后拍拍魏云鹏的肩膀安慰:"魏总,别哭别哭,男儿有泪不轻弹,好端端的哭什么?"

魏云鹏涕泪交流,抬起头,红着双眼说:"杨总,你说……你说我哪点差了,为什么婉婷就是不拿正眼瞧我呢,好歹也是几年的关系呀,却偏偏和一个刚认识几个月的小子打得火热,你说,怎么不让我难过呢?"

小胖看着魏云鹏的样子,嘿嘿笑了起来:"魏总,有些事情是勉强不来的。你想想,张子建人家是财政局的,家里还有钱,婉婷姐在这边多不容易呀,能找到这么一个男朋友,你应该为她高兴,哭啥呢?"

魏云鹏抬头瞪着小胖:"你个小屁孩懂……不懂爱情?爱一个人不得到她,那还……爱个什么劲儿。"

小胖撇撇嘴,不说话了。魏云鹏又转头看着杨立青,口齿不清地说:"杨总,给我支个招呀,别光在一旁看热闹。"

杨立青看看他,又想到风度翩翩的张子建,用手摸着下巴,深思了一会儿,说:"这个事情嘛,客观上说……"

还没等他说完,魏云鹏靠在椅背上,呼呼睡去。

# 五十六

陆海平开车行驶在白洋淀大道上。他刚从白洋淀回来,把妻子和孩子送到住的地方,开车去市民服务中心办点事。

他和妻子王梅的关系一直剑拔弩张,除了婚姻本身所带来的矛盾之外,俩人因很多事情观点不能一致,致使矛盾越来越激化,而使矛盾白热化的,就是他来雄安的决定。他想起春节的争吵,不由得心烦意乱,事实上,每一次争吵留下的,都是无法弥合的伤痛。今年,他又想把孩子接到这里上学,这更加剧了俩人之间的分歧,离婚不可避免。疫情结束后,俩人回到老家,办理了离婚手续,王梅又跟着他回到雄安,想让孩子适应后再回老家，其实他知道，这婚离得太仓促，她后悔了，想复婚。对于妻子王梅，他的感情是复杂的，既感激又无可奈何。感激是因为这么多年，她任劳任怨地照顾身体不好的母亲，无可奈何，但是这么多年来，他始终无法改变她骄横、强势、猜忌的个性。就因为性格不合，造成了婚姻中不可调和的矛盾，尤其是他和婉婷的感情，让她抓着，一吵架就会揪出来不放，闹得不可开交。他有时候在想，是因为自己本身没有忘记婉婷呢，还是妻子时时的提醒，才让她始终在自己心里。

那时候，为什么要坦白呢？他边开车边想，很后悔当初向王梅和盘托出自己的故事。

他刚转过一个弯，迎面开过来一辆小车，他连忙向左打方向盘，谁知那辆车也向左打，他又向右打，那辆车也向右打，他连忙踩刹车，好不容易才停下车来，有惊无险。惯性使他的身体猛然往前冲，幸亏拉着保险带，才有惊无险，对方的车却一下子撞到了路边的石磴上。他肺都气炸了，打开车门，就冲到那辆车跟前，刚想发火，看见车里有个男人，正趴在方向盘上，一动不动。他吓了一跳，连忙拉开车门，伸手去摇，并大喊："喂！醒醒！醒醒！"叫了好半天，那人才慢慢抬起头来，原来是张子建。陆海平一看人没事，松了口气，生气地说："你这人怎么回事？会不会开车？"

张子建的车撞得不轻，左前方的车身擦掉了很大面积的漆皮，碰得坑坑洼洼，轮胎也爆了。

陆海平说："你看怎么办吧，车虽然坏了，但完全是你自己造成的，所以，咱们还是各走各路吧。"

张子建哼了一声，从车上下来，围着车转了一圈，对陆海平说："话说得怎么这么轻巧呢？你难道就没有责任？"

陆海平笑了笑："我有责任吗？"

张子建沉吟了一会儿，说："这样吧，我车暂停这里，你拉着我去前面办点事，我自己修车。"

陆海平想了想，答应了。

于是，张子建打电话叫来了保险公司，处理了理赔事宜，又给朋友打电话来开车，随后陆海平载着他去办事。

坐在车上，他看看陆海平，笑着说："不'撞'不相识，今天这件事，也算咱俩有缘，我郑重地向你道歉！"

"我开车也有问题，车速太快，向你道歉！"陆海平看他态度诚恳，笑着说，"你要去哪里？"

张子建说："去一个朋友那里，我导航。"

陆海平开着车，看了一眼张子建："你也可以打电话给你朋友的，为什么非要让我开车拉着你呢？"

张子建嘴角微扬，露出不易察觉的笑："那样不就便宜你了？"

车竟然导航到了婉婷的梧桐小院，这让陆海平很意外。两人从车上下来，一前一后走了进去。婉婷穿着长裙，头发毫无修饰地披散下来。正在修剪花草，就像陆海平想的一样，她也深感意外，不知道这两人怎么会认识。她看起来有点慌张，手忙脚乱地倒水，手有点微微发抖。

张子建走过去，接过了她手中的茶杯，柔声地说："好了，别忙活了，快坐下吧，我本来自己开车过来的，结果在路上出了点状况，和别人撞车了。"

婉婷一听，忙不迭地检查张子建的身体，嘴里连声说："怎么了怎么了，没伤到哪里吧，怎么这么不小心……"

"没有受伤，就是车剐蹭了一下，你别紧张。"张子建笑着把她拉到椅子上坐下，又朝陆海平示意，"就是这个人……对了，我还不知道你的名字。"

"陆海平。"陆海平这才明白两人的关系，他的心突然一阵绞痛。用手按了按心脏的位置，说，"看样子，你过得相当好。"

婉婷没有看陆海平，但是能感觉到他询问而痛楚的目光。那目光似乎穿透了她的身体，看到了她的内心深处。她迎着他的目光，平静地说："这不是你所希望的吗？"

"当然！"他点点头，笑了一下。他是希望她幸福的，但为什么看到这样的她，他的心竟如此痛楚？他知道了，他是吃醋，吃张子建的醋。

张子建诧异地看着他俩，纳闷地说："你们……认识？"

陆海平站起身，有点烦躁地对他说："你事情办完没有？你要不走，我走了！"说完，头也不回地走了出去。

张子建愕然地望着陆海平的背影，又转回头，疑惑地看着婉婷，问："到底怎么回事？你俩说话我怎么听不懂。"又朝走到门口的陆海平喊，"嗨！结婚时请你喝喜酒！"

陆海平头也不回地走了出去。

她说："子建，你说过的，对我的过去不追问，不怀疑。"

张子建说："那么……他是你的'过去'了。"

她不说话，默默地坐在那里。

看到婉婷这个样子，张子建怕她生气，连忙说："好了好了，我不问了，我只是好奇，不知道他为什么这样说话。咱们还是商量一下婚礼的事情吧，好吗？"

她突然有些烦闷，把面前的茶具从这边挪到那边，又从那边挪到这边，还差点儿失手打碎桌上的那盆兰花。张子建没有觉察出她的反常，仍然兴致勃勃地描绘着婚礼的场景。

她说："子建，婚礼……能不能暂缓？"

他正说得高兴，突然听到这句话，愣了一下，问："为什么？不是商量好的吗？"

她轻声说："不为啥，我就是觉得咱们认识时间短，这么草率就结婚，对你不公平。"

他握住她的手，热切地说："我不在乎，我只想让你嫁给我。在爱的世界里，只有爱与不爱，没有公不公平。我只知道，我爱你，这对我来说就够了。"

她突然想哭，不知为啥，脑海里出现了陆海平的影子。

外面传来两个女人的说笑声，只见安娜和关心正说笑着走了进来，一人手里提着一袋东西。安娜今天穿了一件淡绿花色香云纱的长款上衣，一件黑色的哈伦裤，脚上穿了一双小红鞋，头发在脑后绾了个发髻，显得高贵、典雅。关心穿了一身粉色的运动装，衬托得身材更加丰满，脸也越发白皙而圆润。

婉婷立刻起身走了出去，顺便擦去刚刚涌出的泪水。俩人走到她跟前，正看见她擦眼泪，吓了一跳。

安娜用尖细的嗓音夸张地喊："婉婷，你是在哭吗？怎么了，谁欺负你了呀？"

关心问："怎么了，二姐，谁欺负你了？告诉我，我去揍他！"

婉婷听她俩一说，心里没缘由地一阵心酸，眼泪又吧嗒吧嗒掉了下来。张子建从茶室走出来，看到婉婷的眼泪，一下子慌了，有些手足无措。他想上前替她擦去泪水，看见安娜和关心站在那里看着他，又有些不好意思，于是尴尬地笑了笑，说："你看……我也没有欺负她，好好的就哭了……"

安娜听婉婷说过，想嫁给一个叫张子建的男人，不过她从来没有见过这个人。她曾经和婉婷开玩笑说，为什么不让她和关心见见，好把把关，但婉婷只是淡淡一笑，并不让她们见。她不明白婉婷为什么不选择魏云鹏，或者江舟，甚至陆海平，这三个人无论哪一个，一路走来的感情都比这个认识几个月的男人深。

张子建站在婉婷面前，小心翼翼地说："你不想马上结婚，咱就缓缓，没事，我不着急。这次不是你答应的嘛，我妈也在催，生怕你飞了，所以我就想着和你商量商量。"

婉婷抬起头，用含泪的双眸看着他。想到刚才的失态，她有些愧疚，感觉有些对不起他，于是轻声说："对不起，我也不知道怎么回事，突然想哭。婚期……还是如期举行吧，一切都听你的。"

"真的？"张子建惊喜万分，他顾不得安娜和关心，抱着婉婷就转圈圈，婉婷被他的热情感染，红着脸笑了。安娜和关心面面相觑，不知道她是怎么了，又哭又笑的。

这时，张子建的朋友打过来电话，说车已经放在了修理厂，问是不是需要接他。张子建给朋友发过去位置，又和婉婷说了一会儿婚礼的事情，在朋友的车到来后，和安娜、关心打了个招呼就走了。

关心围着婉婷转了一圈，边转圈边啧啧称赞："姐，你可真厉害！都到结婚的地步了，也不给姐妹们透露一下，保密工作做得可以呀！我就想问，你的陆海平呢，知道吗？你的魏云鹏呢，知道吗？你的……"

"关心！"安娜打断她，"别说了。"

"为啥子不能说？我说错了吗？"关心尖刻地说，"我不明白，你是为了爱情结婚，还是为了生存结婚。难道这就是你曾经宁愿放弃生命追求的幸福吗?"

"关心!"婉婷的心像被针扎了一样,"这次选择,和我曾经为了爱情放弃生命没有关系。当年我太傻,都能放弃生命,为什么就不能重新追求幸福?现在,我觉得累了,我不想再奋斗,因为我觉得在这里,无论怎样奋斗,都不会有自己想要的生活,甚至连当初都不如。恰好,有人能给我想要的,而且这个人爱我,我为什么不接受呢?"

"你爱他吗?"安娜问。

"是呀,你爱他吗?"关心也问。

婉婷说:"我们可以先结婚后恋爱。"

关心摇着头,一脸不可思议的样子:"二姐,你可真是变了!魏云鹏那么喜欢你⋯⋯"

还没等关心说完,安娜说:"我倒是很赞同婉婷的话。我说过,如果要嫁人,这个人要么在思想上能引领自己,要么在精神上能引领自己。否则,宁可不嫁。"

"看来,这个人是在物质上引领你喽!"关心笑,"那你还哭啥,感觉很不情愿的样子。"

婉婷叹了口气:"谁知道呢,我也说不清楚。"

关心说:"二姐,我觉得吧,能在雄安找一个条件好的人嫁了也挺好。刚才虽然是第一次见,但感觉他挺踏实,也是公务员,家庭条件也好,比老魏强多了。"

"和老魏没关系。"婉婷说,"我从来就没有喜欢过他。"

"可是,我感觉陆海平对你旧情难忘。"关心说。

"那又怎样?好马不吃回头草。"安娜不屑一顾地说,"尽管已经离婚了。"

婉婷一听,迅速转头看安娜,惊讶地问:"什么?他离婚了?为什么?你怎么知道?"

"你看看,你看看,"关心摇摇头,"就说这么一句,立马就着急了,还说和你没关系。"

安娜说:"我是听胖子说的,刚离婚不久。"

婉婷不知道胖子是谁,也不想知道,此刻最震动她的,就是陆海平离婚的消息，当初，他是多么决绝地离开了自己，痛不欲生中，她喝安眠药自杀，幸亏抢救及时，否则，自己的坟茔早已是芳草萋萋了。想起以前和他在一起的日子，那是一段多么遥远的回忆啊，遥远得让她甚至想不起原来的样子了，那也是一段刻骨铭心的回忆，一直影响着她择偶的标准。不，不能再沉浸在以前的回忆里了，必须要走出来，开始全新的感情生活，否则，来到雄安，又有什么意义呢？婉婷暗自下着决心。

安娜似乎看出了她的心思，点点头说："开始全新的生活吧，生命只有一次。"

两个月后，疫情彻底消除，张子建和婉婷的婚礼也如期举行了，可谓盛况空前。为了这个婚礼，张子建费尽了心思。俩人的婚房，在产业开发区，一栋别墅，价值五百多万元。婚礼在小城最高级的静海国际举行，婚车是最新型的奔驰 SLK 级敞篷跑车。婉婷穿着洁白的婚纱，坐在车里，尽情享受人们艳羡的目光。张子建很有成就感，他要让全城的人都知道，他，张子建，是多么幸福和骄傲，娶到了一个最温柔、最美丽的女人！

这场婚礼，由于新郎的家庭背景，前来祝贺的人都是有头有脸的人物。婉婷父母和张子建的父母对乘龙快婿和儿媳都非常满意，郎才女貌，真是羡煞了众多的亲朋好友，很长一段时间，在城市传为美谈。

婉婷沉浸在幸福中。对任何人来说，这场婚礼都是完美无缺的。她应该感到满足，感到骄傲。不是每个女人都会得到一份真爱，并且有这样豪华的婚礼。

新婚之夜，浪漫而温馨。张子建很会制造浪漫的气氛。他打开暗紫色的壁灯，又打开音响，舒缓而优美的乐曲就响了起来。满屋弥漫着暧昧而迷离的味道，令人不禁心醉神往。

婉婷的婚纱已经换掉，穿着一件枚红色的旗袍，勾勒出优美的曲线。长发高高绾起，露出洁白细腻的脖颈。长长的睫毛低垂着，含羞带怯，令人生出无限的怜爱和冲动。他走过去，轻轻抬起她的下巴，温情地、耳语般地说："娶妻如你，夫复何求？"

她脸颊绯红，娇羞地低下了头。

他感觉自己不能呼吸了，抱起她，走向他们美妙的天堂……

# 五十七

暖暖的阳光照射进大玻璃窗，从淡绿色的窗帘透进来，照耀在窗前一盆茂盛的吊兰上，使吊兰越发翠绿。窗外是绿色的草地，美丽的紫藤花儿一直婉蜒着，缠绕在窗前，繁花满树，别有一番韵致。

婉婷穿着一身淡雅的睡衣，懒洋洋地坐在窗前一把藤椅上，手里端着一杯茶，随意地翻看着一本杂志。温暖的阳光笼罩着她，瀑布一样的黑发直泻下来，披散在肩上。她抬起头，目光落到窗前的紫藤花上和花下的秋千上。秋千是丈夫为她绑的，紫藤花也是他为她栽的，就因为她说喜欢。她喜欢花藤下那深深浅浅的紫色，喜欢阳光透过花藤落在地上的斑驳的花影，还有飘散着的淡淡的花香。

她环视着自己的家，温馨、雅致。每天，她可以睡到自然醒，只要张子建不上班，总是在她睡醒时，把做好的早点端到餐桌上。周末，两个人开着车去郊游，她觉得自己很快乐。

这个世界上，没有痛苦的事情吧？她觉得，自己的确是幸福的。尽管在家也有很多事情要做，比如，可以读书，漫步花下，要不就骑着单车到野外感受田园风光。可是时间长了，她不免有些无聊。她开始怀念在梧桐小院和悦园的日子。

"你是身在福中不知福！"安娜这样说她，"你就知足吧！我要是有个这么好的老公养着，我才不工作呢。"

她淡淡一笑。也许是吧，不过工作也不影响两情相悦啊！

汽车喇叭声让她回过神，不用看都知道是丈夫回来了。她站起身，飞奔到门前，打开了门。

只见张子建手里抱着一只可爱的小狗，浑身雪白，两只如黑葡萄似的眼睛灵活地转动着，嘴巴一圈带点淡淡的黑色，圆圆的小黑鼻头，特别是那两只耳朵，像蝴蝶形状。它嘴巴微微张着，露出鲜红的小舌头，歪着头看她，那神情，可爱极了！

"这是蝴蝶犬，很乖巧，也很友好，我专门托朋友买来送你的。"

张子建看着妻子喜爱的样子，心里很高兴，"能不能代替以前的雪儿？"

她轻轻地接过来，喜爱地抚摸着。自从雪儿走丢了，她一直很伤心，也寻找了很久，但是一直没有找到。此刻，她的心被快乐填得满满的，感动于丈夫的细腻和温情。

于是，在每一个清晨，婉婷都穿着一身运动装，带着雪儿到湖边慢跑，在竹林边漫步，或者在每一个日落的午后，穿着一身长裙，抱着它，在紫藤花下的秋千上玩耍。

这天，丈夫上班去了，她正在收拾家务，桑榆红的电话打了过来。

"你还记得我吗？"电话里传来桑榆红夸张的叫声，"你是不是幸福得把我忘了！"

"别贫嘴了，今天到我家来吧，给你做好吃的。"她抿着嘴笑了。

桑榆红说："我在保定有个采访，刚刚结束，给我发个位置，一会儿就到。"

婉婷跑进客厅，赶紧准备水果。雪儿也摇着尾巴，跟着她跑前跑后。

不一会儿桑榆红就来了。她一进门，就把自己抛在了沙发上，嘴里连连夸赞："哎呀，真是神仙般的日子呀！看看我，每天上班，都累死了！"

婉婷坐在她身边，用手揉揉她的秀发，笑着说："那你也赶紧找个人嫁了，不就也过上神仙般的日子了吗？"

桑榆红一下子坐了起来，睁大眼睛看着她，像看着一个怪物："你以为有几个人和你一样有福啊？你以为这个世界上有几个张子建啊？英俊潇洒，事业有成，还那样专一！你真是站着说话不腰疼！"

"那也可以有赵子建、陈子建、李子建啊，好男人多得是！"婉婷笑着说。

"话是这么说，可是到哪里找这么优秀的男人去？放眼天下，平庸者居多！"桑榆红摇摇头，拿起一个苹果吃了起来。

"不会吧，江舟可是一个好男人。"婉婷把一堆零食放到她面前，笑盈盈地说，"你们最近的发展似乎有些如胶似漆啊！"

"去你的！"桑榆红有些脸红，往四周看了看，"你家老公呢？怎么没见？他怎么舍得让你一个人在家？"

"有事，晚上才回来。"婉婷说。

"我说呢，今天怎么有空接待我。你呀，现在是重色轻友！"桑榆红摇摇头。

"少贫了，这么多零食还堵不住你的嘴！"婉婷笑。

桑榆红坐在沙发上，目光不由自主地看向窗外。紫藤花开得正艳，紫色的花中透出绿绿的颜色，几只蝴蝶在上面翩翩起舞，连秋千上都落着三两只。她转过头来，看着婉婷，意味深长地问："婉婷，你真觉得自己幸福吗？"

婉婷一愣，不明白她为什么突然这样一本正经地问这句话。想了想，她慢吞吞地回答："当然幸福，我们连蜜月期都没有过。"

"我不是这个意思。"桑榆红说，"我是说，你现在放弃了自己的事业，你幸福吗？"

婉婷沉默了。这些天，她已经没有了初婚时的陶醉，她常常想起在梧桐小院的日子，想起憨憨的小胖，想起匆匆买菜回来在厨房忙碌的杨立青，想起魏云鹏的大喊大叫，想起姐妹四人一起喝酒畅谈甚至抱头痛哭的情景，那一切都让人怀念。

"我没有放弃事业，梧桐小院和悦园不是还好好地运营吗，我只是还没有去而已……"婉婷分辩说。

"那样最好。"桑榆红说，"女人还是得要有自己的事业，独立才能让自己在任何时候都立于不败之地。"

桑榆红的话深深刺激了婉婷麻木的神经，她的心再也不能平静，书看不进去，秋千也寂寞地停在那里。已经快三个月了，梧桐小院让杨立青和小胖照管着，悦园也让店长盯着，也不知怎样了，她从来没有去过。张子建上班去时，偶尔过去处理一下事情，他不想让她这么辛苦，建议把梧桐小院和悦园转出去，可是她不同意。这里的一草一木都是自己精心布置的，这里也有自己的一帮朋友，她舍不得离开，也不放心交给别人。刚准备结婚那会儿，小胖还忧愁地问她，会不会一结婚就抛弃他们了，惹得她哭了半天。

她常常会陷进一种空漠的冥想里，一坐数小时，不想动也不想说话。秋天来临，这种陷入冥想的情况更多了，她发觉自己有些消沉，对什么都提不起劲来。她无法确知自己是怎么回事，一切都令她心烦，令她厌倦。

　　她把这种消沉归于天气不好和下雨。秋雨淅淅沥沥，虽然不大，但时间长了，总给人一种隐晦的感觉。她觉得这是自己情绪的低潮期，认为过一阵就会好了，可是，过了一阵，她还是很不快乐。张子建非常担忧，不止一次，他望着她说："你是怎么了婉婷？"

　　"没有什么，只是因为天下雨。"她总是这样回答。

　　"天下雨会让你苍白吗？再说，雨早已停了。"他说，"告诉我，你有什么心事？"

　　"真的没有。"她坚定地说。

　　"可是，我好久都没看你笑过了。"他说，"而且，你也不对我撒娇了。"

　　"我发誓没有。"她勉强笑了笑，"你看我不是笑得挺好的吗？"

　　"你笑得比哭还难看！"他凝视着她，"我觉得你是想哭一场。"

　　不知怎的，经他这么一讲，她倒真的有些想哭了，眼圈热热的，没缘由地眼泪直往眼眶里冲。她咬了咬嘴唇，蹙紧了眉头，说："别说了，子建，我不知道自己是怎么回事，我只是有些心烦，你别管我了。"

　　他说："你一定是想去悦园了。好吧，我同意你的意见，继续经营悦园。不过，你要答应我，一定不要累着自己。"

　　"真的？"她惊喜地问，"你真的让我去吗？"

　　张子建叹了口气，抚摸着妻子的头发，看着她的眼睛，有点伤感地说："你该明白我的心，不让你经营悦园，是怕你累着。如果这样不能让你快乐的话，你想做什么就去做吧，我支持你。"

　　"谢谢！"她感动地说。

　　"不要说谢谢，你只要自由地活着，为你的心。"张子建把她拉起来，来到窗前，拥着她的肩，手指着窗外，"你看到外面的紫藤了吗？虽然花已经凋谢，但那棵藤依然缠绕在树上，尽管岁月无情，可是他们依然情深，不离不弃，愿我们也和它们一样，相伴一生。婉婷，我要你永远记住，你是我的妻子，你就是我此生最信任的人。任何时候，你都要做你自己。我要我的妻子，无论从心灵还是身体，都心甘情愿属于我。"

　　听着丈夫的话，她心想，先结婚后恋爱的感觉，也挺不错。

　　就这样，她重新回到悦园。回来的第一件事，就是约大家一起聚会。她想告诉大家，自己不会丢下悦园，也不会和大家分开，从今天起，她将

浪潮

重回这里，好好打理生意。

　　秋天来了。这晚，天气变了，从下午开始，天空中就飘起细雨，气温骤然下降了十摄氏度。

　　时间尚早，陆海平却第一个到了。这次聚会要不要通知陆海平，婉婷是经过了一番考虑的。她觉得如果不通知，就好像自己还纠结于以前的情感漩涡，显得实在太小气。再说，都是从故乡来到这里，能融入彼此的朋友圈，以后相处会更加自然。

　　陆海平这么早来，是想单独和婉婷聊聊。最近也不知为什么，总想和她说说他们的以前，说说自己这些年的经历。他拿不准婉婷对他那些事情还感不感兴趣，但他敢断定，她没有忘记自己，要不，为什么这么多年依然单身呢？尽管现在结婚了，可是这绝不是她真心的选择。

　　陆海平进来时，婉婷正和小胖、杨立青收拾悦园的小院。秋天的院子，黄叶落了一地，如飘落的蝴蝶，倒为小院增添了一分雅致。看见陆海平进来，杨立青识趣地朝小胖示意。两人抬着装满黄叶的垃圾桶走了出去。婉婷招呼陆海平坐在院中的茶桌前，沏茶、摆上了水果。

　　面对陆海平，婉婷有一瞬间的慌乱和紧张。数年的单身，潜意识里，自己似乎就是为了他才守身如玉，现在闪电结婚，不面对他时还感觉是自己的事，面对他时，不知怎的，她竟然有了一种理亏的感觉。

　　陆海平一眼不眨地看着她说：“这次聚会，为什么要约我？你不是一直以为我是个麻烦吗？”

　　婉婷给他续了一杯茶，微笑着说：“你太多心了。我没有别的意思，我只是想借这个机会，大家彼此增进一下感情，以后我们共同的朋友圈子，相处会更融洽和谐一些。”

　　陆海平点点头，嘴角有一丝不易觉察的笑，他说：“谢谢你的用心良苦。也许你没有感觉，但是我没有一天忘记你。我每天那样忙碌，拼命地工作，麻醉自己，不敢让自己停下来想你，想到你就心痛，难道你一点儿感觉都没有？”

　　婉婷嘲讽地笑了一下：“你每天都在想我？难道你和你老婆上床的时候也在想着我吗？”

　　他咬了下嘴唇，说：“你说得对。即使上床，我也把她幻化成你的样

292

子，因为不想你，我连上床都不想！"

她一时间无话可说，感觉自己问了一个愚蠢的问题。

"我今生最对不起的人就是你。"他低下头，有些无奈地说，"我虽然希望你幸福，但是看到你结婚，我心里依然很不好受，我承认，我忘不了你。"

她看着他，想到他的绝情，想到自己所受的煎熬，一种恨意忽然涌上心头："你在巫山云雨的时候，难道还奢望别人为你守身如玉吗？"

他盯着她看了好久。然后点点头，慢吞吞地说，语气酸楚而绝望："是的，我没有资格谈爱你。"

她眼里泪光闪烁，清晰地说："是的，你没有资格！你应该去好好爱你的女儿。"

陆海平沉默了。面对婉婷的指责，他是没有任何资格反驳的，终究是他对不起她。

这时，关怀、魏云鹏和江舟走了进来。魏云鹏一眼看到陆海平在，马上阴阳怪气地说："哎呀，陆总来了，是赴约呢还是不请自到？"

陆海平回头看看魏云鹏，淡淡地说："你又何必讽刺我呢？你也只是具备聚会的资格而已。"

魏云鹏的脸红了，他狠狠地瞪了陆海平一眼，自我解嘲地大声说："婉婷，其他人还没来吗？"

婉婷平复了一下心绪，展开笑颜："都快到了，约的六点半。"

不一会儿，安娜、关心、若茗、桑榆红相继到了。江舟问："你们姐妹四个怎么少了一个？文小美呢？"

关心说："人家现在是富婆，家里房产几套，赔偿款好几百万呢，怎么会和我们在一起？"

安娜说："三妹，别乱说，小美家里可能有事，说不定一会儿就到了。"

"那她在群里说可能来不了。"关心撇了一下嘴。

"我听说她家里出了点事，但不知道是啥事，昨天打电话也没接。咱们在群里问她不是也不吱声吗？"婉婷担忧地说。

"我听说她不仗义，把入股的钱抽走了，弄得你资金紧张，还操心她的事干什么？"魏云鹏往沙发上一靠，不以为然地说。

婉婷说："你说这话就不对。我以前没想明白，现在知道了，大家挣钱都不容易，小美有她的苦衷。"

魏云鹏摇摇头："你就是心善。"

大家你一言我一语地聊着天。江舟、关怀和陆海平在一起高谈阔论着，若茗和桑榆红在院子中间捡拾着几片落叶，想做书签。婉婷忙着去催饭菜了。

魏云鹏的心拔凉拔凉的。自从得知婉婷结婚的消息，他就没有开心过，甚至还好几次喝得酩酊大醉，拉着江舟无休无止地倾诉，搞得江舟烦透了，啥事做不了，就陪着他喝酒，听他倾吐心声。最后实在不耐烦了，就毫不客气地打击他，说让他自己照照镜子，看哪一点能配得上婉婷，既然给不了人家想要的生活，那就默默祝福呗，爱一个人不一定要得到她，只要她过得好就行了。但魏云鹏双眼一瞪，嚷嚷着说爱一个人不得到她，还爱个什么劲儿呢？气得江舟一连三天不理他。魏云鹏把自己折腾了几天，一看也没有啥效果，于是也收拾好自己的情绪，回归到正常生活了。

饭菜上桌，婉婷招呼大家开餐。她站起身，首先端起一杯酒，看着面前熟悉的朋友，用充满豪情的声音大声说："这次约大家一起聚会，是想郑重地告诉大家，从今天起，我要继续自己的事业了。梧桐小院和悦园，我会继续做下去，而且要做得更好！"

大家都为她鼓起掌来。

她看着桑榆红，眼神里满是感谢："我要谢谢榆红，是她一语惊醒梦中人。要不是她，我还在浑浑噩噩地虚度时光呢。"

"二姐，你是新婚燕尔，被满满的幸福包围着，所以顾不得想别的。"关心笑着说。

桑榆红得意地一挑眉毛说："女人还是得要自己的事业，这样才不依附于男人，其实感情也一样，我们有了爱自己的能力，就不会在感情上患得患失。"

若茗端着酒杯，若有所思。

陆海平看了一眼婉婷，又收回了目光，看着眼前酒杯中的酒。

关怀说："你说得对，也不对。再成功的人，都得需要情感的慰藉。文学作品里不是说了嘛，爱情是永恒的主题。"

关心拿起筷子敲了敲盘子，嚷嚷着说："好了好了，别谈这样子深奥的问题好不好？不管是什么人，爱情还是要有的。光有事业没有爱情，那活个啥子劲哟！"

婉婷笑着说："反正不管怎么说，我是不会放弃自己的事业的，也不会为了婚姻和大家分开，困在自己的小天地里，那也不是我来雄安的初衷。想想当初，我们抛家舍业，不远千里来到这儿，不就是为实现自己的人生价值吗？如果因为眼前的一些小确幸而丧失斗志，那就太不值得了。"

江舟深有感触地说："是呀，为了安心来雄安创业，我辞了公职，卖了房子，只保留了陕北老家的老屋。我现在成了父母眼中的逆子，已经没有退路了。但我始终相信，只要坚持，我们一定会成功的。即使不成功，参与了，我们的人生就没有遗憾。"

桑榆红对江舟说："我很欣赏你的坚韧不拔，一起努力！"

大家围在一起，推杯换盏，笑语喧哗。

散场后，江舟开车送桑榆红回去。桑榆红说下礼拜要去陕北采访，问他有没有时间同去，做她的向导，他欣然应允。后来，桑榆红一想起那次采访，都感谢自己约江舟同行的决定。因为那次，两人的感情迅速升温，也确定了恋爱关系。

恋爱总是美好而浪漫的，他俩的爱情，来得突然，也更浪漫一些。用她的话来说，就是不仅能在花前月下卿卿我我，还能在陕北窑洞里，在飘满雪花的高原上，在满原野飘荡着信天游的歌声中，在如云朵般洁白的羊群旁，尽情地奔跑和嬉闹，享受属于他们的醉人的爱情。这是何等惬意的事情啊！

初次踏上陕北的土地，她有一种亲切的感觉，尤其听到那首《兰花花》时，一种难以割舍的情感顷刻间荡满心胸：

> 青线线那个蓝线线，蓝个英英采，
> 生下一个蓝花花，实实的爱死人。
> 五谷子那个田苗子，数上高粱高，
> 一十三省的女儿哟，就数上蓝花花好。

她听过最多的是"米脂的婆姨绥德的汉",问他,这句话怎么解释。他就会向她唱起那首世代相传的信天游,讲关于那首信天游的故事:每天清晨,在米脂县城与绥德县城之间的柏油路上,一队队骑自行车的男男女女如水如波奔涌。右边一行自行车队,源头是米脂城,尽头是绥德城,蹬车的多是女子,地道的米脂婆姨。左边一行自行车队,起点是绥德城,终点是米脂城,骑车的大都是男子,标准的绥德汉。米脂婆姨的车辆匆匆地朝绥德城驶去,又匆匆地向米脂城返回。同样,绥德汉的车辆匆匆地朝米脂城驶去,又匆匆地向绥德城返回。这也成了当地一景观。

从米脂到绥德路程40公里,乘汽车40分钟可到达。两城之间有一个名叫四十里铺的小镇,小镇距米脂县城20公里,离绥德县城也20公里,骑车的米脂婆姨与骑车的绥德汉,在四十里铺相遇、相识、相爱。于是就有了代代传唱的信天游:

> 米脂婆姨绥德汉,
> 不用打问不用看。
> 小伙子跑马一溜风,
> 讨上米脂婆姨乐死人。
> 石狮子守门钻不进猫,
> 绥德汉一个比一个好。

多美好浪漫的一幕!她崇拜地望着他,那颗心早已属于陕北,属于绥德,属于了他!

因为她的爱人,她也无法遏制地,爱上了那片土地!


# 五十八


陆海平已经不知道在客厅的窗前站了多久,眼光迷迷蒙蒙地停留在窗外的云天深处。云层是低沉而厚重的,深秋的天空,总有那么一股萧瑟和苍茫的意味。或者,与季节无关,与云层无关,萧瑟的是他的情绪。他觉得自己像个正在冬眠的昆虫，虽然惊觉而刺痛，却更深地想把自己蜷缩起来。

当得知婉婷结婚的消息之后，那种刺痛的感觉更加强烈。自从分别之后，他的内疚和痛随着时间的推移，也在逐渐变淡，只剩下了浮浮沉沉的思念，现在，她又出现在眼前，除了心痛，更有一种强烈的弥补和歉疚。只是妻子王梅，不，现在应该叫前妻，始终放不下，提起他过去的事情就不依不饶。刚才，两人就因为婉婷结婚的事情，在外面又吵了一架。

"海平！"身后传来王梅的叫声。

他没有动，淡淡地说："怎么了？"

王梅说："对不起，刚才，我不是故意的，我只是……有点儿吃醋，你知道，这些年我一直吃那个女人的醋……"

他说："我说了几千几万遍了，我既然选择了你，就不会离开你。女儿都那么大了，你何苦呢？再说，我们已经离婚了，再这样闹下去还有意义吗？"

她说："我知道的，你的心是死的，如一潭死水，这些年，你忍受我的冷嘲热讽，忍受我的刁钻蛮横，你不是爱我，你是心死了！"

他的心像被人狠狠地抽了一鞭子："我们不要吵了，好吗？刚才，你在我的朋友面前歇斯底里地发泄，辱骂我，就因为谈论婉婷结婚的事情！朋友都认识她，谈论一下怎么了？她已经结婚了，嫁给了别人，不是我。你应该更加放心，为什么还要跟我吵呢？"

"你知道吗？虽然她没有嫁给你，可是，我宁愿是她。"她说。

他望着这个把他的自尊时时践踏在脚下，又不停忏悔的女人，他能说什么呢？不爱，是对一个女人最重的惩罚，他不能把自己的心给她，难道还不让她发泄吗？可是，自己呢？数年的煎熬，背负着沉重的十字架，他向谁发泄？

他走进书房，打开宣纸，准备写字。这时，响起了轻轻的敲门声，他没有理会。敲门声固执地响着，看样子他不开门，是一直要敲下去了。他无奈地放下笔，打开了门。王梅默默地站在门口，低着头不说话。他也没有说话，转身又写起字来。她来到他的面前，嘴唇动了动，还没说话，泪水已经流了下来。

"对不起!"她说,"对不起!原谅我好吗?"

他冷冷地说:"不要对我说对不起。这辈子,就是你说的,只有我对不起你,你没有对不起我。"

她哭着说:"我不是故意的,你知道,我不是那种人,我真的不是故意的!我只是……我只是吃醋,你知道的,我一直吃她的醋……"

"吃醋?"他摔掉笔,对着她大声吼道,"你一辈子都在吃醋!我一心一意和你过日子,可是你呢?整天疑神疑鬼,无理取闹,整天查手机,现在竟然追到雄安来了,还给我的车上装监控,你到底明不明白自己在做什么?"

她捂着脸,哭泣声压抑地透出来:"不!我后悔了!我那样辛苦地得到你,我要复婚!"

"可是你珍惜了吗?"他说,"我们一直生活在不信任和猜疑里!我的自尊一直被你践踏在脚下,忍气吞声了这么多年!你骄横、高傲,从来都没有考虑过我的感受,我早已没有尊严和骄傲了!今天我告诉你,我的心,早就死了,你满意了吗?"

她摇着头,泪水仍然不断地往下流,用哀求的目光看着他,断断续续地哭着说:"求你,不要离婚……我知道自己错了!原谅我吧……看在我们生活了这么多年的份上,看在女儿的份上,我们复婚吧!"

他痛苦地闭上眼睛,眼角滚落两滴泪。看他流出了眼泪,她哭得更凶了,她抱着他,泣不成声:"对不起!对不起!我错了!原谅我吧!"

他悲哀地看着她,看着楚楚可怜、无论怎样也为自己耗尽了青春的女人,长长地叹了口气。她了解他,知道会用什么样的方式,会使自己心软。他沙哑着嗓音说:"王梅,当初既然选择了你,我会一心一意和你过下去的。我承认,我忘不了她,那是因为我对不起她。难道连这样的情感你都不能容忍吗?当初,你明知道我深爱着她,可你还是不顾一切地追求我,现在,你怎么反而看不开了呢?岁月已把我们连在了一起,我们早已成为不可分的一家人。我们都不年轻了,不要把精力浪费在这上面,剩下的时光,还能有多少啊!"

王梅的心里被一股暖流激荡着,她的双眼重新又发出亮晶晶的光芒,就像初恋时一样。她热切地看着他，想起他为自己和这个家所做的一切，说："这些话，你从来没对我说过，从来没有！不过，现在也不晚！我懂了，我全懂了！对不起！真的对不起！"

他百感交集。这样的道歉，不知道有多少次了！他们的婚姻，一直在吵架、道歉、和好、再吵架、再道歉、再和好中度过，彼此都痛苦不已，离婚，也许是最好的解脱。

"王梅，"他难过地说，"我想，我们的婚姻已经走进了怪圈，这个怪圈所造成的矛盾，是无法调和的。否则，我们也不会离婚。"

"不，"她摇了摇头，"如果我一直在老家，可能不会变，但是我来到了这里，我看到每个人都在为了理想而奔忙，看到你为了我们的家付出的努力，我明白了很多，也理解你这些年的不容易。所以，我想通了，我想复婚。"

看着她瘦弱的样子，他想起刚结婚那会儿，为了照顾生病的母亲，她三天三夜没合眼，楼上楼下地跑，想起给自己一日三餐做的饭，想起女儿搂着他们的脖子灿烂的笑容，想起收拾得井井有条的家……他深深地叹了一口气。

"王梅，你应该明白我对家庭的责任心。但愿，我们能创造一个婚姻的奇迹。"他说。

"只要我们愿意给彼此机会，我会改变。"她说，"我有一个要求，希望你能答应。"

"你说。"他说。

她犹豫了一下，看着他说："我想和婉婷见一面，好吗？你知道的，这些年我一直有这个心结，我想打开，从此不再纠结。"

他看着她，似乎在判断，又似乎在怀疑。好久，才说："好，我答应你，不过，她一直认为咱们的婚姻是美满的。"

"放心，我知道该怎么做。"她看着他，因为这一句话，她的双眼充满爱意，"你知道吗，如果你早说这句话，我想我们的婚姻也不会是这样。"

浪潮

# 五十九

时间过得真快，一转眼，已经是 2021 年的春天了。

老天爷好像偏偏和文小美作对似的，生意刚走上正轨，却接连发生了好几件事，把他们两口子抛向了深渊。

出事那天文一楠正陪着小美做体检，两人从医院往外面走，边走边说笑着。这时，手机响了。

"小王，怎么了？"是司机小王。肯定是让路政挡住了，他想。

"文哥！你快来！出事了！我……我把人撞了！"司机带着哭腔说。

他的头"轰"的一下，感到天旋地转。小美连声问出了什么事，他撒了个谎，让她自己先回家，自己连忙打车来到出事地点。出事地点距离雄安还有二十公里。远远地，他看见自己的车打着转向灯，停在公路的右侧，车头向右转，看样子是准备拐弯。周围围了一群人，都是附近的村民。小王坐在车上，吓得不敢出来。看见文一楠来了，他连忙从驾驶楼跳下来。

"人呢？"他问。

"人送医院了。姐弟俩，男的估计没事，女的重了……"小王连头都不敢抬，意外使他的脸色煞白。

他拿出手机，给马海波打了个电话，让他马上过来。周围的村民你一言他一语说起了事情的经过。

"你们车右转弯呢，从后面来了一辆摩托车，从右边超车，谁知道一下子撞到了大车的右前车轮上，倒了，女的滚到了车轮下，哎呀，八成没救了！"

"送到医院了，看能不能救活。"

"估计危险。"

他听着周围人的议论，心就像沉进了无底的深渊。从来没有经历过这样惨痛的事情，他一时竟不知如何处理了。司机已经给保险公司打电话了，估计一会儿就到，还没有报警，等保险公司来了以后再说。

这时，马海波开着车来了。他远远地看见文一楠蹲在地上，围了一群人，七嘴八舌在说着什么。他震了下铃，就看见文一楠站了起来，四处张望着找他。他招了招手。

"人呢?"他问。

"送医院了。"文一楠说。

"赶紧走，先到医院，看了人再说!"他说，"保险公司报案了吗?"

"报了，还没给交警大队报案。"文一楠说。

"马上给交警大队打电话，让司机待在这里，肯定要问情况，咱俩马上去医院!"马海波说完，就坐上了车。俩人来到医院，刚走进医院大门，就看见一群人在那里。

马海波低声对他说："那些可能是伤者的家属，情绪会激动，你千万别说是车主，就说是处理事的，车主在外地，没回来。"

他点点头。俩人来到那群人跟前。一个五十多岁的胖胖的男人看他俩过来，问："你们是车主吧?"

马海波连忙说："不是不是，我们是车主的朋友!车主在外地，刚才打了电话了，连夜往回赶呢。有什么事给我们说，一样的。"

那个男人看起来态度还挺和蔼，说："人到医院就不行了!已经送太平间了。"

一个小伙子情绪有点激动，攥着拳头，边骂边往前扑，想打他俩。众人连忙拉住了他。几个妇女哭哭啼啼，边哭边骂。文一楠无言地站在那里，他能理解死者的亲人，所以对他们的谩骂一句也不辩解。倒是马海波，给他们解释着，赔着小心，说着好话，渐渐平复了那群人激动的情绪。

"人已经死了，你们先拿五千元，我们好买衣服，不能让娃不穿衣服就走。"一个五十多岁的妇女说。马海波连忙从包里取出五千元钱给了她。于是，几个妇女往医院外面走去。

他问："你们是死者的什么人?"

那个男人说："我们都是她的本家，这孩子可怜，刚刚大学毕业参加工作。回家照顾出车祸的父亲，母亲也在上次车祸中丧生。父亲还在医院，姐弟俩从医院回家取东西，谁知道出了这样的事情……还有个哥哥，

浪潮

在外地打工，刚才打电话了，明天就能到家。"

"两次时间还不到两个月，上次的事还没处理完呢。"另一个人说。

"人真的不行了吗？"文一楠不甘心地问道。他多么希望这是个梦，或者那女孩根本就没死，就是受了些伤，哪怕断了胳膊和腿，人终究活着就好。

"你说的什么话！难道我们诓你！不信自己去太平间看看！"一个小伙子气愤地说。

"我不是这个意思！"他连忙说。

马海波赔着笑脸对那位年长者说："大叔，谁都不愿意发生这样的事情，你们难过，我们也难过，但是咱们在这里也说不出名堂。你看这样行不行？我们已经报案了，还是交给交警处理，随后的事情我们积极配合。毕竟人死不能复生，还是把身后的事情妥善处理好。今天晚上就这样，各自回家，明天咱们再说，怎么样？"

年长者想了想点点头，客气地说："也好，看你们态度还好，今晚上也不为难你们了，明天到交警队再说。"

俩人走出医院，文一楠长长地吐了一口气，刚才压抑的情绪似乎也随着这口气吐了出来。马海波说："哎，我说，你不要在他们面前一副犯罪的样子，你越这样，他们越嚣张，要不卑不亢，懂吗？出事谁都不愿意，但既然出了事，就不要怕，该怎么办就怎么办。咱们车入的是全险，就是赔再多，都有保险公司，咱顶多赔上时间，再赔上点钱就行了。心里千万别有负担。"

文一楠说："我就是替那女孩惋惜，刚刚参加工作，还没来得及享受生活，就……"

"这是她的命吧！命该如此，没办法。只要赔偿的时候，咱麻利点就行了。别的不要想太多。"马海波叹息。

回到家已经凌晨十二点多了。小美躺在床上等着他。文一楠连洗都没洗就躺在了床上，一句话也没说就疲惫地闭上了眼睛，他脑子里想象着女孩的样子，一种深深的负罪感涌上心头，他知道，这一生，他都要背负着良心债了。小美看着丈夫这个样子，感到发生了什么大事，就侧身问他。文一楠怕妻子着急，就没有说实情，骗她说车又让路政扣了，这次时间长，要半个多月。这样一说，小美急了。

"那怎么行！"她着急地问。

"我和海波正想办法呢，没事。"他说。

"这不是耽误人生意吗？"她说。

他没说话，关掉灯，睡了。明天还有很多事情等待着他。

经过交警大队的协调，半个月后，终于达成协议，赔偿女孩家六十八万元。这笔钱，保险公司承担了该承担的部分。文一楠也赔了二十几万元。这对他来说，不是一笔小数目。前期赚的钱全部赔了进去。好在马海波帮着他，工程的再投资不用他管，自己一个人垫付了。

这件事处理完，已经过了一个月，车也停止运营了一个月。这一个月，运营的损失，又是小十万元。文一楠的心情沮丧到了极点。怎么这样不顺呢？难道自己这辈子没有发财的命？

大车从车场出来的时候，已经满是灰尘。从车场开出来到门口，马海波在车前放了鞭炮，除除晦气。然后文一楠和新来的司机把车开到洗车场，洗车过程中，他一直在给司机讲安全的事，上次的事让他的心至今无法从阴影里走出来，不单单是钱，更是那份儿负罪感，发生的无法挽回，只有在以后加倍小心了。马海波和几个哥们儿又买了红绸子，挽了朵大花，等车洗干净，把红绸子绑在了车前，直接开到工地上拉石料去了。

耽误了一个月，得把损失补回来呀！

事情过去一周之后，小美才知道发生了这样的大事。急火攻心，一下子病倒了。

婉婷最先知道这个消息。她给小美打电话，是想告诉她自己回到梧桐小院了，让她有时间过来玩。电话是文一楠接的，告诉她家里出了事，小美在医院打吊瓶。婉婷和他通完话，马上告诉了安娜和关心，问她们有没有时间，一起去医院看望小美。安娜和关心一听，都放下手头的事情，开车拉着婉婷直奔医院而去。

小美脸色苍白，正端着杯子靠在床头发呆，看见三人进来，愣了一下。三个人把鲜花和水果放在床头柜上，姐妹四人紧紧拥抱在一起。小美眼泪汪汪的，忍不住流下泪来。

安娜轻拍小美的肩膀，安慰她："好啦，傻丫头，出这么大的事情，你也不告诉我们一声。"

关心说："就是，你是不想认这三个姐姐了是吗？还是对我们有啥子意见，约你也不来，有事也不说。"

婉婷用纸巾擦去小美脸上的眼泪，说："小美，有什么事情别自己硬挺着，咱们不是有姐妹四人吗？你忘了当初咱们义结金兰时，所发的誓言了吗？"

小美听姐妹们你一言我一语地说着，虽然在埋怨，但这埋怨中却带着温暖和爱，让她感动。想起以前自己的私心，她不禁有些羞愧。她拉着婉婷的手说："婉婷姐，我对不起你，在你那么困难的时候，我却要撤资，让你为难了……"

婉婷打断她的话，说："好了，过去的事情都别再提了，都不容易，我理解你。这点事，不影响咱们姐妹之情。"

小美向大家讲完事情的原委，四人都叹息不已。沉默了一会儿，婉婷说："小美，我这几年做生意，也没多少钱，手头也只有三万，我一会儿取出来转给你。"

安娜看了婉婷一眼，又看看关心，说："是呀，你要用钱就说话，没多的也有少的，大家一起抱团取暖，难关一定会过去。"

关心也连忙说："正好，我包里有一万现金，先用着。"说完从包里掏出一沓现金，放在小美盖着的被子上。

小美的眼泪又流了下来。人在逆境时，一点温暖就足以让人感动。她擦了擦眼泪，把钱拿起来放进关心手里，强装笑颜说："谢谢各位姐姐的关心，现在暂时也用不着钱，借谁的都是借，迟早要还。我们的征迁补偿款本来买房，这一出事，每人二十平方米的购房指标也放弃了，这样算下来，出事用钱也差不了多少。"

关心说："你当时要不从婉婷姐那里撤资，现在也……"

话还没说完，婉婷连忙岔开话茬儿："小美，出院了来姐姐这里，做些好吃的给你补补。"说完用胳膊撞了一下关心，怪她乱说话。

关心也意识到自己失言，连忙接上话茬儿说："对呀，婉婷姐结婚你也没去，得让她给你补一顿美餐。"

姐妹四人在病房聊了一会儿，因为疫情防控的原因，不让在病房停留时间太长，所以三人出来了。医院门口，安娜埋怨婉婷说："你想借给小美钱也不提前和我俩商量一下，搞得我措手不及，答应吧，手里没钱，不答应吧，面子上过不去，搞得我尴尬。"

婉婷说："我也没考虑这么多，看到当时的情景，就脱口而出了。"

安娜说："你脱口而出了，领了人情，让我俩怎么办？"

婉婷有些意外地看着她说："姐，你是怎么了？小美不是没接受吗？你不至于反应这么强烈吧？"

安娜说："说不说是一回事，接不接受是另外一回事。以后这种集体行动的事情，还是商量一下比较好。"

关心一看安娜有些生气，婉婷脸上也挂不住了，就连忙打圆场："行了，一点儿小事，还提到桌面了。这个时候，我觉得还是应该说一下，谁想起来谁就说呗，谁说都代表我们姐妹三人的心意，是不？"

安娜说："就你俩有理。"

小美出院后，专门去了一次悦园，姐妹四人又欢聚一堂。她想把花店关了，这句话一出口，婉婷第一个不同意，她认为开一个店实在不易，其中会花费很多心血，好不容易经营了几年，无论怎样都得坚持，不要因一时困境轻易放弃，安娜和关心也赞同婉婷的说法。大家你一言我一语，让小美又改变了主意。

经历这场劫难，小美成熟了许多，对很多事情有了更深的思考和感悟。她庆幸，在雄安，能遇到这样的好姐妹，互相鼓励，一路同行。她甚至认为，如果没有雄安新区，她的人生将是单调而乏味的。

# 六十

这几个月，若茗的生活相对平静了一些。在除了本职工作之外，又兼职写材料，每月额外又有五千元的收入。现在，她可以每月给丈夫八千元用于还债了，剩余的两千元，作为自己的生活费。至于丈夫和菲尔的关系，她现在也变得麻木起来。既然离不了婚，那就维持这样的状态吧，至少自己逃离了那个地方，眼不见心不烦。

好几次，关怀问她，对自己的将来，到底是怎样打算的，难道一辈子就这样下去吗？她无法回答，因为她也不知道自己该何去何从，不这样下去，还能有什么值得期待和美好的事情呢？她想起刚结婚那会儿，和何牧田一起去民政局办事发生的一幕。

　　那天，他俩到民政局为一个亲戚办理低保。走进民政局，直接上四楼。途经二楼，有一家照相馆，专门为领结婚证的男女拍照，门口一个女孩，一个男孩。看见他们，女孩连忙迎上来，对何牧田说："大哥，先在这照相，然后再上去。"

　　何牧田说："我们是上去办……"

　　还没等他说完，那女孩抢着说："不是，我是说你们上去后还要下来的，先拍照，才能登记。"

　　何牧田笑笑："不好意思，我们……"

　　女孩连忙说："大哥，上去后再下来太麻烦了，不如先照了，照片直接拿上就行了！"

　　若茗说："你说的是结婚还是离婚？你也不问问我们来干啥。"

　　女孩一下哑口无言，看了看她，又看了看何牧田，讪讪地进去了，那个男孩低着头偷笑。

　　何牧田乐了："她以为咱俩来离婚。"

　　若茗还真好奇，想看看离婚是怎么个离法。于是，他们来到三楼办理离婚的办公室。结婚登记和离婚手续是在一间办公室办理的。办理结婚登记的还真不少，个个脸上洋溢着幸福的笑容，手里都拿着几大包喜糖，结婚证一拿到手，马上把喜糖发下去，人人有份。她手中也拿着一大把喜糖，剥了一颗放进嘴里，还真是甜。

　　回头不见了何牧田，却看见他正站在办理离婚的办公桌前，看面前的几对夫妻办理手续。结婚的不少，离婚的也很多。一对年轻的夫妻，大概不到三十岁，手里拿着离婚协议书，准备离婚。看他们的表情，好像不是离婚的，没有一点儿难过或者留恋的样子，就好像在办一件平常事情一样，面无表情。俩人互相理也不理，看也不看。而办理手续的工作人员则端坐在办公桌前，要了俩人的结婚证，问也不问，拿起钢印，"啪啪"盖好，随手扔回去，又拿出两张表，连眼皮也不抬，大声说："把表填好，再拿过来!"

若茗瞠目结舌。一直以为离婚是很麻烦的事情,至少要调解的。法官会问:"你们要好好考虑一下,走到一起不容易的。"或者会说:"婚姻不是儿戏,离了彼此可就成了旁人的了。真舍得?"但是看眼前,似乎什么都不问,那样容易,就像结婚一样,甚至比结婚还容易。做了多年的夫妻,就在这几分钟里变成了陌路人。

她正愣神,听工作人员喊:"下一位!"

她连忙去拉丈夫,正准备往外走,工作人员对他俩说:"你们!快点,结婚证拿来!"

何牧田连忙说:"不好意思,我们不离婚!"

她小心翼翼地说:"你……也不问问他们,说不定不离了呢。"

那位工作人员奇怪地看了她一眼,说:"不离婚跑这儿来干什么?有病啊?"

"可是……"她还想再说,那人不耐烦地挥挥手,"你们到底离不离?不离赶紧出去!别瞎耽误工夫!"

她正想说话,何牧田一把拉起她,走出了办公室。

办完事情,他们到了外面,阳光晃得刺眼,和里面的阴暗形成鲜明的对比。她拉着丈夫的手,轻轻地问:"我们会离婚吗?"

"不会!我们怎么会离婚呢?"何牧田坚定地回答。

"可是……万一……"她说。

"没有万一!无论发生什么,我们都不会离婚!这么好的老婆到哪里去找?"何牧田打断她的话。

她泪眼婆娑,看着身边相濡以沫的爱人。她相信,再没有人比她更爱他,更爱他们这个家了。

"我想,再没有人比我更爱你了!"何牧田说。

他们手拉着手,往家的方向走去。未来生活的风风雨雨,她相信,他们会一起勇敢面对。

当初的誓言,现在看来是多么苍白无力,真是一个莫大的讽刺!

若茗搬回原来的小院不久,发生了一件事情,那件事的发生,让她对自己身处的境遇有了清晰的认识,也相信,人的命运是上天早就注定好了的，从生到死，无论其间经历辉煌还是低谷，最终还是会回到注定的轨道上。

那天，她下班刚到住处，看见隔壁小院的门口，坐着一个老人，她想起前段时间晚上的事，就想一探究竟。于是她走向前，发现他手上拿着一些圆圆的东西，好像是胸章。

老人看到她停了下来，就抬起头，微微笑了一下。她仔细看了看他，稀疏的白发，一直披散到耳际，胡子灰白，长长的，满脸皱纹，笑的时候，从眼睛里透出一种温和的光芒。

"你在做什么？"她问。

"我认得你，你住在我家隔壁。"老人说着，又低头玩弄他的胸章。他的声音有些沙哑，看起来很消瘦。

"这是什么？"她蹲下来，伸手拿起那些胸章，仔细看了看。

"这是中共中央、中央军委、国务院联合发的勋章！"一提起这个，老人忽然来了精神，不等她再问，就滔滔不绝，满脸自豪地讲起了关于勋章的故事，这枚勋章是什么战役获得的，那枚勋章是什么战役获得的，每一枚勋章的背后都有一个英雄的故事。

从他的诉说中，若茗才知道，原来老人是抗美援朝的英雄，从 1950 年至 1953 年，参加过三次著名的战役，并和战士们在朝鲜出生入死，浴血奋战，终于迎来了朝鲜战争的胜利。复员后，响应党的号召，回家务农，积极参加劳动生产，为国家继续贡献自己的力量。今年已经八十九岁了，老伴已经去世二十多年，只有一个儿子，在加拿大定居，十年了，没有回来过。去年村里征迁，房子拆了，他就回到了城里儿子以前买的小院里住。她不禁肃然起敬。伸出手，帮助他整理凌乱的书纸。

"这是我的一个战友留下的……他牺牲了……平时喜欢读些书……临走把这个给我留下了……"，也许是好久没人倾诉的缘故，老人自顾自不停地说着，也不管她爱不爱听。这个时候，他神采飞扬，饱经沧桑的脸庞充满了幸福感和满足感，胡须在他的诉说中不停地抖动着。

"姑娘，你是个好人，我能看出来。"老人看着她，目光中充满了慈祥，"你从开始住进来我就知道。有天晚上我腿疼得厉害，听到你在院子打电话，想叫你，可是你张望了一会儿，进了房间再没有出来，第二天亲戚把我接走了，一直住到现在才回来。后来我想，是不是吓到你了，呵呵！"

若茗这才恍然大悟。原来那个"鬼"就是这个老人！

于是，每天下班之后，她都会和老人坐一会儿，听着他絮絮叨叨诉着抗美援朝的故事，和他一起整理着他的那些宝贝，整理了又看，看完了再整理。

从那以后，只要下班回到家，她就做好饭，端一碗送过去，替老人打扫一下小院，洗洗衣服，晒晒被子，陪他聊聊天。好几次关怀来看她，正好看见她在隔壁打扫卫生，知道内情后，也常常帮她一起照料老人。

有一次关怀问她："你为什么对一个素昧平生的老人这么好？"

她说："他曾经是一个英雄，而英雄是应该被人们记住的。"

关怀说："是的，人们应该记住他，这是一种社会责任感的体现。"

一个孤独的老人是很渴望有人和他交流的。若茗和关怀不但愿意和他交流，还天天照顾他，这种久违的关爱让老人备受感动。闲暇的时候，关怀还会带一瓶酒，把老人接到若茗的小院，然后做一些好吃的，俩人就边喝酒边天南海北地聊天，若茗坐在旁边，听他们聊一些稀奇古怪的话题。老人也变得很健谈，酒也会喝几杯。喝到高兴处，就会给他俩讲自己的事情。

"我结婚晚，三十岁才得了个儿子，所以非常疼爱。儿子也很争气，考上了好大学，后来又到加拿大留学，到现在已经二十多年了。"谈起儿子，老人一下子有了精神。

关怀问："您儿子回来过吗？"

老人说："回来过，刚开始是一年回来一次，后来是两年，再后来，五年才回来一次。现在，我已经十年没有他的消息了！"

若茗惊讶地望着老人："为什么不回来呢？"

老人深深地叹息了一声："我也不知道。自从他母亲去世后，他就很少写信回来，生活费倒按时给我。后来就没有了任何消息，生活费也没有了。亲戚朋友也替我写过信，没有回音，打过电话，但号码早已经不是他本人了。"

关怀说："成家了吗？不会在国外出什么事了吧……"

关怀话音未落，若茗用手悄悄拽了拽他的衣服，制止他说下去。关怀连忙改口说："我是说，是不是生活不如意，不愿告诉您。"

老人看着他俩，似乎感觉到了关怀话里的意思，轻轻摇摇头，稀疏而花白的头发随着微起的风而飘动："早成家了，我孙女都快三十岁了。不回来就不回来吧，回来一次，要花好多钱。现在疫情也不方便回来。我知道他们好着就行。"

关怀和若茗不由自主地互望了一眼，心里都在做着猜测。晚上安顿好老人，若茗对关怀说："我觉得爷爷的儿子应该是出什么事了，否则不会十年没有音信。"

关怀点点头，说："我也十分怀疑。你说，谁会把自己的父亲遗忘了十年呢？"

若茗说："要不，咱们想办法联系一下？"

关怀笑着说："你呀，总是这样善解人意，替别人考虑得多。"

于是，俩人从老人那里找到地址和以前的电话，以老人的名义写了一封信过去，但是两个月过去了，却一点儿消息都没有。若茗不甘心，又写了一封，还是杳无音信。后来，关怀用以前的电话打过去，通了，却没人接。一连打了四五次，都没有人接。

"无人接听。"关怀泄气地说。

"至少打通了，说明还有希望。"若茗说，"等等看吧。"

电话一直没回，若茗和关怀继续一如既往地照顾着老人。

这段时间，若茗一直考虑把孩子接过来上学，于是咨询相关方面的政策。一个政府的朋友告诉她，明年容东安置区的学校就招生了，还不如等到明年再把孩子接过来，那时候最起码学校的硬件设施是最好的。她给何牧田打电话提起接孩子的事，何牧田却不同意，说孩子不适应新环境，再说刚刚建设的城市，师资力量也跟不上，还是过几年再说吧。她不知道是他舍不得女儿离开他，还是想着女儿在身边，她终有一天会回去。可是，自己还有回去的必要吗？

这段时间，因为疫情反复，单位让在家办公。若茗刚从隔壁老人家里回来，就接到关怀的电话，电话中他说，老人的儿子有消息了，他马上过来。若茗很高兴，刚想隔着墙把这个好消息告诉老人，又一想，还是等关怀来了，把详细情况了解清楚再说。

不一会儿，关怀推门走了进来，若茗看到他脸色阴郁，心里已经猜出了几分。她没说话，默默地看着他。

关怀也看着若茗，好一会儿才轻轻说："老人的儿子十年前就不在了，肝癌。"

她深深地叹了口气。

关怀又说："儿子死后，儿媳就改嫁给了一个当地人，女儿也带走了，现在都联系不上。"

她问："你是怎么知道的，好像没有来信，是有人给你打电话了吗？"

关怀说："都不是。一个朋友去加拿大，我托他专门去了一趟，到当地政府打听出来的。"

她说："那就是说，爷爷现在真的没有一个亲人了。"

他掏出烟点了一根，轻吐烟圈："是的。"

"那……我们还要告诉他这个消息吗？"她问。

"当然不能。"他说，"我想，我们要为他守住这个秘密，让他带着美好的愿望过完剩下的日子吧。"

她点点头，下意识地朝隔壁望了望，担心老人是不是听见了。他从缝隙处朝隔壁看了看，然后对她摇摇头。她放心地坐在椅子上，托着腮，怔怔出神。看到她这样，他走过去，轻轻拍拍她的肩膀，安慰说："我想，就以疫情为理由，告诉他，他儿子一家人回不来。"

"那以前呢？疫情也是最近两年才有的。"她忧愁地说。

"嗯……想个更好的理由。"他摸着下巴深思。

一个深秋的早晨，若茗正在上班，接到老人打来的电话，让她赶紧回来，说有一个天大的好消息告诉她。她一听，赶紧放下手头的工作，坐车赶回小院。

刚进门，就看见老人和两个男子坐在院中的太阳下。看见她进门，两名男子站起来打招呼。她用询问的目光看向老人。老人看起来有些激动，花白的胡须不停抖动着，混浊的双眼里闪着泪光。

其中一名男子从包里拿出一张照片递给她，笑着说："我们是李硕古的朋友，从加拿大回来。"

若茗有一瞬的眩目，差点儿相信是真的。她知道，这一定是关怀的主意，只是这家伙竟然没有提前告诉她。

"李硕古因为工作性质特殊，所以不能和家里联系。这次我从国外回来，他托我看望他的父亲。"那个男人说着，从包里掏出一张卡递给老人，"这是您儿子托我捎回来的钱，还让我给您带一句话，他说等过几年，他能回国了，就第一时间回来看您，请您多多保重身体。"

老人老泪纵横，颤抖着手接过卡，不停地抚摸着，似乎在抚摸着儿子的脸："十年了啊！这是我儿子拿过的东西……"

若茗鼻子发酸，眼里升起雾气。可怜的老人，他还以为儿子活着……

"这位女士，老人非让等你回来才接这张卡，现在我们的任务完成了，就此告辞。"男人说完，准备离开了。

"等一等！"老人沙哑着嗓音叫，"请替我给我儿子捎一样东西，告诉他，我身体很好，让他放心。"说完，颤颤巍巍地站起来，走进里屋，拿出一张照片，又用一个小布袋，从院子的树下，抓了几把土，小心地绑好，递给那人，说，"麻烦你把这个也带给他，这是家乡的土，看到它，就像回到家一样。"

若茗接过来一看，是老人和自己老伴的合影，上面的夫妻俩显得比较年轻。她把照片和土递给那个男人，男人接过去，意味深长地看了她一眼，就告辞了。她跟到门口，男子看老人没有出来，就把东西递给她说："想必你也知道了，我是关怀的朋友，是他安排了这场戏，说是想帮老人了却一个心愿，钱也是他出的，上面有两万元。我把土和照片给你吧，我拿着也没用。"

若茗拿着照片和那袋土正在发愣，手机响了，关怀在电话里问她情况怎样，老人有没有怀疑。她听着这个温暖的声音，轻轻而温情地说："谢谢你，关怀，这件事做得很好。"

好长一段时间，老人都沉浸在喜悦里，每天都会给若茗讲儿子小时候的故事，身体比以前好多了，饭量也比以前增加了，整个人都变得神采奕奕起来。

# 六十一

安娜从另一道门上了驾驶座，她熟练地发动了车子，扶着驾驶盘，车子开向了奥威路，一路上，她都不说话。江舟坐在副驾驶上，看安娜的手臂上戴着两串细细的 K 金镯子，镶着一粒粒小钻，手腕一动，镯子就彼此撞击，发出细碎的、叮叮当当的轻响，如梦，如诗，如歌。她是一个极富生活情趣的女人。

车子停在一家西餐厅门前。走进去，里面全是地毯，灯光幽暗，四面窗子上，有一片一片的水帘在倾泻，流水淙淙，颇富情调。

他们在屋子一隅坐了下来，安娜带点歉意似的开了口："我不是要摆阔，到这种地方来，只为了这里很安静，可以好好地谈几句。"

江舟模糊地想起桑榆红，如果他和桑榆红能到这样的一个地方来谈心，一定颇富罗曼蒂克的气氛。他说："安娜，有什么重要的事情，不能在梧桐小院说呢？"

安娜边点餐边说："婉婷那里人太杂，不适合谈心。"江舟笑了："好吧，今晚随便谈。"

华丽的水晶灯投下淡淡的光，使整个餐厅显得优雅而静谧。柔和的萨克斯曲充溢着整个餐厅，如一股无形的烟雾在蔓延着，慢慢地占据你的心灵，散发出阵阵幽香，不浓亦不妖，只是若有若无地改变着你复杂的心情，使你的心湖平静得像一面明镜，没有丝毫的涟漪。餐厅里每一个角落都是经过精心布置的，漂亮的灯具，温暖的抱枕，让在这儿进餐的人完全不会有西餐厅的拘束感；餐厅的法式田螺和奶油蘑菇汤都做得相当入味，算是招牌菜，也是来这里就餐的情侣们最青睐的菜肴。

江舟和安娜边吃边聊着。安娜说："江舟，你知道，我也是一个骄傲的女人，任何事，我都不会主动去要求或者请求，尤其对男人。但是今天，我把你约出来，就是想明明白白问你一句话。"

江舟心里有些明白，但不便说破，只是微笑着说："你问吧，我知无不言。"

安娜看着他的眼睛说："我要你告诉我，你到底爱不爱我？"

江舟放下正在切牛排的刀叉，用餐巾纸擦了一下嘴，靠在椅背上说："安娜，非要在这样的场合说吗？"

"非要。"安娜说。

江舟看着她，诚恳地说："安娜，面对你，我不能撒谎。一来你是婉婷的姐妹；二来你是一个善良的好女子，我不能欺骗你。所以……"

"所以什么？"安娜抿了抿咖啡，长长的睫毛低垂着。

"所以，我必须要告诉你，我心里已经有喜欢的人了。"江舟说。

安娜的手抖了一下，又很快镇静下来，她放下杯子，妩媚地一笑："这就对了嘛，早说了，咱们两个都早早解脱。我需要你明明白白地说出来，而不是那一晚之后的满怀愧疚。"

江舟说："对不起。"

这顿饭，两人吃了很久，也聊了很多。话说透了，两个人都变得自在起来，聊天也很随意了。江舟讲着在雄安经历的一些趣事，惹得安娜捂着嘴笑个不停。

吃完饭，两人走出餐厅。深秋的冷意已经很浓，安娜上了车，把江舟送到住的地方，看着他进去，才开车往回走。一个人时，她忍着的泪才肆无忌惮地流了下来。她不知道为什么哭，是因为失望，还是因为如释重负。无论什么结果，这段情总归是有了个了断，她也就不再纠结了。

这时，手机短信响了，她打开看了一眼，原来是赵宴虎的信息，还是那句不变的问候："睡了没？"她忽然有种想见他的冲动。这个男人，虽然木讷一些，也没有什么钱，但曾经辉煌过，达到过很多男人一生也没有企及的高度，这就足以说明这个人不是一个简单的人，只是暂时落魄了而已。还有一点让她倍感温暖，就是对她无条件得好。虽然他的爱并不能打动自己，但作为一个女人，被一个人死心塌地地爱着，无论如何，也是一种幸福吧。她打开手机，找到他的电话，正犹豫要不要给他打过去，母亲的电话打了过来，问姐姐的事情。和母亲聊完，她的心又重新变得沉重起来，也全然没有了打电话的冲动。父母的养老，儿子和外甥女的前途，还有将来出狱的姐姐……这所有的一切，又重新让她喘不过气来。

安娜，不要再想感情的事情了，你没有资格和权利想这些！你有双亲需要奉养，儿女需要抚养，你要挣钱，只要有钱了，所有的问题都迎刃而解，努力吧，从此百毒不侵！安娜甩甩头发，对自己坚定地说。

关心这几天心情极好，倒不是自己有什么大的收获，主要是她老公在家签了一个大单，而这个单子能签订，是闺蜜张可的功劳。她把这个好消息首先告诉了安娜，但安娜情绪淡淡的，兴致不高，她又给小美打了个电话，小美也只是高兴地恭贺她，也没有别的话说。她意识到自己可能太过炫耀了，就感觉很无趣，于是直接开车去了梧桐小院。

院子里，杨立青和小胖坐在那里喝茶，看见关心进来，向她打招呼。关心左看右看不见婉婷，正想问，杨立青说："婉婷总回保定了。"

关心坐了下来，端起小胖给她倒的茶，喝了一口，问："回去干啥子去了？"

小胖奇怪地看了她一眼说："看你问的这话，回家就是回家呗，还能干什么？"

关心笑了，说："我的意思是说，她今天还回来吗？"

杨立青摇了摇头："客观上说，今天应该是不会回来了。"

"关心姐，有什么好事，也给兄弟分享一下。"小胖说。

关心笑着说："远在四川，不是雄安。"

小胖泄气地喝起茶来。三人正闲聊，江舟和桑榆红手拉手走了进来，手里提着一些水果。一进门，江舟就问："关心，你二姐呢？怎么不见人？"

关心看这两人的情形好像有什么喜事似的，就问："江总，我冒昧地问一句，二位这是啥子情况？不会是……"

桑榆红笑盈盈地说："你猜的没错，我们订婚了，并且准备结婚。"

关心的嘴巴张成了"O"形，她有些不相信自己的耳朵，喃喃自语："你俩这是搞的地下工作吧？不行不行，今天的喜事太多，我有点应接不暇了。"

杨立青和小胖连声贺喜，江舟拱了拱手以示答谢，桑榆红笑着把手中的水果都拿了出来放在桌上。几个人正在热闹地说笑，关怀和若茗到了，这两人刚从隔壁老人那里出来，接到江舟和桑榆红的电话就过来了。这里面，若茗是最高兴的一个，甚至比桑榆红还要高兴。她高兴老同学江舟终于找到了自己的另一半，自己的好朋友桑榆红也找到了所爱之人，俩人志同道合，互为臂膀，将来无论事业还是生活，肯定是珠联璧合，生活美满幸福，她为自己促成了一桩美满姻缘而高兴。

关心小声问关怀："兄弟，你的事情怎样了？姐啥子时候能吃你的喜糖？"

关怀看了一眼若茗，支支吾吾地说："我？我嘛……"

关心白了他一眼："支支吾吾啥呢？男子汉大丈夫，看准了就冲上去，自己的幸福需要自己把握。"

关怀说："我的幸福取决于她。但是，她现在的状况，不允许我有非分之想。"

关心怜惜地看着关怀："兄弟呀，我看你是没救了，唉！"

正聊着天，关心的手机响了，一看是婉婷的，关心赶紧打开免提，还没等婉婷说话，就高兴地喊："姐姐，你能回来吗？我们大家都在你的院子里，有两个喜讯要告诉你，要不要听？"

听完关心的话，婉婷高兴地连声说一会儿就到。一小时后，张子建和婉婷出现在梧桐小院，于是，欢声笑语一片，似乎连一院子的冷意都变暖了。

这顿饭，与其说是大家狠狠宰了江舟一顿，还不如说是江舟和桑榆红请的客。看着江舟意气风发的样子，关心悄悄对婉婷说："姐，你说，安娜姐会伤心吗？"

婉婷想了一下，说："感情是不能勉强的，大姐是个聪明人，我相信她会明白。"

关心想到自己的事情还没有分享，就兴奋地说："姐，还有一个好消息，我老公在四川老家也接到了一个大订单，合同期两年，纯利润，够我在北京买套一百平方米的房子。"

"真的？"婉婷很惊喜，并且朝关心竖起大拇指，夸赞说，"三妹，你真了不起！"

关心很满意婉婷的反应，想到刚才安娜和小美的表现，她有些不满地说："姐，说句实话，咱姐妹四个，我最愿意和你说话。你知性，善解人意。大姐人也好，就是心眼太多，小美有些小家子气，我不喜欢。"

婉婷说："寸有所长，尺有所短，每个人都有优点和缺点，本质好就值得交往，何况咱们姐妹四个是结拜了的，更要互相扶持往前走。"

关心点点头。

聚会结束后，张子建和婉婷开车回到保定自己的家。华灯初上，给宽阔的马路平添了几分宁静与朦胧。不远处，施工的机器还在响着，从白洋淀边吹过来的风，带着丝丝的凉意，从车窗外飘进来。

回到家，婉婷有点疲惫，她草草梳洗了一下就蜷缩进被中。正恍恍惚惚间，感觉有一个温热的嘴唇在吻自己的脸。她知道是丈夫，于是连动也没动，任由他抚摸亲吻。忽然，她像想起了什么，猛然坐起来，一把推开了他，慌张地说："你你你……你干什么？"

张子建正沉浸在甜蜜中，被妻子猛然一推，差点儿掉下床，他不解地看着她，不知道她怎么了。

"怎么了？"他疑惑地问。

她有点理亏，慌忙说："我想去趟卫生间！"

她跑到卫生间，关上门，从抽屉里拿出避孕药，侧耳听了听，没见动静，这才放心地放进嘴里，吞了下去。她拉开门，一抬头，却见丈夫铁青着脸，站在门外。她吓了一跳，但仍然装作若无其事的样子，走进卧室，拉开被子继续睡觉。

他走到床边，生气地说："你不想解释一下？"

她没动，轻声说："解释什么？"

他伤心地说："婉婷！你太让我失望了！我的心全放在你身上，我以为，你的心也在我这里，可是我错了，你根本就不爱我，甚至不想为我生孩子！"

"你胡说！"她叫，"我没有，我只是还没有准备好！"

"那你为什么不告诉我，为什么要偷偷吃避孕药？你把我张子建当什么人了？"他痛心地说。

"不是你想象的那样！"她说，泪水不争气地流了下来。他的话语和态度，使她有了深深的愧疚感。子建，原谅我，我不是不想为你生孩子，再给我一些时间吧，我一定会成为一个好妻子。她伸出双手，紧紧地，紧紧地搂住了他的脖子，满眼含泪，喃喃低语："不要吵架！不要吵架！我会成为一个好妻子，我只爱你，永远永远！"

他也眼含泪花，搂着她，这个他用全部生命呵护和爱着的女人。他温热的嘴唇贴在她的耳边低语："婉婷，原谅我，今晚，我看到那么幸福的场面，想到了我们的将来。我爱你。"

她半睁着美丽的大眼睛，用梦幻般的语气，轻声低语："子建，我要为你生个孩子，真心实意想为你生个孩子，真的……"

他感动地紧紧搂着妻子，后悔自己刚才的粗暴。他低下头，热烈地吻住了她。

第二天，张子建做好早点，放在餐桌上，就去上班了。婉婷懒懒地躺在床上。昨晚的缠绵，现在想起还让她脸红心跳。也许，这就是生活，这就是正常的夫妻生活吧？她想，原来，只要"专心"，什么都会做得更好，包括"妻子"。

# 六十二

若茗独自坐在自己的卧室中，蜷缩在一张圆形的藤椅里。一盏落地的弧形吊灯，伸在她的头顶，一圈柔柔的光线，把她整个笼罩住。她坐在那儿，呆呆的，静静的，深深地出着神。渐渐地，她的眼眶湿润，有两抹雾气在眼中凝聚，终于变成两滴泪珠，沿着她的面颊，滚落在裙褶里。

她是2021年年底，即将过春节的时候回到老家的。何牧田打来电话，让她回去一趟，女儿也不停打电话。禁不住对女儿的思念，她买了高铁票就回家了。虽然和女儿团聚了，但并没有让她和丈夫的关系得到缓解，他们依然纠缠在牵扯不清的情绪里。他们谈了无数次，彼此希望靠近，但总是因为菲尔的问题不能达成共识，感情反而越来越淡，直至她的心冰凉。在家的日子，她感觉自己的心都没有了温度，空气也变得冷清清的。在感觉冷清的日子里，她喜欢听怀旧的曲子，借着咖啡的香气，萨克斯曲子趁着夜色悄悄流进耳朵，萦绕在内心时，淡淡的忧伤便弥漫在空气中，心就慢慢飘远了，思想也渐渐变得空寂，眼睛不自觉地雾气弥漫。"我若离去，后会无期"，不知怎么的，她心中，常常会出现这样两句话。总以为两颗心相叠，四季也会常青，可是太过美好的东西，总是如昙花一现。一个伤感与收获并存的季节，树底飘落的残红，透露出本属于这个季节的一丝凄美，犹如她此刻的心情。

房门悄悄地推开了，何牧田走了进来。他轻轻关上门，默默地站在那里。这些日子，他消瘦了不少，似乎也老了很多，眼神忧郁，紧抿着的嘴唇，使整个脸上透出一种落寞的神情。他轻轻地走到她面前，慢慢蹲下来，把头埋进她的裙皱里，低低地、苦恼地说："老婆，我们该怎么办？"

她低下头，看着半跪在面前的他，眼里的雾气更深了，她一动不动地坐着，脸上毫无表情。他握住她的手，呻吟般低语："不要这样，请你原谅我……原谅我……"说完，抱住她，泪水一滴滴滴落下来，弄湿了她的衣衫。

"我们该怎么办呢？"好久，她也茫然地说。

他半天不说话，低着头，看不见他的表情，一会儿，他慢慢抬起头，满脸泪水，脸上的神情令人酸楚。在以前，她会被这种表情打败的，可是今天，她的心，竟然没有一丝悸动。

他声音颤抖着说："我不想离婚，我们还没有到那一步，是吗？"

她心酸地说："也许……离婚对我们都好，你也可以和菲尔光明正大地在一起，可以生儿育女，尽享天伦。"

"不！"他叫，满脸愧疚和悲伤，"我没想过和她在一起，我只是在赎罪！"

"可是你们已经在一起了！"她喊，泪水不知不觉涌出眼眶，"看见你，我就会想起她，你觉得从此我会做到无动于衷吗？我不想再面对你，面对痛苦……我们还是分开吧，彼此都是解脱。"

他跌坐在她面前的地板上，像个孩子似的，泪流满面。

她站起身，望向窗外。起风了，夜已深沉，寒意似乎侵入了室内，她感觉有点冷，打了个寒战，不由得抱紧了双肩。

他也站起身，走到她面前，满含希望地说："我们还是有一段美好的岁月的，我们的婚姻生活，其实还是很幸福的，是不是？所以，让我们再给彼此一个机会，我坚信，我仍然是一个好丈夫。"

她怔怔地看着他说："你是一个好丈夫，你所要求的一切，所做的一切，都是一个丈夫所应该要求和应该做的。只是，我做不了那样的妻子，或者，我们从来就没有真正地了解过对方。再生活下去，伤害更深。我们……放了彼此吧！"

他蓦然一惊。放了彼此？难道，他们的爱，早已成为彼此的负担了吗？看着她冷漠的表情，一种深切的绝望和悲哀从脚底升了上来，渐渐蔓延到全身。他慢慢朝门口走去，在打开房门的一瞬间，他忽然转过身，清晰而坚决地说："我答应你，离婚，可是，我从没有做对不起你的事，从没有！"

她闭上双眼，泪水顺着脸颊，恣意地流淌下来。

第二天，他们到了民政局，来到三楼办理离婚的办公室。这个地方，多年前也曾经来过一次，可又是多么不同。

她正在发愣，忽听工作人员喊："下一位！"她一惊。他迟疑着，不肯过去，用询问的目光看着她。她咬咬嘴唇，走过去，把离婚协议书和结婚证放在桌上。工作人员是个女的，她看了看离婚协议书，又看了看他俩，一反刚才冷漠的态度，和蔼地问："你们确定要离婚？"

"是的。"她说。

"你呢？"再问他。

他踌躇了一下，说："……是的……"

女同志似乎有点不忍，说："可要考虑好啊，结婚不容易，你们想想，世上这么多男男女女，为什么没有遇到别人，偏偏让你俩结为夫妻？这都是缘分啊，要珍惜。再说，你们俩这么般配，有什么过不去的，非要离婚。还是再考虑一下吧。"

俩人都不语。女同志又说："离了婚，可都成了旁人的了！"

看他们都不说话，女同志把东西递给他们，说："回去吧，考虑清楚再来。"

不知为什么，两人都没有再坚持，默默地走出民政局。阳光很好，大街上热闹非凡，街道上的行人不停地来往穿梭。每一个人都是一个故事，只是故事不同而已，而每个人却都是故事的主角。这个世界，每天上演着多少悲欢离合，喜怒哀乐啊！

她轻声说："回家吗？"

他犹豫了一下，说："……去菲尔那里。"

她转身准备走。

"老婆！"他忽然叫。

她站住了，但是没有转身。

他说："卤阳湖的工程又开了一期，我一定会翻身的，你放心！"

她凄凉地一笑，说："这件事，不是应该对她说吗？我算什么？"

若茗又回到了雄安，这次，她把女儿也带了过来。正好学校上网课，可以和她待一段时间，她想借这次机会，把孩子接到这里上学。临走时，小约没见到父亲，心里很难过，一路上很少说话。她心里很愧疚，觉得对不起女儿，但却不知道该怎样和孩子说这一切。在关怀的帮助下，她成立了自己的公司，因为媒体记者的身份，承接了不少业务，家里的欠款，也在陆陆续续还着，相比之前，压力大大减轻了。

隔壁老人的回迁房下来了，但他没有搬进新居，觉得不太方便，仍然住在城里的这座小院。他把容东安置区红莲中园的一套房子以赠予的方式，给了若茗。若茗坚决不收，最后在老人亲戚朋友的见证下，答应暂时居住，如果哪一天，老人的亲人回来，她随时可以搬出，并自动放弃房子的继承权。老人看她答应了，布满皱纹的老脸乐开了花。

她没有搬过去住，依然住在现在的院子里，为了照顾老人方便。经过了一个冬天，老人的精神不太好了，走路也有些不稳。关怀买了个轮椅，除了他和若茗照顾之外，老人一人时也可以自己操作，至少进出时方便一些，不至于摔倒。

五月份，老人已经病入膏肓，再也没有力气走出院子。若茗无微不至地照顾着，端屎端尿，喂水喂饭，关怀在空闲时，也过来一起帮忙。尽管这样，老人还是在一个傍晚撒手人寰。在收拾遗物的时候，老人的亲戚交给她一封信，是临终时写给她的。当她打开读完时，泪水流了下来。

信很短，是这样写的：丫头，小子，我知道，我将不久于人世了，感谢你们这么长时间照顾我，让我在最后的日子过得幸福。其实，我早已预感我儿子出了意外，只是不想承认罢了，那天，你朋友带来我儿子的信息，让我的猜测变成了现实。十年前，孙女给我打电话的时候，说漏了嘴，说他爸爸去天堂了，后来又说天堂是他们那边一个别墅区，从那以后，再也没有了他们一家人的音讯。我不怪你，孩子，你们都是好人，感谢你们，让我这个孤独的老人得到了温暖和爱。我没有别的亲人，那套房子，你就留着吧，它永远属于你。这座院子，我给了这些年照顾我的表弟一家。还有，丫头，关怀是个好孩子，我看出来了，他喜欢你，希望你们都能幸福。

她拿着信，呆呆地站在那里。

关怀看完信以后，也愣愣的，半晌之后才说："咱俩是不是做了一件傻事？"

她轻轻地说："不，我想，爷爷是高兴的，他愿意有人这样骗他。"

他看着她，傻傻地问："他希望我们能幸福。"

她明白他的意思，低着头，不知道该怎样接下一句。他走向前，轻轻把她拥进怀里，沙哑着嗓音说："不要纠结，若茗，我只是说，他希望我们能幸福，没有别的意思。我永远尊重你的选择。爱是成全，而不是自私地占有。"

她的泪，无声地流了下来。她把头深深埋进他的怀里，喃喃地说："如果有来生，我一定嫁给你。"

他低下头，吻了吻她的头发，两滴眼泪，滴落在她的头发里……

# 六十三

2022 年的春天到了。这个 4 月，注定是喜悦和美好的。

这一年的开端，就有接连不断的喜事：4 月 1 日，雄安新区设立五周年；江舟和桑榆红选择在这一天结婚；赵宴虎也接了一个工程，并开了一家火锅店，在 4 月 5 日这天，正式向安娜求婚，虽然安娜还没有答应，但至少，赵宴虎有了希望；魏云鹏依然和江舟合伙做"雄安之声"，以前他就看好江舟，现在有了桑榆红，他对这个项目更有信心了。至于婉婷，他唯有在心里祝福了。

2022 年，对婉婷来说，也是如释重负的。

这天，陆海平约她，说他们全家想和她见见面。

她不知道他是什么意思，为什么他们全家要见自己。她想起大学的四年。那段岁月，有欢乐，也有泪水，有喜悦，更有着刻骨铭心的痛。那种痛，她觉得会伴随自己的一生，从此不会消失。

而这一切，都因为陆海平。

她和陆海平同级，他们相识于学校举行的一次联谊会。

她喜欢唱歌，最喜欢唱那首《紫藤花》：

> 花缠绕的神情悬秘
> 你像蒸发的背影
> 我垂坠的心情摇曳
> 不出声音
> 精彩没结局的戏
> 我们像不像电影
> 当看着我的人都散去
> 我才看见我自己
> 紫藤花
> 迎风心事日深夜扎
> ……

这首歌引起台下女生的一片尖叫声和男生们的口哨声，联谊会结束已经是傍晚，她和一个女同学在校园的一棵紫藤花下，兴高采烈地聊着天。

"惆怅春归留不得，紫藤花下渐黄昏！"两人聊得正高兴，忽然传来一个男人吟诗的声音，她俩吓了一跳，回头一看，朦胧的灯光下，只见一个高大的男孩站在那里。

"怎么那么伤感？"她笑着说。这一定是她们的校友。

"不是正应此景吗？"那个男孩说着，伸出了手，"陆海平。"

"婉婷。"

这是他们两人的第一次相遇，第二次相见，是在一个春日的午后，她一个人坐在校园一角的紫藤花下，静静地看书。她喜欢这样的氛围，喜欢紫藤花那深深浅浅的紫色，喜欢阳光透过缝隙投下的斑斑驳驳。

"你知道紫藤花的传说吗？"忽然响起一个声音，她抬起头，一个男孩站在他的面前，微笑地看着她。

但是她想不起来是谁，或者说在哪儿见过。

"陆海平！"那个男孩强调。

哦！她想起来了，就是那个月夜下吟诗的男孩。她不由得仔细看了看他，他长得高大英俊，鼻梁高挺，眼睛不大，但很有神，从那眼睛里透出的目光，很深邃，能穿透人的心灵。

她忽然一阵心跳。

"你听过紫藤花的传说吗？"他看着她，眼睛含笑。

她摇摇头。

"紫藤花有一个古老而美丽的传说，有一个美丽的女子想要一段情缘，于是每天祈求上天，她的虔诚感动了月老，于是月老告诉她，春天的时候，在一片小树林里，你会遇到一个白衣男子，那就是你的情缘。于是，在一个春暖花开的季节，女孩来到一片小树林里，等待她的情缘。可是一直等到天黑，也没见白衣男子的出现，女孩却被毒蛇咬伤了。正当她绝望的时候，白衣男子出现了，为她吸毒，为她疗伤。于是，他们深深地相爱了。可是他们的爱遭到了女孩家里的强烈反对，万般无奈之下，两人双双跳崖自杀殉情。在他们跳崖的地方，长出了一棵树，那棵树上居然还缠着一棵藤，并开出朵朵花坠，紫中带蓝，灿若云霞。后人称那藤上开的花为紫藤花。紫藤花需缠树而生，独自不能存活，便有人说紫藤是女孩的化身，树是白衣男子的化身。紫藤为情而生，无爱而亡。"

她静静地听着这个长长的美丽且伤感的故事，他仿佛也沉浸其中，眉宇间有一丝忧郁。

两人都陷入长长的沉默中。

好久好久，他打破了沉默，笑着说："瞧我，给你讲了这么一个残忍的故事。"

"紫藤挂云木，花蔓宜阳春。密叶隐歌鸟，香风流美人。"她自言自语。她望着眼前的紫藤花，眼神蒙眬，仿佛看见了那个美丽的女孩站在崖边，手里捧着紫藤花，迎风而立。

就这样，他们相爱了，相爱于美丽的紫藤花下。

那段时间，是两人最甜蜜的时光。那棵紫藤仿佛是他们的专利，或许是没有人比他们更喜欢紫藤花，每次相聚，他们都会来到那棵紫藤下，或谈古论今，或交流学习心得，或卿卿我我，或嬉笑打闹。那段时间的紫藤，枝叶茂盛，花序如翠蝶成行，美丽清香。

"遥闻碧潭上，春晚紫藤开。水似晨霞照，林疑彩凤来。"陆海平常常会在她的耳边读这首诗。他说，正是因为有了她，才觉得紫藤花儿更加美丽异常。

而她，也醉心于这种氛围，满心浓浓的喜悦。

幸福的日子总是显得那么短暂，转眼，他们要毕业了。同学们有的考研，有的忙着找工作。而他俩，也面临着严峻的考验。

陆海平的老家在湖南长沙，一座古老而美丽的城市，而她家就在西安，地地道道的西安人。家里已经为她安排好了一切，在一所高中教书。他只能回老家。

"为什么？你为什么不能留下来？"紫藤树下，她流着泪，痛苦地看着他。紫藤花早已过了花期，没有了醉人的紫色，看上去那样无助，就像两人此刻的心情。

他不敢看她的眼睛。他怕自己一看，意志就会瓦解。他何尝不想留下来，和心爱的人共度人生？可是，他不能。

"婉婷，你听我说。"他咽了一口唾沫，艰难地说，"我是家里的独生子，我父亲去世得早，只有母亲一个人，孤苦伶仃，我不能丢下母亲不管。"

"我们可以把她接过来呀！我们可以奉养她，我会像女儿一样伺候她的！海平，这不是理由，更不是问题！"她扑在他的怀里，急切地说。

"可是，我妈妈是不会离开家乡的，她也不会到西安来的！"他痛苦地说。

她捂着脸，泪流满面。她的初恋，她此生最爱的人，难道从此就要永别？

转眼，又是一个紫藤花开的季节，她房间里的那盆紫藤花开得异常绚烂。已经好久没有他的消息了，打电话不接，发微信不回。她担心，生

浪潮

气，恐惧，思念，各种滋味一起涌上心头。一定不会有什么事的，肯定是他太忙了。她这样宽慰自己。

她父母很开明，女儿的婚事从不插手，但有一个原则，那就是不能嫁到外地，因为他们也只有这么一个女儿，想让她陪伴左右，尽享天伦。

她也陷入深深的痛苦之中。她爱他，正因为这种爱，她才会忍受千里相思之苦，期待着他的母亲能回心转意，随儿子到西安生活。而他更爱她，她相信他能解决这个问题。

自从他回老家，带走了一地相思，也带走了她的心。她每天都在想他，想他的笑，想他在耳边的喃喃低语，那绕在耳际的话语，是那样疼地烤着她的心，使她不能自己。

不行！我要到湖南去！这样想着，她就开始收拾行装。

她没有去过陆海平家，拿着他以前留给自己的地址。到了长沙，一路打听，终于在一个小区找到了他的家。站在这个陌生的门前，她心跳不已。门里面，会是怎样的一种情景？又会面对怎样的人？

"你要相信自己，相信海平，相信你们的爱！"她鼓励自己。

于是，她鼓起勇气，敲响了那扇门。

门开了，一个雍容华贵的女人出现在门口，眉梢和海平极像，一定是他妈妈。她看着门口站着的婉婷，问："是婉婷吗？"

她慌乱地点点头。

进了家里，她局促地坐在沙发上，紧张让她的脸有点发白，嘴唇也微微颤抖着。

陆海平的母亲用锐利的眼光看着她，说："我儿子很爱你，经常在我面前提到你，还让我和他一起到西安生活。"

"是的阿姨！我会好好孝敬您的！您到了西安，会生活得很幸福！"她急促地说。

陆海平的母亲一下子激动起来，大声说："你算个什么东西！竟敢来争夺我的儿子！"

她瞠目结舌，愣愣地看着面前这个女人，不明白怎么突然就变成了这个样子。

"阿姨，我……我也爱您，更爱海平。"她结结巴巴地说着。

326

"你爱他？那你为什么不来长沙？你知道我是怎么把他拉扯大，怎么供养他上大学的吗？你爱他？你有什么资格说爱他！"陆海平的母亲控诉着，好像婉婷是她这些年受罪的罪魁祸首。

婉婷跳了起来，惊慌失措，仓皇后退。这个女人的脸一直逼了过来，一直把她逼到了墙角。面前的这个女人，看来是恨死她了，在她准备跨进门的那一刻起，就预备把自己所受的苦难全都抛给她了。她痛苦地，苍白着脸，转身夺门而逃。

"婉婷！"一个惊喜的声音叫，是陆海平，手里提着一篮菜，从外面刚进来。

她脸色白得像纸，展颜一笑，轻声低语："我为卿狂，卿心何在？"

他母亲大声说："不要用这种狐媚的话来诱惑我儿子，你走吧！"

她看到他站在那里一语不发的样子，再也控制不住自己，大声哭喊了起来："陆海平！你妈是个老巫婆！是这个世界上最可恶的女人……"

"啪！"她脸上重重挨了一耳光。她怔怔地看着他，像看着一只怪物，然后往外跑去。

看着婉婷跑出去，陆海平清醒过来，也想追出门。

"海平！"他妈妈大喊，"你要出去，我就死给你看！"

他站在那里，泪水涌出了眼眶。

就这样，陆海平的一巴掌打碎了婉婷所有的梦想，所有的希望，也打碎了他们之间的一切。而房间里的那盆紫藤花，早已过了花期，败了。是谁说的？紫藤花，为情而生，无爱而亡。

婉婷站在窗前，看着窗外，思绪又从遥远的地方拉回到了眼前。窗外的紫藤花开得正艳，深深浅浅的紫色是那样诱人。她的心由于痛苦的回忆而更加酸楚。

她轻轻地叹了口气。

张子建走过来，从后面环住她的腰，下巴抵在她的头发上，柔声问道："怎么了？为什么叹气？告诉我。"

她转过身，看着他的眼睛，轻轻地问："你爱我吗？"

张子建看着她美丽的脸庞，看着这个他想用一生爱护的女人，缓缓而深情地说："你是我的天，一生为你而活！"

她泪眼蒙眬，把头轻轻靠在他温暖的胸前。夫妻俩相互依偎着，看着窗外美丽的紫藤花随风摇曳。

紫藤花啊，你是为情而生，你可知道，我也是因爱而重生的呀！

紫藤花的花期已过，只留下零星的花坠散布在叶子中间，从窗子望出去，绿绿的叶子缠绕在窗前，竟也别有一番韵致。

她把自己的一切告诉了丈夫，但他总是很小心，不去触碰她的伤口，总是小心翼翼呵护着，不让她受一点伤害。有时候，她感到很茫然，誓言真的那么可信吗？曾经的那个男人，无数次说过一句话。这句誓言又有多少可信度呢？

"你真的爱我吗？"在一个美丽的黄昏，她趴在丈夫膝上，仰着头，轻轻地、怀疑地，又有点热切地问他。

张子建叹了一口气，抚摸着她的头发，看着她，有点伤感地说："你为什么老问这样的话？你不信任我吗？我对你所做的一切，难道还不能证明吗？"

"对不起！"她垂下头，一头瀑布似的黑发直泻了下来，遮住了她的眼睛。

"不要说对不起，永远都不要说！"张子建捧起她的脸，"你只要自由地活着，为你的心！"

"真的让我去吗？"她问，"陆海平他们全家想见我。"

"为什么不去？"他这样说。

"你真的相信我？"她再问。

他把她拉起来，来到窗前，拥着她的肩，手指着窗外："你看到外面的紫藤了吗？虽然花已经凋谢，但那棵藤依然缠绕在树上，尽管岁月无情，可是它们依然情深。多像我们。"

她靠在丈夫的肩上，眼神是那样悠远而痴迷，她久久地望着那棵紫藤，一种柔软的、温情的感觉涌上心头。

"婉婷，我要你永远记住，你是我的妻子，你就是我此生最信任的人。任何时候，你都要做你自己，不要逃避，勇敢面对。我希望你无论从心灵还是身体，都是心甘情愿属于我的！"他说。

她紧紧地拥抱住丈夫，觉得自己已经拥有了全世界。

　　春暖花开，紫荆公园里，繁花似锦，蝴蝶绕着花儿翩翩飞舞，翠竹林里，不时传来鸟儿清脆的叫声，假山旁，喷泉清凌凌的水活泼地喷洒着。很多游人在拍照、散步，小孩子欢快的笑声传来，很有一种温馨的气息。

　　婉婷独自坐在湖边的一棵柳树下，等待陆海平一家的到来。她欣赏着四周绿绿的新意，看湖中心的游船，看小孩活泼的奔跑身影，感受暖暖的风轻柔地拂过脸颊。

　　这时，一个花毽子飞了过来，落在她的脚下。她弯腰捡起来，抬头张望了一下。这时，一个四五岁的小姑娘跑了过来。只见她轻轻地喘着气，小脸红扑扑的，站在她面前，用清脆的声音说："阿姨，你捡的毽子是我的！"

　　她不由得仔细看了看小女孩，她穿着一件鹅黄色的毛衣，扎着两根辫子，扑闪着两只大眼睛，一眨不眨地看着她。她忽然感觉有点面熟，这张小小的面孔洁白无瑕，漂亮异常，令人生动而难忘。依稀仿佛，一个面孔从心底慢慢浮起，渐渐清晰地出现在眼前……她的心有一丝颤动。

　　她蹲下来，怜爱地抚摸着小女孩的辫子，笑着说："告诉阿姨，你叫什么名字？怎么你一个人？爸爸妈妈呢？"

　　小女孩清脆地说："我叫陆梦瑶，我和爸爸妈妈来的，他们俩在那边说话，我踢毽子，就踢到阿姨这边来了。"

　　她笑了，莫名地喜欢起这个孩子来。把毽子递给她，疼爱地说："赶紧去找爸爸妈妈吧，不要跑丢了！"

　　"梦瑶！你怎么乱跑？"这时，传来一个男人的声音，她循声望去，一个熟悉的身影出现在她面前。小女孩的爸爸，原来是陆海平。

　　陆海平和王梅走了过来。两个女人从很远就彼此打量对方，和自己做着对比，研判着各自在这段感情中占据的分量。陆海平给俩人作了介绍后，王梅朝婉婷伸出手，友好地说："你好，我是陆海平的妻子，虽然没见过面，但在我心里，你已经是老朋友了。"

　　她微笑，握住伸过来的手说："同感，感觉相识已久。"

　　王梅没有说太多的话，搂住跑过来的女儿，柔声说："梦瑶，这是婉婷阿姨，快叫！"

　　她低头看了看小梦瑶，却看见那小女孩正仰着小脸看她，眼睛里满是喜悦和渴望。她心中母性的柔情忽然被触动，忍不住弯下腰，亲了亲她的脸颊。那小姑娘因为这一吻而欢欣鼓舞了。她双眼亮晶晶的，满脸的喜悦和兴奋，对着陆海平柔柔地叫："爸爸，婉婷阿姨亲我了！她喜欢我哦！"

她伸手怜爱地抚摸了一下小梦瑶，轻轻地说："可爱的小梦瑶，阿姨当然喜欢了！"

王梅静静地看着婉婷，过了好一会儿，才轻声对陆海平说："海平，我和孩子先去玩，你们聊吧。"

陆海平不知道王梅什么意思，用询问的目光看着她。王梅报以会心一笑，说："见了，就好了，你放心。"说完，拉着孩子准备走，走了几步，又站住了，转回身，用清脆的声音对婉婷说，"婉婷，我们这是第一次见面，我必须要告诉你，我很喜欢你，我觉得，我们以后能成为好朋友。"

看着王梅和孩子远去的背影，陆海平的双眼湿湿的。

忽然，小梦瑶跑了过来，拉住婉婷的手，急促地叫："阿姨，你蹲下，我想告诉你一句话！"

她听话地蹲下身子，小梦瑶搂着她的脖子，在她耳边轻轻地说："阿姨，我好喜欢好喜欢你哦！"说完，转身往妈妈身边跑去。

她的心被一种温暖和感动包围了，目送孩子远去，她收回目光，看着站在对面的陆海平。他看上去比以前更英俊了，眉宇间有着一种淡淡的忧郁，这种忧郁，也许只有她能看出来。她能感觉到那种熟悉的气息，虽然已经好多年，但一直潜在地埋藏在她的心底，挥之不去。

"你……好吗?"他轻轻地问。

她嘴角浮起一个淡淡的微笑，清脆地说："是的，我生活得很幸福。"

他的脸不易觉察地抽搐了一下，嘴唇动了动，欲言又止。

"婉婷！"他说，"你知道那年你走了之后，发生了什么事情吗?"

"不要再提了，过去的早已过去，我也早已释怀。"她缓缓地说。

"不，你一定要听，不然，你会恨我一辈子。"陆海平的声音瞬间充满悲怆，"那年，你看到的人不是我的亲生母亲，是我小姨。我母亲在我刚出生的时候就去世了，是我小姨养育了我。她曾经也结过婚，但刚结婚没一个月，丈夫就在张家界失踪，是和一群探险队员迷路后走失的。小姨悲痛欲绝，从此发誓不离开湖南半步。他们没有孩子，她把全部的希望寄托在我身上，为了供我上大学，吃了很多的苦。你想象不出一个女人拉扯孩子的不容易。"

她惊异地看着他："你为什么没有告诉过我？"

"我也是在你走之后才知道的。小姨终生没有离开过湖南，甚至张家界，她要守着她的丈夫。所以，我无法拒绝她，我不能自私到不顾及她的感受去追求自己的幸福。"

这就是事情的真相，无奈的真相！她轻叹了一口气。

他说："今天约你，是王梅的主意，是她想见你。你可能知道了，我们已经办理了离婚手续，可是，因为各种复杂的原因，又纠缠不清，她想复婚。"

她问："这和见我有什么关系呢？"

他说："当然有，你是这些年横亘在我们之间最大的问题……这么说对你有些不公平，事实上我们的婚姻问题很多。"

她似乎明白，又似乎不明白，于是笑着说："见一面，就能解决你们夫妻之间的矛盾吗？真这样，我无限荣幸。"

他有些微的尴尬，自嘲地说："我可能有点自作多情……但这一面，的确对我们的婚姻起着不可估量的作用。"

她说："单身至今，对家庭和婚姻虽然没有太多的感触，但是基于所受的教育，我们都应该忠诚于彼此的家庭，想方设法扮演好自己的角色。"

他静静地看着她。

她真诚地说："我爱我的丈夫，虽然，在我的内心深处，我承认会不时地想起你，想起我们的以前，但是，那是一种潜意识的思维，就好像一个人，在正常思维的时候会想起任何一件事一样。我们之间，一切已经结束了，有些东西，失去了就再也找不回来了。"

他久久注视着面前这个女人，这个他朝思暮想，一刻都没有忘记的女人。他知道，这次，他是真的失去她了，彻彻底底地失去！

她俯身向前，轻轻地抚着他微蹙的眉毛，就像多年前一样。

他困难地、断断续续地说："我……能再吻你一下吗？"

她没有说话，看着他，然后，在他的眉毛上，轻轻地印下了一个吻。

浪潮

他的泪水无声地滑落了下来。

"不到万不得已，不要离婚，为了孩子。"她说。

"祝福你！好好生活！"他说。

走在回家的路上，她感到自己的心从来没有过的轻松，甚至哼起了那首《紫藤花》。张子建刚才打电话来，说给她已经做好了饭，让她早早回家，不要让他担心。她的心被满满的幸福包围着，在心里默默地说，海平，祝我幸福吧，同时也祝你幸福！这个世界上，没有谁是离不开谁的。在世界的某一个角落，注定会有一个懂你、爱你的人在等着你，不是我，就是她。因为，你不是我的唯一，我也不是你的唯一，只要我们能够放下。

她走到了梧桐小院，看见张子建站在门前，向她张开了温暖的双臂，雪儿也撒着欢儿向她跑来。她像鸟儿一样飞奔过去，奔向了自己的幸福！

（完）

# 后　记

水　菱

　　对于来雄安创业的人来说，这是一座充满奋斗和泪水的城市。埋藏着奋斗和眼泪的城，在我眼里，可以是一段带血的印记，也可以是心中的白月光。

　　我来雄安已经五年多了，五年时光，一直见证着雄安的发展和变化，也一直庆幸自己能成为这个伟大时代的亲历者。所以，写一部关于雄安创业者的长篇小说，顺理成章的，列入自己的创作计划。

　　作品是一个作家的立身之本。在雄安，我也创作了不少作品，大部分是散文。在作品里，能听到山河之音，能看到故乡的大地和河流，能看到雄安的天空以及这片广阔天地下勤劳勇敢的人民。

　　一个作家在呈现大千世界时，也许只是树林中夜莺的一声歌唱，土地上人们的一声叹息，以及河流的一声呜咽，但每一个细小之音汇聚在一起，就会产生浩大的声势。这样的声音，欢乐中透露着悲伤，壮美里有苦难的泪痕。而悲伤和苦难之上，从不缺乏人性的光芒，就像我们此时身处的世界，也像我们每个人的生活，五味杂陈又值得期待，但相信大地一定会在不久的将来，敞开温暖宽厚的怀抱，给我们以希望和美好。

　　可以说，《浪潮》是所有来雄安创业人的缩影。得意与失意，快乐与落寞，悲伤和喜悦，相聚的美好和离别的惆怅，他们都深有体会。他们也是雄安新区的建设者、见证者，是时代的弄潮儿，他们因种种原因离开家乡，来到雄安，想开启自己新的人生。如今五年过去了，他们中，有人成功了，更多人经受着失败和挫折，但他们不屈不挠，依然坚守在这里。

如果说雄安是宽广的大海，这些创业者和建设者，就是大海的波涛，总以无限的热情和摧之不败的意志，发出震耳欲聋的声音，这声音让我们深思，也给人以信心和动力。

每当我走在街上，总感觉他们就在我身边，其实，他们一直就在我身边，是拿着手机打电话匆匆走过的那个人，是饭局上那个无奈应酬的人，是躲在出租屋内惆怅满怀的人，也是那个白天光鲜亮丽穿梭在各个社交场合而夜晚偷偷哭泣的人……他们就在雄安的角角落落，生活着，奋斗着。这里的每一个人都有自己的故事，深入了解了他们，才明白人生还有值得为之奋斗的东西，也有许多责任和义务需要他们去完成。也正是这样的理想和信念，才让他们义无反顾，即使经历再多的挫折，也会咬牙坚持。

雄安的第六个春天已经来临，窗外的晨曦鲜润明媚。我想起书中那一个个鲜活的人物，他们都以各自的方式生活着。书里面的原型，都是周围熟悉的人，发生在他们身上的故事，有的耳闻，有的目睹，更多的是在与他们的交往中了解和感知到的。我力主于把他们写得真实，距离现实近一些，再近一些，又在过程中让他们感受到生活的苦涩里一丝甜蜜的回味，这也是我们每每经历挫折却依然笑对生活所需要的，不至于太欢喜，也不至于太悲观。事实上，现实总是很残酷的。因此文学作品最大的价值，就是教化人心、良善人性，在社会发展的各个时期，既要讴歌时代、展现国家大义、民族风骨，又要关注现实，让每一个人都能从作品中汲取积极向上的力量。

《浪潮》完成了，我又重新回到凡尘，回到平凡的生活中，在长夜中独行着。四野茫茫，北方的城市是寒冷的，但我并不觉得孤单，因为我的心底，深藏着一团白月光，足以驱散阴霾。

我愿意把这部作品，献给这座崭新的城市，也献给始终在这里奋斗和坚持的每一个人。